Manfred Elberfeld

28.12.79

Diogenes Taschenbuch 130/xxix

de
te
be

Die Menschliche Komödie

Honoré de Balzac

Eine dunkle Geschichte

Erzählungen

Diogenes

MIT FREUNDLICHER GENEHMIGUNG DER
ROWOHLT VERLAG GMBH, REINBEK BEI HAMBURG
VERÖFFENTLICHT ALS DIOGENES TASCHENBUCH, 1977

100/77/E/I
ISBN 3 257 20469 8

Inhalt

HONORÉ DE BALZAC · EINE DUNKLE GESCHICHTE

☆

DIE SORGEN DER POLIZEI

DER HERBST DES JAHRES 1803 WAR EINER der schönsten im ersten Abschnitt dieses Jahrhunderts, den wir das Kaiserreich nennen. Im Oktober hatten einige Regenfälle die Wiesen aufgefrischt. Noch im November waren die Bäume belaubt und grün. Daher begann das Volk zwischen dem Himmel und Bonaparte, der damals zum Konsul auf Lebenszeit ernannt war, ein Einvernehmen zu vermuten, dem dieser Mann einen Teil seines Prestiges dankte. Und seltsam! an dem Tage, da ihm 1812 die Sonne fehlte, hörte sein Glück auf. Am 15. November 1803, gegen vier Uhr nachmittags, lag ein rötlicher Sonnenstaub auf den hundertjährigen Wipfeln der vier Ulmenreihen einer langen herrschaftlichen Allee und ließ den Sand und die Grasbüschel eines jener riesigen Rondele leuchten, wie man sie auf Landgütern findet, wo der Boden damals noch billig genug war, um ihn dem Schmuck zu opfern. Die Luft war so rein, die Atmosphäre so mild, daß eine Familie im Freien saß, als wäre es Sommer. Der Mann trug eine Jagdjoppe aus grünem Zwillich mit grünen Knöpfen, eine kurze Hose aus gleichem Stoff, Zwillichgamaschen bis zu den Knien und dünnsohlige Stiefel. Er putzte eine Büchse mit der Sorgfalt, die geschickte Jäger in ihren Mußestunden bei dieser Beschäftigung zeigen. Der Mann hatte weder Jagdtasche noch Rucksack, kurz, keins der Rüstzeuge, die den Aufbruch zur Jagd oder die Rückkehr von ihr verraten. Zwei Frauen, die neben ihm saßen, sahen ihm mit schlecht verhehlter Angst zu. Wer diese Szene aus einem Gebüsch hätte beobachten können, hätte wahrscheinlich ebenso gezittert wie die alte Schwiegermutter und die Frau des Mannes. Offenbar trifft kein Jäger so gründliche Vorbereitungen, wenn er ein Wild erlegen will, und im Departement Aube benutzt er auch keine gezogene Büchse.

„Willst du Rehe schießen, Michu?" fragte seine schöne junge Frau und versuchte, ein Lachen aufzusetzen. Bevor Michu antwortete, warf er einen prüfenden Blick auf seinen Hund, der mit dem Kopf auf den vorgestreckten Pfoten in der reizenden Haltung der Jagdhunde in der Sonne lag. Er hatte eben die Nase erhoben und witterte abwechselnd geradeaus in die eine Viertelstunde lange Allee und nach einem Querweg, der links in das Rondel einmündete.

„Nein," entgegnete Michu, „aber ein Untier, das ich nicht verfehlen will, einen Luchs."

Der Hund, ein prachtvoller Jagdhund mit weißem, braungeflecktem Fell, knurrte.

„Schön", sagte Michu zu sich selbst. „Spione! Das Land wimmelt von ihnen."

Frau Michu blickte schmerzvoll gen Himmel. Sie war eine schöne Blondine mit blauen Augen und dem Wuchs einer antiken Statue, nachdenklich und in sich gekehrt, als würde sie von einem schwarzen, bittren Kummer verzehrt. Der Anblick des Mannes konnte die Angst der beiden Frauen in gewissem Maße erklären. Die physiognomischen

Gesetze gelten ja nicht nur für den Charakter, sondern auch für das Schicksal eines Menschen. Es gibt prophetische Physiognomien. Könnte man eine genaue Zeichnung derer erlangen, die auf dem Schafott enden – und diese lebende Statistik wäre für die Gesellschaft von Wert –, so würde Lavaters und Galls Wissenschaft untrüglich beweisen, daß die Köpfe aller dieser Leute, auch der Unschuldigen, seltsame Merkmale tragen. Ja, das Schicksal drückt den Gesichtern derer seinen Siegel auf, die irgendeines gewaltsamen Todes sterben sollen! Nun war dies Siegel, den Augen des Beobachters sichtbar, den ausdrucksvollen Zügen des Mannes mit der Büchse aufgedrückt. Michu war klein und dick, rasch und behende wie ein Affe, wenn auch von ruhigem Charakter. Sein weißes, blutdurchströmtes Gesicht war zusammengezogen wie das eines Kalmücken, und die roten Kraushaare gaben ihm einen unheimlichen Ausdruck. Seine hellen, gelblichen Augen zeigten, wie die des Tigers, eine innere Tiefe, in der sich der Blick des Betrachters verlor, ohne Bewegung und Wärme zu finden. Diese Augen waren starr, hell und regungslos und flößten, wenn man sie lange ansah, Schrecken ein. Der beständige Gegensatz zwischen der Unbeweglichkeit der Augen und der Lebhaftigkeit des Körpers steigerte den eisigen Eindruck noch, den Michu auf den ersten Blick machte. Das rasche Handeln dieses Mannes mußte im Dienst eines einzigen Gedankens stehen, wie bei den Tieren das Leben ohne Überlegung dem Instinkte dient.

Seit 1793 hatte er sich einen roten Vollbart stehen lassen. Wäre er auch während der Schreckenszeit nicht Vorsitzender eines Jakobinerklubs gewesen, so hätte allein diese Besonderheit seines Gesichts seinen Anblick schrecklich gemacht. Dies sokratische Gesicht mit der Stumpfnase wurde von einer sehr schönen Stirn gekrönt, die aber so gewölbt war, daß sie darüber vorzuspringen schien. Die abstehenden Ohren besaßen eine Art von Beweglichkeit wie bei wilden Tieren, die stets auf der Lauer sind. Sein Mund, der halb offen stand, wie dies bei Bauern ziemlich häufig vorkommt, zeigte starke, mandelweiße, aber unregelmäßig stehende Zähne. Ein dichter, glänzender Backenbart umrahmte dies weiße, stellenweise blaurote Gesicht. Die vorn kurz geschorenen, doch über den Schläfen und am Hinterkopf langen Haare hoben durch ihr falbes Rot all das Seltsame und Schicksalsvolle hervor, was in seinem Ausdruck lag. Der kurze, dicke Hals schien das Fallbeil des Gesetzes zu locken.

In diesem Augenblick fielen die schrägen Sonnenstrahlen voll auf die drei Köpfe, zu denen der Hund manchmal aufsah. Die Szene spielte übrigens auf einem prächtigen Schauplatz. Das Rondel lag am Rande des Parks von Gondreville, eines der reichsten Güter von Frankreich und unstreitig des schönsten im Departement Aube. Es besaß prächtige Ulmenalleen, ein Schloß nach den Plänen Mansards, einen ummauerten Park von fünfzehnhundert Morgen, neun große Pachthöfe, einen Wald, Mühlen und Wiesen. Dieser fast königliche Besitz gehörte vor der Revolution der Familie von Simeuse. Ximeuse ist ein Lehnsgut in Lothringen. Der Name wurde Simeuse ausgesprochen und schließlich auch so geschrieben.

Das große Vermögen der Simeuses, eines Geschlechts, das dem Hause Burgund anhing, geht bis auf die Zeit zurück, da die Guises die Valois bedrohten. Erst Richelieu, dann Ludwig XIV. hatten sich der Anhänglichkeit der Simeuses an das aufsässige lothringische Haus der Guises erinnert und sie von sich gestoßen. Der damalige Marquis von Simeuse, ein alter Burgunder, Anhänger der Guises und der Liga und ein alter Mitkämpfer der Fronde, der den vierfachen Groll des Adels gegen das Königtum geerbt hatte, zog nach Cinq-Cygne. Der vom Louvre abgewiesene Höfling hatte die Witwe des Grafen von Cinq-Cygne geheiratet, aus der jüngeren Linie des berühmten Hauses von Chargeboeuf, eines der erlauchtesten in der alten Grafschaft Champagne; aber die jüngere Linie wurde ebenso berühmt und noch reicher als die ältere. Der Marquis, einer der reichsten Leute der Zeit, baute Gondreville, statt am Hofe sein Geld zu vergeuden, brachte die Güter zusammen und kaufte noch Land hinzu, lediglich, um sich eine schöne Jagd zu schaffen. Ebenso erbaute er in Troyes das Hotel Simeuse unweit des Hotels Cinq-Cygne. Diese beiden alten Häuser und der erzbischöfliche Palast waren in Troyes lange die einzigen Steinbauten. Der Marquis verkaufte Simeuse an den Herzog von Lothringen. Sein Sohn vergeudete die Ersparnisse und einen Teil des großen Vermögens unter der Regierung Ludwigs XV. Aber er wurde zuerst Geschwaderchef und dann Vizeadmiral und machte seine Jugendtorheiten durch glänzende Dienste wett. Der Marquis von Simeuse, der Sohn dieses Seemannes, starb zu Troyes auf dem Schafott. Er hinterließ zwei Zwillingssöhne,

die auswanderten und gegenwärtig im Ausland das Schicksal des Hauses Condé teilten.
Das Rondel war ehemals der Sammelpunkt bei den Jagden des großen Marquis gewesen. So nämlich nannte man in der Familie den Erbauer von Gondreville. Seit 1789 wohnte Michu auf diesem Rondel in dem sogenannten Pavillon von Cinq-Cygne, der innerhalb des Parks lag und zur Zeit Ludwigs XIV. erbaut war. Das Dorf Cinq-Cygne liegt am Rande des Waldes von Nodesme (aus Notre-Dame verstümmelt), zu dem die Allee mit den vier Ulmenreihen führt, in der Couraut die Spione witterte. Seit dem Tode des großen Marquis war der Pavillon ganz vernachlässigt worden. Der Vizeadmiral war mehr auf See und bei Hofe als in der Champagne, und sein Sohn gab Michu das verfallene Gebäude zur Wohnung.
Der edle Bau ist aus Ziegeln, an den Ecken, Türen und Fenstern aus gerillten Steinen. Beiderseits öffnet sich ein Gitter von schöner Schmiedearbeit, aber vom Rost zerfressen. Dahinter erstreckt sich ein breiter und tiefer Zwinger, aus dem kräftige Bäume hervorwachsen und dessen Brüstung mit eisernen Arabesken gespickt ist, die den Missetätern mit zahllosen Spitzen entgegenstarren. Die Parkmauern beginnen erst jenseits des von dem Rondel gebildeten Kreises. Außerhalb wird das mächtige Halbrund von Böschungen umrahmt, die mit Ulmen bestanden sind, und ebenso wird der im Park liegende Halbkreis von Gruppen exotischer Bäume eingefaßt. In der Mitte des Rondels, das diese beiden Hufeisen bilden, liegt der Pavillon.
Michu hatte aus den alten Sälen im Erdgeschoß einen Pferde- und Kuhstall, eine Küche und einen

Holzschuppen gemacht. Von der alten Pracht blieb als einziger Rest ein Vorzimmer mit schwarzen und weißen Marmorfliesen, das man vom Park her durch eine jener Fenstertüren mit kleinen Glasscheiben betrat, wie man sie noch in Versailles sah, bevor Louis Philippe es zum Lazarett der Ruhmestaten Frankreichs gemacht hat. Im Innern wird der Pavillon durch eine charaktervolle, aber alte und wurmstichige Holztreppe geteilt, die zum Oberstock führt. Hier liegen fünf ziemlich niedrige Zimmer. Darüber dehnt sich ein riesiger Boden. Das ehrwürdige Gebäude trägt eines jener großen, vierseitigen Dächer, dessen First zwei bleierne Blumensträuße zieren und das von vier Dachluken durchbrochen wird, wie Mansard sie mit Recht liebte; denn Halbgeschosse und flache italienische Dächer sind in Frankreich ein Widersinn, gegen den das Klima sich auflehnt. Dort oben brachte Michu seine Futtervorräte unter. Der ganze Teil des Parkes um diesen alten Pavillon ist in englischem Stil angelegt. Hundert Schritt weiter bekundet ein früherer See, der zu einem fischreichen Teiche geworden ist, sein Dasein durch einen leichten Nebel über den Bäumen, sowie durch das Geschrei von tausend Fröschen, Kröten und andren Amphibien, die bei Sonnenuntergang quaken. Die Altertümlichkeit der Dinge, die tiefe Waldesstille, der Blick durch die Alleen, der Wald in der Ferne, tausend Einzelheiten, die rostzerfressenen Gitter, die bemoosten Steinmassen, alles macht diesen noch jetzt stehenden Bau poetisch.
In dem Augenblick, in dem unsre Geschichte beginnt, stand Michu gegen eine bemooste Brüstung gelehnt, auf der sein Pulverhorn, seine Mütze,

sein Taschentuch, ein Schraubenzieher, Lappen, kurz, alle Geräte lagen, die zu seiner verdächtigen Arbeit nötig waren. Der Stuhl seiner Frau stand mit dem Rücken gegen die Eingangstür des Pavillons, über der noch das reich gemeißelte Wappen der Simeuses mit dem schönen Wahlspruch „Si meurs“ prangte. Die Mutter, in Bauerntracht, hatte ihren Stuhl vor Frau Michu gerückt, damit sie die Füße auf eine Leiste setzen konnte, damit sie vor der Feuchtigkeit geschützt waren.

„Ist der Junge da?“ fragte Michu seine Frau.

„Er treibt sich am Teich herum. Er ist wild auf Frösche und Insekten“, sagte die Mutter.

Michu pfiff, daß man einen Schreck bekommen konnte. Die Schnelligkeit, mit der der Knabe herbeilief, verriet, welche Strenge der Verwalter von Gondreville übte. Seit 1789, besonders aber seit 1793 war er fast Herr auf diesem Landgut. Der Schrecken, den er seiner Frau, seiner Schwiegermutter, seinem kleinen Diener mit Namen Gaucher und einer Magd namens Marianne einflößte, wurde auf zehn Meilen in der Runde geteilt. Vielleicht dürfen wir nicht länger zögern, die Gründe für diese Gesinnung anzugeben, zumal sie Michus Bildnis in geistiger Hinsicht vervollständigen werden.

Der alte Marquis von Simeuse hatte seine Güter 1790 verlassen. Da ihm jedoch die Ereignisse zuvorkamen, hatte er sein schönes Gut Gondreville niemandem mehr anvertrauen können. Unter der Anklage, mit dem Herzog von Braunschweig und dem Prinzen von Coburg in Beziehungen zu stehen, wurden der Marquis und seine Gemahlin eingekerkert und von dem Revolutionstribunal in

Troyes, dessen Vorsitz Marthas Vater führte, zum Tode verurteilt. Der schöne Besitz wurde also als Nationalgut verkauft. Bei der Hinrichtung des Marquis und der Marquise bemerkte man mit einer Art von Grauen den Verwalter von Gondreville, der Vorsitzender des Jakobinerklubs von Arcis geworden und eigens nach Troyes gekommen war, um ihr beizuwohnen. Als Sohn eines einfachen Bauern und als Waisenkind war Michu von der Marquise mit Wohltaten überhäuft worden, denn sie hatte ihn im Schlosse erziehen lassen und ihn dann zum Generalverwalter gemacht. So wurde er von den Heißspornen als Brutus angesehen, aber in der Gegend wollte nach diesem Zuge des Undanks niemand mehr mit ihm verkehren. Der Käufer war ein Mann aus Arcis, namens Marion, der Enkel eines Verwalters des Hauses Simeuse. Dieser Mann, der vor und nach der Revolution Advokat war, fürchtete den Verwalter. Er ließ ihn in seiner Stellung und gab ihm dreitausend Franken Gehalt und Anteil an allen Verkäufen. Michu, der bereits auf etwa zehntausend Franken Vermögen geschätzt wurde, heiratete unter dem Schutz seines Rufes als Patriot die Tochter eines Gerbers aus Troyes, des Apostels der Revolution in dieser Stadt und Vorsitzenden des Revolutionstribunals. Der Gerber, ein Mann von Überzeugung, der im Charakter dem Saint-Just glich, wurde später in die Verschwörung Babeufs verwickelt und beging Selbstmord, um sich der Verurteilung zu entziehen. Martha war das schönste Mädchen in Troyes, und so war sie trotz ihrer rührenden Bescheidenheit von ihrem furchtbaren Vater gezwungen worden, bei einer republikanischen Feier die Freiheitsgöttin darzustellen. Der Käufer kam in sieben Jahren nicht dreimal nach Gondreville. Sein Großvater war Verwalter der Simeuses gewesen; ganz Arcis glaubte damals, daß der Bürger Marion nur der Platzhalter der Herren von Simeuse sei. Während der Schreckenszeit erfreute sich der Verwalter von Gondreville als treuer Patriot, als Schwiegersohn des Vorsitzenden des Revolutionstribunals in Troyes und als Liebling Malins, eines Abgeordneten des Departements Aube, eines gewissen Ansehens. Als aber die Bergpartei fiel und sein Schwiegervater Selbstmord beging, wurde Michu zum Sündenbock. Jedermann beeilte sich, ihm wie seinem Schwiegervater Handlungen zuzuschreiben, an denen wenigstens er ganz unschuldig war. Der Verwalter bäumte sich gegen die Ungerechtigkeit der Masse auf; er wurde schroff und nahm eine feindselige Haltung an. Seine Worte wurden verwegen. Aber seit dem 18. Brumaire hüllte er sich in das tiefe Schweigen, das die Philosophie der Starken ist. Er kämpfte nicht mehr gegen die allgemeine Meinung an und begnügte sich, zu handeln. Dies kluge Benehmen brachte ihn in den Ruf der Heimtücke, denn der Wert seines Landbesitzes betrug gegen hunderttausend Franken. Zunächst gab er nichts aus; dann hatte er dies Vermögen rechtmäßig erworben, sowohl durch die Erbschaft seines Schwiegervaters, wie durch die sechstausend Franken, die er jährlich für seine Stellung an Gehalt und Gewinnanteil bezog. Obwohl er seit zwölf Jahren Verwalter war und jeder ihm seine Ersparnisse nachrechnen konnte, erhoben sich Anklagen gegen den früheren Anhänger der Bergpartei, als er zu Beginn des Konsulats ein Pachtgut für fünfzigtausend Franken erstand. Die Leute in Arcis schoben ihm die Absicht unter, sich durch ein großes Vermögen die Achtung wieder zu gewinnen. Unglückerlicherweise wurde in dem Augenblick, da jedermann ihn vergaß, der allgemeine Glaube an die Wildheit seines Charakters von neuem belebt, und zwar durch eine dumme Geschichte, die durch den Landklatsch noch schlimmer gemacht wurde.

Eines Abends, bei der Rückkehr aus Troyes, ließ er in Gesellschaft einiger Bauern, darunter des Pächters von Cinq-Cygne, ein Papier auf die Straße fallen, und der Pächter, der hinterdrein ging, hob es auf. Michu dreht sich um, sieht das Papier in den Händen des Mannes, zieht sofort eine Pistole aus seinem Gürtel, lädt sie und droht dem Pächter, der lesen konnte, ihn niederzuschießen, wenn er das Blatt öffnete. Michus Bewegung war so rasch und so heftig, der Ton seiner Stimme so drohend, und seine Augen flammten so auf, daß alle vor Angst erstarrten. Der Pächter von Cinq-Cygne war natürlich Michus Feind. Fräulein von Cinq-Cygne, die Kusine der Simeuses, besaß von ihrem ganzen Vermögen nur noch einen Pachthof und wohnte in ihrem Schloß Cinq-Cygne. Sie lebte nur noch für ihre Vettern, ein paar Zwillinge, mit denen sie in ihrer Kindheit in Troyes und in Gondreville gespielt hatte. Ihr einziger Bruder, Julius von Cinq-Cygne, war schon vor den Simeuses ausgewandert und vor Mainz gefallen. Aber dank einem ziemlich seltenen Vorrecht, von dem noch die Rede sein wird, erlosch der Name Cinq-Cygne nicht, auch wenn

keine männlichen Erben mehr am Leben waren.
Der Vorfall zwischen Michu und dem Pächter von Cinq-Cygne machte viel böses Blut im Kreise und hüllte Michu in ein noch geheimnisvolleres Dunkel. Aber dieser Umstand war nicht der einzige, der Furcht vor ihm einflößte. Ein paar Monate nach jenem Auftritt kam der Bürger Marion mit dem Bürger Malin nach Gondreville. Es ging das Gerücht, Marion wollte das Gut an diesen Mann verkaufen, der durch die politischen Ereignisse vorwärts gekommen war; denn der Erste Konsul hatte ihn soeben zum Lohn für seine Dienste am 18. Brumaire in den Staatsrat berufen. Die politischen Köpfe des Städtchens Arcis errieten nun, daß Marion nur der Strohmann des Bürgers Malin und nicht der Herren von Simeuse gewesen war. Der allmächtige Staatsrat war die größte Persönlichkeit in Arcis. Er hatte einen seiner politischen Freunde zum Präfekten von Troyes gemacht, hatte den Sohn eines Pächters von Gondreville, namens Beauvisage, vom Militärdienst befreit und erwies jedermann Dienste. Diese Sache konnte also in der Gegend, in der Malin herrschte und noch herrscht, nicht auf Widerspruch stoßen. Man stand im Morgenrot des Kaiserreichs. Wer heute die Geschichte der französischen Revolution liest, wird nie begreifen, welch ungeheurer Abstand für das öffentliche Denken in den so dicht aufeinanderfolgenden Ereignissen jener Zeit lag. Bei dem allgemeinen Bedürfnis nach Ruhe und Frieden, das man nach so heftigen Erschütterungen empfand, gerieten die schwersten früheren Ereignisse in Vergessenheit. Die Geschichte

veraltete rasch. So forschte denn niemand außer Michu nach der Vorgeschichte dieser Sache, die man ganz einfach fand. Marion hatte Gondreville seinerzeit für sechshundertausend Franken in Assignaten gekauft und verkaufte es jetzt für eine Million in Talern, aber das einzige, was Malin bezahlte, war die Verkaufssteuer. Grévin, ein Kollege Malins, begünstigte diese Schiebung natürlich, und der Staatsrat belohnte ihn durch die Ernennung zum Notar in Arcis. Als diese Nachricht nach dem Pavillon gelangte, und zwar durch den Pächter eines Vorwerks Grouage, das zwischen dem Park und dem Walde, links von der schönen Allee, lag, erbleichte Michu und ging hinaus. Er lauerte Marion auf und traf ihn schließlich allein in einer Allee des Parks.

„Der Herr verkauft Gondreville?"

„Ja, Michu, ja. Sie bekommen einen mächtigen Mann zum Herrn. Der Staatsrat ist ein Freund des Ersten Konsuls und hat die engsten Beziehungen zu allen Ministern. Er wird Sie protegieren."

„So hatten Sie das Gut für ihn erworben?"

„Das sage ich nicht", entgegnete Marion. „Ich wußte damals nicht, wie ich mein Geld anlegen sollte. Der Sicherheit halber habe ich es in Nationalgütern angelegt, aber es paßt mir nicht, ein Gut zu behalten, das der Familie gehört, in der mein Vater ..."

„Bedienter, Verwalter war", sagte Michu heftig. „Aber Sie werden es nicht verkaufen. Ich will es haben, und ich kann es bezahlen ..."

„Du?"

„Jawohl, ich, im Ernst und in gutem Gold, achthunderttausend Franken ..."

„Achthunderttausend Franken?... Wo hast du die her?“ fragte Marion.
„Das ist meine Sache“, entgegnete Michu. Dann mäßigte er sich und setzte leiser hinzu: „Mein Schwiegervater hat viele Menschen gerettet.“
„Du kommst zu spät, Michu, die Sache ist abgeschlossen.“
„Sie werden es rückgängig machen!“ rief der Verwalter, indem er die Hand seines Herrn ergriff und sie wie in einem Schraubstock preßte. „Ich bin verhaßt, ich will reich und mächtig werden, ich muß Gondreville haben. Wissen Sie, mir liegt nichts am Leben. Sie werden mir das Gut verkaufen, oder ich schieße Sie nieder...“
„Aber ich muß doch wenigstens Zeit haben, mich mit Malin zu einigen. Er ist nicht bequem...“
„Ich gebe Ihnen vierundzwanzig Stunden Zeit. Wenn Sie ein Wort davon sagen, so schneide ich Ihnen den Kopf ab wie eine Rübe...“
Marion und Malin verließen das Schloß noch in der Nacht. Marion hatte Angst und teilte dem Staatsrat jene Begegnung mit, mit der Bitte, ein Auge auf den Verwalter zu haben. Marion vermochte sich der Verpflichtung nicht zu entziehen, das Gut an den abzutreten, der es ihm wirklich bezahlt hatte, aber Michu schien nicht der Mann, einen solchen Grund einzusehen und gelten zu lassen. Zudem mußte der Dienst, den Marion dem Malin erwies, ihm und seinem Bruder die politische Laufbahn eröffnen, und so geschah es auch. Malin ließ den Advokaten Marion 1806 zum Präsidenten eines kaiserlichen Gerichtshofes ernennen, und sobald Generalsteuereinnehmer eingesetzt wurden, verschaffte er dem Bruder

des Advokaten diesen Posten im Departement Aube.
Der Staatsrat empfahl Marion, in Paris zu bleiben, und erstattete Anzeige beim Polizeiminister, der den Verwalter überwachen ließ. Um Michu jedoch nicht zum Äußersten zu treiben, vielleicht auch, um ihn besser zu überwachen, behielt Malin ihn als Verwalter unter der Zuchtrute des Notars in Arcis. Fortan genoß Michu, der immer schweigsamer und nachdenklicher wurde, den Ruf eines Mannes, der zu einem schlimmen Streich fähig war. Als Staatsrat, eine Stellung, die der Erste Konsul damals der eines Ministers gleichstellte, und als einer der Verfasser des Gesetzbuches spielte Malin damals in Paris eine große Rolle. Er hatte sich eins der schönsten Häuser im Faubourg Saint-Germain gekauft und vorher die einzige Tochter eines reichen, wenig geachteten Lieferanten, namens Sebuelle, geheiratet, den er neben Marion zum Generalsteuereinnehmer im Departement Aube gemacht hatte. So war er denn nur ein einziges Mal nach Gondreville gekommen. Im übrigen verließ er sich bei allem, was seine Geschäfte betraf, auf Grévin. Was hatte er, der einstige Abgeordnete der Aube, auch von dem früheren Vorsitzenden eines Jakobinerklubs zu befürchten?
Inzwischen wurde die Meinung über Michu, die in den unteren Volksklassen schon so ungünstig war, natürlich vom Bürgertum geteilt, und Marion, Grévin und Malin bezeichneten ihn, ohne nähere Angaben und ohne sich bloßzustellen, als einen äußerst gefährlichen Menschen. Auch die Behörden, die vom Polizeiminister beauftragt waren, den Verwalter zu überwachen, entkräfteten

diesen Glauben nicht. Man wunderte sich in der Gegend schließlich, daß Michu seine Stellung behielt, aber man schrieb dies Zugeständnis der Angst zu, die er einflößte. Wer verstände nun nicht die tiefe Schwermut, mit der Michus Frau gen Himmel blickte?

Martha war von ihrer Mutter fromm erzogen worden. Als gute Katholikinnen hatten beide unter den Ansichten und dem Benehmen des Gerbers gelitten. Martha entsann sich nie ohne Erröten, wie sie im Gewand einer Göttin durch Troyes geführt worden war. Ihr Vater hatte sie zur Ehe mit Michu gezwungen, dessen Ruf immer schlechter wurde, und den sie zu sehr fürchtete, um ein Urteil über ihn zu haben. Trotzdem fühlte diese Frau sich geliebt, und im Grunde ihres Herzens hegte sie für den furchtbaren Mann die echteste Zuneigung. Nie hatte sie gesehen, daß er etwas Unrechtes tat; nie waren seine Worte brutal, wenigstens gegen sie nicht; er bemühte sich, alle ihre Wünsche zu erraten. Der arme Paria glaubte seiner Frau zu mißfallen, und darum blieb er fast stets außer dem Hause. So lebten Michu und Martha in gegenseitigem Mißtrauen, sozusagen im „bewaffneten Frieden". Martha sah keinen Menschen und litt schwer unter der Mißachtung, die sie seit sieben Jahren als Tochter eines Kopfabschneiders und ihr Gatte als Verräter erfuhr. Mehr als einmal hatte sie gehört, wie die Leute aus dem Pachthof rechts von der Allee in der Ebene – er hieß Bellache und wurde von Beauvisage bewirtschaftet, einem Manne, der an den Simeuses hing –, wenn sie am Pavillon vorbeikamen, sagten: „Da wohnen die Judasse."

Diesen gehässigen Beinamen hatte der Verwalter in der ganzen Gegend. Er verdankte ihn seiner eigentümlichen Ähnlichkeit mit dem Kopfe des zwölften Apostels, die er noch vergrößern zu wollen schien. Dies Unglück also und eine unbestimmte dauernde Angst vor der Zukunft machten Martha nachdenklich und in sich gekehrt. Nichts betrübt ja tiefer als unverdiente Herabsetzung, aus der man sich nicht emporraffen kann.

„Franz!" rief der Verwalter, um seinen Sohn noch besonders zur Eile anzuspornen.

Franz Michu, ein zehnjähriger Knabe, tummelte sich in Park und Wald und erhob selbstherrlich seine kleinen Steuern. Er aß Früchte, jagte, hatte weder Sorgen noch Mühen; er war der einzige Glückliche in dieser Familie, die durch ihren Wohnsitz zwischen Park und Wald vereinsamt war, wie sie es geistig durch die allgemeine Abneigung war.

„Hebe mir das alles auf, was da liegt," gebot der Vater, auf die Brüstung weisend, „und schließe es ein. Sieh mich an! Du sollst deinen Vater und deine Mutter lieben."

Der Knabe wollte sich seinem Vater in die Arme werfen, aber Michu machte eine Bewegung, um die Büchse beiseite zu stellen, und wies ihn zurück.

„Schon gut! Du hast bisweilen über das, was hier geschieht, geschwatzt", sagte er und heftete seine beiden Raubtieraugen auf ihn. „Merke dir eins: wenn du das Gleichgültigste, was hier geschieht, dem Gaucher oder den Leuten aus Grouage oder Bellache verrätst, oder selbst der Marianne, die uns liebt, so bringst du deinen Vater ums Leben. Daß dir das nicht wieder beikommt. Dein gestriges Ausplappern verzeihe ich dir."

Das Kind begann zu weinen.

„Weine nicht. Aber wonach man dich auch fragt, antworte wie die Bauern: ‚Ich weiß nicht...‘ Es treiben sich Leute in der Gegend herum, die mir nicht behagen. Geh! – Ihr habt es gehört, ihr beiden?“ sagte Michu zu den Frauen. „Haltet auch ihr den Mund.“

„Was hast du vor, mein Lieber?“

Michu maß aufmerksam eine Pulverladung ab, schüttete sie in den Lauf seiner Büchse und stellte die Waffe gegen die Brüstung. Dann sagte er zu Martha:

„Niemand kennt diese Büchse bei mir. Setze dich davor!“

Couraut hatte sich aufgerichtet und bellte wütend.

„Schönes, kluges Tier!“ rief Michu. „Ich bin sicher, es sind Spione...“

Man weiß, wenn man beobachtet wird. Couraut und Michu, die nur eine Seele zu haben schienen, lebten zusammen wie der Araber in der Wüste mit seinem Pferde. Der Verwalter kannte alle Tonarten Courauts und wußte, was sie bedeuteten. Ebenso las der Hund seinem Herrn die Gedanken von den Augen ab und roch sie in dem Dunstkreis seines Körpers.

„Was sagst du dazu?“ fragte Michu ganz leise seine Frau und wies auf zwei unheimliche Gestalten, die in einer Seitenallee auftauchten und auf das Rondel zuschritten.

„Was geht in der Gegend vor? Das sind Pariser!“ sagte die Alte.

„Ah, siehe da!“ rief Michu aus. „Verbirg doch meine Büchse“, sagte er seiner Frau ins Ohr. „Sie kommen auf uns zu.“

Die Gesichter der beiden Pariser, die über das Rondel schritten, wären für einen Maler gewiß typisch gewesen. Der eine, anscheinend der Untergebene, trug Stulpstiefel, die etwas tief herabfielen, so daß seine dürren Waden in gestreiften Seidenstrümpfen von zweifelhafter Sauberkeit zum Vorschein kamen. Die Kniehose aus geripptem, aprikosenfarbenem Tuch mit Metallknöpfen war etwas zu weit. Der Leib hatte bequem Platz darin und die abgescheuerten Falten deuteten durch ihre Lage auf einen Kanzleimenschen. Die mit dicken Stickereien überladene Pikeeweste war offen und über dem Bauche mit einem einzigen Knopfe zugeknöpft. Sie gab dem Mann ein unordentliches Aussehen, nicht minder sein schwarzes Haar, das in Korkzieherlocken über die Stirn und die Wangen herabfiel. Zwei Uhrketten aus Stahl hingen auf die Hose herab. Das Hemd war mit einer Nadel geschmückt, die eine weißblaue Kamee zierte. Der zimtfarbene Rock empfahl sich den Karikaturenzeichnern durch einen langen Schoß, der von hinten gesehen so völlig einem Stockfischschwanz glich, daß man ihn danach nannte. Die Mode der Stockfischschwanzröcke hat zehn Jahre gedauert, fast solange wie Napoleons Herrschaft. Die Krawatte war locker und in zahlreichen großen Falten gebunden, so daß ihr Träger sein Gesicht bis zur Nase darin verstecken konnte. Sein finniges Gesicht, seine dicke ziegelrote Nase, seine geröteten Backenknochen, sein zahnloser, aber drohender und gefräßiger Mund, seine mit dicken goldenen Ohrringen geschmückten Ohren und seine niedrige Stirn, alle diese Einzelheiten, die an sich grotesk erscheinen, wurden furchtbar durch zwei kleine

Augen, deren Stellung und Ausschnitt an Schweinsaugen gemahnte. Sie verrieten unersättliche Gier und eine spöttische, gleichsam fröhliche Grausamkeit. Diese beiden suchenden, durchdringenden Augen von eisigem, erstarrtem Blau konnten als Vorbild des berühmten Auges gelten, das während der Revolution als Wahrzeichen der Polizei erfunden wurde. Er trug seidene Handschuhe und einen Spazierstock in der Hand. Er mußte irgendein Beamter sein, denn seine Haltung und die Art, wie er Tabak nahm und ihn in die Nase schob, verriet die bureaukratische Wichtigtuerei eines Unterbeamten, der aber sichtlich etwas bedeutete und durch höhere Befehle zurzeit unumschränkt war. Der andre war ähnlich gekleidet, aber elegant und bis in die kleinsten Einzelheiten gepflegt. Seine über eine enganliegende Hose gezogenen Suworoffstiefel knarrten beim Gehen. Über dem Rock trug er einen Spencer nach der aristokratischen Mode, die die Bewohner von Clichy und die Jeunesse dorée aufgebracht hatten und die beide überlebt hatte. Die Moden dauerten damals länger als die Parteien, ein Zeichen der Anarchie, die uns auch das Jahr 1830 gezeigt hat. Dieser vollendete Stutzer mochte dreißig Jahre alt sein. Seine Manieren schmeckten nach guter Gesellschaft; er trug wertvolle Juwelen. Sein Hemdkragen reichte bis zu den Ohren. Sein geckenhaftes, fast anmaßliches Wesen verriet eine Art geheimer Überlegenheit; sein bleiches Gesicht schien völlig blutleer; seine dünne Stumpfnase hatte die höhnische Form einer Totenkopfnase, und seine grünen Augen waren undurchdringlich. Ihr Blick war ebenso zurückhaltend, wie sein schmaler, verkniffener Mund es sein mußte. Er schlug mit einem Rohrstock in die Luft, dessen Goldknopf in der Sonne glänzte. Mit diesem dürren, hageren, jungen Manne verglichen, mußte der erste ein guter Kerl sein. Er konnte wohl selbst einen Kopf abschneiden, aber der andre war imstande, Unschuld, Schönheit und Tugend in die Netze der Verleumdung und der Ränke zu verstricken und sie kaltherzig zu ertränken oder zu vergiften. Der Rotbäckige hätte sein Opfer mit Witzen getröstet, der andre nicht mal gelächelt. Der erste war fünfundzwanzig Jahre alt, er mußte die Tafelfreuden und Frauen lieben. Solche Leute haben sämtlich Leidenschaften, die sie zu Sklaven ihres Berufes machen. Aber der Jüngere war ohne Leidenschaften und Laster. War er Spion, dann gehörte er zur Diplomatie und arbeitete um der Kunst willen. Er entwarf Pläne, der andre führte sie aus; er war der Gedanke, der andre die Hand.

„Wir sind wohl in Gondreville, gute Frau?" fragte der Jüngere.

„Hier sagt man nicht gute Frau", antwortete Michu. „Wir nennen uns noch einfach Bürger und Bürgerin."

„Ach!" sagte der junge Mann mit der natürlichsten Miene und schien keineswegs verletzt.

In einer Gesellschaft empfinden die Spieler, namentlich beim Ecarté, oft einen inneren Schrekken, wenn sich vor ihnen, mitten in ihrem Glück, ein Mitspieler niederläßt, dessen Blick und Stimme, dessen Art, die Karten zu mischen, ihnen eine Niederlage prophezeit. Beim Anblick des jungen Mannes hatte Michu ein ähnliches Gefühl. Er hatte eine Todesahnung und sah undeutlich das Schafott vor sich. Eine Stimme raunte ihm zu, dieser

Stutzer werde ihm verderblich werden, obwohl sie noch nichts miteinander gemein hatten. Daher hatte er schroff geantwortet; er wollte grob sein und war es.
„Unterstehen Sie nicht dem Staatsrat Malin?" fragte der zweite Pariser.
„Ich bin mein eigener Herr", entgegnete Michu.
„Nun denn, meine Damen," fragte der junge Mann äußerst höflich, „sind wir in Gondreville? Wir werden dort von Herrn Malin erwartet."
„Der Park ist dort", sagte Michu und wies auf das Gitter.
„Und warum verstecken Sie diese Büchse, schönes Kind?" fragte der joviale Begleiter des jungen Mannes, als er durch das Gittertor schritt und den Lauf erblickte.
„Du bist stets bei der Arbeit, selbst auf dem Lande!" rief der junge Mann lächelnd.
Alle beide kehrten, von Mißtrauen ergriffen, um. Der Verwalter erriet den Grund, trotz der Gleichgültigkeit ihrer Mienen. Martha ließ sie die Büchse besehen, während Couraut bellte. Sie war überzeugt, daß Michu irgendeinen schlimmen Streich plante, und fast froh über den Scharfblick der Unbekannten. Michu warf seiner Frau einen Blick zu, bei dem sie erbebte. Dann ergriff er die Büchse und wollte eine Kugel in den Lauf stoßen. Er nahm die schlimmen Möglichkeiten dieser Entdeckung und Begegnung hin. Sein Leben schien ihm nichts mehr wert, und seine Frau begriff seinen verhängnisvollen Entschluß wohl.
„Sie haben wohl Wölfe hier?" fragte der junge Mann Michu.
„Wölfe sind überall, wo es Schafe gibt. Die Her-

ren sind in der Champagne, und hier ist ein Wald. Aber wir haben auch Wildschweine, große und kleine. Wir haben von allem etwas", sagte Michu mit spöttischer Miene.
Der Ältere wechselte einen Blick mit dem andern. Dann sagte er: „Ich wette, Corentin, dieser Mann ist mein Michu ..."
„Wir haben noch keine Schweine zusammen gehütet", sagte der Gutsverwalter.
„Nein, aber wir waren Vorsitzende des Jakobinerklubs, Bürger", entgegnete der alte Zyniker. „Sie in Arcis, ich anderswo. Du hast die Höflichkeit der Carmagnole bewahrt, aber sie ist nicht mehr in Mode, mein Junge."
„Der Park scheint mir recht groß. Wir könnten uns darin verlaufen. Wenn Sie der Verwalter sind, lassen Sie uns ins Schloß führen", sagte Corentin in gebieterischem Tone.
Michu pfiff seinem Sohn und lud seine Büchse weiter. Corentin blickte Martha gleichgültig an, während sein Gefährte entzückt schien. Aber er bemerkte an ihr Spuren von Angst, die dem alten Wüstling entgingen. Hatte ihn doch selbst die Büchse erschreckt. Beider Wesen spiegelte sich vollkommen in dieser bedeutsamen Kleinigkeit.
„Ich habe ein Stelldichein jenseits des Waldes", sagte der Verwalter. „Ich kann Ihnen diesen Dienst nicht selbst leisten; aber mein Sohn wird Sie zum Schloß führen. Von wo kommen Sie denn nach Gondreville? Wohl über Cinq-Cygne?"
„Wir hatten wie Sie im Walde zu tun", sagte Corentin mit unmerklicher Ironie.
„Franz!" rief Michu, „führe die Herren auf Fußwegen zum Schloß, damit man sie nicht sieht.

Sie gehen nicht auf der großen Straße ... Erst komm mal her!“ setzte er hinzu, als er sah, daß die beiden Fremden ihm den Rücken gekehrt hatten und im Gehen leise miteinander sprachen. Michu packte den Knaben und küßte ihn fast andächtig, mit einem Ausdruck, der die Befürchtung seiner Frau bestätigte. Es lief ihr kalt über den Rücken und sie blickte ihre Mutter mit tränenlosem Blick an, denn weinen konnte sie nicht.

„Geh!“ sagte Michu zu seinem Sohne und blickte ihm nach, bis er ihn ganz aus den Augen verloren hatte.

Couraut bellte in der Richtung nach dem Pachthof Grouage.

„Oh, das ist Violette“, fuhr Michu fort. „Seit heute morgen kommt er zum drittenmal vorbei. Was liegt denn in der Luft? ... Genug, Couraut!“

Gleich darauf hörte man den kurzen Trab eines Pferdes. Violette ritt einen Klepper, wie ihn die Pächter in der Umgegend von Paris benutzen. Unter einem runden, breitkrempigen Hut erschien sein holzfarbenes, faltiges Gesicht noch finstrer als sonst. Seine grauen, boshaften, blitzenden Augen verrieten sein falsches Gemüt. Seine dürren Beine hingen in weißen, bis zum Knie reichenden Leinengamaschen ohne Steigbügel herab und schienen von dem Gewicht seiner groben, eisenbeschlagenen Schuhe gehalten zu werden. Über seinem blauen Kittel trug er einen groben, weiß- und schwarzgestreiften Wollmantel. Sein graues Haar fiel im Schopfe in Locken herab. Dieser Aufzug, das graue Pferd mit den kleinen, kurzen Beinen, die Art, wie Violette daraufsaß, den Leib vorgeschoben, den Oberkörper zurückgelegt, die grobe, rissige, erdfarbene Hand, die einen elenden, angefressenen und schadhaften Zügel hielt, das alles verriet einen habsüchtigen, ehrgeizigen Bauern, der Land besitzen will und es um jeden Preis kauft. Sein Mund mit den bläulichen Lippen, der wie vom Messer eines Chirurgen gespalten war, die unzähligen Runzeln in Gesicht und Stirn hinderten das Spiel der Gesichtszüge, deren Umrisse allein Ausdruck hatten. Diese harten, feststehenden Linien schienen zu drohen, trotz des bescheidenen Wesens, das sich fast alle Landleute geben und unter dem sie ihre Erregung und ihre Berechnungen verbergen wie die Orientalen und die Wilden, die ihre unter unerschütterlichem Ernst verhehlen. Vom einfachen Tagelöhner hatte er es durch ein System zunehmender Niedertracht zum Pächter von Grouage gebracht und er setzte dies System noch fort, als er eine Stellung errungen hatte, die seine ersten Wünsche übertraf. Er wünschte dem Nächsten Böses, und zwar leidenschaftlich. Konnte er dazu beitragen, so tat er es gerne. Violette war ein erklärter Neidbold; aber bei all seinen Tücken blieb er in den Grenzen des Gesetzes und übte nicht mehr und nicht minder als eine parlamentarische Opposition aus. Er glaubte, sein Wohlstand hinge vom Ruin der andern ab, und alles, was über ihm stand, war für ihn ein Feind, gegen den jedes Mittel gut sein mußte. Dieser Charakter ist unter den Bauern ziemlich verbreitet. Gegenwärtig lag ihm vor allem am Herzen, von Malin eine Verlängerung seiner Pacht zu erlangen, die nur noch sechs Jahre lief. Er war eifersüchtig auf den Wohlstand des Verwalters und paßte ihm scharf auf. Die Leute der Gegend feindeten ihn wegen seiner Beziehungen zu den Michus an; doch in der Hoffnung, seine Pacht auf zwölf weitere Jahre verlängern zu lassen, spähte der schlaue Pächter nach einer Gelegenheit, der Regierung oder Malin, der Michu mißtraute, einen Dienst zu leisten. Mit Hilfe des Wächters von Gondreville, des Feldhüters und einiger Holzhacker hielt Violette den Polizeikommissar von Arcis über Michus geringste Handlungen auf dem Laufenden. Dieser Beamte hatte vergebens versucht, Marianne, Michus Magd, für die Interessen der Regierung zu gewinnen; aber Violette und seine Getreuen erfuhren alles durch Gaucher, den kleinen Knecht, auf dessen Treue Michu sich verließ und der ihn doch für Kleinigkeiten, für Westen, Schnallen, baumwollene Strümpfe und Leckereien verriet. Violette schwärzte alle Handlungen Michus an, machte sie durch die unsinnigsten Unterstellungen zu Verbrechen, ohne daß der Verwalter etwas ahnte, obgleich er wußte, welche erbärmliche Rolle der Pächter bei ihm spielte, und sich einen Spaß daraus machte, ihn zum besten zu halten.

„Sie haben wohl viel in Bellache zu tun, daß Sie schon wieder da sind?" fragte Michu.

„Schon wieder! Das ist ein Vorwurf, Herr Michu ... Mit der Tonart kommen Sie mir nicht! Die Büchse da kannte ich bei Ihnen noch nicht ..."

„Sie stammt von einem meiner Felder, auf dem Büchsen wachsen", entgegnete Michu. „Da, sehen Sie, wie ich sie säe."

Der Verwalter nahm auf dreißig Schritt eine Schlangenblume aufs Korn und schoß sie glatt ab.

„Haben Sie diese Banditenwaffe, um Ihren Herrn zu beschützen? Er hat sie Ihnen wohl geschenkt?"

„Er ist extra aus Paris gekommen, um sie mir zu bringen“, antwortete Michu.
„Allerdings schwatzt man rings im Lande von seiner Reise. Die einen behaupten, er sei in Ungnade und ziehe sich von den Geschäften zurück. Die andern sagen, er wolle hier klar sehen... Nun ja, warum kommt er denn, ohne ein Wort zu sagen, genau wie der Erste Konsul? Wußten Sie, daß er kam?“
„Ich stehe mich nicht so gut mit ihm, daß er mir etwas anvertraut.“
„So haben Sie ihn noch nicht gesehen?“
„Ich erfuhr seine Ankunft erst, als ich von meinem Rundgang im Walde zurückkam“, entgegnete Michu und lud seine Büchse wieder.
„Er hat nach Arcis geschickt, um Herrn Grévin zu holen. Sie werden etwas Tribun spielen.“
Malin war Tribunatsmitglied gewesen.
„Wenn Sie in der Richtung nach Cinq-Cygne reiten,“ sagte der Verwalter, „so nehmen Sie mich mit; ich will dorthin.“
Violette war zu ängstlich, um einen Mann von Michus Kraft hinter sich aufs Pferd zu nehmen, und ritt fort. Der Judas warf seine Büchse über die Schulter und eilte nach der Allee.
„Auf wen hat es Michu denn abgesehen?“ fragte Martha ihre Mutter.
„Seit er Herrn Malins Ankunft erfahren hat, ist er recht finster geworden“, entgegnete sie. „Aber es ist feucht, wir wollen ins Haus gehen.“
Als die beiden Frauen unter dem Kaminmantel saßen, schlug Couraut an.
„Da kommt mein Mann!“ rief Martha.
In der Tat kam Michu die Treppe herauf; seine Frau ging besorgt zu ihm in ihr Schlafzimmer.

„Sieh nach, ob niemand da ist", gebot er Martha mit bewegter Stimme.
„Niemand", entgegnete sie. „Marianne ist auf dem Feld mit der Kuh. Und Gaucher..."
„Wo ist Gaucher?" fragte er.
„Ich weiß nicht."
„Ich mißtraue dem kleinen Schlingel. Geh auf den Boden, durchstöbere ihn und suche in den kleinsten Winkeln des Pavillons."
Martha ging und suchte. Als sie zurückkam, fand sie Michu kniend und betend.
„Was hast du denn?" fragte sie erschrocken.
Der Verwalter faßte seine Frau um die Hüften, zog sie an sich, gab ihr einen Kuß auf die Stirn und antwortete mit bewegter Stimme:
„Wenn wir uns nicht wiedersehen, so wisse, arme Frau, daß ich dich recht lieb hatte. Befolge Punkt für Punkt meine Anweisungen. Sie stehen in einem Briefe, den ich am Fuß der Lärche dort in der Baumgruppe vergraben habe", setzte er nach einer Pause hinzu und wies auf einen Baum. „Er steckt in einem Blechrohr. Rühre ihn erst nach meinem Tode an. Kurz, was auch geschehen möge, bedenke, daß mein Arm trotz der Ungerechtigkeit der Menschen der Gerechtigkeit Gottes gedient hat."
Martha erbleichte zusehends und ward weiß wie ihr Bettlaken. Sie blickte ihren Mann mit starren, angstvoll aufgerissenen Augen an; sie wollte sprechen, aber das Wort blieb ihr in der Kehle stecken. Michu entwich wie ein Schatten; er hatte Couraut an den Fuß seines Bettes angebunden, und das Tier begann verzweifelt zu heulen.
Michus Zorn gegen Marion hatte ernste Gründe

gehabt, aber er hatte sich gegen einen Mann gekehrt, der in seinen Augen viel verbrecherischer war, nämlich gegen Malin. Dessen Geheimnisse hatten sich vor den Blicken des Verwalters entschleiert, der mehr als irgendwer in der Lage war, das Benehmen des Staatsrats richtig einzuschätzen. Michus Schwiegervater hatte, politisch gesprochen, das Vertrauen Malins besessen, der durch Grévins Bemühungen zum Vertreter der Aube im Konvent ernannt worden war.

Vielleicht ist es nicht grundlos, die Umstände zu erzählen, die die Simeuses und die Cinq-Cygnes mit Malin zusammengeführt hatten und die auf dem Schicksal der beiden Zwillinge und des Fräuleins von Cinq-Cygne lasteten, aber noch mehr auf dem Marthas und Michus. In Troyes lag das Hotel Cinq-Cygne dem Hotel Simeuse gegenüber. Als der von ebenso kundigen wie vorsichtigen Händen entfesselte Pöbel das Hotel Simeuse geplündert hatte, wurden der Marquis und die Marquise entdeckt, die des Einverständnisses mit den Feinden beschuldigt waren, und den Nationalgarden überliefert, die sie ins Gefängnis abführten. Da schrie die Menge folgerichtig: „Zu den Cinq-Cygnes!" Sie konnte sich nicht denken, daß die Cinq-Cygnes an dem Verbrechen der Simeuses unbeteiligt waren. Der würdige und mutige Marquis von Simeuse hatte ein paar Augenblicke vor dem Sturm seine beiden achtzehnjährigen Söhne, die sich durch ihren Mut bloßstellen konnten, ihrer Tante, der Gräfin Cinq-Cygne, anvertraut. Zwei dem Hause Simeuse ergebene Diener hielten die jungen Leute eingesperrt. Der Greis, der nicht wollte, daß sein Name erlosch,

hatte angeordnet, seinen Söhnen im Fall des äußersten Unglücks alles zu verbergen.
Laurence, damals zwölf Jahre alt, wurde von beiden Brüdern gleich geliebt und liebte sie ebenso. Wie viele Zwillinge, glichen die beiden Simeuses sich derart, daß ihre Mutter ihnen lange Zeit Kleider von verschiedener Farbe gab, um sie zu unterscheiden. Der Erstgeborene hieß Paul Maria, der zweite Maria Paul. Laurence von Cinq-Cygne, der das Geheimnis der Lage anvertraut war, spielte ihre Frauenrolle sehr gut. Sie flehte ihre Vettern an, machte sie nachgiebig und bewachte sie, bis der Pöbel das Haus Cinq-Cygne umringte. Nun begriffen beide Brüder die Gefahr augenblicklich und sagten es sich durch einen Blick. Ihr Entschluß stand sofort fest; sie bewaffneten ihre beiden Diener, die der Gräfin Cinq-Cygne, verrammelten die Tür, schlossen die Fensterläden und stellten sich dann mit fünf Dienern und dem Abbé von Hauteserre, einem Verwandten der Cinq-Cygnes, an den Fenstern auf. Die acht mutigen Kämpfer eröffneten ein mörderisches Feuer auf die Volksmasse. Jeder Schuß tötete oder verwundete einen Angreifer. Laurence verzweifelte nicht, sie lud die Gewehre mit äußerster Kaltblütigkeit und versah die Schützen mit Kugeln und Pulver. Die Gräfin Cinq-Cygne war in die Knie gesunken.
„Was tust du, Mutter?" fragte Laurence.
„Ich bete," entgegnete sie, „für sie wie für euch."
Im Nu waren elf Personen getötet und lagen zwischen den Verwundeten am Boden. Derartige Ereignisse kühlen den Pöbel ab oder steigern seine Wut; er verbeißt sich in sein Vorhaben oder gibt es auf. Die Vordersten wichen entsetzt zurück,

aber die ganze Masse, die morden und rauben wollte, schrie beim Anblick der Toten: „Schlagt sie tot! Schlagt sie tot!“

Die vorsichtigen Leute gingen den Volksvertreter holen. Die beiden Brüder, die nun von den schicksalsvollen Ereignissen des Tages erfuhren, schöpften Verdacht, das Konventsmitglied wollte den Untergang ihres Hauses, und dieser Verdacht ward alsbald zur Gewißheit. Von Rachedurst getrieben, stellten sie sich in die Toreinfahrt und luden ihre Gewehre, um Malin im Augenblick seines Erscheinens zu töten. Die Gräfin hatte den Kopf verloren. Sie sah ihr Haus in Asche und ihre Tochter ermordet. Sie schalt ihre Verwandte für die heldenhafte Verteidigung, die Frankreich acht Tage lang beschäftigte. Laurence öffnete die Tür ein wenig, als Malin sie dazu aufforderte. Bei ihrem Anblick verließ sich der Volksvertreter auf seine gefürchtete Eigenschaft, auf die Schwäche des Kindes und trat ein.

„Wie, mein Herr,“ antwortete sie auf seine ersten Worte, als er Rechenschaft über diesen Widerstand forderte, „Sie wollen Frankreich die Freiheit geben, und Sie schützen die Leute nicht im eignen Hause! Man will unser Haus zerstören, uns ermorden, und wir sollten nicht mal das Recht haben, Gewalt mit Gewalt zurückzuweisen!...“

Malin stand wie angenagelt.

„Sie, der Enkel eines Maurers, den der große Marquis beim Bau seines Schlosses beschäftigt hat,“ sagte Maria Paul zu ihm, „Sie dulden, daß unser Vater ins Gefängnis geschleppt wird, und hören auf eine Verleumdung!“

„Er wird in Freiheit gesetzt werden“, sagte Malin,

der sich für verloren hielt, als er sah, wie die beiden jungen Leute krampfhaft ihre Gewehre schwenkten.

„Diesem Versprechen verdanken Sie Ihr Leben“, sagte Maria Paul feierlich. „Aber wird es nicht heute abend erfüllt, so werden wir Sie zu finden wissen!“

„Was diesen brüllenden Pöbel betrifft,“ sagte Laurence, „so schicken Sie ihn fort, oder der erste Schuß trifft Sie... Nun, Herr Malin, gehen Sie hinaus!“

Das Konventsmitglied ging hinaus und hielt eine Ansprache an die Menge. Er sprach von der Heiligkeit des Herdes, vom Habeas corpus und dem englischen Hausrecht. Er sagte, das Gesetz und das Volk seien souverän, das Gesetz sei das Volk und das Volk dürfe nur durch das Gesetz handeln; das Gesetz müsse gewahrt bleiben. Das Gesetz der Notwendigkeit machte ihn beredt; er zerstreute den Auflauf. Aber nie vergaß er den Ausdruck der Verachtung im Gesicht der beiden Brüder, noch das „Gehen Sie hinaus“ des Fräuleins von Cinq-Cygne. Als daher die Rede davon war, die Güter des Grafen von Cinq-Cygne als Nationalgut zu verkaufen, wurde die Aufteilung streng durchgeführt. Die Kreiskommission ließ Laurence nichts als das Schloß, den Park und den Pachthof Cinq-Cygne. Nach Malins Anweisung hatte Laurence nur Anspruch auf ihr Pflichtteil, denn an Stelle des Emigranten trat die Nation, zumal wenn er die Waffen gegen die Republik trug.

Am Abend nach diesem furchtbaren Sturm flehte Laurence ihre beiden Vettern so heftig an, das Weite zu suchen, denn sie fürchtete für sie irgendeinen Verrat und die Fallstricke des Volksvertreters, – daß sie zu Pferde stiegen und zu den Vorposten der preußischen Armee stießen. In dem Augenblick, als die beiden Brüder den Wald von Gondreville erreichten, wurde das Haus Cinq-Cygne umstellt; der Volksvertreter kam selbst mit bewaffneter Macht, um die Erben des Hauses Simeuse zu verhaften. An die Gräfin Cinq-Cygne, die damals mit furchtbarem Nervenfieber zu Bette lag, wagte er sich nicht heran, ebensowenig an Laurence, ein Kind von zwölf Jahren. Die Diener waren aus Angst vor der Strenge der Republik verschwunden. Am nächsten Morgen verbreitete sich in der Gegend die Kunde von dem Widerstand der beiden Brüder und ihrer Flucht nach Preußen, wie es hieß. Vor dem Haus Cinq-Cygne entstand eine Zusammenrottung von dreitausend Menschen, und es ward mit unerklärlicher Geschwindigkeit zerstört. Frau von Cinq-Cygne, die ins Haus Simeuse gebracht ward, starb dort in einem verstärkten Fieberanfall.

Michu hatte erst nach diesen Ereignissen den politischen Schauplatz betreten, denn der Marquis und die Marquise blieben ungefähr fünf Monate im Gefängnis. In dieser Zeit erhielt der Volksvertreter der Aube eine Mission. Als jedoch Marion Gondreville an Malin verkaufte, als die ganze Gegend die Wirkungen der Volksgärung vergessen hatte, begriff Michu den ganzen Malin oder glaubte ihn doch zu begreifen, denn Malin gehört wie Fouché zu den Personen, die so viele Gesichter, und unter jedem Gesicht so viel Tiefe haben, daß sie im Augenblick ihres Spiels undurchdringlich sind und erst lange nachher erklärt werden können.

Bei den großen Gelegenheiten seines Lebens unterließ Malin nie, seinen treuen Freund Grévin, den Notar in Arcis, zu Rate zu ziehen, denn sein Urteil über Dinge und Menschen war aus der Ferne scharf, klar und bestimmt. Diese Gewohnheit ist die Klugheit und Stärke der Menschen zweiten Ranges. Nun lagen die Dinge im November 1803 für den Staatsrat so ernst, daß ein Brief beide Freunde bloßgestellt hätte. Malin, der zum Senator ernannt werden sollte, fürchtete eine Auseinandersetzung in Paris. Er verließ sein Haus und reiste nach Gondreville, wobei er dem Ersten Konsul nur einen einzigen von den Gründen angab, aus denen ihm seine Reise erwünscht war, einen Grund, der ihm in Bonapartes Augen das Ansehen von Eifer gab, während es sich doch nicht um den Staat, sondern um ihn selbst handelte. Als nun Michu im Park nach Art der Wilden auf einen günstigen Augenblick für seine Rache lauerte, führte der politische Malin, der gewöhnt war, alle Ereignisse zu seinen Gunsten auszubeuten, seinen Freund nach einer kleinen Wiese des englischen Gartens, einem verlassenen Fleck, der zu geheimer Zwiesprache günstig war. In der Mitte der Wiese stehend und leise sprechend, waren beide Freunde zu weit entfernt, um belauscht zu werden, falls jemand sich zu diesem Zwecke versteckt hatte, und sie konnten das Thema wechseln, wenn Unberufene dazu kamen.

„Warum sind wir nicht in einem Zimmer des Schlosses geblieben?“ fragte Grévin.

„Hast du nicht die beiden Leute gesehen, die mir der Polizeipräfekt schickt?“

Obgleich Fouché bei der Verschwörung von Pichegru, Georges, Moreau und Polignac die Seele des Konsulatskabinetts gewesen war, leitete er das Polizeiministerium nicht und war damals einfacher Staatsrat wie Malin.

„Diese beiden Leute sind Fouchés zwei Arme. Der eine, der junge Stutzer, dessen Gesicht wie eine Flasche Limonade aussieht, der Essig auf den Lippen und Krätzer in den Augen hat, der hat dem Aufstand im Westen im Jahre VII binnen vierzehn Tagen ein Ende gemacht. Der andre ist ein Kind Lenoirs, der einzige, der die großen Traditionen der französischen Polizei im Leibe hat. Ich hatte um irgendeinen untergeordneten Agenten gebeten, der sich auf eine offizielle Persönlichkeit stützen sollte, und man schickt mir die beiden Gesellen! Ach, Grévin! Fouché will mir zweifellos in die Karten sehen. Darum ließ ich die beiden Herren im Schlosse speisen; sie mögen alles durchsuchen, sie werden weder Ludwig XVIII. noch irgendein Anzeichen finden."

„Oho!" sagte Grévin, „welches Spiel spielst du denn?"

„Nun, mein Freund, ein Doppelspiel ist recht gefährlich, aber in bezug auf Fouché ist es ein dreifaches Spiel. Er hat vielleicht gewittert, daß ich die Geheimnisse des Hauses Bourbon kenne."

„Du?"

„Ich", entgegnete Malin.

„Hast du Favras vergessen?"

Dies Wort machte dem Staatsrat Eindruck.

„Und seit wann?" fragte Grévin nach einer Pause.

„Seit dem Konsulat auf Lebenszeit."

„Und doch keine Beweise?"

„Nicht so viel", sagte Malin und machte die übliche Gebärde mit dem Daumennagel.
In kurzen Worten entwarf Malin ein deutliches Bild der kritischen Lage, in die Bonaparte England brachte, das durch das Lager von Boulogne auf Tod und Leben bedroht war. Er erklärte Grévin die in Frankreich und Europa unbekannte, aber von Pitt geahnte Tragweite dieses Landungsplanes, dann die kritische Lage, in die England Bonaparte bringen wollte. Eine gewaltige Koalition, Preußen, Österreich und Rußland, sollte, mit englischem Gelde bezahlt, siebenhunderttausend Mann unter die Waffen bringen. Zugleich spannte im Innern eine furchtbare Verschwörung ihr Netz und vereinigte die Bergpartei, die Chouans, die Royalisten und ihre Prinzen.
„Solange Ludwig XVIII. drei Konsuln sah, glaubte er, die Anarchie gehe weiter und er könne mit Hilfe irgendeiner Bewegung Rache für den 13. Vendémiaire und den 18. Fructidor nehmen", sagte Malin. „Aber das Konsulat auf Lebenszeit hat Bonapartes Pläne enthüllt; bald wird er Kaiser sein. Dieser ehemalige Leutnant trägt sich mit dem Gedanken, eine Dynastie zu gründen! Nun, diesmal will man ihm ans Leben, und der Streich ist noch geschickter angelegt als der in der Rue Saint-Nicaise. Pichegru, Georges, Moreau, der Herzog von Enghien, Polignac und Rivière, die beiden Freunde des Grafen von Artois, sind beteiligt."
„Was für ein Gemisch!" rief Grévin.
„Frankreich wird heimlich überfallen, man will von allen Seiten anstürmen, man wird kein Mittel unversucht lassen. Hundert Leute, die den Anschlag ausführen, von Georges geführt, sollen die

Leibwache des Konsuls und den Konsul Mann gegen Mann angreifen."

„Gut, denunziere sie!"

„Seit zwei Monaten halten der Konsul, sein Polizeiminister, der Präfekt und Fouché einen Teil dieses Riesengewebes in Händen, aber sie kennen seine ganze Ausdehnung nicht, und im Augenblick lassen sie fast alle Verschworenen frei herumlaufen, um alles zu erfahren."

„Was das Recht betrifft," versetzte der Notar, „so haben die Bourbonen wohl eher das Recht, ein Unternehmen gegen Bonaparte anzuzetteln, zu leiten und auszuführen, als Bonaparte das Recht hatte, am 18. Brumaire gegen die Republik zu konspirieren, deren Kind er war. Er mordete seine Mutter, sie aber wollen wieder in ihr Haus. Ich verstehe, daß die Prinzen, als die Emigrantenlisten geschlossen wurden, als die Streichungen zunahmen, der katholische Kult wieder eingeführt wurde und die gegenrevolutionären Erlasse sich häuften, begriffen haben, daß ihre Rückkehr schwierig, ja unmöglich würde. Bonaparte wird zum einzigen Hindernis ihrer Rückkehr, und dies Hindernis wollen sie wegräumen; nichts ist einfacher. Werden die Verschwörer besiegt, so sind sie Räuber. Siegen sie, so sind sie Helden, und deine Ratlosigkeit scheint mir da ganz natürlich."

„Es handelt sich darum," sagte Malin, „den Bourbonen den Kopf des Herzogs von Enghien zuwerfen zu lassen, wie der Konvent den Königen den Kopf Ludwigs XVI. zugeworfen hat, um ihn so tief wie uns in den Strom der Revolution zu tauchen; oder darum, den jetzigen Götzen des französischen Volkes und seinen künftigen Kaiser zu stürzen, um den wahren Thron auf seinen Trümmern aufzurichten. Ich bin der Spielball eines Ereignisses, eines wohlgezielten Pistolenschusses, einer Höllenmaschine der Rue Nicaise, die im rechten Augenblick explodiert. Man hat mir nicht alles gesagt. Man hat mir vorgeschlagen, im kritischen Augenblick den Staatsrat einzuberufen und die Wiedereinsetzung der Bourbonen gesetzlich in die Wege zu leiten."

„Warte ab", entgegnete der Notar.

„Unmöglich! Mir bleibt nur noch dieser Augenblick, um einen Entschluß zu fassen."

„Und warum?"

„Die beiden Simeuses sind im Komplott und in der Gegend. Ich muß sie entweder verfolgen lassen, damit sie sich bloßstellen und ich sie loswerde, oder ich muß sie heimlich unterstützen. Ich hatte um untergeordnete Leute gebeten; man schickt mir ausgesuchte Luchse, die über Troyes gekommen sind, um die Gendarmerie für sich zu haben."

„Gondreville ist das ‚Halte fest', und die Verschwörung ist das „So wirst du haben'", sagte Grévin. „Weder Fouché noch Talleyrand, deine beiden Partner, sind beteiligt: spiele mit ihnen offnes Spiel. Wie! Alle, die Ludwig XVI. den Kopf abschlugen, sind in der Regierung, und Frankreich wimmelt von Aufkäufern von Nationalgütern, und du möchtest die zurückführen, die Gondreville von dir herausfordern würden? Sind die Bourbonen keine Dummköpfe, so müssen sie mit dem Schwamm über alles gehen, was wir getan haben. Warne Bonaparte."

„Ein Mann meines Ranges denunziert nicht", sagte Malin lebhaft.

„Deines Ranges!" rief Grévin lächelnd.

„Man bietet mir das Justizministerium an."
„Ich begreife, daß dich das blendet, und meine Sache ist es, in diesen politischen Finsternissen klar zu sehen, das Ausgangstor zu wittern. Nun ist es unmöglich vorauszusehen, welche Ereignisse die Bourbonen zurückführen können, wenn ein General Bonaparte achtzig Schiffe und vierhunderttausend Mann hat. Das Schwierigste in der ausschauenden Politik ist, zu wissen, wann eine sinkende Macht stürzen wird. Aber, Alterchen, Bonapartes Macht ist noch im Steigen begriffen... Hat Fouché dich nicht vielleicht sondieren lassen, um dein innerstes Denken zu erfahren und sich deiner zu entledigen?"
„Nein, des Gesandten bin ich sicher. Übrigens würde Fouché mir nicht zwei derartige Affen schicken, die ich zu gut kenne, um nicht Verdacht zu schöpfen."
„Mir flößen sie Angst ein", sagte Grévin. „Wenn Fouché dir nicht mißtraut, dich nicht auf die Probe stellen will, warum hat er sie dir dann geschickt? Fouché spielt einen derartigen Streich nicht ohne Grund..."
„Das entscheidet die Sache für mich!" rief Malin. „Ich werde vor den beiden Simeuses nie Ruhe haben. Vielleicht will Fouché, der meine Lage kennt, die beiden schnappen und glaubt durch sie bis zu den Condés durchzugreifen."
„Ach, Alterchen, unter Bonaparte wird man den Besitzer von Gondreville nicht beunruhigen."
Als Malin aufblickte, erkannte er im Laub einer großen dichten Linde den Lauf eines Gewehrs.
„Ich hatte mich nicht getäuscht; ich hatte das Knacken eines Hahnes gehört, der gespannt wird",

sagte er zu Grévin, nachdem er hinter einen dikken Baumstamm getreten war. Der Notar folgte ihm, über die plötzliche Bewegung seines Freundes beunruhigt.

„Es ist Michu", sagte Grévin. „Ich sehe seinen roten Bart."

„Wir wollen nicht so tun, als hätten wir Angst", fuhr Malin fort und ging langsam weiter, während er mehrmals sagte:

„Was hat der Mann gegen die Käufer dieses Landgutes? Auf dich hatte er es gewiß nicht abgesehen. Wenn er uns gehört hat, muß ich ihn ins Gebet nehmen. Wir hätten lieber in die Ebene gehen sollen."

„Man lernt nie aus", versetzte der Notar. „Aber er war weit ab, und wir haben uns nur ins Ohr gesprochen."

„Ich will Corentin zwei Worte darüber sagen", entgegnete Malin.

Kurz darauf kehrte Michu heim, bleich und mit verzerrten Zügen.

„Was ist dir?" fragte seine Frau entsetzt.

„Nichts," entgegnete er, als er Violette erblickte, dessen Anwesenheit ihn wie ein Blitzstrahl traf. Michu nahm einen Stuhl, setzte sich ruhig ans Feuer und warf einen Brief hinein, den er aus einer jener Blechröhren genommen hatte, die die Soldaten zum Aufheben ihrer Papiere benutzen. Bei diesem Vorgang atmete Martha wie von Zentnerlast befreit auf, und Violette wurde sehr neugierig. Der Verwalter legte seine Büchse mit bewundernswerter Kaltblütigkeit auf den Kaminmantel. Marianne und Marthas Mutter spannen beim Licht einer Lampe.

„Vorwärts, Franz, zu Bett!“ sagte der Vater. „Willst du wohl in die Klappe!“
Damit faßte er seinen Sohn grob um die Hüften und trug ihn hinaus.
„Geh in den Keller hinunter,“ sagte er ihm auf der Treppe ins Ohr, „nimm zwei Flaschen Macon, gieße ein Drittel des Inhalts aus und fülle sie mit dem Kognak nach, der auf dem Flaschenbrett steht. Dann mische eine Flasche Weißwein zur Hälfte mit Kognak. Mach das geschickt und stelle die drei Flaschen auf das leere Faß am Kellereingang. Wenn ich das Fenster öffne, verläßt du den Keller, sattelst mein Pferd, setzt dich drauf und erwartest mich am Bettlerpfahl.“
„Der kleine Schlingel will nie zu Bett gehen“, sagte der Verwalter, als er zurückkam. „Er will es machen wie die Erwachsenen, alles sehen, alles hören, alles wissen. Sie verderben mir meine Leute, Herr Violette.“
„Mein Gott! Mein Gott!“ rief Violette, „wer hat Ihnen denn die Zunge gelöst? So viel haben Sie noch nie gesprochen.“
„Meinen Sie, ich ließe mich ausspionieren, ohne es zu merken? Sie stehen nicht auf der richtigen Seite, alter Violette. Wenn Sie, statt denen zu dienen, die mir schaden wollen, für mich wären, so täte ich noch mehr für Sie, als Ihre Pacht zu verlängern...“
„Was noch?“ fragte der habgierige Bauer und riß die Augen weit auf.
„Ich würde Ihnen billig meinen Besitz verkaufen.“
„Billig ist nichts, wenn man bezahlen muß“, sagte Violette spitz.

„Ich will die Gegend verlassen und ich gebe Ihnen meinen Pachthof Le Mousseau mit Gebäuden, Saatkorn, Vieh für fünfzigtausend Franken."
„Wirklich?"
„Ist's Ihnen recht so?"
„Das wäre zu überlegen."
„Wir wollen darüber reden ... Aber ich verlange eine Anzahlung."
„Ich habe nichts."
„Ein Wort."
„Auch das noch! ..."
„Sagen Sie mir, wer Sie hergeschickt hat!"
„Ich kam von da zurück, wo ich vorhin war, und ich wollte Ihnen kurz guten Abend sagen."
„Du kamst zurück – ohne dein Pferd? Hältst du mich für einen Tropf? Du lügst, du kriegst meinen Pachthof nicht."
„Na also, es war Herr Grévin. Er sagte zu mir: ‚Violette, wir brauchen Michu. Geh ihn holen. Ist er nicht da, so warte auf ihn ...' Ich begriff, daß ich heute abend hier bleiben sollte ..."
„Waren die Pariser Schnapphähne noch auf dem Schloß?"
„Ach, ich weiß nicht recht, aber es waren Leute im Salon."
„Du sollst meinen Pachthof haben. Machen wir das weitere aus. Frau, geh und hole den Vertragswein. Nimm vom besten Roussillon, dem Wein des früheren Marquis ... Wir sind keine Kinder. Du findest zwei Flaschen davon auf dem leeren Faß am Eingang und eine Flasche Weißwein."
„Famos", sagte Violette, der sich nie betrank. „Trinken wir!"
„Sie haben fünfzigtausend Franken unter den

Fliesen Ihres Schlafzimmers, soweit wie das Bett reicht. Die geben Sie mir vierzehn Tage, nachdem der Vertrag bei Grévin abgeschlossen ist ..."
Violette blickte Michu starr an und wurde kreidebleich.
„Ha, du willst einen alten Jakobiner ausschnüffeln, der die Ehre hatte, Vorsitzender des Klubs in Arcis zu sein, und du meinst, er wird's nicht merken? Ich habe Augen im Kopf, ich habe gesehen, daß deine Fliesen frisch ausgegipst sind, und daraus zog ich den Schluß, daß du sie nicht aufgehoben hast, um Getreide zu säen ... Prosit!"
Verwirrt trank Violette ein großes Glas Wein, ohne auf die Sorte zu achten. Der Schrecken hatte ihm gleichsam ein glühendes Eisen in den Bauch gestoßen; der Geiz verbrannte dort den Branntwein. Er hätte viel darum gegeben, zu Hause sein zu können, um seinen Schatz anderswo zu verbergen. Die drei Frauen lächelten.
„Ist's Ihnen recht so?" fragte Michu ihn und füllte sein Glas nochmals.
„Gewiß."
„Dann hast du eine eigne Scholle, alter Halunke!"
Nach einer halben Stunde lebhafter Erörterungen über den Zeitpunkt der Besitzübernahme und die tausend Spitzfindigkeiten, unter denen die Bauern ihre Geschäfte abschließen, unter Beteuerungen, geleerten Weingläsern, Worten voller Versprechungen und Ableugnungen, – unter Ausrufen wie „Nicht möglich!" „Wahrhaftig!" „Mein Wort darauf!" „Was ich dir sage", „Man soll mir den Hals abschneiden, wenn ...", „Dies Glas Wein soll zu Gift werden, wenn ich nicht die reine Wahrheit sage ..." fiel Violette mit dem Kopf auf den

Tisch, nicht berauscht, sondern völlig betrunken. Sobald Michu merkte, daß seine Augen sich trübten, öffnete er das Fenster.

„Wo ist der Schlingel, der Gaucher?" fragte er seine Frau.

„Zu Bett."

„Du, Marianne," sagte der Verwalter zu seiner treuen Magd, „geh und stell dich vor seine Tür und bewache ihn. – Du, Mutter, bleibst unten und bewachst mir den Spion da. Sei auf der Hut und öffne nur, wenn Franz ruft. Es geht um Tod und Leben!" setzte er mit tiefer Stimme hinzu. „Für alle, die unter meinem Dach wohnen, habe ich mein Haus heute nacht nicht verlassen: das werdet Ihr auch mit dem Kopf unter dem Fallbeil aussagen. – Geh," sagte er zu seiner Frau, „geh, Mutter, zieh deine Schuhe an, setze deine Haube auf und zieh ab. Keine Fragen, ich begleite dich."

Seit dreiviertel Stunden hatte dieser Mann in Blick und Gebärde einen despotischen, unwiderstehlichen Willen, der aus der gemeinsamen, unbekannten Quelle kommt, aus der sowohl die großen Heerführer schöpfen, die auf dem Schlachtfeld die Massen entflammen, wie die großen Redner, die die Versammlungen fortreißen, aber auch, das muß gesagt werden, die großen Verbrecher bei ihren kühnen Streichen. Es ist dann, als ströme vom Kopf ein unbezwinglicher Einfluß aus, dessen Träger das Wort ist, als flöße die Gebärde anderen den Willen des Einen ein. Die drei Frauen wußten sich in einer furchtbaren Krise. Ohne daß es ihnen gesagt worden wäre, ahnten sie es an der Raschheit der Handlungen dieses

Mannes, dessen Gesicht funkelte, dessen Stirn redete, dessen Augen wie Sterne glänzten. Mehrmals hatten sie den Schweiß an seinen Haarwurzeln gesehen, mehrmals hatten seine Worte vor Ungeduld und Wut gebebt. Und so gehorchte Martha denn willenlos. Bis an die Zähne bewaffnet, die Flinte über der Schulter, sprang Michu in den Baumgang, von seiner Frau gefolgt, und rasch erreichten sie den Kreuzweg, wo Franz sich im Gestrüpp versteckt hatte.

„Der Kleine hat Verstand", sagte Michu, als er ihn sah.

Es war sein erstes Wort. Seine Frau und er waren bis dahin gelaufen, ohne ein Wort sprechen zu können.

„Kehre zum Pavillon zurück, versteck dich im dichtesten Baum, beobachte die Felder und den Park", sagte er zu seinem Sohne. „Wir sind alle zu Bett, machen niemandem auf. Deine Großmutter wacht und wird sich nur rühren, wenn sie dich sprechen hört. Merke dir jedes Wort von mir. Es geht um das Leben deiner Eltern. Die Justiz darf nie erfahren, daß wir die Nacht nicht zu Hause waren!"

Nachdem er diese Worte seinem Sohn ins Ohr geraunt hatte, schlüpfte dieser durch den Wald wie ein Aal durch den Schlamm, und Michu sprach zu seiner Frau:

„Aufs Pferd! Und bitte Gott, daß er mit uns ist. Halte dich gut. Mag das Tier verrecken."

Kaum hatte er diese Worte gesprochen, so rannte das Pferd, von zwei Fußstößen Michus getrieben und von seinen starken Knien gepreßt, mit der Schnelligkeit eines Rennpferdes los. Es schien seinen Herrn zu verstehen: in einer Viertelstunde war der Wald durchquert. Ohne vom kürzesten Wege abgewichen zu sein, befand Michu sich an einer Stelle des Waldsaumes, wo die mondbeschienenen Dächer des Schlosses auftauchten. Er band sein Pferd an einen Baum und stieg behend auf den kleinen Hügel, von dem man das Tal von Cinq-Cygne überschaute.

Das Schloß, das Michu und Martha einen Augenblick zusammen anschauten, macht in der Landschaft einen reizvollen Eindruck. Obgleich weder durch Umfang noch Bauart hervorragend, besitzt es ein gewisses archäologisches Interesse. Der alte Bau aus dem fünfzehnten Jahrhundert, auf einer Anhöhe gelegen und von tiefen, breiten und noch gefüllten Wassergräben umgeben, ist aus Feldsteinen und Mörtel errichtet, aber seine Mauern sind sieben Fuß dick. Seine Schlichtheit gemahnt wunderbar an das rauhe, kriegerische Leben der Feudalzeit. Dies wirklich echte Schloß besteht aus zwei dicken rötlichen Türmen, die durch ein langes Wohngebäude mit Steinfenstern getrennt sind, deren grob gearbeitete Kreuze Weinranken gleichen. Die Treppe liegt mitten vor der Außenmauer in einem fünfeckigen Turme mit kleiner Spitzbogenpforte. Das Erdgeschoß, im Innern im Stil Ludwigs XIV. modernisiert, wie auch das erste Stockwerk, wird von ungeheuren Dächern überragt, die von Fenstern mit gemeißelten Giebeln durchbrochen werden. Vor dem Schloß liegt ein weiter Wiesenplan, dessen Bäume vor kurzem gefällt waren. Zu beiden Seiten der Eingangsbrücke liegen zwei Häuschen, die als Gärtnerwohnung dienen, durch ein dürftiges, charakter-

loses, offenbar modernes Gitter getrennt. Rechts und links von dem Wiesenplan, den eine gepflasterte Straße mitten durchteilt, ziehen sich die Pferde- und Kuhställe, die Scheunen, die Holzschuppen, das Backhaus, die Hühnerställe und Gesindewohnungen hin, offenbar in den Überresten zweier Flügel untergebracht, die dem jetzigen Schloß ähnlich waren. In früheren Zeiten muß dies Kastell ein Viereck gewesen sein, das an den vier Ecken befestigt und von einem gewaltigen Turm mit gewölbtem Tor verteidigt war, an dessen Fuß sich an der Stelle des Gitters eine Zugbrücke befand. Die beiden dicken Türme, deren kegelförmige Dächer noch nicht abgetragen waren, und der Glockenstuhl des Mittelturmes gaben dem Dache Charakter. Ein paar Schritte davon ragte der spitze Turm der gleichfalls alten Kirche, der mit den Massen dieses Kastells im Einklang stand. Der Mond ließ alle Firste und Dachspitzen leuchten und umspielte sie mit flimmerndem Lichte.
Michu betrachtete diesen alten Herrensitz mit einem Blicke, der die Gedanken seiner Frau umwarf, denn sein Gesicht war ruhiger geworden und zeigte einen Ausdruck von Hoffnung und eine Art Stolz. Dann überschaute er den Gesichtskreis mit einem gewissen Mißtrauen: es mußte gegen neun Uhr sein; der Mondschein fiel auf den Waldrand, und die Anhöhe war besonders stark beleuchtet. Dieser Standpunkt schien dem Verwalter gefährlich; er stieg hinab, als fürchtete er, gesehen worden zu sein. Doch kein verdächtiges Geräusch störte den Frieden des schönen Tales, das auf dieser Seite vom Walde von Nodesme umschlossen wurde. Martha, die von dem scharfen Ritt erschöpft war

und zitterte, erwartete irgendeine Lösung. Wozu hatte er sie mitgenommen? Zu einer guten Tat oder zu einem Verbrechen?

In diesem Augenblick sagte Michu seiner Frau ins Ohr:

„Du wirst zur Gräfin Cinq-Cygne gehen und sie zu sprechen verlangen. Wenn du sie siehst, bitte sie, beiseite zu kommen. Wenn niemand euch hören kann, wirst du zu ihr sagen: ‚Gnädiges Fräulein, das Leben Ihrer beiden Vettern ist in Gefahr, und der Mann, der Ihnen das Wie und Warum erklären wird, wartet.' Hat sie Angst, ist sie mißtrauisch, so setze hinzu: ‚Sie gehören zur Verschwörung gegen den Ersten Konsul, und die Verschwörung ist entdeckt.' Nenne deinen Namen nicht, man mißtraut uns zu sehr."

Martha Michu hob den Kopf zu ihrem Manne und sprach:

„So dienst du ihnen?"

„Nun, und was weiter?" fragte er stirnrunzelnd, denn er glaubte an einen Vorwurf.

„Du verstehst mich nicht!" rief Martha aus und ergriff Michus breite Hand. Dann fiel sie vor ihm auf die Knie und küßte diese Hand, die sich plötzlich mit Tränen bedeckte.

„Lauf! Weinen kannst du nachher", sagte er, sie heftig umarmend.

Als er den Schritt seiner Frau nicht mehr hörte, traten dem eisernen Manne Tränen in die Augen. Er hatte Martha wegen der Ansichten ihres Vaters mißtraut, aber die Schönheit ihres schlichten Charakters war ihm plötzlich aufgegangen, wie ihr die Größe des seinen klar wurde. Martha geriet aus der tiefen Demütigung, die die Mißachtung eines Mannes verursacht, dessen Namen man trägt, in das Entzücken, die sein Ruhm bereitet. Der Übergang war so plötzlich, daß sie der Ohnmacht nahe war. Wie sie ihm später erzählte, hatte sie vom Pavillon bis Cinq-Cygne in ihrer Angst und Sorge Blut geschwitzt und einen Augenblick hatte sie sich unter die Engel des Himmels entrückt gefühlt. Er, der sich nicht verstanden fühlte, der das grämliche, schwermütige Wesen seiner Frau für einen Mangel an Liebe hielt, hatte sie sich selbst überlassen und draußen gelebt, seine ganze Zärtlichkeit auf seinen Sohn geworfen, aber nun hatte er im Nu begriffen, was die Tränen dieser Frau bedeuteten: sie verfluchte die Rolle, die ihre Schönheit und der Wille ihres Vaters sie zu spielen zwang. Das Glück hatte in seinen schönsten Flammen für sie geleuchtet, wie ein Blitz im Gewitter. Ja, es mußte ein Blitz sein! Beide dachten an zehn Jahre des Mißverstehens und jeder gab sich allein die Schuld. Michu blieb unbeweglich stehen, den Ellbogen auf der Büchse und die Hand am Kinn, in tiefes Sinnen verloren. In solchen Augenblicken heißt man alle Schmerzen der schmerzlichsten Vergangenheit gut.

Von tausend ähnlichen Gedanken bestürmt, fühlte Martha sich auch noch durch die Gefahr der Simeuses bedrückt, denn sie begriff alles, selbst die Gesichter der beiden Pariser; nur die Büchse war ihr unerklärlich. Wie eine Hirschkuh lief sie dahin und erreichte den Weg nach dem Schloß. Zu ihrer Bestürzung hörte sie hinter sich die Schritte eines Mannes und schrie auf, aber Michus breite Hand schloß ihr den Mund.

„Von dem Hügel aus sah ich in der Ferne das

Silber auf den Hutborten glänzen! Geh durch die Bresche des Grabens zwischen dem Damenturm und den Ställen, dann werden die Hunde dich nicht anbellen. Geh in den Garten, ruf die junge Gräfin durchs Fenster; laß ihr Pferd satteln; sage ihr, sie solle es durch die Bresche führen. Ich werde dort sein, sobald ich den Plan der Pariser erforscht und herausgekriegt habe, wie man ihnen entgehen kann."

Die Gefahr, die wie eine Lawine rollte und der man zuvorkommen mußte, gab Martha Flügel.

Der fränkische Name, den die Cinq-Cygnes und die Chargeboeufs gemeinsam trugen, war Duineff. Cinq-Cygne wurde der Name des jüngeren Zweiges der Chargeboeufs, nachdem fünf Töchter dieses Hauses in Abwesenheit ihres Vaters ein Kastell verteidigt hatten. Alle waren auffallend bleich, und kein Mensch hätte von ihnen ein solches Benehmen erwartet. Einer der ersten Grafen der Champagne wollte durch diesen hübschen Namen die Erinnerung daran verewigen, solange die Familie lebte. Seit jener seltsamen Waffentat waren die Töchter dieses Hauses stolz, aber vielleicht nicht alle bleich. Die letzte, Laurence, war entgegen dem salischen Gesetz die Erbin des Namens, des Wappens und der Lehen. Der König von Frankreich hatte den Lehnsbrief des Grafen der Champagne bestätigt, wonach in dieser Familie die Frau den Adel verleihen und erben sollte. Laurence war also Gräfin von Cinq-Cygne; ihr Gatte mußte ihren Namen und ihr Wappen annehmen, auf dem als Wappenspruch die stolze Antwort stand, die die älteste der fünf Schwestern auf die Aufforderung zur Übergabe des Schlosses gab:

„Singend sterben!“ Dieser schönen Heldinnen würdig, hatte Laurence eine so weiße Haut, als hätte der Zufall eine Wette gemacht. Die geringsten Verästelungen ihrer blauen Adern schimmerten durch das feine und feste Hautgewebe hindurch. Ihr Haar vom schönsten Blond stimmte wunderbar zu ihren tiefblauen Augen. Alles an ihr war zierlich. Doch in ihrem schmächtigen Körper lebte trotz ihres schlanken Wuchses und ihrer milchweißen Haut eine Seele, so gehärtet wie die des charakterfestesten Mannes. Aber erraten hätte sie niemand, auch kein Beobachter, beim Anblick ihres sanften Ausdrucks und ihrer Gesichtsform, deren Profil eine entfernte Ähnlichkeit mit dem Kopf eines Schafes hatte. Diese übermäßige, wenn auch vornehme Sanftheit schien bis zur Blödigkeit eines Lammes zu gehen. „Ich sehe aus wie ein träumendes Schaf“, sagte sie bisweilen lächelnd. Laurence, die wenig sprach, schien nicht sowohl nachdenklich als verschlafen. Entstand jedoch eine ernste Lage, so offenbarte sich sofort die verborgene Judith und sie wurde erhaben, und an solchen Lagen hatte es ihr leider nicht gefehlt.

Mit dreizehn Jahren stand Laurence nach den schon bekannten Ereignissen als Waise auf der Stätte, an der sich tags zuvor in Troyes eines der eigenartigsten Häuser im Baustil des sechzehnten Jahrhunderts erhoben hatte: das Hotel Cinq-Cygne. Herr von Hauteserre, einer ihrer Verwandten, der ihr Vormund geworden war, brachte die Erbin sofort aufs Land. Dieser wackere Provinzedelmann, durch den Tod seines Bruders, des Abbé von Hauteserre, erschreckt, den eine Kugel in dem

Augenblick auf dem Platze traf, als er sich in Bauerntracht retten wollte, war nicht imstande, die Sache seines Mündels zu verteidigen. Er hatte zwei Söhne im Heere der Prinzen, und täglich glaubte er beim geringsten Geräusch, die Munizipalgardisten von Arcis kämen, ihn zu verhaften. Stolz, eine Belagerung bestanden zu haben und die historische weiße Hautfarbe ihrer Vorfahren zu besitzen, verachtete Laurence diese kluge Feigheit des vom Sturm der Zeit gebeugten Greises; sie dachte nur daran, sich hervorzutun. So hängte sie in ihrem armseligen Salon in Cinq-Cygne dreist das Bild der Carlotte Corday auf, mit geflochtenen Eichenzweigen bekränzt. Durch einen besonderen Boten stand sie mit den Zwillingen in Briefwechsel, trotz dem Gesetz, das sie mit dem Tode bestraft hätte. Der Bote, der gleichfalls sein Leben aufs Spiel setzte, brachte die Antworten zurück. Seit den Katastrophen in Troyes lebte Laurence nur noch für den Triumph der königlichen Sache. Nachdem sie Herrn und Frau von Hauteserre richtig eingeschätzt und ihren braven, aber kraftlosen Charakter erkannt hatte, stellte sie sich außerhalb der Gesetze ihrer Sphäre. Laurence besaß zuviel Geist und wirkliche Nachsicht, um ihnen wegen ihres Charakters zu grollen. Sie war gut, liebenswürdig, herzlich gegen sie, gab ihnen aber keins ihrer Geheimnisse preis. Nichts verschließt die Seele so sehr wie beständige Verstellung im Schoß einer Familie. Als Laurence großjährig wurde, überließ sie die Verwaltung ihrer Geschäfte dem guten Hauteserre wie zuvor. Wenn ihre Lieblingsstute gut geputzt, wenn ihre Zofe Katharina nach ihrem Geschmack gekleidet und ihr kleiner Diener Gotthard anständig angezogen war, fragte sie wenig nach dem übrigen. Ihr Denken richtete sich auf ein zu hohes Ziel, als daß sie sich zu Beschäftigungen herabließ, die ihr zu anderen Zeiten gewiß gefallen hätten. Die Kleidung bedeutete wenig für sie; zudem waren ihre Vettern ja nicht da. Laurence hatte ein flaschengrünes Reitkleid zum Ausreiten, ein ärmelloses Kleid aus gewöhnlichem Wollstoff mit Schnüren, um zu Fuß auszugehen, und ein seidenes Morgenkleid fürs Haus. Gotthard, ihr kleiner Stallknecht, ein gewandter, kecker Bursche von fünfzehn Jahren, begleitete sie, denn sie war fast stets draußen und jagte auf allen Feldern von Gondreville, ohne daß die Pächter, noch Michu etwas dagegen hatten. Sie ritt ausgezeichnet und war eine wunderbar geschickte Jägerin. In der Gegend hieß sie nur das Fräulein, selbst während der Revolution.

Wer den schönen Roman „Rob Roy" gelesen hat, wird sich eines der seltnen Frauencharaktere erinnern, bei deren Schilderung Walter Scott seine gewohnte Kälte abgelegt hat, nämlich Diana Vernon. Diese Erinnerung kann zum Verständnis Laurences dienen, wenn man zu den Eigenschaften der schottischen Jägerin die verhaltene Begeisterung der Charlotte Corday hinzufügt, aber die liebenswürdige Lebhaftigkeit fortläßt, die Diana so anziehend macht. Die junge Gräfin hatte ihre Mutter sterben, den Abbé von Hauteserre fallen, den Marquis und die Marquise von Simeuse auf dem Schafott enden schon. Ihr einziger Bruder war seinen Wunden erlegen; ihre beiden Vettern, die in der Armee Condés dienten, konnten jeden Augenblick fallen; schließlich war das Vermögen der Simeuses und der Cinq-Cygnes von der Republik verschlungen worden, ohne der Republik zu nützen. Ihr Ernst, der in anscheinende Stumpfheit ausgeartet war, wird jetzt begreiflich. Herr von Hauteserre zeigte sich übrigens als Vormund höchst ehrlich und einsichtig. Unter seiner Verwaltung nahm Cinq-Cygne die Gestalt eines Pachthofes an. Der Biedermann, der weit weniger einem Ritter als einen tüchtigen Landwirt glich, hatte den Park und die Gärten, die etwa zweihundert Morgen umfaßten, nutzbringend verwertet. Sie lieferten ihm Futter für die Pferde, Nahrung für die Leute und Brennholz. Dank strengster Sparsamkeit hatte die Gräfin, als sie großjährig wurde, durch Anlage der Einkünfte in Staatspapieren bereits ein hinreichendes Vermögen erlangt. Im Jahre 1798 besaß die Erbin 20 000 Franken in Staatsrenten, deren Zinsen freilich ausstanden, und 12 000 Franken in Cinq-Cygne, dessen Pachtverträge unter beträchtlichen Steigungen erneuert waren. Herr und Frau von Hauteserre hatten sich mit einer Leibrente von 3000 Franken aus der Gesellschaft Lafarge aufs Land zurückgezogen. Diese Trümmer ihres Vermögens erlaubten ihnen nicht, anderswo als in Cinq-Cygne zu leben. Und so war es auch das erste, was Laurence tat, daß sie ihnen den Pavillon, in dem sie wohnten, auf Lebenszeit überließ. Die Hauteserres waren für ihr Mündel ebenso sparsam geworden wie für sich selbst. Sie legten jedes Jahr ihre tausend Thaler in dem Gedanken an ihre Söhne zurück und gaben der Erbin eine dürftige Kost. Die Gesamtausgaben von Cinq-Cygne betrugen jährlich nicht mehr als 5000 Franken.

Aber Laurence, die sich um Einzelheiten nicht kümmerte, fand alles gut. Der Vormund und seine Frau standen unvermerkt unter der Herrschaft dieses Charakters, der sich in den kleinsten Dingen geltend machte, und sie waren schließlich dahin gelangt, das junge Mädchen, das sie von klein auf kannten, zu bewundern, ein ziemlich seltnes Gefühl. Aber Laurence hatte in ihrem Wesen, in ihren Kehllauten, ihrem gebieterischen Blick jenes Etwas, jene unerklärliche Macht, die stets imponiert, selbst wenn sie nur scheinbar ist, denn für Dummköpfe gleicht die Leere der Tiefe. Für den großen Haufen ist Tiefe unverständlich. Daher kommt vielleicht die Bewunderung des Volkes für alles, was es nicht versteht.

Herr und Frau von Hauteserre, denen das gewohnte Schweigen der jungen Gräfin und ihr ungeselliges Wesen tiefen Eindruck machte, lebten stets in der Erwartung von etwas Großem. Da Laurence mit klugem Sinn Gutes tat und sich nicht täuschen ließ, gewann sie sich große Achtung bei den Bauern, obwohl sie Aristokratin war. Ihr Geschlecht, ihr Name, ihr Unglück, ihr eigenartiges Leben, alles trug dazu bei, ihr Ansehen bei den Bewohnern des Tales von Cinq-Cygne zu verschaffen. Bisweilen ritt sie, von Gotthard begleitet, für ein bis zwei Tage fort, und bei ihrer Rückkehr fragten die Hauteserres sie nie nach den Gründen ihrer Abwesenheit. Bemerkenswert ist, daß Laurence nichts Wunderliches an sich hatte. Die Virago verbarg sich unter der anscheinend weiblichsten und schwächsten Form. Ihr Herz war von äußerster Empfindsamkeit, aber im Kopfe trug sie männliche Entschlossenheit und stoische

Festigkeit. Ihre klarblickenden Augen konnten nicht weinen. Wenn man ihr weißes, zartes Handgelenk mit dem blauen Geäder sah, so hätte niemand geglaubt, daß sie es mit dem des stärksten Reiters aufnehmen konnte. Ihre so weiche, so schlaffe Hand handhabte eine Pistole, eine Flinte mit der Kraft eines geübten Jägers. Draußen trug sie nie eine andre Frisur, als die Frauen sie beim Reiten tragen, dazu ein kokettes Biberhütchen mit herabgelassenem grünen Schleier, und so hatte ihr zartes Gesicht, ihr weißer Hals, um den sich eine schwarze Krawatte schlang, von ihren Ritten in der frischen Luft nie gelitten.
Unter dem Direktorium und zu Beginn des Konsulats hatte Laurence sich derart aufführen können, ohne daß jemand sich um sie kümmerte, aber seit es wieder eine geregelte Regierung gab, versuchten die neuen Behörden, der Präfekt des Departements Aube, Malins Freunde und dieser selbst, sie in Mißachtung zu bringen. Laurence dachte nur an den Sturz Bonapartes, dessen Ehrgeiz und Triumph eine Art Wut bei ihr erregt hatten, aber eine kalte, berechnete Wut. Als heimliche, unbekannte Feindin des ruhmbedeckten Mannes zielte sie aus der Tiefe ihres Tales und ihrer Wälder mit furchtbarer Starrheit auf ihn. Bisweilen wollte sie hingehen und ihn in der Gegend von Saint-Cloud oder Malmaison ermorden. Die Ausführung dieses Anschlages hätte bereits die Übungen und Gewohnheiten ihres Lebens erklärt, aber da sie seit dem Bruch des Friedens von Amiens in die Verschwörung der Männer eingeweiht war, die den 18. Brumaire gegen den Ersten Konsul umkehren wollten, hatte sie seitdem ihre Kraft

und ihren Haß dem weitverzweigten und sehr gut geleiteten Plan gewidmet, der Bonaparte von außen her durch die große Koalition Rußlands, Österreichs und Preußens treffen sollte, die er als Kaiser bei Austerlitz besiegte, und im Innern durch die Koalition der verschiedenartigsten Elemente, die ein gemeinsamer Haß verband und von denen manche wie Laurence auf den Tod dieses Mannes sannen, ohne vor dem Worte Mord zurückzuschrecken.
Dies anscheinend so zarte, doch für jeden, der sie kannte, so starke junge Mädchen war also in jenem Augenblick der treue und sichre Führer der Edelleute, die aus Deutschland kamen, um an diesem ersten Angriff teilzunehmen. Fouché fußte auf dieser Mitwirkung der Emigranten jenseits des Rheins, um den Herzog von Enghien in das Komplott zu verwickeln. Die Anwesenheit dieses Prinzen auf badischem Gebiet unweit von Straßburg gab später solchen Annahmen Gewicht. Die große Frage, ob der Herzog wirklich Kenntnis von dem Unternehmen hatte, ob er nach dessen Gelingen nach Frankreich zurückkehren sollte, gehört zu den Geheimnissen, über welche die Prinzen des Hauses Bourbon wie über einige andre tiefstes Schweigen bewahrt haben. In dem Maße, wie die Geschichte jener Zeit verblaßt, werden unparteiische Geschichtsschreiber es zum mindesten unvorsichtig finden, daß der Herzog sich der Grenze in einem Augenblick näherte, wo eine riesige Verschwörung ausbrechen sollte, um deren Geheimnis die ganze königliche Familie sicherlich wußte. Die Vorsicht, die Malin bei seiner Unterredung im Freien mit Grévin angewandt hatte,

übte das junge Mädchen bei ihren geringsten Beziehungen. Sie empfing die Sendboten und besprach sich mit ihnen an verschiedenen Rändern des Waldes von Nodesme oder jenseits des Tals von Cinq-Cygne, zwischen Sézanne und Brienne. Oft ritt sie mit Gotthard in einem Zuge fünfzehn französische Meilen weit, und wenn sie nach Cinq-Cygne zurückkehrte, merkte man ihrem frischen Gesicht keine Spur von Ermüdung oder Sorge an. Sie hatte im Gesicht dieses kleinen Kuhhirten, der damals neun Jahre alt war, die naive Bewunderung bemerkt, die Kinder für das Außergewöhnliche hegen, nahm ihn zum Stallknecht und brachte ihm bei, die Pferde mit englischer Sorgfalt und Aufmerksamkeit zu pflegen. Sie erkannte seinen Wunsch, alles gut zu machen, Verstand und das Fehlen jeder Berechnung. Sie stellte seine Treue auf die Probe und fand bei ihm nicht nur Gescheitheit, sondern auch Adel: an Lohn dachte er nicht. Sie pflegte diese noch so junge Seele und war gut zu ihm, gut mit einem Zuge zur Größe. Sie fesselte ihn an sich, indem sie sich an ihn fesselte, seinen halbwilden Charakter selbst schliff, ohne ihm seine Frische und Schlichtheit zu nehmen. Als sie seine fast hündische Treue, die sie gezüchtet, hinreichend erprobt hatte, wurde Gotthard ihr listiger und harmloser Mitschuldiger. Der Bauernjunge, den niemand in Verdacht haben konnte, ritt von Cinq-Cygne bis Nancy und kehrte manchmal zurück, ohne daß jemand wußte, daß er die Gegend verlassen hatte. Alle Listen der Spione waren ihm geläufig. Das außerordentliche Mißtrauen, das seine Herrin ihm eingeimpft hatte, veränderte seine Wesensart in keiner Weise. Gotthard, der zugleich die weibliche Verschlagenheit, die Offenheit eines Kindes und die stets rege Aufmerksamkeit der Verschwörer besaß, verbarg diese wunderbaren Eigenschaften unter der tiefen Unwissenheit und Gleichgültigkeit der Landbewohner. Dieser Bursche schien albern, linkisch und schwach; war er aber einmal am Werke, so war er behend wie ein Fisch und entschlüpfte wie ein Aal. Er verstand wie ein Hund jeden Blick, witterte den Gedanken. Sein gutes, grobes, rundes und rotes Gesicht, seine schläfrigen braunen Augen, seine nach Bauernart geschnittenen Haare, seine Kleidung, sein fast zurückgebliebenes Wachstum gaben ihm das Aussehen eines zehnjährigen Knaben. Unter dem Schutz ihrer Base, die von Straßburg bis Bar-sur-Aube über sie wachte, kamen die Herren von Hauteserre und von Simeuse in Begleitung mehrerer andrer Emigrierter durch Elsaß-Lothringen und die Champagne, während andre, nicht weniger mutige Verschwörer an den Steilufern der Normandie in Frankreich landeten. Als Arbeiter gekleidet, waren die Hauteserres und die Simeuses von Wald zu Wald gezogen, von Ort zu Ort durch Leute geführt, die Laurence seit drei Monaten in jedem Departement unter den Königstreusten und am wenigsten Verdächtigen ausgesucht hatte. Die Emigranten schliefen bei Tage und wanderten bei Nacht. Jeder von ihnen brachte zwei ergebene Soldaten mit, deren einer auf Kundschaft vorausging, während der andere zurückblieb, um im Fall eines Unglücks den Rückzug zu decken. Dank diesen militärischen Vorsichtsmaßregeln hatte das wertvolle Häuflein un-

gefährdet den Wald von Nodesme erreicht, der zum Treffpunkt bestimmt war. Siebenundzwanzig andere Edelleute kamen aus der Schweiz und durch Burgund; sie wurden unter gleichen Vorsichtsmaßregeln nach Paris geleitet. Herr von Rivière zählte auf fünfhundert Leute, darunter hundert junge Edelleute, die Offiziere dieser heiligen Schar. Die Herren von Rivière und von Polignac, deren Benehmen als Führer äußerst bemerkenswert war, wahrten unverbrüchliches Schweigen über alle diese Mitverschworenen, und so wurden sie nicht entdeckt. Daher kann man heute in Übereinstimmung mit den während der Restaurationszeit erfolgten Enthüllungen sagen, daß Bonaparte den Umfang der Gefahren, in denen er damals schwebte, so wenig kannte wie England die Gefahr, in die es durch das Lager von Boulogne gebracht ward; und doch wurde die Polizei zu keiner Zeit geistvoller und geschickter geleitet.
In dem Augenblick, da unsre Geschichte beginnt, machte ein Feigling, wie es deren stets bei allen Verschwörungen gibt, die nicht auf eine kleine Zahl gleich starker Männer beschränkt werden, ein Verschworener, der mit dem Tode bedroht wurde, Angaben über das Ziel des Unternehmens, die zum Glück für dessen Umfang unzureichend, aber ziemlich genau waren. Und so ließ die Polizei, wie Malin zu Grévin gesagt hatte, die überwachten Verschwörer frei handeln, um alle Verzweigungen des Komplotts aufzudecken. Immerhin war der Regierung durch Georges Cadoudal, der den Anschlag ausführen sollte, gewissermaßen die Hand gebunden, denn er folgte nur seinem eignen Rat und hielt sich mit fünfundzwanzig

Chouans in Paris verborgen, um den Ersten Konsul anzufallen.
In Laurences Denken verband sich Haß mit Liebe. Bonaparte vernichten und die Bourbonen zurückführen – hieß das nicht, Gondreville wiedererlangen und das Glück ihrer Vettern machen? Diese beiden Empfindungen, deren eine der Gegenpol der andern ist, reichen besonders mit dreiundzwanzig Jahren hin, um alle Fähigkeiten der Seele und alle Lebenskräfte zu entfalten. Und so erschien denn Laurence seit zwei Monaten den Bewohnern von Cinq-Cygne schöner denn je. Ihre Wangen waren rosig geworden; die Hoffnung gab ihrer Stirn bisweilen einen Anflug von Stolz. Wenn man dann aber abends die „Gazette" mit den konservativen Maßnahmen des Ersten Konsuls las, senkte sie die Augen, damit man in ihnen nicht die drohende Gewißheit vom baldigen Sturz dieses Feindes der Bourbonen las. Niemand im Schloß ahnte also, daß die junge Gräfin ihre beiden Vettern in der letzten Nacht wiedergesehen hatte. Die beiden Söhne des Ehepaars Hauteserre hatten die Nacht im Zimmer der Gräfin verbracht, unter dem gleichen Dache wie ihre Eltern; denn um keinen Verdacht zu erregen, war Laurence, nachdem sie die beiden Hauteserres zur Ruhe gebracht hatte, zwischen ein und zwei Uhr morgens zum Stelldichein mit ihren Vettern gegangen und hatte sie mitten in den Wald geführt, wo sie sie in der verlassenen Hütte eines Forsthüters untergebracht hatte. Da sie des Wiedersehens gewiß war, zeigte sie nicht die geringste Freude, nichts, was die Erregung der Erwartung verriet; selbst die Spuren der Freude über dies Wiedersehen

hatte sie verwischt und war völlig kalt. Die hübsche Katharina, die Tochter ihrer Amme, und Gotthard, die beide ins Geheimnis gezogen waren, paßten ihr Benehmen dem ihrer Herrin an. Katharina war neunzehn Jahre alt. In diesem Alter ist ein junges Mädchen so fanatisch wie Gotthard in dem seinen und läßt sich den Hals abschneiden, ohne ein Wort zu sagen. Gotthard aber hätte, wenn er nur das Parfüm roch, das seine Herrin in ihr Haar und an ihre Kleider tat, die Folter ertragen, ohne ein Wort zu sagen.

In dem Augenblick, als Martha, von der drohenden Gefahr benachrichtigt, rasch wie ein Schatten auf die von Michu bezeichnete Bresche zueilte, sah es im Salon des Schlosses Cinq-Cygne höchst friedlich aus. Seine Bewohner ahnten so wenig, welcher Sturm über sie daherbrausen sollte, daß ihr Benehmen das Mitleid des ersten besten erregt hätte, der ihre Lage gekannt hätte. In dem hohen Kamin, der mit einem Wandspiegel geschmückt war, über dessen Scheibe Schäferinnen im Reifrock tanzten, brannte ein Feuer, wie es nur in Schlössern möglich ist, die am Waldrande liegen. An diesem Kamin lag die junge Gräfin in einem großen Lehnstuhl aus vergoldetem Holze, der mit wunderbarer grüner Seide gepolstert war, in der Haltung völliger Erschöpfung hingestreckt. Sie war erst um sechs Uhr von der Grenze von Brie zurückgekehrt, nachdem sie dem kleinen Trupp als Kundschafterin vorausgeritten war, um die vier Edelleute richtig nach dem Obdach zu bugsieren, wo sie ihre letzte Rast vor dem Einzug in Paris halten sollten, hatte Herrn und Frau von Hauteserre gegen Ende ihres Nachtessens überrascht und, vom Hunger getrieben, sich zu Tisch gesetzt, ohne ihr schmutzbespritztes Reitkleid und ihre Stiefel auszuziehen. Statt sich nach der Mahlzeit auszukleiden, hatte sie, von all ihren Anstrengungen überwältigt, ihren schönen entblößten Kopf mit seinen tausend blonden Locken in die Lehne des riesigen Fauteuils sinken lassen und die Füße vor sich auf ein Taburett gelegt. Das Feuer trocknete die Spritzflecken ihres Reitkleides und ihrer Stiefel. Ihre Wildlederhandschuhe, ihr kleiner Biberhut, ihr grüner Schleier und ihre Reitpeitsche lagen auf der Konsole, auf die sie sie geworfen. Sie blickte bald auf die alte Boulle-Uhr, die auf dem Kaminsims zwischen zwei geblümten Leuchtern stand, um zu sehen, ob die vier Verschwörer nach der Zeit schon im Bett lagen, und bald auf den vor dem Kamin aufgestellten Bostontisch, an dem Herr und Frau von Hauteserre, der Pfarrer von Cinq-Cygne und dessen Schwester saßen.

Selbst wenn diese Personen nicht mit unserm Drama verknüpft wären, hätten ihre Gesichter doch das Verdienst, die Aristokratie von einer der Seiten darzustellen, die sie seit ihrer Niederlage von 1793 kennzeichneten. In dieser Hinsicht hat die Schilderung des Salons von Cinq-Cygne den Reiz der Geschichte im Negligé.

Der damals zweiundfünfzigjährige Edelmann, groß, hager und vollblütig, von robuster Gesundheit, hätte als kraftvoll erscheinen können, hätten seine großen fayenceblauen Augen nicht so einfältig dreingeschaut. In seinem Gesicht, das in ein schuhförmiges Kinn auslief, war zwischen Nase und Mund ein nach den Gesetzen der Zeichnung übermäßiger Zwischenraum, der ihm einen unterwürfigen Ausdruck verlieh; der völlig zu seinem Charakter paßte, ebenso wie die geringsten Einzelheiten seiner Physiognomie. So bildete sein graues Haar, das durch den fast den ganzen Tag lang getragenen Hut verfilzt war, gleichsam eine Kappe auf seinem Kopfe und ließ dessen birnenförmigen Umriß hervortreten. Seine Stirn, durch das Landleben und seine beständigen Sorgen stark gerunzelt, war platt und ausdruckslos. Seine Adlernase belebte sein Gesicht etwas; das einzige Anzeichen von Kraft lag in seinen schwarz gebliebenen buschigen Brauen und in seiner lebhaften Gesichtsfarbe. Aber dies Anzeichen trog nicht; wiewohl schlicht und sanft, hielt der Edelmann am monarchischen und katholischen Glauben fest, und keine Rücksicht hätte ihn zu einem Parteiwechsel vermocht. Dieser Biedermann hätte sich verhaften lassen; er hätte nicht auf die Munizipalgardisten geschossen und lammfromm das Schafott bestiegen. Seine dreitausend Franken Leibrente, sein einziger Besitz, hatten ihn von der Auswanderung zurückgehalten. Er gehorchte also der gegenwärtigen Regierung, ohne von seiner Liebe zum Königshause zu lassen, dessen Wiedereinsetzung er wünschte. Aber er hätte sich geweigert, sich durch Teilnahme an einem Anschlag zugunsten der Bourbonen bloßzustellen. Er gehörte zu jenem Schlage von Royalisten, die es nie vergaßen, daß sie geschlagen und beraubt worden waren, die seitdem stumm dahinlebten, sparsam, grollend, ohne Tatkraft, aber unfähig zu irgendeiner Entsagung und irgendeinem Opfer, bereit, das siegreiche Königtum zu begrüßen, Freunde der Religion und der Priester, aber entschlossen, jeden Schimpf des Unglücks zu ertragen. Das heißt nicht mehr eine Meinung haben, sondern eigensinnig sein. Das Wesen der Parteien ist Handeln. Geistlos, aber bieder, geizig wie ein Bauer und doch von edlem Benehmen, kühn in seinen Wünschen, aber zurückhaltend in Worten und Taten, aus allem Nutzen ziehend und bereit, sich zum Bürgermeister von Cinq-Cygne ernennen zu lassen, vertrat Herr von Hauteserre ausgezeichnet jene ehrenwerten Edelleute, die über ihre Edelsitze und ihre Köpfe die Stürme der Revolution dahinbrausen ließen, die sich unter der Restauration dank dem Wohlstand ihrer versteckten Ersparnisse wieder erhoben, stolz auf ihre verschwiegene Anhänglichkeit, und die nach 1830 auf ihre Landsitze zurückkehrten. Seine Kleidung, die ausdrucksvolle Hülle dieses Charakters, malte den Mann und die Zeit. Herr von Hauteserre trug einen jener haselnußbraunen Überröcke mit kleinem Kragen, die der letzte Herzog von Orléans bei seiner Rückkehr aus England in Mode gebracht hatte und die während der Revolution gleichsam ein Mittelding zwischen den abscheulichen Volkstrachten und den eleganten Röcken der Aristokratie bildeten. Seine Samtweste mit geblümten Streifen, deren Schnitt an die von Robespierre und Saint-Just gemahnte, ließ den oberen Teil eines in kleine Falten gelegten Jabots frei, das auf seinem Hemd ruhte. Er trug noch Kniehosen, aber von grobem blauem Tuch mit blindgewordenen Stahlschnallen. Strümpfe aus schwarzer Florettseide umschlossen seine mageren Hirschbeine; seine groben Schuhe wurden durch schwarze

Tuchgamaschen festgehalten. Er trug noch den Musselinkragen mit tausend Falten, der am Hals durch eine goldene Schnalle befestigt war. Der Biedermann hatte durchaus keinen politischen Eklektizismus treiben wollen, als er diese zugleich bäurische, revolutionäre und aristokratische Kleidung anlegte, er hatte sehr harmlos den Verhältnissen gehorcht.

Frau von Hauteserre war vierzig Jahre alt, aber durch die Aufregungen entnervt. Sie hatte ein ältliches Gesicht, das stets aussah, als wollte sie für ein Porträt Modell stehen. Ihre mit weißen Satinschleifen garnierte Spitzenhaube trug eigenartig zu diesem feierlichen Aussehen bei. Sie war noch gepudert, trotz des weißen Fichus, des flohbraunen Seidenkleides mit glatten Ärmeln und dem sehr weiten Rock – die traurige letzte Kleidung der Königin Marie Antoinette. Ihre Nase war dünn, das Kinn spitz, das Gesicht fast dreieckig, die Augen verweint, aber sie trug einen Hauch von Rot auf, der ihre grauen Augen belebte. Sie schnupfte und wandte stets die hübschen Vorsichtsmaßregeln an, mit denen die Modedämchen dereinst soviel Mißbrauch trieben. Alle Einzelheiten des Schnupfens bildeten eine Zeremonie, die ein Wort erklärt: sie hatte hübsche Hände.

Seit zwei Jahren hatte der ehemalige Erzieher der beiden Simeuses, der Freund des Abbé von Hauteserre, namens Goujet, ein Abt der Minimes, die Pfarre von Cing-Cygne aus Freundschaft für die Hauteserres und für die junge Gräfin zum Alterssitz erwählt. Seine Schwester, Fräulein Goujet, die siebenhundert Franken Einkommen besaß, legte dies Geld zu den mageren Einkünften der Pfarre und führte ihrem Bruder den Haushalt. Weder Kirche noch Pfarrhaus waren verkauft worden, weil sie wenig Wert besaßen. Der Abbé Goujet wohnte also ein paar Schritte vom Schloß, denn die Gartenmauer des Pfarrhauses und die des Parks stießen hier und da aneinander. Und so speiste denn der Abbé Goujet mit seiner Schwester zweimal wöchentlich in Cinq-Cygne, und sie erschienen jeden Abend zum Kartenspielen bei den Hauteserres. Laurence verstand keine Karte zu halten. Der Abbé Goujet, ein weißhaariger Greis, bleich wie eine alte Frau, hatte ein liebenswürdiges Lächeln und eine sanfte, einschmeichelnde Stimme. Sein nichtssagendes, ziemlich puppenhaftes Gesicht wurde durch zwei sehr kluge Augen und eine Stirn belebt, aus der Intelligenz sprach. Er war mittelgroß, gut gewachsen und trug den schwarzen französischen Priesterrock mit silbernen Hosen- und Schuhschnallen, schwarzseidene Strümpfe und eine schwarze Weste, auf die sein Bäffchen herabfiel, was ihm etwas Großartiges gab, ohne seiner Würde Abbruch zu tun. Dieser Abbé, der nach der Restauration Bischof von Troyes wurde, war durch sein früheres Leben gewöhnt, die Jugend zu beurteilen, und hatte Laurences großen Charakter erkannt. Er schätzte sie nach ihrem ganzen Wert und hatte dem jungen Mädchen von Anfang an eine ehrerbietige Achtung bezeigt, die viel dazu beitrug, sie in Cinq-Cygne selbständig zu machen, so daß die strenge alte Dame und der gute Edelmann sich ihr beugten, wo sie ihnen doch nach dem Brauch hätte gehorchen müssen. Seit sechs Monaten beobachtete der Abbé Goujet Laurence mit der den Priestern eigenen Begabung, denn sie sind ja die scharfblickendsten Leute, und ohne zu wissen, daß das dreiundzwanzigjährige Mädchen damit umging, Bonaparte zu stürzen, während ihre schwachen Hände eine verhäkelte Schnur ihres Reitkleides aufdröselten, nahm er doch an, daß ein großer Plan sie bewegte.

Fräulein Goujet war eins jener Mädchen, deren Porträt in zwei Worten gezeichnet ist, die auch den Phantasielosesten eine Vorstellung von ihr geben: sie gehörte zum Schlage der Mannweiber. Sie wußte, daß sie häßlich war, lachte zuerst über ihre Häßlichkeit und zeigte dabei ihre langen Zähne, die so gelb waren wie ihre Haut, und ihre knochigen Hände. Sie war durchaus gutmütig und heiter. Sie trug die berühmte altmodische Schoßjacke, einen sehr weiten Rock, dessen Taschen stets voller Schlüssel waren, eine Bänderhaube und eine Haartour. Sie war sehr früh vierzig Jahre alt geworden, aber wie sie sagte, glich sich das wieder aus, da sie seit zwanzig Jahren an diesem Alter festhielt. Sie verehrte den Adel und wußte ihre eigene Würde zu wahren, indem sie den Adligen alle Achtung und Ehren erwies, die ihnen zukamen.

Diese Gesellschaft war für Frau von Hauteserre sehr zur Zeit nach Cinq-Cygne gekommen, denn sie ging nicht wie ihr Gatte in der Landwirtschaft auf, noch hatte sie wie Laurence die Anregung des Hasses, um sich die Last eines einsamen Lebens erträglich zu machen. Und so war denn auch seit sechs Jahren alles besser geworden. Die Wiederherstellung des katholischen Kults erlaubte die Erfüllung der religiösen Pflichten, die im Landleben mehr Widerhall finden als anderswo. Durch die konservativen Maßnahmen des Ersten Konsuls beruhigt, hatten Herr und Frau von Hauteserre mit ihren Söhnen in Briefwechsel treten und von ihnen hören können. Sie brauchten nicht mehr für deren Leben zu zittern und hatten sie gebeten, ihre Streichung zu beantragen und nach Frankreich zurückzukehren. Der Staatsschatz hatte die rückständigen Zinsen gezahlt und zahlte regelmäßig alle halben Jahre. Die Hauteserres besaßen damals außer ihrer Leibrente achttausend Franken Jahreseinkommen. Der Greis beglückwünschte sich zu seiner klugen Voraussicht; er hatte alle seine Ersparnisse, zwanzigtausend Franken, ebenso wie sein Mündel, vor dem achtzehnten Brumaire angelegt, seit dem alle Anlagen bekanntlich von zwölf auf achtzehn Franken gestiegen waren.

Lange war Cinq-Cygne kahl, leer und verödet geblieben. Aus Berechnung hatte der vorsichtige Vormund während der Revolutionswirren nichts am Aussehen des Schlosses ändern wollen, aber nach dem Frieden von Amiens hatte er eine Reise nach Troyes gemacht, um ein paar Überreste aus den beiden zerstörten Stadthäusern zu holen, die er bei Trödlern aufgekauft hatte. Damals war der Salon unter seiner Leitung möbliert worden. Schöne Gardinen aus weißer, grün geblümter Seide, die aus dem Hause Simeuse stammten, schmückten die sechs Fenster des Salons, in dem die genannten Personen saßen. Der riesige Raum war ganz mit Holztäfelungen ausgekleidet worden, die in Felder mit Rahmen aus Perlstäben geteilt waren. Sie waren in den Ecken mit Masken geschmückt und in zwei grauen Tönen bemalt. Die Füllungen über den vier Türen zeigten Grisaillemalereien, wie sie unter Ludwig XV. Mode waren. In Troyes hatte der Biedermann vergoldete Konsolen, Möbel aus grüner Seide, einen Krystallleuchter, einen eingelegten Spieltisch und alles gefunden, was zur Widereinrichtung von Cinq-Cygne dienen konnte. 1792 war die ganze Einrichtung des Schlosses geraubt worden, denn die Plünderung der Stadthäuser fand ihr Gegenspiel auf dem Lande. Von jeder Reise nach Troyes brachte der alte Herr ein paar Überreste des alten Glanzes zurück, bald einen schönen Teppich wie den, der den Fußboden des Salons bedeckte, bald einen Satz Geschirr oder altes Meißner und Sèvres-Porzellan. Seit einem halben Jahre hatte er gewagt, das Silber von Cinq-Cygne auszugraben, das der Koch in einem ihm gehörenden Häuschen am Ende einer der langen Vorstädte von Troyes vergraben hatte.

Dieser treue Diener namens Durieu und seine Frau waren ihrer jungen Herrin in all ihren Schicksalen gefolgt. Durieu war das Faktotum des Schlosses und seine Frau die Wirtschafterin. Zur Hilfe in der Küche hatte Durieu Katharinas Schwester, der er seine Kunst beibrachte, so daß sie eine ausgezeichnete Köchin wurde. Ein alter Gärtner, dessen Frau, sein Sohn, der als Tagelöhner arbeitete, und seine Tochter, die als Kuhmagd diente, vervollständigten das Gesinde des Schlosses. Seit einem halben Jahre hatte die Durieu für den Gärtnerssohn und für Gotthard heimlich Livreen in den Farben der Cinq-Cygnes machen lassen. Der Edelmann schalt sie ob dieser Unvorsichtigkeit zwar sehr aus, aber sie hatte doch das Vergnügen, am Sankt-Lorenztage, dem Namenstag der jungen Gräfin, das Festmahl fast wie früher servieren zu sehen. Diese mühsame und langsame Wiederherstellung aller Dinge bildete die Freude der Hauteserre und der Durieus. Laurence lächelte über diese Kindereien, wie sie es nannte. Aber der biedere Hauteserre dachte auch an die Hauptsache: er besserte die Gebäude aus, richtete die Mauern wieder auf, pflanzte überall an, wo Aussicht bestand, daß ein Baum gedieh, und ließ keinen Zoll des Bodens unbenutzt. Und so sah man ihn denn im Tal von Cinq-Cygne als landwirtschaftliches Orakel an. Er hatte es verstanden, hundert Morgen strittigen und unverkauften Bodens zurückzuerlangen, die die Gemeinde sich angeeignet hatte. Er hatte sie in künstliche Wiesen verwandelt, die das Vieh des Schlosses ernährten, und sie mit Pappeln eingefaßt, die seit sechs Jahren prächtig gediehen. Er ging damit um, noch ein paar Äcker zurückzukaufen und alle Gebäude des Schlosses auszunutzen, indem er einen zweiten Pachthof anlegte, den er selbst bewirtschaften wollte.

Das Leben auf dem Schlosse war also seit zwei Jahren beinahe glücklich geworden. Herr von Hauteserre brach bei Sonnenaufgang auf und überwachte seine Arbeiter, denn er beschäftigte stets Leute. Zum Frühstück kehrte er heim, bestieg dann einen Pächtersgaul und machte seine Runde wie ein Aufseher; dann kehrte er zur Hauptmahlzeit zurück und beschloß seinen Tag mit der Bostonpartie. Alle Schloßbewohner hatten ihre Beschäftigung; das Leben war geregelt wie in einem Kloster. Nur Laurence brachte Unruhe hinein durch ihre plötzlichen Reisen, ihre Abwesenheiten, durch das, was Frau von Hauteserre ihre Streiche nannte. Dennoch gab es in Cinq-Cygne zwei politische Parteien und Anlässe zu Zwist. Zunächst waren Durieu und dessen Frau eifersüchtig auf Gotthard und Katharina, die mit ihrer jungen Herrin, dem Jdol des Schlosses, auf vertrauterem Fuße standen als sie selbst. Dann wünschten die beiden Hauteserres, von dem Pfarrer und Fräulein Goujet unterstützt, daß ihre Söhne und die Zwillinge Simeuse heimkehrten und an dem Glück dieses friedlichen Lebens teilnähmen, statt sich im Ausland kümmerlich durchzuschlagen. Laurence bekämpfte diesen schmählichen Kompromiß; sie vertrat den reinen, kriegerischen und unversöhnlichen Royalismus. Die vier alten Leutchen, die dies glückliche Leben nicht mehr gefährdet sehen und diesen Erdenwinkel nicht preisgeben wollten, den sie den wütenden Fluten der Revolution abgerungen hatten, suchten Laurence zu ihren wahrhaft verständigen Lehren zu bekehren, denn sie erkannten wohl, daß Laurence an dem Widerstand ihrer Söhne und der beiden Simeuses gegen eine Rückkehr nach Frankreich stark beteiligt war. Die stolze Geringschätzung ihres Mündels erschreckte die armen Leutchen, die sich in ihrer Befürchtung vor einem tollen Streich, wie sie es nannten, nicht täuschten. Dieser Zwist war ausgebrochen, als in der Rue Saint-Nicaise die Höllenmaschine explodierte, der erste royalistische Anschlag gegen den Sieger von Marengo, als er sich geweigert hatte, mit dem Hause Bourbon zu unterhandeln. Die Hauteserres sahen es als ein Glück an, daß Bonaparte dieser Gefahr entronnen war, denn sie hielten die Republikaner für die Urheber des Atten-

tats. Laurence weinte vor Wut, als sie den Ersten Konsul gerettet sah. Ihre Verzweiflung siegte über ihre gewohnte Verstellung; sie klagte Gott an, daß er die Söhne des heiligen Ludwigs verriete.
„Mir," rief sie aus, „mir wäre es gelungen!" Und als sie die tiefe Bestürzung sah, die dies Wort auf allen Gesichtern hervorrief, sagte sie zum Abbé Goujet: „Hat man nicht das Recht, die Usurpation mit allen möglichen Mitteln anzugreifen?"
„Mein Kind," entgegnete der Abbé Goujet, „die Kirche ist von den Philosophen scharf angegriffen und getadelt worden, weil sie einst behauptet hatte, man dürfe gegen die Usurpation alle Waffen gebrauchen, deren sich die Usurpatoren bedient hätten, um ihr Ziel zu erreichen. Heute aber verdankt die Kirche dem Herrn Ersten Konsul zu viel, um ihn nicht zu schützen und ihn vor diesem Grundsatz zu behüten, der übrigens von den Jesuiten stammt."
„So läßt uns die Kirche im Stich!" hatte sie mit finstrer Miene geantwortet.
Seit jenem Tage verließ die junge Gräfin allemal den Salon, wenn die vier alten Leutchen davon sprachen, daß man sich der Vorsehung fügen müsse. Seit einiger Zeit erörterte der Pfarrer, geschickter als der Vormund, nicht mehr die Grundsätze, sondern hob die materiellen Vorteile der Konsulatsregierung hervor, weniger um die Gräfin zu bekehren, als um in ihren Augen einen Ausdruck zu erhaschen, der ihn über ihre Pläne aufklären konnte. Gotthards Abwesenheiten, Laurences häufige Ritte und der sorgenvolle Ausdruck, der sich in den letzten Tagen auf ihrem Gesicht zeigte, schließlich eine Menge von Kleinigkeiten,

die in der Stille und Ruhe des Lebens auf Cinq-Cygne nicht unbeachtet bleiben konnten und besonders den besorgten Blicken der Hauteserres, des Abbé Goujet und der Durieu nicht entgingen, – all dies hatte die Befürchtungen dieser kleinmütigen Royalisten erweckt. Da sich aber nichts ereignete und in der politischen Sphäre seit ein paar Tagen die völligste Ruhe herrschte, war das Leben in dem kleinen Schlosse wieder friedlich geworden. Jeder hatte die Ritte der Gräfin ihrer Jagdpassion zugeschrieben.

Man kann sich vorstellen, welche tiefe Stille um neun Uhr im Park, in den Höfen und in der Umgebung des Schlosses herrschte, wo in diesem Augenblick die Dinge und Personen so harmonisch abgetönt waren, wo der tiefste Friede herrschte, wo der Überfluß wiederkehrte, wo der gute, verständige Edelmann sein Mündel zu seinem System des Gehorsams durch die Dauer der glücklichen Resultate zu bekehren hoffte. Diese Royalisten spielten nach wie vor ihr Boston, das durch ganz Frankreich Unabhängigkeitsideen in harmloser Form verbreitete, das zu Ehren der Aufständischen Amerikas erfunden war und mit sämtlichen Ausdrücken an den von Ludwig XVI. ermunterten Kampf erinnerte. Während sie ihre „Independenzen“ oder „Miseren“ legten, beobachteten sie Laurence, die bald vom Schlummer überwältigt, mit einem spöttischen Lächeln auf den Lippen, einschlief. Ihr letzter Gedanke hatte dem friedlichen Bild dieses Tisches gegolten, an dem die kurze Bemerkung, daß die jungen Hauteserres die letzte Nacht unter ihrem Dache geschlafen hatten, den Eltern den heftigsten Schrecken hätte einjagen können. Welches junge Mädchen von dreiundzwanzig Jahren wäre nicht in Laurences Lage stolz darauf gewesen, selbst ein Schicksal zu sein, hätte nicht wie sie eine leise Regung des Mitleids für die empfunden, die sie so weit unter sich sah?

„Sie schläft", sagte der Abbé. „Ich habe sie noch nie so müde gesehen."

„Durieu sagte mir, ihre Stute sei ganz abgetrieben. Ihre Büchse ist nicht benutzt; die Pfanne war sauber; gejagt hat sie also nicht."

„Ha, verflixt," rief der Pfarrer, „das gefällt mir nicht."

„Bah!" rief Fräulein Goujet, „als ich dreiundzwanzig Jahre alt war und mich dazu verurteilt sah, sitzen zu bleiben, bin ich noch ganz anders herumgelaufen und habe mich abstrapaziert. Ich begreife, daß die Gräfin durch die Felder spazieren reitet, ohne ans Jagen zu denken. Es ist bald zwölf Jahre her, daß sie ihre Vettern nicht gesehen hat. Sie liebt sie. Nun, wäre ich an ihrer Stelle und jung und hübsch, ich ritte in einem Zuge nach Deutschland. Vielleicht ist es auch so, und es zieht den armen Liebling nach der Grenze."

„Sie sind leichtfertig, Fräulein Goujet", lächelte der Pfarrer.

„Aber," fuhr sie fort, „ich sehe Sie besorgt um das Kommen und Gehen eines jungen Mädchens von dreiundzwanzig Jahren. Ich erkläre es Ihnen."

„Ihre Vettern werden zurückkehren. Sie ist dann reich und wird sich schließlich beruhigen", sagte der gute Hauteserre.

„Gott gebe es!" rief die alte Dame und ergriff ihre goldne Tabaksdose, die seit dem lebenslänglichen Konsulat wieder ans Tageslicht gekommen war.

„Es gibt etwas Neues in der Gegend“, sagte der gute Hauteserre zum Pfarrer. „Malin ist seit gestern abend in Gondreville.“

„Malin?“ rief Laurence, die bei diesem Namen aus ihrem tiefen Schlaf erwachte.

„Ja,“ entgegnete der Pfarrer; „aber er reist heute nacht wieder ab, und man ergeht sich in Vermutungen über den Zweck dieser überstürzten Reise.“

„Dieser Mensch“, sagte Laurence, „ist der böse Geist unserer beiden Häuser.“

Die junge Gräfin hatte von ihren Vettern und den Hauteserres geträumt und sie bedroht gesehen. Ihre schönen Augen wurden starr und trüb, als sie an die Gefahren dachte, die sie in Paris liefen. Sie stand plötzlich auf und ging ohne ein Wort in ihr Zimmer. Sie bewohnte das Ehrenzimmer, an das ein Kabinett und eine Betstube stießen, die in dem Turm nach dem Walde zu lagen. Als sie den Salon verlassen hatte, schlugen die Hunde an. Man hörte am kleinen Gitter läuten, und Durieu trat mit verstörtem Gesicht in den Salon und meldete:

„Der Bürgermeister ist da! Es gibt etwas Neues ...“

Dieser Bürgermeister, ein früherer Reitknecht des Hauses Simeuse, kam bisweilen aufs Schloß, und die Hauteserres bezeugten ihm aus Politik eine Achtung, auf die er größten Wert legte. Dieser Mann, namens Goulard, hatte eine reiche Kaufmannsfrau aus Troyes geehelicht, deren Grundbesitz in der Gemeinde von Cinq-Cygne lag; er hatte ihn um alle Ländereien einer reichen Abtei vermehrt, in deren Erwerb er alle seine Erparnisse anlegte. Die ausgedehnte Abtei Val des Preux, die eine Viertelstunde vom Schlosse lag, bot ihm einen fast ebenso glänzenden Wohnsitz wie Gondreville, in dem er und seine Frau wie zwei Ratten in einem Dom hausten.

Obwohl er ein großer Anhänger der Revolution war, und die Gräfin ihn kühl behandelte, fühlte der Bürgermeister sich noch immer durch die Bande der Ehrerbietung an die Cinq-Cygnes und die Simeuses gefesselt. Und so drückte er denn über alles, was im Schloß vorging, ein Auge zu. So nannte er es, wenn er die Bilder Ludwigs XVI., der Marie Antoinette, der Brüder des Königs, die Porträts von Cazalès und Charlotte Corday übersah, die die Wandtäfelungen des Salons schmückten, wenn er keinen Anstoß daran nahm, daß man der Republik in seiner Gegenwart den Untergang wünschte, sich über die fünf Direktoren und alle damaligen Verhältnisse lustig machte. Wie viele Emporkömmlinge glaubte er, nachdem er sein Glück gemacht hatte, wieder an die alten Familien und suchte Anschluß an sie. Und diese seine Stellung war von den beiden Personen benutzt worden, deren Beruf Michu so rasch erraten hatte, und die vor ihrem Erscheinen in Gondreville die Gegend durchforscht hatten.

Der Mann mit den schönen Traditionen der alten Polizei und Corentin, dieser Phönix der Spione, hatten einen geheimen Auftrag. Malin täuschte sich nicht, als er diesen beiden Künstlern in tragischen Possen eine doppelte Rolle zuschrieb; und so ist es vielleicht nötig, ehe wir sie an der Arbeit sehen, den Kopf zu zeigen, dem sie als Arme dienten. Als Bonaparte Erster Konsul wurde, fand er Fouché als Leiter der allgemeinen Polizei. Die Revolution hatte offen und nicht ohne Grund

ein besonderes Polizeiministerium. Doch bei seiner Rückkehr von Marengo schuf Bonaparte die Polizeipräfektur, die er Dubois gab, und berief Fouché in den Staatsrat, während er zu seinem Nachfolger im Polizeiministerium das Konventsmitglied Cochon machte, der seitdem Graf von Lapparent geworden ist. Fouché, der das Polizeiministerium für das Wichtigste in einer weitschauenden Regierung mit fester Politik hielt, sah in diesem Wechsel eine Ungnade oder zum mindesten ein Mißtrauen. Nachdem Napoleon in dem Anschlag mit der Höllenmaschine und in der gegenwärtigen Verschwörung die außerordentliche Überlegenheit dieses großen Staatsmannes erkannt hatte, gab er ihm das Polizeiministerium zurück. Später erschrak er über die Talente, die Fouché in seiner Abwesenheit in der Affäre Walcheren entfaltete, und gab dies Ministerium dem Herzog von Rovigo, während er Fouché, den Herzog von Otranto, als Gouverneur in die illyrischen Provinzen schickte – ein richtiges Exil.
Dieser eigenartige Geist, der Napoleon eine Art Schrecken einjagte, zeigte sich bei Fouché nicht mit einemmal. Das unbekannte Konventsmitglied, einer der außerordentlichsten und am falschesten beurteilten Männer jener Zeit, entwickelte sich in den Stürmen der Revolution. Unter dem Direktorium erhob er sich zu der Höhe, von der tiefe Menschen die Zukunft aus der Vergangenheit erschließen. Dann gab er plötzlich, wie manche mittelmäßigen Schauspieler, die durch eine plötzliche Erleuchtung hervorragend werden, Proben von Geschicklichkeit während der raschen Revolution des achtzehnten Brumaire. Dieser blasse

Mensch, der in klösterlicher Verstellung aufgewachsen war, der die Geheimnisse der Bergpartei, der er angehörte, und die der Royalisten kannte, denen er sich zuletzt anschloß, hatte langsam und schweigsam die Dinge und Menschen und die Interessen der politischen Bühne studiert. Er durchschaute Bonapartes Geheimnisse, gab ihm nützliche Ratschläge und wertvolle Auskünfte. Zufrieden, seine Geschicklichkeit und Nützlichkeit gezeigt zu haben, hatte Fouché sich wohl gehütet, sich ganz zu offenbaren. Er wollte in leitender Stellung bleiben, aber Napoleons Unsicherheit ihm gegenüber gab ihm seine politische Freiheit zurück. Die Undankbarkeit oder besser das Mißtrauen des Kaisers nach der Affäre von Walcheren erklärt diesen Mann, der zu seinem Unglück kein vornehmer Herr war und dessen Benehmen doch ein Abklatsch des Fürsten von Talleyrand war. In jenem Augenblick ahnten weder seine alten noch seine neuen Kollegen den Umfang seines Geistes, eines reinen ministeriellen und Regierungsgenies, das alles richtig voraussah und von unglaublichem Scharfblick war. Gewiß ist heute für jeden unparteiischen Geschichtsschreiber Napoleons übermäßige Eigenliebe eine der tausend Ursachen seines Sturzes, der übrigens all sein Unrecht grausam gesühnt hat. Dieser mißtrauische Herrscher besaß eine große Eifersucht auf seine junge Macht, die seine Handlungen ebenso beeinflußte wie sein geheimer Haß auf alle geschickten Leute, die das kostbare Erbteil der Revolution waren und aus denen er sich ein Kabinett hätte zusammenstellen können, das der Träger seiner Ideen war. Talleyrand und Fouché waren nicht die einzigen, die seinen Argwohn erregten. Nun gehört es zum Unglück der Usurpatoren, daß sie sowohl die zu Feinden haben, die ihnen die Krone gegeben haben, wie die, denen sie sie genommen haben. Nie überzeugte Napoleon seine früheren Vorgesetzten und Gleichgestellten, noch die, welche am Rechte festhielten, von seiner Souveränität. Somit hielt sich niemand durch seinen Eid an ihn gebunden. Ein mittelmäßiger Mensch, wie Malin, der unfähig war, Fouchés düsteres Genie zu erfassen oder seinem raschen Blick zu mißtrauen, verbrannte sich wie ein Schmetterling am Licht, als er ihn vertraulich bat, ihm Agenten nach Gondreville zu schicken, wo er, wie er sagte, Aufschlüsse über die Verschwörung zu finden hoffte. Ohne seinen Freund durch eine Frage stutzig zu machen, fragte er sich, warum Malin nach Gondreville wollte, warum er die Auskünfte, die er haben mochte, nicht gleich in Paris gab. Der ehemalige Oratorianer, der die Schule der Durchtriebenheit durchgemacht hatte und über das Doppelspiel vieler Konventsmitglieder Bescheid wußte, sagte sich:

„Durch wen kann Malin etwas wissen, wenn wir noch nicht viel wissen?“

Fouché schloß also auf eine geheime oder abwartende Mitwisserschaft und hütete sich wohl, dem Ersten Konsul etwas zu sagen. Er wollte sich Malin lieber zum Werkzeug machen als ihn verlieren. Derart behielt Fouché einen großen Teil der von ihm entdeckten Geheimnisse für sich und schuf sich eine Macht über die Menschen, die größer war als die Bonapartes. Diese Doppelzüngigkeit war eine der Vorwürfe Napoleons gegen seinen Minister. Fouché kannte die Gaunereien, denen Malin sein Landgut Gondreville verdankte und die ihn zur Überwachung der Herren von Simeuse zwangen. Die dienten im Heere Condés; Fräulein von Cinq-Cygne war ihre Base; sie konnten sich also in der Gegend befinden und an dem Unternehmen beteiligt sein. Ihre Teilnahme verwickelte das Haus Condé, dem sie sich verschrieben hatten, in das Komplott. Es lag Talleyrand und Fouché daran, in diesen sehr dunklen Winkel der Verschwörung von 1803 hineinzuleuchten. Diese Erwägungen stellte Fouché rasch und scharfblikkend an. Aber zwischen ihm, Talleyrand und Malin gab es Bande, die ihn zur größten Umsicht nötigten und in ihm den Wunsch erweckten, das Innere des Schlosses von Gondreville genau kennen zu lernen. Corentin war Fouché rückhaltlos ergeben, wie Herr von Besnardière dem Fürsten von Talleyrand, wie Gentz Herrn von Metternich, Dundas Pitt, Duroc Napoleon und Chavigny dem Kardinal von Richelieu. Corentin war nicht der Ratgeber dieses Ministers, sondern seine Kreatur, der feierliche Tristan dieses Ludwig XV. im kleinen; und so hatte Fouché ihn denn naturgemäß im Polizeiministerium gelassen, um ein Auge und einen Arm dort zu behalten. Dieser Bursche sollte, wie man sagte, zu Fouché in einer jener verwandtschaftlichen Beziehung stehen, die man nicht eingesteht; denn so oft er ihn in Tätigkeit setzte, belohnte er ihn überreich. Corentin hatte Peyrade, den alten Schüler des letzten Polizeiobersten, zum Freunde gewonnen; trotzdem hatte er Geheimnisse vor Peyrade. Corentin erhielt von Fouché Befehl, das Schloß von Gondreville auszu-

kundschaften, sich dessen Anlage einzuprägen und seine geringsten Verstecke zu rekognoszieren.
„Wir werden vielleicht dorthin zurückkehren müssen", sagte der Exminister zu ihm, genau wie Napoleon zu seinen Leutnants sagte, sie sollten sich das Schlachtfeld von Austerlitz genau so weit ansehen, wie er zurückzugehen beabsichtigte.
Corentin sollte auch auf Malins Benehmen achten, seinen Einfluß in der Gegend feststellen, die von ihm benutzten Leute beobachten. Fouché hielt die Anwesenheit der Simeuses in der Gegend für gewiß. Durch geschicktes Ausspionieren dieser beiden beim Prinzen Condé beliebten Offiziere konnten Peyrade und Corentin wertvolle Aufschlüsse über die Verzweigungen des Komplotts jenseits des Rheines erlangen. Jedenfalls erhielt Corentin die erforderlichen Mittel, Befehle und Leute, um Cinq-Cygne zu umstellen und das Land vom Walde von Nodesme bis nach Paris auszuspionieren. Fouché empfahl größte Umsicht und erlaubte eine Haussuchung in Cinq-Cygne nur für den Fall, daß Malin positive Auskünfte gab. Schließlich machte er Corentin, damit dieser Bescheid wußte, mit der unerklärlichen Persönlichkeit Michus bekannt, der seit drei Jahren überwacht wurde. Corentin kam auf den gleichen Gedanken wie sein Vorgesetzter: „Malin kennt die Verschwörung! ... Aber wer weiß," sagte er sich, „ob Fouché nicht auch daran beteiligt ist."
Corentin, der vor Malin nach Troyes gereist war, hatte sich mit dem Kommandeur der Gendarmerie verständigt und die gescheitesten Leute ausgesucht, denen er einen geschickten Hauptmann zum Führer gab. Diesem bezeichnete er das Schloß

von Gondreville als Treffpunkt und befahl ihm, bei Nacht eine Abteilung von zwölf Mann nach vier verschiedenen Punkten des Tales von Cinq-Cygne zu schicken, aber mit hinreichenden Abständen, um kein Aufsehen zu erregen. Diese vier Trupps sollten ein Viereck bilden und konzentrisch auf das Schloß Cinq-Cygne vorgehen. Da Malin ihn während seiner Besprechung mit Grévin im Schlosse allein ließ, konnte Corentin einen Teil seines Auftrags ausführen. Nach seiner Rückkehr aus dem Park hatte der Staatsrat Corentin so bestimmt gesagt, daß die Simeuses und Hauteserres in der Gegend seien, daß die beiden Agenten den Hauptmann losschickten, aber zum Glück für die Edelleute ritt dieser auf der Allee durch den Wald, während Michu seinen Spion Violette betrunken machte. Der Staatsrat hatte Peyrade und Corentin zunächst erklärt, welcher Falle er entgangen war. Nun erzählten die beiden Pariser ihm den Zwischenfall mit der Büchse, und Grévin sandte Violette aus, um ein paar Aufklärungen darüber zu erhalten, was im Pavillon vorging. Corentin riet dem Notar, der Sicherheit halber seinen Freund, den Staatsrat, für die Nacht in das Städtchen Arcis in seine Wohnung mitzunehmen. In dem Augenblick, da Michu durch den Wald nach Cinq-Cygne jagte, fuhren also Peyrade und Corentin von Gondreville ab, und zwar in einem elenden Korbwagen, der mit einem Postpferd bespannt war und von dem Brigadier von Arcis gefahren wurde, einem der verschlagensten Leute der Gendarmerietruppe, da der Kommandeur in Troyes seine Mitnahme empfohlen hatte.

„Das beste Mittel, alle zu kriegen, ist, ihnen zuvorzukommen“, sagte Peyrade zu Corentin. „In dem Augenblick, da sie bestürzt werden, da sie ihre Papiere retten oder entfliehen wollen, fallen wir wie der Blitz über sie her. Die Gendarmenkette, die sich um das Schloß zusammenzieht, wird wie ein Netzwurf wirken. So wird uns keiner entwischen.“

„Sie können den Bürgermeister zu ihnen schikken“, sagte der Brigadier. „Er ist gefällig und will ihnen nichts antun; ihm werden sie nicht mißtrauen.“

In dem Augenblick also, als Goulard zu Bett gehen wollte, war Corentin, der den Wagen in einem Gehölz halten ließ, bei ihm erschienen und hatte ihm vertraulich gesagt, in wenigen Augenblicken werde ein Agent der Regierung ihn auffordern, das Schloß Cinq-Cygne zu umstellen, um dort die Herren von Hauteserre und Simeuse abzufangen. Sollten sie verschwunden sein, so wolle man sich vergewissern, ob sie in der letzten Nacht dort geschlafen hätten, die Papiere des Fräuleins von Cinq-Cygne durchsuchen und vielleicht die Leute und die Herrschaft des Schlosses verhaften.

„Fräulein von Cinq-Cygne“, sagte Corentin, „wird zweifellos von hohen Personen beschützt, denn ich habe den geheimen Auftrag, sie von dieser Haussuchung in Kenntnis zu setzen und alles zu tun, um sie zu retten, ohne mich bloßzustellen. Bin ich erst auf dem Schauplatz, so bin ich nicht mehr Herr meines Tuns und nicht allein. Eilen Sie also aufs Schloß.“

Der Besuch des Bürgermeisters am späten Abend

setzte die Spieler um so mehr in Verwunderung, als Goulard ein ganz verstörtes Gesicht machte.
„Wo ist die Gräfin?“ fragte er.
„Sie geht zu Bett“, sagte Frau von Hauteserre.
Ungläubig begann der Bürgermeister auf die Geräusche im ersten Stockwerk zu lauschen.
„Was ist Ihnen heute, Goulard?“ fragte Frau von Hauteserre.
Goulard verfiel in tiefstes Staunen, als er in diesen Gesichtern den Ausdruck der Aufrichtigkeit sah, den man in jedem Alter haben kann. Beim Anblick dieser Ruhe und dieser harmlosen gestörten Bostonpartie begriff er nichts von dem Verdacht der Pariser Polizei. In diesem Augenblick betete Laurence, in ihrer Betstube kniend, leidenschaftlich für den Erfolg der Verschwörung! Sie bat Gott, den Mördern Bonapartes Hilfe und Beistand zu leisten! Sie flehte Gott voller Liebe an, diesen verhängnisvollen Mann zu zerbrechen! Der Fanatismus des Harmodios, der Judith, des Jacques Clément, des Ankaström, der Charlotte Corday belebte diese reine, jungfräuliche schöne Seele. Katharina deckte das Bett auf, und Gotthard schloß die Fensterläden, so daß Martha Michu, als sie unter Laurences Fenstern ankam und Steinchen dagegen warf, bemerkt werden konnte.
„Fräulein, da gibt es was Neues“, sagte Gotthard, als er eine Unbekannte sah.
„Still!“ sagte Martha leise. „Kommt her, ich habe mit Euch zu reden.“
Schneller als ein Vogel vom Baum auf die Erde geflogen wäre, war Gotthard im Garten.
„In einem Augenblick wird das Schloß von der Gendarmerie umstellt“, sagte sie zu Gotthard. „Du,

sattle geräuschlos das Pferd des Fräuleins und führe es durch die Bresche in den Graben herab, hier zwischen dem Turm und den Ställen."

Martha fuhr zusammen, als sie zwei Schritte vor sich Laurence sah, die Gotthard gefolgt war.

„Was gibt's?" fragte Laurence schlicht und anscheinend ohne Erregung.

„Die Verschwörung gegen den Ersten Konsul ist entdeckt", flüsterte Martha der jungen Gräfin ins Ohr. „Mein Mann, der Ihre zwei Vettern retten will, schickt mich, um Ihnen zu sagen, Sie möchten kommen und sich mit ihm verständigen."

Laurence wich drei Schritte zurück und blickte Martha an.

„Wer sind Sie?" fragte sie.

„Martha Michu."

„Ich weiß nicht, was Sie von mir wollen", entgegnete Fräulein von Cinq-Cygne kalt.

„Nicht doch, Sie bringen sie um! Kommen Sie, im Namen der Simeuses!" sagte Martha, indem sie sich auf die Knie warf und Laurence ihre Hände entgegenstreckte. „Sind keine Papiere hier, nichts, was Sie bloßstellen könnte? Droben vom Walde her sah mein Mann die betreßten Hüte und die Gewehre der Gendarmen glänzen."

Gotthard war zunächst auf den Dachboden geklettert und erkannte von fern die Tressen der Gendarmen, hörte in der tiefen Stille der Felder den Hufschlag ihrer Pferde. Er stürzte in den Stall hinunter und sattelte das Pferd seiner Herrin, dem Katharina auf ein einziges Wort von ihm Leinenlappen um die Hufe band.

„Wo soll ich hinkommen?" fragte Laurence Martha, deren Blick und Worte ihr durch den un-

nachahmlichen Ausdruck der Ehrlichkeit Eindruck machten.
„Durch die Bresche“, sagte sie, Laurence fortziehend; „da ist mein edler Mann. Sie sollen erfahren, was ein Judas wert ist.“
Katharina ging rasch in den Salon, nahm dort die Reitpeitsche, die Handschuhe, den Hut und Schleier ihrer Herrin fort und ging hinaus. Katharinas plötzliches Erscheinen und Tun waren ein so sprechender Kommentar zu den Worten des Bürgermeisters, daß Frau von Hauteserre mit dem Abbé Goujet einen Blick tauschte, in dem sich der furchtbare Gedanke ausdrückte: „Lebwohl, all unser Glück! Laurence konspiriert; sie hat ihre Vettern und die beiden Hauteserres zugrunde gerichtet ...“
„Wie meinen Sie das?“ fragte Frau von Hauteserre den Bürgermeister.
„Nun, das Schloß ist umstellt; Sie werden eine Haussuchung über sich ergehen lassen müssen. Kurz, wenn Ihre Söhne hier sind, lassen Sie sie retten, ebenso die Herren von Simeuse.“
„Meine Söhne!“ rief Frau von Hauteserre verblüfft.
„Wir haben niemand gesehen“, versetzte ihr Gatte.
„Umso besser!“ sagte Goulard. „Ich liebe die Familien Cinq-Cygne und Hauteserre zu sehr, um mit anzusehen, wie ihnen ein Unglück zustößt. Hören Sie mich an: wenn Sie bloßstellende Papiere haben ...“
„Papiere? ...“ wiederholte der Edelmann.
„Ja, wenn Sie welche haben, verbrennen Sie sie“, fuhr der Bürgermeister fort; „ich gehe, die Agenten hinzuhalten.“

Goulard, der es weder mit den Royalisten noch mit den Republikanern verderben wollte, ging hinaus, als die Hunde wütend anschlugen.
„Sie haben keine Zeit mehr, da sind sie“, sagte der Pfarrer. „Aber wer wird die Gräfin warnen? Wo ist sie?“
„Katharina hat ihre Reitpeitsche, ihre Handschuhe und ihren Hut nicht zum Vergnügen geholt“, sagte Fräulein Goujet.
Goulard versuchte die beiden Agenten ein paar Augenblicke hinzuhalten, indem er ihnen die völlige Unwissenheit der Schloßbewohner von Cinq-Cygne mitteilte.
„Sie kennen diese Leute nicht“, lachte Peyrade dem Bürgermeister ins Gesicht.
Nun traten die beiden zugleich süßlichen und unheimlichen Männer ein, gefolgt von dem Brigadier von Arcis und einem Gendarmen. Ihr Anblick ließ die vier friedlichen Bostonspieler zu Eis erstarren. Von einem derartigen Aufgebot von Kräften entsetzt, blieben sie auf ihren Stühlen sitzen. Der Lärm eines Dutzends Gendarmen, deren Pferde stampften, dröhnte auf dem Wiesenplan.
„Hier fehlt nur Fräulein von Cinq-Cygne“, sagte Corentin.
„Nun, sie schläft gewiß in ihrem Zimmer“, entgegnete Herr von Hauteserre.
„Kommen Sie mit mir, meine Damen“, sagte er, in das Vorzimmer stürzend und von da nach der Treppe eilend, wohin Fräulein Goujet und Frau von Hauteserre ihm folgten. „Zählen Sie auf mich!“ raunte Corentin der alten Dame ins Ohr. „Ich bin einer der Ihren, ich habe Ihnen schon den Bürgermeister geschickt. Mißtrauen Sie mei-

nem Kollegen, und vertrauen Sie sich mir an, ich werde Sie alle retten!"

„Um was handelt es sich denn?" fragte Fräulein Goujet.

„Um Leben oder Tod! Wissen Sie das nicht?" entgegnete Corentin.

Frau von Hauteserre fiel in Ohnmacht. Zu Fräulein Goujets großem Erstaunen und zu Corentins tiefer Enttäuschung war Laurences Zimmer leer. Da Corentin sicher war, daß niemand aus dem Park oder aus dem Schlosse ins Tal entweichen konnte, weil alle Ausgänge besetzt waren, ließ er jedes Zimmer durch einen Gendarmen absuchen, befahl, die Gebäude und Ställe zu durchsuchen, und ging wieder in den Salon hinunter, wo bereits Durieu, dessen Frau und alle Leute in der heftigsten Aufregung zusammengelaufen waren. Peyrade studierte mit seinen kleinen blauen Augen alle Gesichter; er blieb ruhig und kalt inmitten dieses Durcheinanders. Als Corentin allein zurückkam, denn Fräulein Goujet bemühte sich um Frau von Hauteserre, hörte man Pferdegetrappel und dazwischen das Weinen eines Kindes. Die Pferde kamen durch das kleine Gitter herein. Inmitten der allgemeinen Angst erschien ein Brigadier, der Gotthard mit gebundenen Händen und Katharina vor sich hertrieb und sie den Agenten vorführte.

„Da sind ein paar Gefangene", sagte er. „Der kleine Schlingel war zu Pferde und riß aus."

„Schafskopf!" sagte Corentin dem verdutzten Brigadier ins Ohr, „warum hast du ihn nicht laufen lassen? Wenn wir ihm nachsetzten, hätten wir etwas erfahren."

Gotthard hatte den Entschluß gefaßt, wie ein Blöder in Tränen auszubrechen. Katharina stand in der Haltung der Unschuld und Harmlosigkeit da, die dem alten Agenten viel zu denken gab. Der Schüler Lenoirs verglich die beiden Kinder miteinander und beobachtete die einfältige Miene des alten Edelmanns, den er für verschlagen hielt, und den geistreichen Pfarrer, der mit den Spielmarken spielte, die Bestürzung aller Leute und der Durieus; dann trat er auf Corentin zu und raunte ihm ins Ohr:
„Wir haben es nicht mit Tröpfen zu tun."
Corentin antwortete zunächst mit einem Blick auf den Spieltisch, dann setzte er hinzu:
„Sie spielten Boston! Man machte das Bett der Schloßherrin, sie ist entschlüpft. Sie sind überrascht, wir kriegen sie fest."
Eine Bresche hat stets ihre Ursache und ihren Zweck. Der Grund, wie und warum die Bresche zwischen dem sogenannten Damenturm und den Ställen angelegt war, ist dieser. Als der biedere Hauteserre sich in Cinq-Cygne niederließ, machte er aus einer langen Schlucht, durch die die Gewässer des Waldes in den Schloßgraben liefen, einen Weg, der zwei große Landstücke teilt, die zum Vorbehaltsgut des Schlosses gehörten, aber lediglich, um dort ein paar hundert Nußbäume zu pflanzen, die er in einer Baumschule fand. In elf Jahren waren diese Bäume so dicht geworden, daß sie fast ein Dach über diesem schon von sechs Fuß hohen Böschungen eingeschlossenen Weg bildeten, der zu einem kürzlich erworbenen Waldstück von dreißig Morgen führte. Als das Schloß voll bewohnt war, ging jedermann, statt den Um-

weg durch das Gitter zu machen, lieber durch den Graben, um den Gemeindeweg einzuschlagen, der an der Parkmauer entlang zum Pachthofe führte. Durch die stete Benutzung wurde die Bresche auf beiden Seiten erweitert. Das geschah ohne Absicht, aber auch ohne jedes Bedenken, denn im neunzehnten Jahrhundert sind Befestigungsgräben völlig zwecklos und der Vormund sprach oft davon, sie auszunutzen. Diese dauernde Zerstörung lieferte Erde, Kies und Steine, die schließlich die Grabensohle ausfüllten. Das Wasser, aus dem diese Art von Damm hervorragte, bedeckte ihn nur in der Regenperiode. Trotz dieser Zerstörung, zu der jedermann, auch die Gräfin selbst, beigetragen hatte, war die Bresche so steil, daß es schwer war, ein Pferd hinabzuführen, und noch schwerer, es auf den Gemeindeweg hinaufzubringen. Aber es ist, als verständen die Pferde in Gefahren das Denken ihrer Herren.

Während die junge Gräfin zauderte, Martha zu folgen, und Erklärungen von ihr verlangte, hatte Michu von seiner Anhöhe herab die Linien verfolgt, die die Gendarmen beschrieben, und den Plan der Spione begriffen. Er verzweifelte am Erfolg, denn er sah niemand kommen. Ein Trupp Gendarmen folgte der Parkmauer und löste sich in eine Postenkette auf, so daß von Mann zu Mann nur soviel Abstand blieb, daß sie sich zurufen und sehen konnten. Sie konnten also die leisesten Geräusche und die geringsten Dinge hören und überwachen. Michu lag platt auf dem Bauche, das Ohr an den Boden gedrückt, und schätzte wie ein Indianer nach der Stärke des Schalles die Zeit ab, die ihm noch blieb.

„Ich bin zu spät gekommen!“ sagte er sich. „Violette soll es mir büßen! Wie lange das dauerte, bis er bezecht war! ... Was tun?“
Er hörte den Trupp, der vom Walde herabkam, vor dem Gitter vorbeireiten; offenbar wollte er durch ein ähnliches Manöver wie der Trupp, der von dem Gemeindeweg kam, sich mit diesem vereinigen.
„Noch fünf bis sechs Minuten!“ sagte er sich.
In diesem Augenblick erschien die Gräfin. Michu ergriff sie mit kräftiger Hand und stieß sie in den überdeckten Weg.
„Gehen Sie geradeaus! Führe sie“, gebot er seiner Frau, „dorthin, wo mein Pferd steht, und bedenkt, daß die Gendarmen Ohren haben.“
Als er Katharina mit der Reitpeitsche, den Handschuhen und dem Hute kommen sah, aber vor allem, als er die Stute und Gotthard erblickte, beschloß dieser Mann, der in der Gefahr alles so schnell begriff, die Gendarmen ebenso erfolgreich irrezuführen, wie er es mit Violette gemacht hatte. Gotthard hatte die Stute wie durch Zauberei gezwungen, durch den Graben zu klettern.
„Leinen an den Pferdehufen! ... Ich küsse dich!“ sagte der Verwalter und schloß Gotthard in seine Arme.
Michu ließ die Stute neben ihrer Herrin gehen und nahm Hut, Handschuh und Peitsche.
„Du bist klug, du wirst mich verstehen“, fuhr er fort. „Zwinge dein Pferd, auch heraufzuklettern, steig ohne Sattel auf, locke die Gendarmen hinter dir her, indem du, so schnell du kannst, querfeldein nach dem Pachthof zu reitest, und laß dich von dem ganzen Trupp verfolgen, der

sich da auseinanderzieht", setzte er hinzu, indem er seinen Gedanken mit einer Gebärde schloß, die den einzuschlagenden Weg angab. „Du, mein Kind," sagte er zu Katharina, „auf dem Wege von Cinq-Cygne nach Gondreville kommen noch andre Gendarmen. Lauf in entgegengesetzter Richtung als Gotthard und locke sie vom Schloß nach dem Walde zu. Kurz, macht es so, daß wir im Hohlweg nicht belästigt werden."

Katharina und der herrliche Junge, der bei dieser Sache soviel Proben von Intelligenz ablegen sollte, führten ihr Manöver derart aus, daß die beiden Gendarmenreihen glaubten, ihr Wild breche aus. In dem trügerischen Mondschein war weder der Wuchs, noch die Kleidung, noch das Geschlecht oder die Zahl der Verfolgten zu erkennen. Man setzte ihnen auf Grund des falschen Grundsatzes nach: „Wer flieht, den muß man verhaften!" Wie töricht dieser Grundsatz bei der Polizei war, hatte Corentin dem Brigadier eben energisch klar gemacht. Michu, der auf den Instinkt der Gendarmen gerechnet hatte, konnte den Wald kurz darauf mit der jungen Gräfin erreichen, die Martha nach dem angegebenen Orte geführt hatte.

„Lauf zum Pavillon", gebot er Martha. „Der Wald muß von den Parisern bewacht sein; es ist gefährlich, hier zu bleiben. Wir werden gewiß unsre ganze Freiheit brauchen."

Michu band sein Pferd los und bat die Gräfin, ihm zu folgen.

„Ich gehe nicht weiter," sagte Laurence, „ohne daß Sie mir ein Pfand für den Anteil geben, den Sie an mir nehmen, denn schließlich sind Sie Michu . . ."

„Gnädiges Fräulein,“ entgegnete er sanft, „meine Rolle ist mit zwei Worten erklärt. Ich bin ohne Wissen der Herren von Simeuse der Hüter ihres Vermögens. Ich habe diesbezügliche Anweisungen von Ihrem verstorbenen Vater und Ihrer teuren Mutter, meiner Gönnerin. So habe ich denn die Rolle eines wütenden Jakobiners gespielt, um meiner jungen Herrschaft zu dienen. Leider begann ich mein Spiel zu spät und konnte die Eltern nicht mehr retten!“

Hier versagte Michu die Stimme.

„Seit der Flucht der jungen Leute ließ ich ihnen die Summen zukommen, die sie zu einem anständigen Leben brauchten.“

„Durch das Haus Breintmayer in Straßburg?“ fragte sie.

„Jawohl, gnädiges Fräulein, die Geschäftsfreunde des Herrn Girel, eines Royalisten in Troyes, der seines Vermögens wegen, wie ich, den Jakobiner gespielt hat. Das Papier, das Ihr Pächter eines Abends am Ausgang von Troyes aufhob, bezog sich auf diese Sache; es konnte uns bloßstellen. Mein Leben gehörte nicht mehr mir, sondern ihnen, verstehen Sie? Ich konnte mich nicht zum Herrn von Gondreville machen. In meiner Stellung hätte man mir den Hals abgeschnitten, wenn man mich gefragt hätte, woher ich soviel Geld hätte. Ich zog es vor, das Gut etwas später zurückzukaufen, aber der Schurke Marion war der Strohmann eines andern Schurken: Malin. Trotzdem wird Gondreville an seine Herren zurückfallen. Das ist meine Sache. Vor vier Stunden hatte ich Malin vor der Mündung meiner Büchse. Oh, er war geliefert!... Bei Gott, ist er erst tot, so wird Gondreville versteigert, und Sie können es kaufen. Im Fall meines Todes sollte meine Frau Ihnen einen Brief geben, der Ihnen die Mittel dazu geliefert hätte. Aber der Strolch sagte zu seinem Kumpan Grévin, eben solch einem Schurken, die Herren von Simeuse konspirierten gegen den Ersten Konsul, sie seien in der Gegend und es sei besser, sie auszuliefern und sie sich vom Halse zu schaffen, um in Gondreville Ruhe zu haben. Da ich nun zwei Meister der Spionage kommen sah, entlud ich meine Büchse und machte, daß ich herkam, denn ich dachte, Sie müßten wissen, wo und wie man die jungen Leute warnen kann ... Das ist es!"

„Sie sind wert, adlig zu sein", sagte Laurence und reichte Michu die Hand. Er wollte sich auf die Knie werfen, um diese Hand zu küssen.

Laurence sah seine Bewegung, kam ihr zuvor und sagte: „Auf, Michu!" in einem Ton und mit einem Blick, die ihn in diesem Augenblick ebenso glücklich machten, wie er seit zwölf Jahren unglücklich gewesen war.

„Sie belohnen mich, als hätte ich schon alles getan, was mir noch zu tun bleibt", sagte er. „Hören Sie die Husaren der Guillotine? Reden wir anderwo weiter."

Michu ergriff den Zügel der Stute und ritt auf die Seite, der die Gräfin den Rücken zuwandte. Dann sagte er:

„Kümmern Sie sich um nichts, als daß Sie sich gut festhalten, auf Ihr Pferd einschlagen und Ihr Gesicht vor den Baumästen schützen, die Ihnen hineinschlagen wollen."

Dann führte er das Pferd des jungen Mädchens eine halbe Stunde lang in starkem Galopp, machte

Umwege und Kehrtwendungen, kreuzte in den Lichtungen mehrmals den eignen Weg, um die Spur zu verwischen, und machte schließlich halt.
„Ich weiß nicht mehr, wo ich bin, und ich kenne den Wald doch so gut wie Sie“, sagte die Gräfin, sich umblickend.
„Wir sind genau in der Mitte“, entgegnete er. „Wir haben zwei Gendarmen hinter uns, aber wir sind gerettet!“
Den malerischen Ort, an den der Verwalter Laurence geführt hatte, sollte für die Hauptpersonen dieses Dramas und für Michu selbst so verhängnisvoll werden, daß es Pflicht des Geschichtschreibers ist, ihn zu schildern. Die Landschaft ist übrigens, wie man sehen wird, in den Gerichtsannalen des Kaiserreichs berühmt geworden.
Der Wald von Nodesme gehörte zu einem Kloster namens Notre Dame, das erobert, geplündert, zerstört wurde und völlig verschwand, die Mönche wie der Besitz. Der Wald, ein Gegenstand der Habgier, fiel den Grafen der Champagne zu, die ihn später verpfändeten und ihn verkaufen ließen. In sechs Jahrhunderten bedeckte die Natur die Ruinen mit ihrem reichen und starken grünen Mantel und tilgte sie derart aus, daß von dem Dasein eines der schönsten Klöster nur noch eine ziemlich schwache Bodenerhebung zeugte, die von schönen Bäumen beschattet und von undurchdringlich dichtem Gebüsch umschlossen war. Michu hatte es seit 1794 selbst noch dichter gemacht, indem er dornige Akazien in die buschlosen Zwischenräume pflanzte. Am Fuße dieser Erhebung lag ein Sumpf, das Zeichen einer versickerten Quelle, die zweifellos einst die Anlage des Klosters bestimmt

hatte. Der Inhaber der Eigentumsurkunden des Waldes von Nodesme hatte allein die Herkunft dieses achthundert Jahre alten Wortes erkannt und daraus schließen können, daß einst ein Kloster mitten im Walde gelegen hatte. Bei den ersten Donnerschlägen der Revolution hatte der Marquis von Simeuse sich wegen einer Besitzanfechtung auf diese Urkunden berufen müssen und so diese Besonderheit durch Zufall erfahren. Nun begann er in einem leicht begreiflichen Hintergedanken die Stätte des Klosters zu suchen. Der Waldhüter, dem der Wald so gut bekannt war, hatte seinem Herrn natürlich dabei geholfen und in seinem Försterscharfsinn die Lage des Klosters erkannt. Indem er die Richtung der fünf Hauptwege des Waldes verfolgte, von denen mehrere verschwunden waren, erkannte er, daß alle zu dem Hügel und dem Sumpfe führten, wohin man früher von Troyes, aus dem Tal von Arcis, dem Tal von Cinq-Cygne und von Bar-sur-Aube kommen mußte. Der Marquis wollte den Hügel untersuchen lassen, konnte zu dieser Arbeit jedoch nur landfremde Leute verwenden. Unter dem Druck der Verhältnisse gab er seine Nachforschungen auf, doch in Michus Geist blieb der Gedanke rege, daß die Bodenerhebung Schätze oder die Grundmauern der Abtei berge. Michu setzte diese Altertumsforschung fort; er merkte, daß der Boden hohl klang, selbst in Höhe des Sumpfes, zwischen zwei Bäumen, am Fuße der einzigen steilen Stelle der Anhöhe. In einer schönen Nacht ging er mit einem Spaten an die Arbeit und legte eine Kelleröffnung frei, in die man auf Steinstufen hinabstieg. Der Sumpf, der an seiner tiefsten Stelle drei Fuß tief ist, hat die Form eines Spatels, dessen Griff aus dem Hügel zu kommen scheint. Man könnte glauben, daß aus diesem künstlichen Felsen eine verlorene Quelle kommt, die durch den weiten Wald versickert. Dieser Sumpf, der von Wasser liebenden Bäumen, von Erlen, Weiden und Eschen umsäumt wird, ist der Treffpunkt der Pfade, die von den alten Straßen und den heute verödeten Waldalleen übriggeblieben sind. Das frische, scheinbar stehende Wasser, das mit großblättrigen Pflanzen und Kresse bedeckt ist, zeigt eine völlig grüne Fläche, die sich kaum von den Ufern mit ihrem feinen dichten Gras unterscheidet. Es ist zu fern von allen Wohnstätten, als daß außer dem Wild irgendein Tier dort zur Tränke käme. In der Überzeugung, daß unter diesem Sumpfe nichts sein könne, und von den unzugänglichen Rändern des Hügels abgeschreckt, hatten die Waldhüter oder Jäger diesen Winkel, der zum ältesten Schlage des Waldes gehörte, nie untersucht noch durchforscht, und Michu hatte ihn, als er geschlagen werden sollte, als Hochwald stehen lassen. Am Ende des Kellers liegt ein gewölbtes Verließ, rein und gesund, ganz aus Quadersteinen erbaut, nach Art des sogenannten In pace, des Kerkers der Klöster. Der gesunde Zustand des Kerkers, die Erhaltung des Treppenrestes und des Gewölbes erklären sich durch die Quelle, die bei der Zerstörung verschont geblieben war, und durch eine wahrscheinlich sehr dicke Mauer aus Ziegeln und Zement nach Art der römischen Mauern, die das Wasser von oben abhielt. Michu schloß den Eingang dieses Schlupfwinkels mit großen Steinen; und um das Geheimnis für sich zu behalten und es undurchdringlich zu machen, machte er es sich zur Pflicht, die bewaldete Anhöhe hinanzusteigen und über die steilen Abfall in den Keller hinabzugehen, statt ihn von dem Sumpf aus zu betreten.

In dem Augenblick, da die beiden Flüchtlinge dort anlangten, lag das silberne Mondlicht auf den uralten Bäumen des Hügels und spielte in den prachtvollen Gruppen der von den dort einmündenden Wegen mannigfach ausgeschnittenen Waldzungen: die einen abgerundet, die andern spitz, die eine in einem einzelnen Baum endend, die andre in einem Waldstück. Von hier verlor sich der Blick unwiderstehlich in fliehende Perspektiven und folgte bald der Biegung eines Pfades, bald dem prächtigen Durchblick einer langen Waldallee, bald einer fast schwarzen Laubwand. In dem durch das Astwerk dieser Wegekreuzung sikkernden Lichte blickten an den offnen Stellen zwischen der Kresse und den Seerosen ein paar Diamanten des stillen, unbekannten Wassers auf. Das Quaken der Frösche störte die tiefe Stille dieses holden Waldwinkels, dessen wilder Duft die Seele mit Freiheitsgedanken erfüllte.

„Sind wir wirklich gerettet?“ fragte die Gräfin Michu.

„Ja, gnädiges Fräulein. Aber wir haben beide noch unsre Aufgabe. Binden Sie unsre Pferde oben auf dem kleinen Hügel an Bäume, und knüpfen Sie jedem ein Tuch ums Maul“, sagte er, ihr seine Halsbinde reichend. „Sie sind alle beide klug und wissen dann, daß sie still sein müssen. Sind Sie fertig, dann steigen Sie über diesen Abhang gerade zum Wasser herab; bleiben Sie nicht mit Ihrem Reitkleid hängen; Sie finden mich unten.“

Während die Gräfin die Pferde versteckte, anband und knebelte, wälzte Michu die Steine fort und legte den Eingang zum Keller frei. Die Gräfin, die den Wald zu kennen glaubte, war aufs höchste erstaunt, sich unter einer Kellerwölbung zu sehen. Michu legte die Steine, geschickt wie ein Maurer, wieder gewölbt über den Eingang. Als er fertig war, hallten der Hufschlag der Pferde und die Stimmen der Gendarmen durch die nächtliche Stille, aber er schlug ruhig das Feuerzeug an, entzündete einen kleinen Fichtenast und führte die Gräfin in das Verließ, wo sich noch ein Lichtstumpf befand, bei dessen Schein er den Keller erkundet hatte. Die mehrere Zoll dicke, hier und da vom Rost zerfressene Eisenpforte war vom Verwalter ausgeflickt worden. Sie wurde von außen mit Riegeln verschlossen, die auf beiden Seiten in Löcher paßten. Todmüde setzte die Gräfin sich auf eine Steinbank, über der sich noch ein in die Wand eingelassener Ring befand.

„Wir haben einen Salon zum Plaudern“, sagte Michu. „Jetzt können die Gendarmen umherstreifen, solange sie wollen. Das Schlimmste, was uns geschehen könnte, wäre, daß sie uns unsre Pferde wegnähmen.“

„Uns unsre Pferde wegnehmen,“ versetzte Laurence, „das wäre der Tod für meine Vettern und die Herren von Hauteserre! . . . Nun, was wissen Sie?“

Michu erzählte das wenige, was er von der Unterhaltung zwischen Malin und Grévin erlauscht hatte.

„Sie sind unterwegs nach Paris und werden morgen früh dort eintreffen“, sagte die Gräfin, als er geendet hatte.

„Verloren!" rief Michu. „Sie begreifen, daß alle, die hinein und hinaus wollen, an den Toren überwacht werden. Malin hat das größte Interesse daran, daß meine Herren sich gründlich bloßstellen, damit er sie umbringen kann."

„Und ich weiß nichts von dem allgemeinen Plan der Sache!" rief Laurence aus. „Wie soll man Georges, Rivière und Moreau warnen? Wo sind sie? Aber denken wir nur an meine Vettern und an die Hauteserres. Holen Sie sie um jeden Preis ein."

„Der Telegraph läuft schneller als die schnellsten Pferde," sagte Michu, „und von allen Adligen, die in diese Verschwörung verwickelt sind, sind Ihre Vettern am leichtesten aufzuspüren. Wenn ich sie wiederfinde, müssen sie hier untergebracht werden. Wir verbergen sie hier, bis die Sache vorbei ist. Ihr armer Vater hatte vielleicht eine Vorahnung, als er mich auf die Spur dieses Schlupfwinkels brachte. Er ahnte, daß seine Söhne sich hierher retten würden!"

„Meine Stute kommt aus den Ställen des Grafen von Artois. Ihre Mutter ist eins der schönsten englischen Pferde, aber sie hat sechsunddreißig Wegstunden gemacht. Sie stürbe, ohne Sie ans Ziel gebracht zu haben", sagte sie.

„Mein Pferd ist gut," versetzte Michu, „und wenn Sie sechsunddreißig Wegstunden gemacht haben, werde ich nur achtzehn zu machen haben."

„Dreiundzwanzig," entgegnete sie, „denn sie sind seit fünf Stunden unterwegs. Sie finden sie jenseits Lagny in Coupvrai, das sie bei Morgengrauen, als Schiffer verkleidet, verlassen sollen. Sie beabsichtigen auf Schiffen nach Paris hereinzukommen. Hier", sagte sie und zog die Hälfte des Traurings ihrer Mutter vom Finger, „ist das einzige, dem sie Glauben schenken werden. Ich gab ihnen die andre Hälfte. Der Wächter von Coupvrai, der Vater eines ihrer Soldaten, versteckt sie heute nacht in einer verlassenen Köhlerhütte mitten im Walde. Sie sind im ganzen acht. Die Hauteserres und vier Leute sind mit meinen Vettern."

„Fräulein, den Soldaten wird man nicht nachlaufen. Kümmern wir uns nur um die Herren von Simeuse und lassen Sie die andern sich retten, wie es ihnen beliebt. Genügt es nicht, ihnen zuzurufen: ‚Es geht um Hals und Kragen'?"

„Die Hauteserres im Stiche lassen? Nie!" rief sie. „Sie müssen alle zusammen untergehen oder sich retten!"

„Kleine Edelleute?" warf Michu ein.

„Sie sind nur Chevaliers," entgegnete sie; „das weiß ich. Aber sie haben sich mit den Cinq-Cygnes und den Simeuses verbündet. Bringen Sie also meine Vettern und die Hauteserres zurück und beraten Sie sich mit ihnen, wie sie diesen Wald am besten erreichen können."

„Da sind die Gendarmen! Hören Sie sie? Sie halten Rat."

„Nun, Sie hatten heute abend schon zweimal Glück. Gehen Sie, und bringen Sie sie her. Verstecken Sie sie in diesem Keller, hier sind sie vor allen Nachstellungen geschützt! Ich kann Ihnen zu nichts nützen," versetzte sie wütend, „ich wäre nur ein Fanal, das dem Feinde leuchtete. Wenn die Polizei mich ruhig sieht, wird sie nie auf den Einfall kommen, daß meine Verwandten in den Wald zurückkehren könnten. Somit besteht die ganze Frage darin, fünf gute Pferde zu finden, um in sechs

Stunden von Lagny nach unserem Walde zu kommen, fünf Pferde, die man tot in einem Dickicht liegen lassen muß."

„Und Geld?" entgegnete Michu, der der jungen Gräfin mit tiefem Nachdenken zuhörte.

„Ich gab meinen Vettern heute abend hundert Louisdors."

„Ich bürge für sie!" rief Michu aus. „Sind sie erst versteckt, so müssen Sie darauf verzichten, sie zu sehen. Meine Frau oder mein Junge werden ihnen zweimal wöchentlich Essen bringen. Aber da ich für mich nicht bürge, so müssen Sie, Fräulein, im Fall eines Unglücks wissen, daß der Hauptbalken meines Pavillons mit einem Bohrer ausgehöhlt ist. In dem Loch, das mit einem dicken Pflocke verstopft ist, befindet sich der Plan zu einem Winkel des Waldes. Die Bäume, die auf dem Plane mit einem roten Punkte bezeichnet sind, tragen im Wald einen schwarzen Streifen am Fuße. Jeder dieser Bäume ist ein Wegweiser. Unter der dritten alten Eiche links von jedem Wegweiser liegen, zwei Schritte von dem Stamme, Blechröhren, sieben Fuß tief vergraben; in jeder sind hunderttausend Franken in Gold. Diese elf Bäume, es sind nur elf, sind das ganze Vermögen der Simeuses, seit Gondreville ihnen genommen ist."

„Der Adel wird hundert Jahre brauchen, um sich von solchen Schlägen zu erholen!" versetzte Fräulein von Cinq-Cygne langsam.

„Gibt es eine Parole?" fragte Michu.

„Frankreich und Karl für die Soldaten, Laurence und Ludwig für die Herren von Hauteserre und von Simeuse. Mein Gott, gestern sah ich sie zum erstenmal seit elf Jahren wieder, und heute muß ich sie in Todesgefahr wissen – und welch eines Todes! Michu," sagte sie mit schwermütigem Ausdruck, „seien Sie während dieser fünfzehn Stunden ebenso vorsichtig, wie Sie in diesen zwölf Jahren groß und treu waren. Wenn meinen Vettern etwas zustieße, so stürbe ich... Nein," verbesserte sie sich, „ich würde lange genug leben, um Bonaparte zu töten!"

„Ich bin der Zweite im Bunde, an dem Tage, wo alles verloren ist."

Laurence ergriff Michus rauhe Hand und drückte sie kräftig nach englischer Art. Michu zog seine Uhr; es war Mitternacht.

„Wir müssen um jeden Preis hinaus", sagte er. „Wehe dem Gendarmen, der mir den Weg versperrt! – Und Sie, ohne Ihnen etwas zu befehlen, Frau Gräfin, kehren Sie mit verhängten Zügeln nach Cinq-Cygne zurück. Dort sind sie, halten Sie sie auf."

Als die Öffnung frei war, hörte Michu nichts mehr. Er warf sich mit dem Ohr auf den Boden und sprang rasch wieder auf.

„Sie sind am Waldrand nach Troyes," sagte er, „ich werde sie zum besten halten!"

Er half der Gräfin hinaus und legte die Steine wieder vor. Als er fertig war, hörte er Laurences sanfte Stimme ihn rufen. Sie wollte ihn zu Pferde sehen, bevor sie selbst aufsaß. Der rauhe Mann hatte Tränen in den Augen, als er mit seiner jungen Herrin einen letzten Blick tauschte, doch ihre Augen blieben trocken.

„Halten wir sie auf, er hat recht!" sagte sie, als sie nichts mehr hörte. Und in langem Galopp sprengte sie nach Cinq-Cygne.

Frau von Hauteserre, die die Revolution noch nicht für beendet hielt und die rasche Justiz jener Zeit kannte, kam wieder zu sich, als sie hörte, daß ihre Söhne in Todesgefahr schwebten, und gewann ihre Kräfte durch die nämliche Gewalt des Schmerzes wieder, die sie ohnmächtig gemacht hatte. Von einer furchtbaren Neugier getrieben, ging sie in den Salon hinunter, dessen Anblick jetzt ein Bild darbot, das des Pinsels eines Genremalers würdig war. Der Pfarrer saß noch immer am Tisch, klapperte mechanisch mit den Spielmarken und beobachtete verstohlen Peyrade und Corentin, die in einer Ecke am Kamin standen und miteinander flüsterten. Mehrmals begegnete Corentins schlauer Blick dem nicht minder schlauen des Pfarrers, doch wie zwei Gegner, die sich gleich stark fühlen und die wieder Stellung nehmen, nachdem sie die Waffe gekreuzt haben, blickten beide rasch wieder fort. Der biedre Hauteserre stand auf seinen zwei Beinen wie ein Reiher neben dem dicken, fetten, großen und geizigen Goulard in der Haltung, die ihm die Bestürzung gegeben. Obwohl in bürgerlicher Kleidung, sah der Bürgermeister noch immer aus wie ein Bedienter. Beide starrten blöde auf die Gendarmen, zwischen denen Gotthard noch immer weinte; seine Hände waren so fest gebunden, daß sie violett und geschwollen waren. Katharina stand nach wie vor in ihrer einfältig naiven, aber undurchdringlichen Haltung da. Der Brigadier, der nach Corentins Wort die Dummheit begangen hatte, diese guten Kinder zu verhaften, wußte nicht mehr, ob er gehen oder bleiben sollte. Er stand tief nachdenklich mitten im Salon, die Hand auf den Griff seines Säbels gestützt und den

Blick auf die beiden Pariser geheftet. Die bestürzten Durieus und alle Leute des Schlosses bildeten eine schöne Gruppe, als ob sie die Besorgnis darstellen wollten. Ohne Gotthards krampfhaftes Schluchzen hätte man die Fliegen summen hören.
Als die Mutter verängstigt und bleich die Tür öffnete und fast gezogen von Fräulein Goujet eintrat, deren rote Augen geweint hatten, wandten sich alle Blicke den beiden Frauen zu. Die beiden Agenten hofften und die Schloßbewohner zitterten ebensosehr, Laurence eintreten zu sehen. Die unwillkürliche Bewegung der Leute wie der Herrschaft schien wie von einer jener Mechaniken hervorgerufen zu sein, durch die Holzfiguren ein und dieselbe Gebärde machen oder mit den Augen zwinkern.
Frau von Hauteserre trat mit drei großen überstürzten Schritten auf Corentin zu und sagte mit stockender, aber heftiger Stimme:
„Erbarmen, Herr, was legt man meinen Söhnen zur Last? Und glauben Sie denn, daß sie hier waren?"
Der Pfarrer, der sich beim Anblick der alten Dame zu sagen schien: „Jetzt wird sie eine Dummheit machen!" blickte zu Boden.
„Meine Pflicht und der Auftrag, den ich ausführe, verbieten mir, es Ihnen zu sagen", entgegnete Corentin mit liebenswürdig spöttischer Miene.
Diese Abweisung, die die abscheuliche Höflichkeit des Gecken noch unerbittlicher machte, ließ die alte Mutter zu Stein erstarren. Sie sank neben dem Abbé Goujet in einen Lehnstuhl, faltete die Hände und betete.
„Wo habt Ihr diesen Greiner erwischt?" fragte

Corentin den Brigadier und wies auf Laurences kleinen Stallknecht.
„Auf dem Wege zum Pachthof, an der Parkmauer. Der Bursche wollte nach dem Walde von Closeaux."
„Und das Mädchen?"
„Die hat Olivier erwischt."
„Wohin lief sie?"
„Nach Gondreville."
„Sie wandten sich den Rücken?"
„Jawohl", entgegnete der Gendarm.
„Ist das nicht der kleine Diener und die Zofe der Bürgerin Cinq-Cygne?" fragte Corentin den Bürgermeister.
„Jawohl", entgegnete Goulard.
Peyrade wechselte flüsternd ein paar Worte mit Corentin und ging alsbald mit dem Brigadier hinaus.
In diesem Augenblick trat der Brigadier von Arcis ein, kam auf Corentin zu und sagte ganz leise zu ihm:
„Ich kenne die Örtlichkeit gut, ich habe in den Nebengebäuden alles durchstöbert; wenn die Burschen sich nicht vergraben haben, ist niemand da. Wir sind dabei, die Fußböden und Wände mit unsern Gewehrkolben abzuklopfen."
Peyrade trat wieder ein, winkte Corentin, ihm zu folgen, und führte ihn zu der Bresche des Schloßgrabens. Dort zeigte er ihm den Hohlweg, der ihre Fortsetzung bildete.
„Wir haben das Manöver erraten", sagte Peyrade.
„Und ich," entgegnete Corentin, „ich will es Ihnen erklären. Der kleine Schlingel und das Mädchen haben die Schafsköpfe von Gendarmen auf die

falsche Fährte gelockt, damit das Wild entrinnen konnte."

„Wir werden die Wahrheit erst am Tage erfahren", entgegnete Peyrade. „Dieser Weg ist feucht, ich habe ihn an beiden Enden von zwei Gendarmen sperren lassen; sobald wir sehen können, werden wir an den Fußspuren erkennen, wer hindurchgegangen ist."

„Hier sind Fußspuren", sagte Corentin. „Gehen wir in den Stall."

„Wieviel Pferde sind hier?" fragte Peyrade Herrn von Hauteserre und Goulard, als sie mit Corentin wieder in den Salon traten.

„Nun, Herr Bürgermeisster, das wissen Sie doch, antworten Sie!" schrie ihn Corentin an, als er sah, daß der Beamte mit der Antwort zögerte.

„Nun, die Stute der Gräfin, Gotthards Pferd und das des Herrn von Hauteserre."

„Im Stalle sahen wir nur eins", sagte Peyrade.

„Das gnädige Fräulein reitet spazieren", bemerkte Durieu.

„Reitet Ihr Mündel oft so des Nachts spazieren?" fragte der Wüstling Peyrade Herrn von Hauteserre.

„Sehr oft," entgegnete der Biedermann schlicht; „der Herr Bürgermeister wird es Ihnen bestätigen."

„Jedermann weiß, daß sie Schrullen hat", setzte Katharina hinzu. „Vorm Zubettgehen blickte sie den Himmel an, und ich glaube, Ihre Bajonette, die in der Ferne glänzten, haben sie neugierig gemacht. Wie sie mir beim Hinausgehen sagte, wollte sie nachsehen, ob wieder eine neue Revolution stattfände."

„Wann ist sie fortgegangen?“ fragte Peyrade.
„Als sie Ihre Gewehre sah.“
„Und auf welchem Wege?“
„Das weiß ich nicht.“
„Und das andere Pferd?“ fragte Corentin.
„Das haben mir die Gen-dar-men-men genommen“, flennte Gotthard.
„Und wohin wolltest du?“ fragte einer der Gendarmen.
„Ich folg-te meiner Herr-in zum Pa-acht-hof.“
Der Gendarm blickte zu Corentin auf und erwartete einen Befehl, aber Gotthards Sprache war zugleich so falsch und so wahr, so tief unschuldig und so verschlagen, daß die beiden Pariser einander anblickten, wie um sich Peyrades Wort zu wiederholen: „Das sind keine Tröpfe!“
Der Edelmann schien nicht Geist genug zu besitzen, um ein Epigramm zu verstehen. Der Bürgermeister war stumpfsinnig. Die Mutter, die vor Angst verblödet war, stellte den Agenten Fragen von dummer Harmlosigkeit. Alle Dienstboten waren tatsächlich im Schlaf überrascht worden. Angesichts dieser kleinen Tatsachen und in richtiger Beurteilung dieser verschiedenen Charaktere begriff Corentin sogleich, daß sein einziger Gegner Fräulein von Cinq-Cygne war. Wie geschickt die Polizei auch sei, sie hat zahllose Nachteile. Sie muß nicht nur alles erfahren, was der Verschwörer schon weiß, sondern sie muß auch tausend Dinge annehmen, bevor sie zu einer einzigen Wahrheit gelangt. Der Verschwörer denkt unablässig an seine Sicherheit, während die Polizei nur zu bestimmten Stunden wach ist. Ohne Verrat wäre nichts leichter, als sich zu verschwören. Ein ein-

ziger Verschwörer hat mehr Geist als die Polizei mit ihren gewaltigen Wirkungsmitteln. Corentin und Peyrade fühlten sich geistig gehemmt, wie sie körperlich von einer Tür aufgehalten worden wären, die sie offen geglaubt hätten und die sie mit einem Dietrich öffnen müßten, während Leute, die dahinter standen und kein Wort sagten, sich dagegen stemmten. Sie sahen sich verraten und genasführt, ohne zu wissen von wem.

„Ich behaupte," flüsterte der Brigadier von Arcis ihnen ins Ohr, „wenn die beiden Herren von Simeuse und von Hauteserre die Nacht hier verbracht haben, so hat man sie in die Betten der Eltern, des Fräuleins von Cinq-Cygne, der Magd und der Dienstboten gesteckt, oder sie sind im Park spazieren gegangen, denn es ist nicht die mindeste Spur von ihrem Aufenthalt zu finden."

„Wer hat sie denn warnen können?" fragte Corentin Peyrade. „Bisher wissen nur der Erste Konsul, Fouché, die Minister, der Polizeipräfekt und Malin etwas."

„Wir wollen Spitzel im Lande lassen", flüsterte Peyrade Corentin ins Ohr.

„Daran werden Sie umso besser tun, als Sie in der Champagne sind", entgegnete der Pfarrer, der ein Lächeln nicht unterdrücken konnte, als er das Wort Spitzel auffing, aus dem er den ganzen Zusammenhang erriet.

„Mein Gott," dachte Corentin, indem er dem Pfarrer gleichfalls mit einem Lächeln antwortete, „hier ist nur ein Mann von Geist; ich kann mich nur mit ihm verständigen; ich werde ihn aushorchen."

„Meine Herren ...", begann der Bürgermeister zu

den beiden Agenten, denn er wollte einen Beweis von Ergebenheit für den Ersten Konsul liefern.

„Sagen Sie Bürger, denn die Republik besteht noch“, unterbrach ihn Corentin und blickte den Pfarrer spöttisch an.

„Bürger,“ fuhr der Bürgermeister fort, „in dem Augenblick, da ich den Salon betrat, noch ehe ich den Mund auftat, stürzte Katharina herein, um die Reitpeitsche, die Handschuhe und den Hut ihrer Herrin zu holen.“

Ein dumpfes Murren des Entsetzens kam aus der Tiefe aller Brüste, nur Gotthard ausgenommen. Alle Augen, außer denen der Gendarmen und Agenten, bedrohten Goulard, den Angeber, mit Flammenblicken.

„Schön, Bürger Goulard“, sagte Peyrade zu ihm. „Jetzt sehen wir klar. Man hat die Bürgerin Cinq-Cygne rechtzeitig gewarnt!“ setzte er hinzu, indem er Corentin mit sichtlichem Mißtrauen anblickte.

„Brigadier, legen Sie dem kleinen Burschen Daumenschnüre an, und führen Sie ihn in ein besondres Zimmer“, gebot Corentin dem Gendarmen. „Schließen Sie auch das Mädchen ein“, fuhr er fort, auf Katharina deutend. „Du wirst die Durchsuchung der Papiere leiten“, flüsterte er Peyrade ins Ohr. „Durchstöbere alles, verschone nichts. – Herr Abbé“, sagte er vertraulich zum Pfarrer, „ich habe Ihnen wichtige Mitteilungen zu machen.“ Und er nahm ihn mit in den Garten.

„Hören Sie mich an, Herr Abbé. Sie scheinen mir ganz den Geist eines Bischofs zu haben, und (niemand kann uns hören) Sie werden mich verstehen: Ich setze meine ganze Hoffnung auf Sie, um zwei Familien zu retten, die sich aus Dummheit in einen Abgrund stoßen lassen wollen, aus dem niemand zurückkehrt. Die Herren von Simeuse und von Hauteserre sind von einem der schuftigen Spione verraten worden, die die Regierungen in alle Verschwörungen einschmuggeln, um deren Ziel, Mittel und Personen zu erfahren. Verwechseln Sie mich nicht mit dem Elenden, der mich begleitet, er ist von der Polizei; ich aber gehöre in sehr ehrenvoller Weise dem Konsulatskabinett an und besitze dessen letztes Wort. Man wünscht das Verderben der Herren von Simeuse nicht. Wenn Malin möchte, daß sie erschossen werden, so will der Erste Konsul, wenn sie hier sind, wenn sie keine schlimmen Absichten hegen, sie am Rand des Abgrunds zurückhalten, denn er liebt gute Soldaten. Der Agent, der mich begleitet, hat alle Vollmachten; ich bin scheinbar nichts; aber ich weiß, wo das Komplott liegt. Der Agent hat Malins Weisungen. Der hat ihm zweifellos seine Protektion, eine Stellung, vielleicht auch Geld versprochen, wenn er die beiden Simeuses finden und ausliefern kann. Der Erste Konsul, der ein wirklich großer Mann ist, begünstigt begehrliche Absichten nicht. Ich will nicht wissen, ob die beiden jungen Leute hier sind," sagte er, als er eine Gebärde des Pfarrers wahrnahm, „aber sie können nur auf eine einzige Art gerettet werden. Sie kennen das Gesetz vom sechsten Floreal des Jahres X; es begnadigt alle noch im Ausland befindlichen Emigranten unter der Bedingung, daß sie vor dem ersten Vendémiaire des Jahres XI zurückkehren, d. h. im September letzten Jahres. Da aber die Herren von Simeuse sowie die Herren von Hauteserre Kommandos im Heere Condés innehatten, fallen sie unter die in diesem Gesetz vorgesehenen Ausnahmen. Ihre Anwesenheit in Frankreich ist daher ein Verbrechen und genügt unter den jetzigen Umständen, um ihre Mitschuld an einem scheußlichen Komplott darzutun. Der Erste Konsul hat den Fehler dieser Ausnahme erkannt, die seiner Regierung unversöhnliche Feinde schafft. Er möchte die Herren von Simeuse wissen lassen, daß keine Strafverfolgung gegen sie stattfinden wird, wenn sie in einer Bittschrift an ihn erklären, daß sie nach Frankreich zurückkehren, um sich den Gesetzen zu unterwerfen, und versprechen, den Eid auf die Verfassung zu leisten. Sie begreifen, daß dies Schriftstück vor ihrer Verhaftung in seinen Händen sein und um ein paar Tage zurückdatiert sein muß; ich kann es überbringen ... Ich frage Sie nicht, wo die jungen Leute sind", sagte er bei einer neuen verneinenden Gebärde des Pfarrers. „Wir sind leider sicher, sie zu finden. Der Wald wird bewacht, die Zugänge von Paris sind besetzt, ebenso die Grenze. Hören Sie mich wohl an! Sind die Herren zwischen dem Wald und Paris, so werden sie gefaßt. Sind sie in Paris, so wird man sie finden, kehren sie um, so werden die Unglücklichen verhaftet. Der Erste Konsul liebt die früheren Adligen und kann die Republikaner nicht leiden. Das ist ganz einfach: wenn er einen Thron will, muß er die Freiheit erdrosseln. Dies Geheimnis bleibt unter uns. Nun, also! Ich warte bis morgen; ich werde blind sein. Aber mißtrauen Sie dem Agenten. Dieser verdammte Provenzale ist der Kammerdiener des Teufels, er hat Fouchés letztes Wort, wie ich das des Ersten Konsuls habe."

„Wenn die Herren von Simeuse hier sind," sagte

der Pfarrer, „so gäbe ich zehn Liter meines Blutes und einen Arm, um sie zu retten. Aber wenn Fräulein von Cinq-Cygne ihre Vertraute ist, so hat sie – das schwöre ich bei meiner Seligkeit – nicht den geringsten Vertrauensbruch begangen und mich nicht beehrt, mich um Rat zu fragen. Jetzt bin ich sehr zufrieden über ihre Verschwiegenheit, wenn anders es Verschwiegenheit war. Wir haben gestern abend wie allabendlich in tiefster Stille bis halb elf Uhr Boston gespielt und nichts gehört. Es kommt kein Kind durch dies einsame Tal, ohne daß ein jeder es sieht und erfährt, und seit vierzehn Tagen ist kein Fremder erschienen. Nun aber bilden die Herren von Hauteserre und Simeuse für sich allein einen Trupp von vier Mann. Der Edelmann und seine Frau haben sich der Regierung unterworfen und alles Erdenkliche versucht, um ihre Söhne zurückzubekommen; noch vorgestern haben sie ihnen geschrieben. Daher war bei meiner Seele und meinem Gewissen Ihr Erscheinen hier nötig, um meinen festen Glauben zu erschüttern, daß sie sich in Deutschland befinden. Unter uns gesagt, läßt hier außer der jungen Gräfin jedermann den hervorragenden Eigenschaften des Herrn Ersten Konsuls Gerechtigkeit widerfahren."
„Ein Fuchs!" dachte Corentin. „Wenn die jungen Leute erschossen werden, so hat man es selbst gewollt!" entgegnete er laut. „Jetzt wasche ich mir die Hände in Unschuld."
Er hatte den Abbé Goujet an eine vom Mond hell beschienene Stelle geführt und sah ihn plötzlich an, als er diese Schicksalsworte sprach. Der Priester war tief betrübt, aber wie ein überraschter Mensch, der von nichts wußte.

„Verstehen Sie doch, Herr Abbé," fuhr Corentin fort, „daß ihre Anrechte auf das Gut Gondreville sie in den Augen der Leute in untergeordneter Stellung doppelt verbrecherisch machen! Kurz, ich möchte, daß sie mit Gott zu tun haben und nicht mit seinen Heiligen."

„So handelt es sich um eine Verschwörung?" fragte der Abbé naiv.

„Eine gemeine, hassenswerte, feige Verschwörung die dem hochherzigen Geist der Nation so widerstrebt, daß sie mit allgemeiner Schande bedeckt wird", antwortete Corentin.

„Nun, Fräulein von Cinq-Cygne ist einer Feigheit nicht fähig!" rief der Pfarrer aus.

„Herr Abbé", fuhr Corentin fort, „sehen Sie, es gibt für uns (stets unter uns gesagt) handgreifliche Beweise für ihre Mitschuld, aber noch nicht genug für die Justiz. Bei unserem Nahen hat sie die Flucht ergriffen... Und doch hatte ich Ihnen den Bürgermeister geschickt..."

„Ja, aber für einen, dem soviel daran liegt, sie zu retten, folgten Sie dem Bürgermeister etwas zu sehr auf dem Fuße", sagte der Abbé.

Bei diesem Wort blickten beide Männer einander an, und alles war zwischen ihnen gesagt. Beide gehörten zu jenen tiefen Anatomen des Denkens, denen ein einziger Tonfall, ein Blick, ein Wort genügt, um eine Seele zu erraten, genau wie der Wilde seine Feinde an Zeichen errät, die dem Auge eines Europäers unsichtbar sind.

„Ich glaubte, etwas aus ihm herauszulocken, und ich habe mich selbst nur aufgedeckt", dachte Corentin.

„Ach, der Racker!" sagte sich der Abbé.

Als Corentin und der Abbé wieder in den Salon traten, schlug es von der alten Kirchturmuhr Mitternacht. Man hörte Zimmer- und Schranktüren öffnen und schließen. Die Gendarmen deckten die Betten auf. Peyrade durchwühlte und durchstöberte alles mit dem raschen Verständnis des Spions. Diese Plünderung erregte Schrecken und zugleich Entrüstung bei den treuen Dienstboten, die immer noch regungslos dastanden. Herr von Hauteserre wechselte mit seiner Frau und Fräulein Goujet mitleidige Blicke. Eine furchtbare Neugier hielt alle wach. Peyrade kam mit einer Kassette aus geschnitztem Sandelholz in den Salon herab; sie mochte dereinst vom Admiral von Simeuse aus China mitgebracht sein. Es war ein hübscher flacher Kasten in der Größe eines Quartbandes.

Peyrade gab Corentin einen Wink und führte ihn in die Fensternische.

„Ich hab' es!" sagte er. „Dieser Michu, der Marion achthunderttausend Franken in Gold für Gondreville zahlen konnte, und der jetzt den Malin totschießen wollte, muß der Vertrauensmann der Simeuses sein. Als er Marion bedroht hat, muß er das gleiche Interesse verfolgt haben wie gestern, als er auf Malin anlegte. Er schien mir zu Gedanken fähig, aber er hat nur einen; er weiß von der Sache und wird hergekommen sein, um sie zu warnen."

„Malin wird mit seinem Freund, dem Notar, von der Verschwörung gesprochen haben," sagte Corentin, die Schlußfolgerungen seines Kollegen fortsetzend, „und Michu, der im Hinterhalt lag, wird sie zweifellos von den Simeuses haben sprechen hören. Er kann seinen Flintenschuß nämlich nur aufgeschoben haben, um ein Unglück zu verhüten, das ihm noch größer schien als der Verlust von Gondreville."

„Er hatte uns richtig als das erkannt, was wir sind", sagte Peyrade. „Daher erschien mir auch der Verstand dieses Bauern im Augenblick wunderbar."

„Oh, das beweist, daß er auf seiner Hut war", entgegnete Corentin. „Aber alles in allem, Alterchen, wollen wir uns nicht täuschen. Hier stinkts nach Verrat, und ursprüngliche Menschen riechen das von weitem."

„Um so stärker sind wir", versetzte der Provenzale.

„Lassen Sie den Brigadier von Arcis kommen", rief Corentin einem der Gendarmen zu. – „Schicken wir nach seinem Pavillon", schlug er Peyrade vor.

„Violette, unser Ohr, ist dort", entgegnete der Provenzale.

„Wir sind abgefahren, ohne Nachricht von ihm zu haben", sagte Corentin. „Wir hätten Sabatier mitnehmen sollen. Zu zweit sind wir nicht genug." Als er den Gendarmen eintreten sah, nahm er ihn zwischen sich und Peyrade und sagte: „Brigadier, lassen Sie sich nicht über den Löffel barbieren wie vorhin der Brigadier von Troyes. Michu ist scheinbar in die Sache verwickelt. Reiten Sie nach seinem Pavillon, haben Sie ein Auge auf alles, und erstatten Sie uns Bericht."

„Einer meiner Leute hat im Walde Pferde gehört, als die kleinen Dienstboten verhaftet wurden, und ich habe einige tüchtige Kerle hinter den Ausreißern hergeschickt, die sich darin verstecken möchten", entgegnete der Gendarm.

Er ging hinaus. Der Galopp seines Pferdes dröhnte auf dem Pflaster und verhallte rasch.
„Also sie marschieren auf Paris oder ziehen sich nach Deutschland zurück“, sagte Corentin sich.
Er setzte sich, zog ein Notizbuch aus der Tasche seines Spencers, schrieb mit Bleistift zwei Befehle, versiegelte sie und winkte einen der Gendarmen heran.
„Im gestreckten Galopp nach Troyes. Wecken Sie den Präfekten und sagen Sie ihm, er solle die Dämmerung benutzen, um den (optischen) Telegraphen arbeiten zu lassen.“
Der Gendarm ritt in vollem Galopp davon. Der Sinn dieses Auftrages und Corentins Absicht waren so klar, daß allen Schloßbewohnern das Herz stillstand. Aber diese neue Besorgnis war gleichsam nur ein Schlag mehr in ihrem Martyrium, denn in diesem Augenblick hatten sie die Blicke auf die kostbare Kassette gerichtet.
Während die beiden Agenten miteinander plauderten, beobachteten sie die Sprache dieser flammenden Blicke. Eine Art kalte Wut tobte in den Herzen der beiden fühllosen Menschen, die sich an dem allgemeinen Entsetzen weideten. Der Polizist kennt alle Aufregungen des Jägers, aber wo der eine die Kräfte des Körpers und des Geistes anspannt, um einen Hasen, ein Rebhuhn oder ein Reh zu erlegen, handelt es sich für den andern darum, den Staat oder den Herrscher zu retten und eine große Belohnung zu verdienen. So ist die Menschenjagd der andern um soviel überlegen, als Menschen und Tiere voneinander verschieden sind. Überdies muß der Spion sich in seiner Rolle zu der ganzen Größe und Bedeutung

der Interessen erheben, denen er dient. Ohne diesem Berufe anzugehören, kann also ein jeder sich vorstellen, daß die Seele dabei ebensoviel Leidenschaft aufwendet wie der Jäger beim Verfolgen des Wildes. Je näher daher die beiden dem Lichte kamen, um so leidenschaftlicher wurden sie. Aber ihre Haltung, ihre Augen blieben ruhig und kalt, ebenso wie ihr Argwohn, ihre Gedanken, ihr Plan undruchdringlich blieben. Wer aber die Wirkungen der geistigen Witterung dieser beiden Spürhunde auf der Fährte unbekannter und verborgener Tatsachen verfolgt hätte, wer die Bewegungen hündischer Gelenkigkeit begriffen hätte, mit der sie durch eine rasche Prüfung der Wahrscheinlichkeiten zur Wahrheit gelangten, der hätte erschaudern können! Wie und warum standen diese genialen Männer so tief, da sie doch so hoch stehen konnten? Welche Mängel, welches Laster, welche Leidenschaft rissen sie so herab? Ist man Polizist, wie man Denker, Schriftsteller, Staatsmann, Maler, General ist, unter der Bedingung, daß man nichts kann als spionieren, wie jene sprechen, schreiben, regieren, malen oder kämpfen? Die Schloßbewohner hatten nur einen Herzenswunsch: „Wird der Blitz nicht auf diese Schurken herabfahren?" Alle spürten Rachedurst. Und wären die Gendarmen nicht dagewesen, so wäre ein Aufruhr ausgebrochen.

„Hat niemand den Schlüssel zu dem Kästchen?" fragte der Zyniker Peyrade die Anwesenden.

Der Provenzale bemerkte mit leisem Schrecken, daß keine Gendarmen mehr da waren. Er und Corentin waren allein. Dieser zog einen kleinen Dolch aus der Tasche und bemühte sich, ihn in den Spalt des Kastens zu schieben. In diesem Augenblick hörte man erst auf dem Wege, dann auf dem kleinen Pflaster das wilde Dröhnen eines verzweifelten Galopps. Aber noch weit mehr Entsetzen erweckte der Sturz und das Aufstöhnen des Pferdes, das am Fuße des Mittelturms mit allen vier Beinen zugleich zusammenbrach. Eine Erschütterung wie bei einem Blitzstrahl ergriff alle Zuschauer, als man Laurence erblickte, die das Rauschen ihres Reitkleides schon angekündigt hatte. Ihre Leute hatten rasch Spalier gebildet, um sie durchzulassen. Trotz ihres raschen Rittes hatte sie den Schmerz empfunden, den die Entdeckung der Verschwörung ihr bereiten mußte. Alle ihre Hoffnungen waren zusammengebrochen! Sie war durch Trümmer geritten und hatte an die Notwendigkeit gedacht, sich der Konsulatsregierung zu unterwerfen. Und so wäre sie denn ohne die Gefahr, in der die vier Edelleute schwebten, ohnmächtig hingesunken. Aber diese Gefahr war das Reizmittel, durch das sie ihrer Ermüdung und Verzweiflung Herr wurde. Sie hatte ihre Stute fast zu Tode geritten, um zwischen den Tod und ihre Vettern zu treten.

Beim Anblick dieses heroischen Mädchens, das bleich und mit verzerrten Zügen, den Schleier zur Seite geschlagen, die Reitpeitsche in der Hand, auf die Schwelle trat und mit ihrem brennenden Blick die ganze Szene überflog und erriet, erkannte jeder an der unmerklichen Bewegung, die über Corentins bitteres und verstörtes Gesicht glitt, daß zwei wirkliche Gegner einander gegenüberstanden. Ein furchtbarer Zweikampf stand bevor. Als die junge Gräfin ihre Kassette in

Corentins Händen sah, erhob sie die Reitpeitsche, sprang heftig auf ihn los und gab ihm einen so heftigen Schlag auf die Hände, daß die Kassette zu Boden fiel. Sie packte sie, warf sie mitten in die Glut und stellte sich in drohender Haltung vor den Kamin, bevor die beiden Agenten sich von ihrer Überraschung erholt hatten. Verachtung flammte aus Laurences Blicken; ihre bleiche Stirn, ihre verächtlichen Lippen beschimpften diese Männer noch mehr als die autokratische Gebärde, mit der sie Corentin wie ein giftiges Tier behandelt hatte.

Der biedere Hauteserre fühlte sich als Kavalier; das Blut schoß ihm ins Gesicht; er bedauerte, keinen Degen zu haben. Die Diener fuhren zuerst vor Freude hoch. Die herbeigesehnte Rache hatte den einen dieser Männer getroffen. Aber ihr Glück ward von einer furchtbaren Angst in die Tiefe ihrer Seele zurückgedrängt: noch immer hörten sie die Gendarmen auf den Böden hin und her gehen. Der Spion, dies kräftige Wort, in dem alle Nuancen zusammenlaufen, die die Polizisten unterscheiden, denn das Publikum hat die verschiedenen Eigenschaften der Leute, die sich mit dieser für die Regierungen notwendigen Apothekerkunst befassen, in der Sprache nie unterscheiden wollen – der Spion also hat etwas Großartiges und Sonderbares an sich: er wird nie böse. Er besitzt die christliche Demut des Priesters, seine Augen sind an Verachtung gewohnt, und er setzt sie seinerseits wie eine Schranke dem Schwarm der Tröpfe entgegen, die ihn nicht verstehen. Er hat eine eherne Stirn bei Beschimpfungen, er geht auf sein Ziel los wie ein Tier, dessen festes Rükkenschild nur von Kanonenkugeln durchschlagen wird. Aber wenn er getroffen ist, wird er gleich dem Tier um so wütender, als er seinen Panzer für undurchdringlich hielt. Der Peitschenhieb auf die Finger war für Corentin, von dem Schmerz abgesehen, der Kanonenschuß, der den Panzer durchlöchert. Diese Bewegung voller Ekel von seiten dieses stolzen und edlen Mädchens demütigte ihn nicht allein in den Augen dieser kleinen Welt, sondern auch vor sich selbst. Peyrade, der Provenzale, stürzte auf den Kamin zu, bekam einen Fußtritt von Laurence, packte sie am Fuß und hob ihn empor, so daß er sie durch das Schamgefühl zwang, sich in den Lehnstuhl zu werfen, in dem sie vorhin geschlummert hatte. Das war das Satyrspiel mitten im Schrecklichen, ein häufiger Kontrast in allen menschlichen Dingen. Peyrade versengte sich die Hand, um sich der brennenden Kassette zu bemächtigen, aber er packte sie, stellte sie auf den Boden und setzte sich darauf. Diese kleinen Ereignisse spielten sich stumm und sehr rasch ab. Corentin, der sich von dem Schmerze des Peitschenschlages erholt hatte, hielt Fräulein von Cinq-Cygne an den Händen fest.

„Zwingen Sie mich nicht, schöne Bürgerin, Gewalt gegen Sie zu brauchen", sagte er in seiner verletzenden Höflichkeit.

Peyrades Tun hatte den Erfolg, daß das Feuer durch den Druck, der die Luft abhielt, erlosch.

„Gendarmen! her!" rief er, in seiner wunderlichen Stellung sitzenbleibend.

„Versprechen Sie, artig zu sein?" sagte Corentin unverschämt zu Laurence, indem er seinen

Dolch aufhob, ohne den Fehler zu begehen, sie damit zu bedrohen.

„Die Geheimnisse dieser Kassette gehen die Regierung nichts an“, antwortete sie mit einem Gemisch von Schwermut in Miene und Tonfall.

„Wenn Sie die Briefe gelesen haben, die darin sind, werden Sie sich trotz Ihrer Niedertracht schämen, es getan zu haben ... Aber schämen Sie sich noch vor etwas?“ setzte sie nach einer Pause hinzu.

Der Pfarrer warf Laurence einen Blick zu, als wollte er ihr sagen: „Um Gottes willen, beruhigen Sie sich!“

Peyrade stand auf. Der Boden der Kassette, der auf den Kohlen gelegen hatte und fast ganz verbrannt war, ließ einen versengten Fleck auf dem Teppich zurück. Der Deckel war bereits verkohlt, die Seiten gaben nach. Der groteske Scaevola, der dem Gotte der Polizei, der Furcht, den Boden seiner aprikosenfarbenen Hose geopfert hatte, öffnete die beiden Seiten der Kassette, als klappte er ein Buch auf, und ließ drei Briefe und zwei Haarlocken auf den Spieltisch fallen. Er wollte schon mit einem Blick auf Corentin lächeln, als er wahrnahm, daß die Haarlocken von verschiedenem Weiß waren. Corentin ließ Fräulein von Cinq-Cygne los, um den Brief zu lesen, aus dem die Locken gefallen waren.

Auch Laurence stand auf, trat neben die beiden Spione und sagte:

„Oh! lesen Sie laut vor, das soll Ihre Strafe sein.“

Da sie nur mit den Augen lasen, so las sie selbst den folgenden Brief vor:

„Liebe Laurence!

„Wir erfuhren von Deinem schönen Benehmen an dem traurigen Tage unserer Verhaftung, mein Gatte und ich. Wir wissen, Du liebst unsre geliebten Zwillinge ebensosehr und ebenso gleichmäßig wie wir selbst. Deshalb übergeben wir Dir ein für sie ebenso kostbares wie trauriges Pfand. Der Herr Scharfrichter hat uns eben die Haare geschoren, denn wir sollen in wenigen Augenblicken sterben, und er hat uns versprochen, Dir die beiden einzigen Andenken zukommen zu lassen, die wir unsern geliebten Waisen geben können. So hebe denn für sie diese Überreste von uns auf, und gib sie ihnen in besseren Zeiten. Wir haben einen letzten Kuß für sie darauf gedrückt, und unseren Segen beigefügt. Unser letzter Gedanke wird zunächst unseren Söhnen gelten, dann Dir und schließlich Gott! Habe sie lieb.

Bertha von Cinq-Cygne
Johann von Simeuse."

Beim Verlesen dieses Briefes füllten sich alle Augen mit Tränen.
Mit fester Stimme sagte Laurence zu den beiden Agenten, indem sie ihnen einen versteinernden Blick zuwarf:
„Sie haben weniger Mitleid als der Herr Scharfrichter!"
Corentin legte die Haare ruhig in den Brief und diesen zur Seite auf den Tisch, dann stellte er einen Korb mit Spielmarken darauf, damit er nicht wegflog. Diese Kaltblütigkeit inmitten der

allgemeinen Aufregung war scheußlich. Peyrade entfaltete die beiden anderen Briefe.
„Oh, die sind ungefähr ebenso“, sagte Laurence. „Sie haben das Testament gehört, dies ist die Vollstreckung. Fortan wird mein Herz für niemand mehr Geheimnisse haben, weiter nichts.“

„1794, Andernach, vor dem Kampfe.

„Meine liebe Laurence!

Ich liebe Dich für mein Leben und will, daß Du es weißt. Aber, wenn ich sterben sollte, wisse, daß mein Bruder Paul Maria Dich ebenso liebt wie ich. Mein einziger Trost im Tode wird die Gewißheit sein, daß Du eines Tages meinen Bruder wirst heiraten können, ohne mich vor Eifersucht umkommen zu sehen, denn das würde geschehen, wenn Du ihn mir bei meinen Lebzeiten vorzögest. Alles in allem würde diese Bevorzugung mir ganz natürlich erscheinen, denn vielleicht ist er mehr wert als ich . . . usw.

Maria Paul.“

„Hier ist der andere“, fuhr sie mit reizender Röte auf der Stirn fort:

„Andernach, vor dem Kampfe.

„Meine gute Laurence!

Meine Seele ist etwas traurig, aber Maria Paul hat ein zu frohes Gemüt, um Dir nicht weit mehr zu gefallen als ich. Eines Tages wirst Du zwischen uns wählen müssen: wohlan, obwohl ich Dich leidenschaftlich liebe . . .“

„Sie standen im Briefwechsel mit Emigranten!“ unterbrach Peyrade Laurence und hielt vorsichtshalber die Briefe gegen das Licht, um zu prüfen, ob zwischen den Zeilen nicht eine Schrift in sympathetischer Tinte stand.

„Ja", entgegnete Laurence und faltete die kostbaren vergilbten Briefe wieder zusammen. „Aber, was gibt Ihnen das Recht, derart meine Wohnung, meine persönliche Freiheit und alle häuslichen Rechte zu vergewaltigen?"

„Ah, fürwahr!" rief Peyrade aus. „Wer mir das Recht gibt? Das muß ich Ihnen sagen, schöne Aristokratin," und damit zog er aus seiner Tasche einen Befehl aus dem Justizministerium, der vom Minister des Innern gegengezeichnet war. „Da, Bürgerin, das haben die Minister auf ihre Kappe genommen..."

„Wir könnten Sie fragen," flüsterte Corentin ihr zu, „wer Ihnen das Recht gibt, die Mörder des Ersten Konsuls bei sich aufzunehmen? Sie haben mir einen Peitschenhieb auf die Finger gegeben, der mich ermächtigen könnte, eines Tages einen Schlag zu führen, um Ihre Herren Vettern ins Jenseits zu befördern, während ich sie retten wollte..."

Bei der bloßen Bewegung seiner Lippen und dem Blick, den Laurence auf Corentin warf, begriff der Pfarrer, was der große unbekannte Künstler sagte, und er machte der Gräfin ein Zeichen des Mißtrauens, das nur Goulard bemerkte. Peyrade klopfte leicht auf den Boden der Schachtel, um festzustellen, ob er nicht doppelt war.

„O Gott!" sagte Laurence zu Peyrade und riß ihm den Deckel fort, „zerbrechen Sie ihn nicht... Warten Sie."

Sie nahm eine Nadel und drückte auf den Kopf

einer Figur. Die beiden Bretter sprangen durch den Druck einer Feder auf, und das eine, das hohl war, zeigte die beiden Miniaturbilder der Herren von Simeuse in der Uniform der Condéschen Armee, zwei in Deutschland auf Elfenbein gemalte Porträts. Corentin, der einen seines ganzen Zorns würdigen Gegner vor sich sah, zog Peyrade in eine Ecke und beriet sich leise mit ihm.

„Das warfen Sie ins Feuer!“ sagte der Abbé zu Laurence mit einem Blick auf den Brief der Marquise und die Haarlocken.

Statt jeder Antwort zuckte das junge Mädchen bedeutungsvoll die Achseln. Der Pfarrer begriff, daß sie alles preisgab, um die Spione hinzuhalten und Zeit zu gewinnen, und er blickte in bewundernder Gebärde gen Himmel.

„Wo hat man denn Gotthard verhaftet, den ich weinen höre?“ fragte sie ihn laut genug, um gehört zu werden.

„Ich weiß nicht“, entgegnete der Pfarrer.

„War er nach dem Pachthof geritten?“

„Der Pachthof!“ sagte Peyrade zu Corentin. „Wir wollen Leute hinschicken.“

„Nein,“ entgegnete Corentin, „dies Mädchen hätte das Heil ihrer Vettern keinem Pächter anvertraut. Sie hält uns zum besten ... Tun Sie, was ich Ihnen sage, damit wir nach dem Fehler, den wir durch unser Herkommen begingen, wenigstens einige Aufklärungen mit fortnehmen.“

Corentin trat vor den Kamin, hob seine langen spitzen Rockschöße, um sich zu wärmen, und nahm die Miene, den Ton und das Benehmen eines Mannes an, der zu Besuch ist.

„Meine Damen, Sie können zu Bette gehen, und

Ihre Leute gleichfalls. Herr Bürgermeister, Ihre Dienste sind uns jetzt unnütz. Die Strenge unserer Befehle erlaubte uns nicht, anders zu handeln, als wir es getan haben, aber wenn alle Mauern, die mir recht dick scheinen, untersucht sind, gehen wir fort."

Der Bürgermeister grüßte die Gesellschaft und verschwand. Weder der Pfarrer noch Fräulein Goujet rührten sich. Die Leute waren zu besorgt, um das Schicksal ihrer jungen Herrin nicht zu verfolgen. Frau von Hauteserre, die Laurence seit ihrer Ankunft mit der Neugier einer verzweifelten Mutter beobachtete, stand auf, zog sie am Arme in eine Ecke und fragte sie:

„Hast du sie gesehen?"

„Wie hätte ich deine Söhne wohl unter unser Dach kommen lassen, ohne daß du es erfuhrest?" entgegnete Laurence. – „Durieu," fuhr sie fort, „sehen Sie zu, ob meine arme Stella noch zu retten ist; sie atmet noch."

„Sie hat einen weiten Weg gemacht?" fragte Corentin.

„Fünfzehn französische Meilen in drei Stunden", antwortete sie dem Pfarrer, der sie verblüfft ansah. „Ich bin um halb zehn Uhr fortgeritten und erst nach ein Uhr zurückgekehrt."

Sie blickten auf die Stutzuhr, die halb drei zeigte.

„Also," fuhr Corentin fort, „leugnen Sie nicht, einen Ritt von fünfzehn Meilen gemacht zu haben?"

„Nein", sagte sie. „Ich gestehe, daß meine Vettern und die Herren von Hauteserre in ihrer völligen Unschuld den Antrag stellen wollten, von der Amnestie nicht ausgeschlossen zu werden, und daß sie auf dem Rückweg nach Cinq-Cygne waren. Als ich daher glauben konnte, Herr Malin wollte sie in einen Verrat verwickeln, bin ich ihnen entgegengeritten, um sie zu warnen, damit sie nach Deutschland zurückkehren. Sie werden dort sein, bevor der Telegraph von Troyes sie an der Grenze signalisiert hat. Habe ich ein Verbrechen begangen, so wird man mich bestrafen."

Diese wohlüberlegte Antwort Laurences, die in allen Teilen so wahrscheinlich klang, erschütterte Corentins Überzeugungen. Laurence beobachtete ihn von der Seite. In diesem so entscheidenden Augenblick, als alle Seelen gleichsam an diesen beiden Gesichtern hingen, als alle Blicke von Corentin zu Laurence und von ihr zu Corentin schweiften, erscholl auf der Straße und vom Gitter zum Pflaster der Galopp eines aus dem Walde kommenden Pferdes. Furchtbare Angst malte sich auf allen Gesichtern.

Peyrade trat freudestrahlend ein, ging eilig auf seinen Kollegen zu und sagte so laut, daß die Gräfin es hören konnte:

„Wir haben Michu!"

Laurence, der die Angst, die Ermüdung und die Anspannung all ihrer Geisteskräfte die Wangen gerötet hatte, erbleichte wieder und sank fast ohnmächtig, wie vom Blitze getroffen, in einen Lehnstuhl. Die Durieus, Fräulein Goujet und Frau von Hauteserre stürzten auf sie zu, denn sie rang nach Atem und gab durch eine Gebärde zu verstehen, daß man ihr die Schnüre ihres Reitkleides aufschneiden sollte.

„Sie ist hereingefallen", sagte Corentin zu Peyrade. „Sie sind auf dem Wege nach Paris! Ändern wir die Befehle!"

Beide gingen hinaus und ließen einen Gendarmen an der Salontür. Die höllische Geschicklichkeit der beiden Männer hatte in diesem Zweikampf einen furchtbaren Sieg davongetragen, als Laurence in die Falle ihrer gewohnten Listen ging.

Um sechs Uhr früh, bei Tagesanbruch, kehrten die beiden Agenten zurück. Nach Untersuchung des Hohlweges hatten sie sich vergewissert, daß die Pferde dort durchgekommen waren und den Weg nach dem Wald eingeschlagen hatten. Sie warteten den Bericht des Gendarmeriehauptmanns ab, der die Gegend auskundschaften sollte. Während sie das Schloß unter dem Befehl eines Brigadiers umstellt hielten, gingen sie in ein Wirtshaus in Cinq-Cygne zum Frühstück, gaben aber vorher Befehl zur Freilassung Gotthards, der auf alle Fragen stets mit Tränenströmen geantwortet, sowie Katharinas, die sich andauernd still und unbeweglich verhalten hatte. Katharina und Gotthard kamen in den Salon und küßten Laurence die Hände. Die lag in dem Lehnsessel hingestreckt. Durieu erschien mit der Meldung, Stella ginge nicht ein, bedürfe aber großer Pflege.

Der Bürgermeister, der unruhig und neugierig war, traf Peyrade und Corentin im Dorfe. Er wollte es nicht dulden, daß höhere Beamte in einem elenden Wirtshaus frühstückten, und nahm sie mit sich nach Hause. Die Abtei lag eine Viertelstunde entfernt. Unterwegs bemerkte Peyrade, daß der Brigadier von Arcis nichts über Michu und Violette gemeldet hatte.

„Wir haben es mit begabten Leuten zu tun“, sagte Corentin. „Sie sind stärker als wir. Der Priester ist zweifellos daran beteiligt.“

In diesem Augenblick, als Frau Goulard die beiden Beamten in ein großes kaltes Eßzimmer eintreten ließ, erschien der Gendarmerieleutnant mit ziemlich verstörter Miene.
„Wir haben das Pferd des Brigadiers von Arcis im Walde gefunden, ohne seinen Reiter", sagte er zu Peyrade.
„Leutnant," rief Corentin, „reiten Sie flugs nach Michus Pavillon und sehen Sie zu, was dort vorgeht! Der Brigadier wird erschossen sein."
Diese Meldung war dem Frühstück des Bürgermeisters abträglich. Die Pariser schlangen alles mit der Hast von Jägern herunter, die bei einer Rast essen, und kehrten in ihrem Korbwagen mit dem Postpferde zum Schlosse zurück, um rasch an jeden Punkt gelangen zu können, der ihre Anwesenheit erheischte. Als beide wieder in dem Salon erschienen, in dem sie Verwirrung, Schrecken, Schmerz und grausamste Angst angerichtet hatten, fanden sie Laurence im Morgenrock, den Edelmann und seine Frau, den Abbé Goujet und dessen Schwester in anscheinender Ruhe um das Feuer gruppiert.
„Hätte man Michu gefangen genommen," hatte Laurence sich gesagt, „so hätte man ihn hergeführt. Ich habe den Kummer, daß ich nicht Herrin meiner selbst geblieben bin, sondern in die Vermutungen dieser Elenden etwas Licht gebracht habe. Aber alles läßt sich wieder gutmachen. – Werden wir lange Ihre Gefangenen bleiben?" fragte sie die beiden Agenten mit spöttischer, unbefangener Miene.
„Wie kann sie etwas von unserer Besorgnis um Michu wissen? Niemand ist von draußen ins

Schloß gekommen. Sie verhöhnt uns!" sagten sich die beiden Spione mit einem Blick.
„Wir werden Sie nicht mehr lange belästigen", antwortete Corentin. „In drei Stunden werden wir uns entschuldigen, Ihre Einsamkeit gestört zu haben."
Niemand gab eine Antwort. Dies verächtliche Schweigen verdoppelte die innere Wut Corentins, auf dessen Kosten Laurence und der Pfarrer, die beiden Leuchten dieser kleinen Welt, sich lustig gemacht hatten. Gotthard und Katharina deckten am Kamin zum Frühstück, an dem der Pfarrer und seine Schwester teilnahmen. Weder Herrschaft noch Dienstboten beachteten im mindesten die beiden Spione, die im Garten, auf dem Hofe und auf dem Wege spazierengingen und von Zeit zu Zeit in den Salon zurückkehrten.
Um halb drei kam der Leutnant wieder.
„Ich habe den Brigadier gefunden", sagte er zu Corentin. „Er lag auf dem Wege vom Pavillon von Cinq-Cygne zum Pachthof Bellache und trug keine andere Verletzung als eine schreckliche Quetschung am Kopfe, wahrscheinlich infolge seines Sturzes. Er wurde, sagt er, so schnell aus dem Sattel gehoben und so heftig nach rückwärts geschleudert, daß er sich nicht erklären kann, wie das zugegangen ist. Er hat die Steigbügel losgelassen, sonst wäre er tot, denn sein scheu gewordenes Pferd hätte ihn querfeldein geschleift. Wir haben ihn Michu und Violette anvertraut..."
„Was! Michu ist in seinem Pavillon!" sagte Corentin und blickte Laurence an.
Die Gräfin lächelte mit listigem Blick; das war ihre Frauenrache.

„Ich sah ihn selbst, wie er dabei war, mit Violette einen Handel abzuschließen, der gestern abend begonnen hat," entgegnete der Leutnant. „Violette und Michu schienen mir betrunken, aber das ist kein Wunder; sie haben die ganze Nacht gezecht und sind noch nicht handelseinig."

„Hat Ihnen Violette das gesagt?" rief Corentin.

„Jawohl", entgegnete der Leutnant.

„Ach, man sollte alles selbst machen!" rief Peyrade mit einem Blick auf Corentin, der ebenso wie Peyrade dem Verstand des Leutnants mißtraute. Der junge Mann antwortete dem Alten durch ein Kopfnicken.

„Wann sind Sie in Michus Pavillon angelangt?" fragte Corentin, als er bemerkte, daß Fräulein von Cinq-Cygne nach der Uhr auf dem Kamin blickte.

„Gegen zwei Uhr", antwortete der Leutnant.

Laurence umspannte mit einem einzigen Blick das Ehepaar Hauteserre, den Abbé Goujet und dessen Schwester, die völlig im Dunkeln tappten. Siegesfreude strahlte aus ihren Augen; sie errötete und Tränen quollen aus ihren Lidern. Dies junge Mädchen, das gegen das größte Unglück gewappnet war, konnte nur vor Freude weinen. In diesem Augenblick war sie erhaben, besonders in den Augen des Pfarrers, den ihr männlicher Charakter fast bekümmert hatte. Nun erkannte er ihre äußerst weibliche Zärtlichkeit; aber diese Empfindsamkeit lag bei ihr wie ein verborgener Schatz in unendlicher Tiefe unter einem Granitblock.

Ein Gendarm kam mit der Frage, ob Michus Sohn vorgelassen werden solle. Der käme von seinem Vater, um mit den Herren aus Paris zu sprechen.

Corentin winkte bejahend. Franz Michu, dieser schlaue junge Hund, der aus Rasseinstinkt jagte, stand im Hofe, wo der freigelassene Gotthard einen Augenblick unter den Augen des Gendarmen mit ihm sprechen durfte. Der kleine Michu richtete eine Bestellung aus und ließ dabei etwas in Gotthards Hand gleiten, ohne daß der Gendarm es merkte. Gotthard schlich sich hinter Franz herein und gelangte bis zu Fräulein von Cinq-Cygne, um ihr in aller Harmlosigkeit den zweiten Teil ihres Ringes zu geben. Sie küßte ihn leidenschaftlich, denn sie begriff, daß Michu ihr mit der Zusendung sagte, daß die vier Edelleute geborgen seien.

„Vater läßt fragen, wo er den Brigadier lassen soll, dem es gar nicht gut geht", sagte er mit bäurischem Ausdruck.

„Was fehlt ihm?" fragte Peyrade.

„Er hat Kopfweh. Er ist doch auch auf die Erde gefallen. Für einen Gendarm, der reiten kann, ist das Pech. Aber er ist aufgeprallt! Er hat ein Loch, oh, so groß wie 'ne Faust, hinten am Kopfe. Er hat scheinbar Unglück gehabt und ist auf einen bösen Stein gefallen. Armer Kerl! Wenn er auch Gendarm ist, er hat doch Schmerzen, daß es einem leid tut."

Der Gendarmeriehauptmann aus Troyes kam in den Hof geritten, saß ab und winkte Corentin zu. Als der ihn erkannte, stürzte er ans Fenster und riß es auf, um keine Zeit zu verlieren.

„Was gibt es?"

„Wir sind angeführt worden. Man hat fünf Pferde gefunden, die vor Erschöpfung gefallen sind, mit schweißbedecktem, gesträubtem Fell, mitten auf dem großen Waldwege. Ich lasse sie bewachen, um zu erfahren, woher sie kommen und wer sie geliefert hat. Der Wald ist umstellt; wer drin ist, kann nicht hinaus."

„Wann sind die Reiter nach Ihrer Meinung in den Wald gekommen?"

„Um halb ein Uhr Nachts."

„Daß mir kein Hase aus dem Wald herauskommt, ohne daß man ihn sieht!" flüsterte Corentin ihm ins Ohr. „Ich lasse Ihnen Peyrade hier und gehe nach dem armen Brigadier sehen. – Bleibe beim Bürgermeister; ich werde dir einen geschickten Mann zur Ablösung senden", sagte er dem Provenzalen ins Ohr. „Wir müssen die Leute aus der Gegend zu Hilfe nehmen; sieh dir alle Gesichter genau an."

Dann wandte er sich zu der Gesellschaft und sagte in drohendem Tone: „Auf Wiedersehen!"

Niemand grüßte die Agenten, als sie hinausgingen.

„Was wird Fouché zu einer Haussuchung ohne Ergebnis sagen?" rief Peyrade aus, als er Corentin in den Korbwagen half.

„Oh, die Sache ist noch nicht zu Ende", sagte Corentin ihm ins Ohr. „Die Edelleute müssen im Walde sein."

Er wies auf Laurence, die sie durch die kleinen Scheiben der großen Salonfenster beobachtete.

„Ich habe schon eine zur Strecke gebracht, die mindestens so viel wert war und die mir die Galle zu sehr erhitzt hat. Kommt sie mir wieder ins Gehege, so werde ich ihr den Peitschenhieb heimzahlen."

„Die andre war eine Dirne," sagte Peyrade, „und die da hat eine Stellung ..."

„Mache ich etwa Unterschiede? Alles, was schwimmt, ist Fisch!" sagte Corentin und winkte dem Gendarmen, der ihn fuhr, auf das Postpferd einzuschlagen.
Nach zehn Minuten war das Schloß Cinq-Cygne ganz und gar geräumt. Laurence ließ Franz Michu sich setzen und gab ihm zu essen.
„Wie seid Ihr den Brigadier losgeworden?" fragte sie ihn.
„Meine Eltern haben mir gesagt, es ginge um Tod und Leben, und es dürfte niemand zu uns hinein. Da hörte ich Pferde im Walde kommen und merkte, daß ich es mit Hunden von Gendarmen zu tun hatte, und ich wollte verhindern, daß sie zu uns kamen. Ich holte dicke Stricke von unserm Boden und band sie an einen der Bäume, die am Anfang jedes Weges stehen. Dann spannte ich den Strick in Brusthöhe eines Reiters und schnürte ihn um den Baum gegenüber auf dem Wege, auf dem ich ein Pferd galoppieren hörte. Der Weg war gesperrt. Die Sache klappte. Der Mond schien nicht mehr, mein Brigadier flog zu Boden, war aber nicht tot. Einerlei, die Gendarmen sind nicht leicht tot zu kriegen. Man tut, was man kann."
„Du hast uns gerettet!" sagte Laurence und gab Franz einen Kuß. Dann geleitete sie ihn bis zum Gitter. Als sie dort niemand sah, flüsterte sie ihm ins Ohr: „Haben sie zu essen?"
„Ich habe ihnen eben ein Zwölf-Pfundbrot und eine Flasche Wein gebracht. Das reicht für sechs Tage."
Als das junge Mädchen in den Salon zurückkehrte, sah sie sich von den stummen Fragen des Herrn und der Frau von Hauteserre, des Abbé Goujet

und seiner Schwester bestürmt. Alle blickten sie voller Bewunderung und Sorge an.
„So hast du sie wiedergesehen?" stieß Frau von Hauteserre hervor.
Die Gräfin legte lächelnd einen Finger auf die Lippen und ging in ihr Zimmer hinauf, um sich zu Bett zu legen.
Der kürzeste Weg von Cing-Cygne nach Michus Pavillon führte vom Dorf nach dem Pachthofe und endete an dem Rondel, wo Michu tags zuvor die Spione erblickt hatte. Und so schlug auch der Gendarm, der Corentin fuhr, diesen Weg ein, auf dem der Brigadier von Arcis geritten war. Unterwegs fragte sich der Agent, auf welche Weise ein Gendarm wohl aus dem Sattel gehoben werden könne. Er grollte sich selbst, daß er auf diesen wichtigen Punkt nur einen einzigen Mann geschickt hatte, und zog daraus eine Lehre für ein Handbuch der Polizei, das er zu seinem Gebrauch verfaßte.
„Wenn man sich den Gendarmen vom Halse geschafft hat," dachte er, „wird man es mit Violette ebenso gemacht haben. Auf den fünf gefallenen Pferden sind offenbar die vier Verschwörer und Michu aus der Gegend von Paris in den Wald zurückgeritten. – Hat Michu ein Pferd?" fragte er den Gendarmen, der zu der Brigade von Arcis gehörte.
„Ach, und einen famosen Gaul," antwortete der Gendarm, „ein Jagpferd aus den Ställen des vormaligen Marquis von Simeuse. Es ist zwar schon fünfzehnjährig, aber darum nicht minder gut. Michu reitet es zwanzig Meilen, und sein Fell ist noch trocken wie mein Hut. Oh, er pflegt es gut. Er hat schon Geld dafür abgelehnt."

„Wie sieht sein Pferd aus?“
„Schwarzbraunes Fell, weiße Flecken über den Hufen, mager, ganz Sehnen wie ein arabisches Pferd.“
„Hast du denn arabische Pferde gesehen?“
„Ich bin vor Jahresfrist aus Ägypten zurückgekommen; da habe ich Mameluckenpferde geritten. Ich habe elf Jahre bei der Kavallerie gedient; ich bin mit dem General Steingel über den Rhein gegangen, von da nach Italien, und ich bin dem Ersten Konsul nach Ägypten gefolgt. Deshalb soll ich auch Brigadier werden.“
„Wenn ich in Michus Pavillon bin, geh doch in den Stall, und wenn du seit elf Jahren mit Pferden zu tun hast, mußt du doch erkennen können, ob ein Pferd gelaufen ist.“
„Halt, da ist unser Brigadier zu Boden geworfen worden“, sagte der Gendarm und wies auf die Stelle, wo der Weg in das Rondel einmündete.
„Du wirst dem Hauptmann sagen, er soll mich in diesem Pavillon abholen. Wir werden zusammen nach Troyes fahren.“
Corentin stieg aus und besichtigte ein paar Augenblicke die Stelle. Er sah sich die beiden einander gegenüberstehenden Ulmen an, wovon eine an der Parkmauer, die andre auf der Böschung des Rondels stand, die von dem Gemeindeweg durchschnitten wurde. Dann erblickte er etwas, was noch niemand entdeckt hatte, einen Uniformknopf im Staube des Weges, und hob ihn auf. Als er den Pavillon betrat, sah er Michu und Violette am Tisch in der Küche; sie stritten noch immer miteinander. Violette stand auf, begrüßte Corentin und bot ihm zu trinken an.

„Danke... Ich möchte den Brigadier sehen", sagte der junge Mann, der mit einem Blick erriet, daß Violette seit mehr als zwölf Stunden betrunken war.

„Meine Frau pflegt ihn oben", sagte Michu.

„Nun, Brigadier, wie geht es Ihnen?" fragte Corentin, der die Treppe hinaufgeeilt war und den Gendarmen mit einer Kompresse auf dem Kopfe auf Frau Michus Bett fand. Sein Hut, Säbel und Lederzeug lagen auf einem Stuhl.

Martha, die dem weiblichen Empfinden treu blieb und zudem nichts von dem Heldenstück ihres Sohnes wußte, pflegte den Brigadier mitsamt ihrer Mutter.

„Wir warten auf Herrn Varlet, den Arzt aus Arcis", sagte Frau Michu. „Gaucher ist fort, um ihn zu holen."

„Lassen Sie uns einen Augenblick allein", sagte Corentin, ziemlich überrascht von diesem Schauspiel, das für die Unschuld der beiden Frauen zeugte.

„Wie wurde Sie getroffen?" fragte er und blickte auf die Uniform.

„An der Brust", antwortete der Brigadier.

„Lassen Sie mal Ihr Lederzeug sehen", sagte Corentin.

Auf der gelben, weißbesäumten Binde, die der sogenannten Nationalgendarmerie durch ein neues Gesetz verliehen war, das die geringsten Einzelheiten ihrer Uniform vorschrieb, befand sich ein Schild, ähnlich dem unsrer jetzigen Feldhüter, auf dem nach der Vorschrift des Gesetzes die eigenartigen Worte eingraviert waren: „Achtung vor den Personen und dem Eigentum!" Der Strick hatte notwendig das Lederzeug getroffen und es stark gequetscht. Corentin nahm den Rock und besah sich die Stelle, wo der auf der Straße gefundene Knopf fehlte.

„Wann hat man Sie aufgefunden?" fragte Corentin.

„In der Morgendämmerung."

„Hat man Sie gleich heraufgebracht?" fragte Corentin, als er den Zustand des nicht aufgedeckten Bettes bemerkte.

„Jawohl."

„Wer hat Sie heraufgebracht?"

„Die Frauen und der kleine Michu, der mich bewußtlos gefunden hat."

„Gut! Sie sind nicht zu Bett gegangen", sagte sich Corentin. „Der Brigadier ist weder von einem Schuß getroffen, noch von einem Stockhieb, denn um ihn zu treffen, hätte sein Gegner in gleicher Höhe sein und zu Pferde sitzen müssen. Er kann also nur durch ein Hindernis auf seinem Wege aus dem Sattel gehoben worden sein. Ein Stück Holz? Unmöglich. Eine eiserne Kette? Die hätte Spuren hinterlassen. – Was haben Sie gefühlt?" fragte er den Brigadier laut und trat auf ihn zu, um ihn zu untersuchen.

„Ich wurde so plötzlich hintenüber geworfen ..."

„Ihre Haut ist unter dem Kinn abgeschürft."

„Mir scheint", antwortete der Brigadier, „als wäre mir ein Strick durchs Gesicht gefahren ..."

„Ich hab's", sagte Corentin. „Man hat zwischen zwei Bäumen einen Strick gespannt, um den Weg zu sperren."

„Das könnte wohl sein", sagte der Brigadier.

Corentin ging hinunter und trat in das Zimmer.

„Nun, alter Lump, machen wir Schluß!“ sagte Michu zu Violette und blickte den Spion an. „Hundertzwanzigtausend Franken fürs Ganze, und Sie sind Herr auf meinen Äckern. Ich werde Rentner.“

„Ich habe nur sechzigtausend, so wahr Gott lebt.“

„Aber wenn ich Ihnen Frist für den Rest gebe... Da sitzen wir nun seit gestern hier und können nicht handelseinig werden ... Land von erster Güte!“

„Das Land ist gut“, entgegnete Violette.

„Wein her, Frau!“ schrie Michu.

„Habt Ihr denn noch nicht genug getrunken?“ rief Marthas Mutter. „Das ist ja die vierzehnte Flasche seit gestern um neun Uhr...“

„Sie sind seit neun Uhr morgens hier?“ fragte Corentin Violette.

„Nein, entschuldigen Sie. Seit gestern abend hab' ich mich nicht vom Fleck gerührt und nichts dabei gewonnen. Je mehr er mir zu trinken gibt, um so mehr verlangt er mir ab.“

„Wer bei einem Handel das Glas hebt, hebt auch den Preis“, sagte Corentin.

Ein Dutzend leere Flaschen, die am Rande des Tisches standen, bezeugten die Worte des Alten. In diesem Augenblick winkte der Gendarm Corentin von draußen und flüsterte ihm auf der Schwelle zu:

„Im Stall ist kein Pferd.“

„Sie haben Ihren Jungen zu Pferde nach der Stadt geschickt“, sagte Corentin, als er zurückkam. „Er muß bald wieder da sein.“

„Nein, Herr, er ist zu Fuß gegangen“, sagte Martha.

„Na, und was haben Sie mit Ihrem Pferde gemacht?"
„Ich hab es verliehen", sagte Michu trocken.
„Kommen Sie mal her, Sie frommer Mann," gebot Corentin dem Verwalter, „ich habe Ihnen zwei Worte ins Ohr zu sagen."
Und er ging mit Michu hinaus.
„Mit der Büchse, die Sie gestern um ein Uhr luden, wollten Sie den Staatsrat töten... Grévin, der Notar, hat Sie gesehen. Aber damit kann man Sie nicht fassen: da war viel Absicht und wenig Zeugen. Sie haben, ich weiß schon wie, Violette eingeschläfert, und Sie, Ihre Frau und Ihr Junge, haben die Nacht draußen verbracht, um Fräulein von Cinq-Cygne von unsrer Ankunft zu benachrichtigen und ihre Vettern zu retten, die Sie hierher gebracht haben, wohin, weiß ich noch nicht. Ihr Sohn oder Ihre Frau haben den Brigadier recht schlau zu Fall gebracht. Kurz, Sie haben uns geschlagen. Sie sind ein famoser Kerl. Aber damit ist noch nicht alles gesagt; das letzte Wort liegt nicht bei uns. Wollen Sie sich vergleichen? Ihre Herren werden dabei gewinnen."
„Kommen Sie mit; wir wollen miteinander reden, ohne daß man uns hört", sagte Michu und führte den Spion in den Park bis zum Teich.
Als Corentin das Wasser sah, blickte er Michu fest an. Der wollte ihn zweifellos mit Hilfe seiner Körperkraft in sieben Fuß Schlamm unter drei Fuß Wasser werfen. Michu antwortete mit einem nicht minder festen Blick. Es war genau so, als hätte eine schlaffe, kalte Boa einen der rotbraunen, wilden Jaguare Brasiliens herausgefordert.

„Ich habe keinen Durst", sagte der Stutzer und blieb am Rand der Wiese stehen, während er mit der Hand in seine Seitentasche griff, um seinen kleinen Dolch zu fassen.
„Wir können uns nicht verstehen", sagte Michu kalt.
„Benehmen Sie sich klug, mein Lieber, die Justiz wird ein Auge auf Sie haben."
„Wenn sie nicht klarer sieht als Sie, ist jedermann in Gefahr", sagte der Verwalter.
„Sie lehnen ab?" fragte Corentin ausdrucksvoll.
„Lieber will ich mir hundertmal den Hals abschneiden lassen, wenn man das einem Menschen hundertmal machen könnte, als mit einem Kerl wie du gemeinsame Sache machen!"
Corentin stieg rasch wieder in den Wagen, nachdem er Michu, den Pavillon und den ihm nachbellenden Couraud mit einem Blicke gemessen hatte. Bei der Durchfahrt durch Troyes hinterließ er ein paar Befehle, dann kehrte er nach Paris zurück. Alle Gendarmeriebrigaden erhielten einen Auftrag und geheime Weisungen.
Während der Monate Dezember, Januar und Februar wurde in den kleinsten Dörfern emsig und anhaltend nachgeforscht. Man horchte in allen Schenken. Corentin erfuhr drei wichtige Dinge: ein Pferd, dem Michus ähnlich, wurde in der Gegend von Lagny tot aufgefunden. Die fünf im Walde von Nodesme verscharrten Pferde waren für je fünfhundert Franken von Pächtern und Müllern an einen Mann verkauft worden, dessen Personenbeschreibung auf Michu paßte. Als das Gesetz über die Hehler und Mitschuldigen von Georges veröffentlicht wurde, beschränkte Coren-

tin seine Überwachung auf den Wald von Nodesme. Dann, als Moreau, die Royalisten und Pichegru verhaftet wurden, sah man keine fremden Gesichter mehr in der Gegend. Michu verlor damals seine Stellung; der Notar aus Arcis überbrachte ihm das Schreiben, worin der Staatsrat, der jetzt Senator geworden war, Grévin bat, die Abrechnung des Verwalters entgegenzunehmen und ihn zu entlassen. Binnen drei Tagen ließ Michu sich eine Entlassung in aller Form geben und wurde frei. Zur großen Verwunderung der Gegend zog er nach Cinq-Cygne, wo Laurence ihn zum Pächter aller Vorbehaltsgüter des Schlosses machte. Der Tag seiner Einsetzung traf schicksalsvoll mit der Hinrichtung des Herzogs von Enghien zusammen. Fast ganz Frankreich erfuhr gleichzeitig die Verhaftung, die Verurteilung und den Tod des Fürsten: eine furchtbare Vergeltung, die dem Prozeß gegen Polignac, Rivière und Moreau vorausging.

☆

CORENTINS RACHE

EINSTWEILEN, BIS DER FÜR MICHU BEstimmte Pachthof erbaut war, wohnte der falsche Judas in den Gesindewohnungen über den Ställen auf der Seite der berühmten Bresche. Michu verschaffte sich zwei Pferde, eins für sich, das andre für seinen Sohn, denn beide begleiteten jetzt Fräulein von Cinq-Cygne und Gotthard auf allen ihren Ritten, die, wie man sich denken kann, den Zweck hatten, die vier Edelleute zu ernähren und dafür zu sorgen, daß ihnen nichts abging. Franz und

Gotthard, von Couraud und den Hunden der Gräfin unterstützt, kundschafteten die Umgegend des Versteckes aus und versicherten sich, ob niemand in der Nähe war. Laurence und Michu brachten ihnen die Speisen, die Martha, deren Mutter und Katharina zubereiteten, ohne daß die Dienstboten etwas merkten, so daß das Geheimnis ganz unter ihnen blieb, denn keiner von ihnen zweifelte, daß im Dorfe Spione waren. Deshalb fand dies Unternehmen auch nur zweimal in der Woche und stets zu verschiedenen Stunden statt, bald bei Tage und bald bei Nacht. Diese Vorsichtsmaßregeln dauerten so lange wie der Prozeß gegen Rivière, Polignac und Moreau. Als der Senatsbeschluß, der die Familie Bonaparte zur Kaiserwürde berief und Napoleon zum Kaiser ernannte, dem französischen Volke zum Entscheid vorgelegt wurde, unterschrieb Herr von Hauteserre sich in der Liste, die Herr Goulard ihm vorlegte. Schließlich erfuhr man, daß der Papst Napoleon die Weihe geben würde. Seitdem war Fräulein von Cinq-Cygne nicht mehr dagegen, daß die beiden jungen Leute und ihre Vettern einen Antrag stellten, um von der Liste der Emigranten gestrichen zu werden und ihre bürgerlichen Rechte zurückzuerhalten. Der Biedermann reiste alsbald nach Paris und suchte dort den früheren Marquis von Chargeboeuf auf, der Herrn von Talleyrand kannte. Dieser Minister, der damals in Gunst stand, schickte die Bittschrift an Josephine, und diese gab sie ihrem Gatten, den man schon Kaiser, Majestät und Sire nannte, bevor das Ergebnis der Volksabstimmung bekannt war. Herr von Chargeboeuf, Herr von Hauteserre und der Abbé Goujet, der gleichfalls nach Paris kam, erhielten eine Audienz bei Talleyrand, und der Minister versprach seine Unterstützung. Schon hatte Napoleon die Haupturheber der großen, gegen ihn gerichteten royalistischen Verschwörung begnadigt; aber obwohl die vier Edelleute nur verdächtig waren, berief der Kaiser nach Verlassen einer Sitzung des Staatsrats doch den Senator Malin, Fouché, Talleyrand, Cambacérès, Lebrun und den Polizeipräfekten Lebrun in sein Kabinett.

„Meine Herren," sagte der künftige Kaiser, der noch seine Uniform als Erster Konsul trug, „wir haben von den Herren von Simeuse und von Hauteserre, Offizieren in der Armee des Prinzen von Condé, eine Bitte um Erlaubnis zur Rückkehr nach Frankreich erhalten."

„Sie sind schon da", sagte Fouché.

„Wie tausend andre, denen ich in Paris begegne", antwortete Talleyrand.

„Ich glaube, diesen sind Sie nicht begegnet," entgegnete Malin, „denn sie sind im Walde von Nodesme versteckt und fühlen sich dort zu Hause."

Er hütete sich wohl, dem Ersten Konsul und Fouché die Worte zu sagen, denen er das Leben verdankte, aber auf Corentins Berichte gestützt, überzeugte er den Rat von der Teilnahme der vier Edelleute an der Verschwörung Rivières und Polignacs und machte Michu zu ihrem Mitschuldigen. Der Polizeipräfekt bestätigte die Angaben des Senators.

„Aber wie sollte dieser Verwalter erfahren haben, daß die Verschwörung entdeckt war, – in dem Augenblick, da allein der Kaiser, sein Rat und

ich dies Geheimnis kannten?“ fragte der Polizeipräfekt.
Niemand achtete auf Dubois’ Bemerkung.
„Wenn sie in einem Walde versteckt sind und Sie sie seit sieben Monaten nicht gefunden haben,“ sagte der Kaiser zu Fouché, „so haben sie ihr Unrecht genügend gebüßt!“
„Es genügt,“ versetzte Malin, von dem Scharfblick des Polizeipräfekten erschreckt, „daß sie meine Feinde sind, damit ich das Benehmen Eurer Majestät nachahme. Ich bitte also um ihre Streichung und mache mich bei Ihnen zu ihrem Fürsprecher.“
„Sie werden Ihnen weniger gefährlich sein, wenn sie heimgekehrt sind, als wenn sie im Ausland bleiben, denn dann haben sie den Eid auf die Reichsverfassung und auf die Gesetze geleistet“, sagte Fouché, Malin scharf anblickend.
„Wieso bedrohen sie den Herrn Senator?“ fragte Napoleon.
Talleyrand sprach einige Minuten leise mit dem Kaiser. Die Streichung und die Wiedereinsetzung der Herren von Simeuse und von Hauteserre in ihre Rechte schien damit bewilligt.
„Sire,“ sagte Fouché, „Sie werden von diesen Leuten noch hören können.“
Auf Bitten des Herzogs von Grandlieu hatte Talleyrand im Namen der Herren ihr Wort als Edelleute gegeben – ein Wort, das auf Napoleon stets verführerisch wirkte –, nichts gegen den Kaiser zu unternehmen und sich ohne Hintergedanken zu unterwerfen.
„Die Herren von Hauteserre und von Simeuse wollen nach den letzten Ereignissen die Waffen

nicht mehr gegen Frankreich tragen. Sie hegen wenig Sympathie für die kaiserliche Regierung und gehören zu den Leuten, die Eure Majestät erobern muß. Aber sie werden sich damit begnügen, auf französischem Boden zu leben und den Gesetzen zu gehorchen", sagte der Minister.

Dann legte er dem Kaiser einen Brief vor, den er erhalten hatte und in dem diese Gesinnung ausgedrückt war.

„Etwas so Offnes muß ehrlich sein", sagte der Kaiser mit einem Blick auf Lebrun und Cambacérès. „Haben Sie noch Einwendungen?" fragte er Fouché.

„Im Interesse Eurer Majestät", entgegnete der künftige Polizeiminister, „bitte ich um den Auftrag, den Herren ihre Streichung mitzuteilen, sobald sie endgültig bewilligt ist", sagte er mit erhobener Stimme.

„Gut", sagte Napoleon, der in Fouchés Zügen Sorge las.

Der Kleine Kronrat wurde aufgehoben, ohne daß die Sache erledigt schien; doch sein Ergebnis war, daß er in Napoleons Geist einen Zweifel über die vier Edelleute hinterließ. Herr von Hauteserre, der an den Erfolg glaubte, hatte diese gute Nachricht schon in einem Briefe mitgeteilt. Die Bewohner von Cinq-Cygne waren daher nicht erstaunt, als sie nach ein paar Tagen Goulard ankommen sahen, der Frau von Hauteserre und Laurence meldete, sie sollten die vier Edelleute nach Troyes schicken, wo ihnen der Präfekt die Verfügung ihrer Wiedereinsetzung in alle Rechte übergeben würde, sobald sie den Eid geleistet und sich den Gesetzen des Kaiserreichs unterworfen

hätten. Laurence antwortete dem Bürgermeister, sie würde ihre Vettern und die Herren von Hauteserre davon benachrichtigen.
„So sind sie nicht hier?“ fragte Goulard.
Frau von Hauteserre blickte das junge Mädchen bang an. Laurence ließ den Bürgermeister stehen und ging hinaus, um sich mit Michu zu beraten. Michu hatte gegen die sofortige Auslieferung der Emigranten nichts einzuwenden. Laurence, Michu, dessen Sohn und Gotthard ritten also in den Wald und nahmen ein lediges Pferd mit, denn die Gräfin sollte die vier Edelleute nach Troyes begleiten und mit ihnen zurückkehren. Alle, die diese gute Nachricht erfuhren, versammelten sich auf dem Wiesenplan, um dem Aufbruch des fröhlichen Zuges beizuwohnen. Die vier jungen Leute verließen ihr Versteck, stiegen ungesehen zu Pferde und schlugen in Begleitung von Fräulein von Cinq-Cygne den Weg nach Troyes ein. Michu schloß mit Hilfe seines Sohnes und Gotthards den Kerkereingang wieder und kehrte dann mit ihnen zu Fuß zurück. Unterwegs fiel Michu ein, daß er die silbernen Bestecke und den silbernen Becher seiner Herren in dem Keller gelassen hatte, und kehrte allein um. Als er am Rande des Sumpfes ankam, hörte er Stimmen im Kerker und ging durch das Gestrüpp stracks auf den Eingang zu.
„Sie wollen gewiß Ihr Silberzeug holen?“ sagte Peyrade lächelnd und zeigte ihm durch das Blattwerk seine rote Nase.
Ohne zu wissen, warum, denn die jungen Leute waren schließlich gerettet, fühlte Michu einen Schmerz in allen Gliedern; so lebhaft war bei ihm jene unbestimmte, unbestimmbare Befürchtung,

die ein kommendes Unglück verursacht. Trotzdem trat er vor und fand Corentin auf der Treppe mit einem Wachsstock in der Hand.
„Wir sind nicht boshaft", sagte er zu Michu. „Wir hätten Eure verflossenen Edelleute schon seit einer Woche fassen können, aber wir wußten, daß sie gestrichen sind... Sie sind ein tüchtiger Kerl! Und Sie haben uns zuviel Scherereien gemacht, als daß wir nicht wenigstens unsre Neugier befriedigen wollten."
„Ich gäbe was drum," rief Michu aus, „wenn ich wüßte, wie und von wem wir verkauft worden sind!"
„Wenn das Ihre Neugier so reizt, mein Junge," sagte Peyrade lächelnd, „so sehen Sie sich die Hufeisen Ihrer Pferde an, und Sie werden sehen, daß daß Sie sich selbst verraten haben."
„Ohne Groll", sagte Corentin und winkte dem Gendarmeriehauptmann, mit den Pferden zu kommen.
„Der elende Pariser Arbeiter, der die Pferde so gut auf englische Art beschlug und der Cinq-Cygne verlassen hat, war einer der Ihren!" rief Michu aus. „Sie brauchten nur bei feuchtem Wetter von einem Ihrer Leute, der als Holzfäller oder Wilderer verkleidet war, die Spuren unserer Pferde, die mit ein paar Krampen beschlagen waren, im Gelände aufsuchen und verfolgen zu lassen. Wir sind quitt."
Michu tröstete sich bald in dem Gedanken, daß die Entdeckung dieses Schlupfwinkels jetzt gefahrlos war, denn die Edelleute wurden ja wieder Franzosen und hatten ihre Freiheit erlangt. Und doch hatte er mit allen seinen Ahnungen

recht. Die Polizei und die Jesuiten haben die Eigenschaft, daß sie weder ihre Feinde noch ihre Freunde je aufgeben.
Der biedere Hauteserre kehrte aus Paris zurück und war ziemlich erstaunt, nicht der erste zu sein, der die gute Nachricht überbrachte. Durieu richtete das üppigste Mahl her. Die Leute zogen sich an, und mit Ungeduld erwartete man die Proskribierten, die gegen vier Uhr eintrafen, fröhlich und gedemütigt zugleich, denn sie standen für zwei Jahre unter Polizeiaufsicht, mußten jeden Monat in der Präfektur erscheinen und durften während dieser zwei Jahre die Gemeinde Cinq-Cygne nicht verlassen.
„Ich werde Ihnen das Register zur Unterschrift schicken", hatte der Präfekt zu ihnen gesagt. „Dann werden Sie nach ein paar Monaten die Aufhebung dieser Bedingungen beantragen, die übrigens allen Mitschuldigen Pichegrus auferlegt sind. Ich werde Ihren Antrag befürworten."
Diese ziemlich verdienten Beschränkungen betrübten die jungen Leute ein wenig. Laurence begann zu lachen.
„Der Kaiser der Franzosen", sagte sie, „hat eine ziemlich schlechte Erziehung. Er ist an das Begnadigen noch nicht gewöhnt."
Die Edelleute fanden alle Schloßbewohner am Gitter, und auf dem Wege einen guten Teil der Leute aus dem Dorfe, die gekommen waren, um die jungen Leute zu sehen, die durch ihre Abenteuer im ganzen Departement berühmt geworden waren. Frau von Hauteserre hielt ihre Söhne lange in den Armen; ihr Gesicht war mit Tränen bedeckt. Sie war keines Wortes mächtig und blieb

einen Teil des Abends tief ergriffen, doch glücklich. Sobald die Zwillinge Simeuse sich zeigten und vom Pferde stiegen, erscholl ein allgemeiner Ruf der Überraschung ob ihrer erstaunlichen Ähnlichkeit: der gleiche Blick, die gleiche Stimme, das gleiche Gebaren. Beide machten genau dieselbe Bewegung, als sie sich zum Absitzen im Sattel hoben, das Bein über die Kruppe des Pferdes schlugen und die Zügel hinwarfen. Auch ihre völlig gleiche Kleidung trug dazu bei, sie zu wahren Menächmen zu machen. Sie trugen Suwarowstiefel, die über dem Spann fest anlagen, enge weiße Lederhosen, grüne Jagdwesten mit Metallknöpfen, schwarze Krawatten und Wildlederhandschuhe. Die beiden jungen Leute, damals einunddreißig Jahre alt, waren nach dem Ausdruck jener Zeit reizende Kavaliere. Sie waren mittelgroß, aber gut gebaut, hatten lebhafte, wie bei den Kindern feucht schwimmende Augen mit langen Wimpern, schwarzes Haar, eine schöne Stirn und weiße, ins Olivenfarbene spielende Haut. Ihre Reden, sanft wie Frauenworte, kamen anmutig von ihren roten Lippen. Ihr Benehmen war eleganter und höflicher als das des Provinzadels; man merkte, daß die Welt- und Menschenkenntnis ihnen jene zweite Erziehung gegeben hatte, die noch wertvoller ist als die erste, und die vollendete Männer macht. Dank Michu hatte es ihnen während ihrer Emigrantenzeit nicht an Geld gefehlt; sie hatten reisen können und waren an den fremden Höfen wohl aufgenommen worden. Der alte Edelmann und der Abbé fanden sie ein wenig hochmütig, aber das war in ihrer Lage vielleicht die Wirkung eines schönen Charakters. Sie besaßen die

hervorragenden kleinen Eigenschaften einer sorgfältigen Erziehung und entwickelten in allen Leibesübungen eine hervorragende Gewandtheit. Ihre einzige Unähnlichkeit, durch die man sie auseinanderhalten konnte, lag in ihrem Geiste. Der Jüngere bezauberte ebenso durch seinen Frohsinn, wie der Ältere durch seine Schwermut; aber dieser rein innere Gegensatz wurde erst nach langem vertrautem Umgang bemerkbar.
„Ach, Kind," sagte Michu seiner Frau ins Ohr, „wie soll man den beiden jungen Leuten da nicht ergeben sein?"
Martha, die die Zwillinge als Frau wie als Mutter bewunderte, nickte ihrem Mann reizend zu und drückte ihm die Hand. Die Leute durften ihre neuen Herren umarmen.
In den sieben Monaten der Zurückgezogenheit, zu denen die vier jungen Leute sich verurteilt hatten, begingen sie die ziemlich unerläßliche Unvorsichtigkeit, mehrmals auszureiten, allerdings unter dem Schutze von Michu, dessen Sohn und Gotthard. Während dieser Ritte in schönen hellen Nächten hatte Laurence, die die Gegenwart mit ihrem vergangenen gemeinsamen Leben verknüpfte, die Unmöglichkeit erkannt, zwischen beiden Brüdern zu wählen. Ihr Herz war in gleich starker und reiner Liebe zwischen den Zwillingen geteilt. Sie glaubte zwei Herzen zu haben. Die Jünglinge ihrerseits hatten noch nicht gewagt, miteinander von ihrer bevorstehenden Nebenbuhlerschaft zu sprechen. Vielleicht hatten alle drei es dem Zufall anheimgestellt. Die Geistesverfassung, in der Laurence sich befand, blieb zweifellos nicht ohne Wirkung, denn nach einem Augenblick sicht-

lichen Zögerns gab sie beiden Brüdern den Arm, um mit ihnen in den Salon zu gehen. Ihnen folgte das Ehepaar Hauteserre, das seine Söhne führte und Fragen an sie stellte. In diesem Augenblick schrien alle Leute:

„Es leben die Cinq-Cygnes und die Simeuses!“

Laurence drehte sich zwischen den beiden Brüdern um und dankte mit reizender Gebärde.

Als diese neun Menschen sich dann beobachteten, denn bei jedem Zusammenkommen, selbst im Familienkreis, tritt stets ein Augenblick ein, wo man sich nach langer Trennung beobachtet, schien es der Mutter und dem Abbé Goujet beim ersten Blick, den Adrien von Hauteserre auf Laurence warf, daß der junge Mann die Gräfin liebte. Adrien, der jüngere Hauteserre, besaß eine zärtliche, weiche Seele. Sein Herz war jung geblieben, trotz der Katastrophen, die ihn zum Manne gehärtet hatten. Darin glich er vielen Soldaten, bei denen die Seele durch die beständige Gefahr jungfräulich bleibt, und er fühlte sich von der holden Schüchternheit der Jugend bedrückt. Dadurch unterschied er sich sehr von seinem Bruder. Das war ein Mann von brutalem Aussehen, ein großer Jäger und furchtloser Soldat, voller Entschlußkraft, aber materiell und ohne geistige Regsamkeit, ohne Feingefühl in den Dingen des Herzens. Der eine war ganz Seele, der andere ganz Tat, doch besaßen beide in gleichem Maße das Ehrgefühl, das für das Edelmannsleben genügt. Adrien von Hauteserre war braun, klein, mager und dürr, hatte jedoch ein sehr kräftiges Aussehen, während sein hochgewachsener, blasser und blonder Bruder schwächlich erschien. Adrien war von nervösem

Temperament und stark durch seine Seele; Robert, obwohl lymphatisch, gefiel sich darin, seine rein körperliche Kraft zu beweisen. Manche Familie weist solche Wunderlichkeiten auf, deren Ursachen fesselnd sein könnten; doch hier kann nur davon die Rede sein, um zu erklären, weshalb Adrien in seinem Bruder keinen Nebenbuhler finden sollte. Robert hegte für Laurence verwandtschaftliche Zuneigung und die Achtung eines Adligen für ein junges Mädchen seines Standes. In Gefühlsdingen gehörte der ältere Hauteserre zu jenem Schlage von Männern, die die Frau als vom Manne abhängig ansehen, ihr Mutterrecht auf das rein Körperliche beschränken, jede Vollkommenheit von ihr verlangen, ihr aber keine anrechnen. Nach ihrer Ansicht ist die Anerkennung der Frau in der Gesellschaft, in der Politik, in der Familie ein sozialer Umsturz. Heute stehen wir dieser alten Auffassung der primitiven Völker so fern, daß fast alle Frauen daran Anstoß nehmen können, selbst die, welche die von den neuen Sekten gepredigte verderbliche Freiheit nicht wollen; aber Robert von Hauteserre hatte das Unglück, so zu denken. Er war ein Mensch aus dem Mittelalter, der Jüngere ein Mann der Gegenwart. Diese Unterschiede hatten die gegenseitige Zuneigung der Brüder nicht beeinträchtigt, sondern sie vielmehr noch enger geknüpft. Schon am ersten Abend wurden diese Nüancen von dem Pfarrer, von Fräulein Goujet und Frau von Hauteserre erfaßt und gewürdigt; während ihres Bostonspiels erkannten sie bereits Schwierigkeiten in der Zukunft.
Mit dreiundzwanzig Jahren, nach dem Sinnen in der Einsamkeit und den Ängsten eines großen

mißglückten Unternehmens, war Laurence wieder zum Weibe geworden und empfand ein grenzenloses Liebesbedürfnis; sie entfaltete alle Anmut ihres Geistes und war bezaubernd. Sie offenbarte die Reize ihrer Zärtlichkeit mit der Naivität eines fünfzehnjährigen Kindes. In diesen letzten dreizehn Jahren war Laurence nur im Leiden Frau gewesen; sie wollte sich entschädigen, und so zeigte sie sich ebenso liebevoll und kokett, wie sie bisher groß und stark gewesen war. Die vier alten Leutchen, die als letzte im Salon blieben, waren denn auch ziemlich beunruhigt über das neue Benehmen des reizenden Mädchens. Welche Gewalt mußte die Leidenschaft bei einem jungen Mädchen von diesem Charakter und diesem Adel haben! Die beiden Brüder liebten die gleiche Frau mit gleich starker, blinder Zärtlichkeit. Welchen von beiden würde Laurence wählen? Einen wählen, hieß das nicht, den andern töten? Als Gräfin und Stammhalterin ihres Namens brachte sie ihrem Gatten einen Titel und schöne Vorrechte, eine lange Reihe erlauchter Ahnen zu; vielleicht würde der Marquis von Simeuse angesichts dieser Vorteile sich selbst opfern, damit Laurence seinen Bruder heiratete, der nach den alten Gesetzen arm und ohne Rang war. Aber würde der Jüngere seinem Bruder das große Glück rauben wollen, Laurence zur Frau zu erhalten? Aus der Ferne hätte dieser Liebeskampf wenig Unzuträgliches gehabt; zudem konnte der Zufall des Krieges die Schwierigkeit lösen, solange beide Brüder in Gefahren schwebten; aber was sollte nun aus ihrem Beisammensein entstehen? Wenn Maria Paul und Paul Maria, die beide das Alter erreicht hatten, da die Leidenschaften mit aller Gewalt wüten, sich in die Blicke, die Gebärden, die Aufmerksamkeiten und Worte ihrer Base teilten, würde da zwischen ihnen nicht eine Eifersucht entstehen, deren Folgen furchtbar sein konnten? Was sollte aus ihrem schönen gleichartigen und gemeinsamen Zwillingsdasein werden? Auf diese Mutmaßungen, die ein jeder bei der letzten Bostonpartie nach einander hinwarf, antwortete Frau von Hauteserre, sie glaubte nicht, daß Laurence einen ihrer Vettern heiraten würde. Die alte Dame hatte während des Abends eine jener unerklärlichen Vorahnungen gehabt, die ein Geheimnis zwischen den Müttern und Gott sind. Laurence war im Herzensgrunde nicht minder erschrocken, sich ihren Vettern gegenüber zu sehen. Auf das bewegte Drama der Verschwörung, auf die Gefahren, die beiden Brüdern drohten, auf das Elend ihrer Emigrantenzeit folgte ein Drama, an das sie nie gedacht hatte. Zu dem Gewaltmittel, keinen der beiden Zwillinge zu heiraten, konnte das edle Mädchen nicht greifen; sie war zu ehrbar, um sich zu verheiraten und im Herzensgrund eine unbezwingliche Leidenschaft zu bewahren. Unverheiratet zu bleiben, die beiden Vettern zu ermüden, indem sie sich nicht entschied, und den zum Gatten zu nehmen, der ihr trotz ihrer Launen treu bleiben würde, das war eine weniger gesuchte als geahnte Entscheidung. Beim Einschlafen sagte sie sich, das Klügste sei, sich dem Zufall zu überlassen. Der Zufall ist ja in der Liebe die Vorsehung für die Frauen.

Am nächsten Morgen reiste Michu nach Paris und kehrte nach ein paar Tagen mit vier schönen Pferden für seine neuen Herren zurück. In sechs

Wochen sollte die Jagd aufgehen, und die junge Gräfin hatte weislich bedacht, daß die gewaltsamen Anstrengungen dieses Sports eine Abhilfe gegen die Schwierigkeiten des Beieinanderseins im Schlosse sein würden. Zunächst trat eine unerwartete Wirkung ein, welche die Zeugen dieser seltsamen Liebschaft überraschte und mit Bewunderung erfüllte. Ohne jede vorbedachte Verabredung wetteiferten beide Vettern bei ihrer Base in Fürsorge und Zärtlichkeit und fanden darin einen seelischen Genuß, der ihnen zu genügen schien. Sie lebten mit Laurence ebenso brüderlich wie unter einander. Nichts war natürlicher. Nach so langer Trennung empfanden sie das Bedürfnis, ihre Base gründlich kennen zu lernen und sich ihr ebenso beide bekannt zu machen, indem sie ihr das Recht der Wahl ließen. Unterstützt wurden sie bei dieser Prüfung von der gegenseitigen Zuneigung, die ihr Doppelleben zu einem einzigen Leben machte. Wie einst die Mutterliebe, konnte auch die Liebe zwischen beiden Brüdern keinen Unterschied machen. Um sie zu erkennen und sich nicht zu täuschen, mußte Laurence ihnen verschiedene Halsbinden geben, eine weiße dem älteren, eine schwarze dem jüngeren. Ohne diese völlige Ähnlichkeit, ohne diese Gleichheit des Lebens, die jedermann täuschte, erschiene eine solche Lage mit Recht unmöglich. Sie wird auch nur durch die Tatsache erklärlich, denn sie gehört zu denen, an die man nur glaubt, wenn man sie sieht; und hat man sie gesehen, so ist der Geist noch mehr in Verlegenheit, sie sich zu erklären, als sie zu glauben. Sprach Laurence, so hallte ihre Stimme in gleicher Weise in zwei gleich

liebenden und treuen Herzen wider. Drückte sie einen geistvollen, scherzhaften oder schönen Gedanken aus, so sah ihr Blick den Ausdruck des Vergnügens in zwei Blicken, die allen ihren Bewegungen folgten, sich ihre geringsten Wünsche deuteten und ihr stets mit neuem Ausdruck zulächelten, der eine heiter, der andre mit zärtlicher Schwermut. Wenn es sich um ihre Geliebte handelte, hatten beide Brüder jene wunderbaren raschen Eingebungen des Herzens, die mit den Taten im Einklang stehen, und die nach der Meinung des Abbé Goujet bis zum Erhabenen gingen. So geschah es oft, wenn etwas geholt werden sollte, wenn es sich um eine jener kleinen Aufmerksamkeiten handelte, die Männer einer geliebten Frau so gern erweisen, daß der ältere seinem Bruder das Vergnügen ließ, sie zu erfüllen, während er seiner Base einen rührenden und zugleich stolzen Blick zuwarf. Der jüngere setzte seinen Stolz darein, derartige Schulden zu bezahlen. Dieser Wettstreit des Edelsinns bei einer Empfindung, in der der Mann bis zur eifersüchtigen Wildheit des Tieres geht, verwirrte alle Begriffe der alten Leute, die ihm zusahen.
Diese kleinen Einzelheiten lockten oft Tränen in die Augen der Gräfin. Eine einzige Empfindung, die aber bei gewissen begnadeten Wesen vielleicht ungeheuer ist, kann einen Begriff von Laurences Gefühlen geben; man wird sie begreifen, wenn man sich des völligen Zusammenklangs zweier schöner Stimmen, wie die der Sonntag und der Malibran, in einem harmonischen Duett erinnert, oder des völligen Zusammenklangs zweier Instrumente in den Händen genialer Spieler, deren me-

lodische Töne wie die Seufzer eines einzigen leidenschaftlichen Wesens in die Seele dringen. Sah der Pfarrer bisweilen den Marquis von Simeuse, in einen Lehnstuhl gesunken, einen tiefen, schwermütigen Blick auf seinen Bruder richten, der mit Laurence plauderte und lachte, so hielt er ihn eines ungeheuren Opfers für fähig; aber bald fing er in seinen Augen den Blitz der unbezwinglichen Leidenschaft auf. So oft einer der Zwillinge sich mit Laurence allein sah, konnte er sich für ausschließlich geliebt halten. „Dann scheinen sie mir nur noch ein Wesen zu sein", sagte die Gräfin zum Abbé Goujet, der sie nach dem Zustand ihres Herzens fragte.

Der Priester erkannte an ihr nur den völligen Mangel an Gefallsucht. Laurence glaubte sich wirklich nicht von zwei Männern geliebt.

„Aber, liebe Kleine," sagte zu ihr eines Abends Frau von Hauteserre, deren Sohn in stiller Liebe zu Laurence dahinstarb, „du wirst doch wählen müssen!"

„Laß uns glücklich sein", entgegnete sie. „Gott wird uns vor uns selbst retten!"

Adrien von Hauteserre verbarg im Herzensgrunde eine verzehrende Eifersucht und bewahrte das Geheimnis seiner Qualen für sich, denn er begriff, wie wenig Hoffnung er hatte. Er begnügte sich mit dem Glück, dies reizende Mädchen zu sehen, das in den paar Monaten, die dieser Kampf dauerte, in all ihrem Glanze strahlte. Seit Laurence kokett geworden war, verwandte sie nämlich all die Sorgfalt auf sich, die ein geliebtes Weib sich selbst angedeihen läßt. Sie machte die Moden mit und fuhr mehrmals nach Paris, um in Putz oder in irgend-

einer Neuheit schöner zu erscheinen. Schließlich machte sie ihr Schloß trotz des lauten Geschreis ihres Vormunds zu dem allerbehaglichsten Wohnsitz in der ganzen Champagne, um ihren Vettern auch die geringsten Genüsse der Häuslichkeit zu verschaffen, die sie so lange entbehrt hatten.
Von diesem stummen Drama begriff Robert von Hauteserre nichts. Er merkte nicht mal, daß sein Bruder in Laurence verliebt war. Er neckte das junge Mädchen gern mit ihrer Koketterie, denn er verwechselte diesen abscheulichen Fehler mit dem Wunsche, zu gefallen. Aber so täuschte er sich in allem, was Empfindung, Geschmack oder höhere Bildung war. Und so machte denn auch Laurence, wenn der mittelalterliche Mensch in Szene trat, ihn alsbald, ohne daß er es merkte, zum „Einfältigen" im Drama. Sie belustigte ihre Vettern, indem sie mit Robert disputierte, und führte ihn Schritt für Schritt in die Sümpfe, in denen Dummheit und Unwissenheit versinken. Sie glänzte in jenen geistreichen Mystifikationen, deren Opfer glücklich bleiben muß, wenn sie vollkommen sein sollen. Aber so grob Roberts Wesen auch war, in dieser schönen Zeit, der einzigen glücklichen, die diese drei reizenden Menschen erleben sollten, trat er nie durch ein männliches Wort, das die Frage vielleicht entschieden hätte, zwischen die Simeuses und Laurence. Die Aufrichtigkeit der beiden Brüder machte ihm Eindruck. Zweifellos erriet Robert, wie sehr ein Weib davor zittern konnte, dem einen Zärtlichkeitsbeweise zu geben, die sie dem andern versagte oder die ihn gegrämt hätten; wie glücklich einer der Brüder über alles Gute war, das dem andern zu-

teil ward, und wie sehr er im Herzensgrunde darunter leiden mochte. Diese Achtung Roberts erklärt die Lage vortrefflich; in den glaubensstarken Zeiten, wo der Papst die Macht hatte, den gordischen Knoten solcher seltenen Erscheinungen zu durchschneiden, die an die undurchdringlichsten Geheimnisse stoßen, hätte sie gewiß Vorrechte erlangt. Die Revolution hatte diese Herzen im katholischen Glauben gestählt, und so machte die Religion die Krise noch furchtbarer, denn die Größe der Charaktere erhöht die Größe der Situationen. Und so erwartete auch weder Herr noch Frau von Hauteserre noch der Pfarrer und dessen Schwester irgend etwas Gewöhnliches von den beiden Brüdern oder von Laurence.

Dies Drama, das im Rahmen der Familie geheimnisvoll eingeschlossen blieb, wo jeder es schweigend beobachtete, verlief so rasch und zugleich so langsam, brachte so viele unverhoffte Freuden, kleine Kämpfe, enttäuschte Wünsche, gestürzte Hoffnungen, grausame Erwartungen, Verschiebungen der Aussprache auf den nächsten Tag und stumme Erklärungen mit sich, daß die Bewohner von Cinq-Cygne die Kaiserkrönung Napoleons gar nicht beachteten. Diese Leidenschaften schlossen übrigens einen Waffenstillstand, indem sie gewaltsame Ablenkung in dem Jagdvergnügen suchten, das den Körper überanstrengt und dadurch der Seele die Gelegenheit raubt, in den so gefährlichen Steppen der Träumerei umherzustreifen. Weder Laurence noch ihre Vettern dachten an die Welthändel, denn jeder Tag hatte ein pochendes Interesse.

„Wahrhaftig,“ sagte Fräulein Goujet eines Abends,

„ich weiß nicht, wer von allen diesen Liebenden am meisten liebt!“

Adrien war mit den vier Bostonspielern allein im Salon; er blickte sie an und wurde bleich. Seit ein paar Tagen hing er am Leben nur noch durch das Vergnügen, Laurence zu sehen und sie sprechen zu hören.

„Ich glaube“, sagte der Pfarrer, „die Gräfin liebt als Frau mit mehr Hingabe.“

Gleich darauf kehrte Laurence mit den beiden Brüdern und Robert zurück. Die Zeitungen waren eben eingetroffen. England, das die Unwirksamkeit der Verschwörungen im Innern sah, waffnete Europa gegen Frankreich. Der Schicksalsschlag von Trafalgar hatte einen der außerordentlichsten Pläne vernichtet, die der Menschengeist je ersonnen hat, und durch den der Kaiser Frankreich seine Gegengabe für seine Wahl mit dem Untergang der englischen Macht dargebracht hätte. In diesem Augenblick war das Lager von Boulogne aufgehoben. Napoleon, dessen Soldaten wie stets zahlenmäßig unterlegen waren, wollte Europa auf Schlachtfeldern entgegentreten, auf denen er noch nicht erschienen war. Die ganze Welt war auf den Ausgang dieses Feldzuges gespannt.

„Oh, diesmal wird er unterliegen“, meinte Robert, als er die Zeitung zu Ende gelesen hatte.

„Er hat alle Kräfte Österreichs und Rußlands auf dem Halse“, sagte Maria Paul.

„Er hat nie in Deutschland Krieg geführt“, setzte Paul Maria hinzu.

„Von wem redet Ihr da?“ fragte Laurence.

„Vom Kaiser“, entgegneten die drei Edelleute.

Laurence warf ihren beiden Liebhabern einen verächtlichen Blick zu, der sie demütigte, aber Adrien entzückte. Der Verachtete machte eine bewundernde Gebärde, und sein stolzer Blick sagte zur Genüge, daß er an weiter nichts dachte als an Laurence.

„Sie sehen, die Liebe hat ihn seinen Haß vergessen lassen", flüsterte der Abbé Goujet.

Das war der erste und letzte, der einzige Vorwurf, der die zwei Brüder traf, aber in diesem Augenblick waren sie ihrer Base in der Liebe unterlegen. Zwei Monate darauf erfuhr sie den erstaunlichen Triumph von Austerlitz nur durch das Gespräch des biederen Hauteserre mit seinen zwei Söhnen. Seinem Plane getreu, wollte der Greis, daß seine Kinder um Dienst im Heere baten; zweifellos würde man sie in ihrem Dienstgrade verwenden, und sie konnten noch eine schöne militärische Laufbahn haben. Die Partei des reinen Royalismus war in Cinq-Cygne die stärkere geworden. Die vier Edelleute und Laurence spotteten über den vorsichtigen Greis, der Unheil in der Zukunft zu wittern schien. Vorsicht ist vielleicht weniger eine Tugend als die Betätigung eines geistigen Sinnes.

Nach dem Friedensschluß zwischen Frankreich und Österreich, gegen Ende Februar 1806, kam ein Verwandter, der sich bei dem Antrag auf Streichung für die Herren von Simeuse verwendet hatte und der ihnen auch später große Beweise von Anhänglichkeit geben sollte, der frühere Marquis von Chargeboeuf, dessen Besitzungen sich vom Departement Seine-et-Marne bis ins Departement Aube erstreckten, von seinem Landgut nach Cinq-Cygne, und zwar in einer Art von Kalesche, die man zum Spott eine Halbberline nannte. Als das armselige Gefährt über das Pflasterstück fuhr, platzten die Schloßbewohner, die beim Frühstück waren, heraus. Als sie aber den Kahlkopf des Greises erkannten, der zwischen den beiden ledernen Vorhängen des Wagens hervorsah, nannte Herr von Chargeboeuf seinen Namen, und alle erhoben sich, um dem Haupt der Familie von Chargeboeuf entgegenzugehen.

„Es war unrecht von uns, daß wir ihn uns zuvorkommen ließen", sagte der Marquis von Simeuse zu seinem Bruder und den Hauteserres. „Wir hätten ihn aufsuchen und uns bei ihm bedanken müssen."

Ein als Bauer gekleideter Diener, der von einem Sitz auf dem Wagenkasten kutschierte, steckte eine Fuhrmannspeitsche in einen Halter aus grobem Leder und half dem Marquis beim Aussteigen. Aber Adrien und der jüngere Simeuse kamen ihm zuvor, öffneten die Wagentür, die an Messingknöpfen festgemacht war, und halfen dem Biedermann trotz seines Einspruchs heraus. Der Marquis bildete sich ein, daß seine gelbe Halbberline mit den Ledervorhängen ein ausgezeichneter und bequemer Wagen war. Der Diener spannte bereits mit Gotthards Hilfe die beiden braven dicken Gäule mit den glänzenden Kruppen aus, die zweifellos ebenso oft zu landwirtschaftlichen Arbeiten wie als Wagenpferde benutzt wurden.

„Trotz der Kälte? Aber Sie sind ein Ritter aus alten Tagen!" sagte Laurence zu ihrem alten Verwandten, indem sie seinen Arm ergriff und ihn in den Salon führte.

„Es ist nicht Ihre Sache, einen alten Kerl wie

mich zu besuchen", sagte er fein mit einem versteckten Vorwurf für seine jungen Verwandten.

„Warum kommt er?" fragte sich der alte Herr von Hauteserre.

Herr von Chargeboeuf war ein schöner Greis von siebzig Jahren mit gebrechlichen Beinchen, die in gemusterten Strümpfen steckten. Er trug eine helle Kniehose, einen Haarbeutel, Puder und „Taubenflügel", einen Jagdrock aus grünem Tuch mit goldnen Knöpfen und Verschnürungen, darunter eine weiße Weste mit riesiger blinkender Goldstickerei. Dieser unter den alten Leuten damals noch übliche Aufputz paßte gut zu seinem Gesicht, das dem des großen Friedrich ziemlich ähnlich sah. Nie setzte er seinen Dreispitz auf, um nicht die Wirkung des Halbmondes zu zerstören, den eine Puderschicht auf seinen Schädel beschrieb. Mit der Rechten stützte er sich auf einen Stock mit schnabelförmiger Krücke, wobei er Stock und Hut mit einer Ludwigs XIV. würdigen Geste zusammenhielt. Der würdige Greis entledigte sich eines gesteppten seidenen Überrocks und ließ sich in einen Lehnstuhl sinken, indem er Dreispitz und Hut zwischen den Beinen behielt. Diese Pose, deren Geheimnis stets nur den Lebemännern am Hofe Ludwigs XV. vertraut war, ließ die Hände frei, so daß sie mit der Tabaksdose, einem stets kostbaren Schmuckstück, spielen konnten. Und so zog der Marquis denn auch eine reiche Tabaksdose aus der Tasche seiner Weste, die mit einem mit Goldarabesken bestickten Schutzstreifen abschloß. Während er sich anschickte, eine Prise zu nehmen, und mit einer zweiten reizenden Geste, die er mit freundlichen Blicken begleitete, im

Kreise herum Tabak anbot, bemerkte er, welches Vergnügen sein Besuch bereitete. Nun schien er zu begreifen, warum die jungen Emigranten ihre Pflicht ihm gegenüber verabsäumt hatten. Er schien sich zu sagen: „Wenn man den Hof macht, macht man keine Besuche."

„Wir können Sie doch ein paar Tage hier behalten?" fragte Laurence.

„Unmöglich", entgegnete er. „Wären wir nicht so durch die Ereignisse getrennt gewesen, denn Sie haben größere Entfernungen durchmessen als die, welche uns von einander trennen, so wüßten Sie, liebes Kind, daß ich Töchter, Schwiegertöchter und Enkelkinder habe. Die ganze Gesellschaft wäre besorgt, wenn sie mich heute abend nicht sähe, und ich habe achtzehn (französische) Meilen zu fahren!"

„Sie haben recht gute Pferde", versetzte der Marquis von Simeuse.

„Oh, ich komme von Troyes, wo ich gestern Geschäfte hatte."

Nach den obligaten Fragen über die Familie, die Marquise von Chargeboeuf und all die tatsächlich gleichgültigen Dinge, an denen die Höflichkeit lebhaften Anteil zu nehmen gebietet, dünkte es Herrn von Hauteserre, als sei Herr von Chargeboeuf gekommen, um seine jungen Verwandten vor jeder Unvorsichtigkeit zu warnen. Wie der alte Marquis sagte, hatten die Zeiten sich sehr geändert, und niemand konnte mehr sagen, wozu der Kaiser es noch bringen würde.

„Oh," sagte Laurence, „er wird zum Gott werden."

Der gute Greis sprach von Konzessionen, die man machen müsse. Als Herr von Hauteserre die Notwendigkeit, sich zu unterwerfen, betonen hörte, und zwar mit weit mehr Bestimmtheit und Nachdruck, als er selbst bei allen seinen Lehren anzuwenden pflegte, blickte er seine Söhne fast flehentlich an.

„Würden Sie diesem Manne dienen?“ fragte der Marquis von Simeuse den Marquis von Chargeboeuf.

„Gewiß, wenn das im Interesse meiner Familie läge.“

Schließlich ließ der Greis in unbestimmter Weise ferne Gefahren durchblicken; als Laurence ihn aufforderte, sich deutlicher zu erklären, riet er den vier Edelleuten, nicht mehr zu jagen und sich still zu Hause zu halten.

„Sie sehen das Gebiet von Gondreville noch immer als Ihr Eigentum an,“ sagte er zu den Herren von Simeuse; „damit entfachen Sie furchtbaren Haß. An Ihrem Erstaunen sehe ich, daß Sie nicht wissen, daß in Troyes, wo man noch Ihres Mutes gedenkt, Übelwollen gegen Sie besteht. Jedermann erzählt unverblümt, wie Sie den Nachforschungen der Polizei des Kaiserreiches entgangen sind; die einen loben Sie dafür, die andern sehen Sie als Feinde des Kaisers an. Einige Parteigänger wundern sich über Napoleons Milde gegen Sie. Das ist noch nichts. Sie haben Leute zum besten gehabt, die sich für schlauer als Sie hielten; Niedriggestellte verzeihen nie. Früher oder später wird die Justiz, die in Ihrem Departement von Ihrem Feinde, dem Senator Malin, ausgeht, denn er hat überall seine Kreaturen angebracht, selbst in den ministeriellen Beamtenstellen – seine Justiz wird also sehr froh sein, Sie in eine schlimme Geschichte verwickelt zu sehen. Ein Bauer wird mit Ihnen Streit anfangen, wenn Sie auf seinen Feldern sind. Sie haben geladene Waffen, sind lebhaft, und ein Unglück ist bald geschehen. In Ihrer Lage muß man hundertmal recht haben, um nicht unrecht zu kriegen. Ich rede nicht ohne Grund so mit Ihnen. Die Polizei überwacht noch immer den Kreis, in dem Sie sich befinden, und hält in dem Nest Arcis einen Kommissar, bloß um den kaiserlichen Senator vor Ihren Anschlägen zu schützen. Er hat Angst vor Ihnen und sagt es."

„Aber er verleumdet uns!" rief der jüngere Simeuse.

„Er verleumdet Sie! Das will ich glauben... Aber was glaubt das Publikum? Darauf kommt es an. Michu hat den Senator aufs Korn genommen, und der hat es nicht vergessen. Seit Ihrer Rückkehr hat die Gräfin Michu zu sich genommen. Für viele Leute und für die Mehrheit des Publikums hat Malin also recht. Sie wissen nicht, wie heikel die Lage der Emigranten denen gegenüber ist, die im Besitz ihrer Güter sind. Der Präfekt, ein geistvoller Mann, hat mir gestern ein paar Worte über Sie gesagt, die mich beunruhigt haben. Kurz, ich möchte, Sie wären nicht hier."

Diese Antwort wurde mit tiefer Bestürzung vernommen. Maria Paul schellte heftig.

„Gotthard," sagte er, als der kleine Bursche erschien, „holen Sie Michu."

Der frühere Verwalter von Gondreville ließ nicht auf sich warten.

„Michu, mein Freund," fragte der Marquis von Simeuse, „ist es wahr, daß du Malin totschießen wolltest?"

„Ja, Herr Marquis, und wenn er wiederkommt, werd' ich ihm auflauern..."
„Weißt du, daß man uns im Verdacht hat, wir hätten dich dazu angestiftet? Daß unsere Base, weil sie dich zum Pächter genommen hat, beschuldigt wird, deinen Plan zu teilen?"
„Gütiger Himmel!" rief Michu aus, „bin ich denn verflucht? Kann ich Sie denn nie in Ruhe von Malin befreien?"
„Nein, mein Junge, nein", entgegnete Paul Maria. „Aber du wirst die Gegend und unsern Dienst verlassen müssen; wir werden für dich sorgen und dich in die Lage setzen, dein Hab und Gut zu vermehren. Verkaufe, was du hier besitzt, mach dein Eigentum zu Gelde. Wir werden dich nach Triest zu einem unsrer Freunde schicken, der weite Beziehungen hat und dich sehr nutzbringend beschäftigen wird, bis die Dinge hier für uns alle besser stehen."
Tränen traten in Michus Augen, und er blieb wie angenagelt auf dem Parkettstück stehen, auf dem er sich befand.
„Waren Zeugen da, als du dich in den Hinterhalt legtest, um Malin totzuschießen?" fragte der Marquis von Chargeboeuf.
„Grévin, der Notar, sprach mit ihm. Das hat mich gehindert, auf ihn zu schießen, und das war ein Glück! Die Frau Gräfin weiß, warum", sagte Michu und blickte seine Herrin an.
„Dieser Grévin ist nicht der einzige, der es weiß?" fragte Herr von Chargeboeuf, dem dies Verhör, wenn auch in der Familie, unangenehm schien.
„Der Spion, der damals kam, um meine Herren einzuwickeln, wußte es auch", entgegnete Michu.

Herr von Chargeboeuf erhob sich, wie um in die Gärten hinauszusehen, und sagte: „Aber Sie haben Cinq-Cygne wirklich recht hochgebracht!"... Dann ging er hinaus, gefolgt von den beiden Brüdern und von Laurence, die den Sinn dieses Verhörs errieten.

„Sie sind freimütig und hochherzig, aber stets unvorsichtig", sagte der Greis zu ihnen. „Daß ich Sie von einem öffentlichen Gerücht in Kenntnis setze, das eine Verleumdung sein muß, ist höchst natürlich, aber da machen Sie nun für schwache Menschen, wie Herrn und Frau von Hauteserre und ihre Söhne, eine Wahrheit daraus... Oh, ihr jungen Leute! Ihr jungen Leute!... Sie sollten Michu hier lassen und selbst fortgehen! Jedenfalls aber, wenn Sie in dieser Gegend bleiben, schreiben Sie dem Senator ein Wort über Michu. Schreiben Sie ihm, Sie hätten durch mich von den Gerüchten gehört, die über Ihren Pächter umliefen, und hätten ihn entlassen."

„Wir!" riefen die beiden Brüder, „an Malin schreiben, an den Mörder unsrer Eltern, den schamlosen Räuber unsres Vermögens!"

„Das ist alles richtig, aber er gehört zu den Hauptpersonen am kaiserlichen Hofe und ist König der Aube."

„Er, der für den Tod Ludwigs XVI. gestimmt hat, falls die Armee Condés nach Frankreich eindringen sollte, andernfalls für ewige Haft!" sagte die Gräfin von Cinq-Cygne.

„Er, der vielleicht den Tod des Herzogs von Enghien angeraten hat!" rief Paul Maria aus.

„Je nun, wenn Sie alle seine Adelstitel aufzählen wollen," rief der Marquis aus, „er, der Robespierre am Rockschoß gezogen hat, um ihn zu Fall zu bringen, als er sah, daß die, welche sich zu seinem Sturze erhoben, in der Mehrzahl waren; er, der Bonaparte hätte erschießen lassen, wenn der Staatsstreich vom 18. Brumaire mißlungen wäre; er, der die Bourbonen zurückführen würde, wenn Napoleon wankte, er, den der Stärkere stets auf seiner Seite finden wird, um ihm das Schwert oder die Pistole zu geben, mit denen man einem Gegner, der Befürchtungen erregt, den Garaus macht! ... Aber das ist nur ein Grund mehr!"

„Wir sinken recht tief!" sagte Laurence.

„Kinder," sagte der alte Marquis von Chargeboeuf, indem er alle drei bei der Hand nahm und sie abseits nach einer der Wiesen führte, die damals mit einer leichten Schneeschicht bedeckt waren, Sie werden böse werden, wenn Sie die Ratschläge eines verständigen Mannes hören, aber ich bin sie Ihnen schuldig, und ich täte folgendes: Ich nähme zum Vermittler einen alten Biedermann, zum Beispiel mich, und beauftragte ihn, Malin gegen Anerkennung des Verkaufs von Gondreville eine Million abzufordern ... Oh! er würde einwilligen und die Sache geheimhalten. Sie hätten dann beim jetzigen Zinsfuß der Staatspapiere hunderttausend Franken Jahresrente und könnten sich in irgendeinem andern Winkel Frankreichs ein schönes Landgut kaufen. Sie ließen Cinq-Cygne durch Herrn von Hauteserre verwalten und losten darum, wer von Ihnen beiden der Gatte dieser schönen Erbin sein soll. Aber die Rede eines Greises klingt den jungen Leuten ebenso ins Ohr wie die Rede junger Leute den Greisen: es ist ein Geräusch, dessen Sinn einem entgeht."

Der alte Marquis gab seinen drei Verwandten einen Wink, daß er keine Antwort wünschte, und kehrte in den Salon zurück, in dem während seiner Abwesenheit der Abbé Goujet mit seiner Schwester erschienen war. Der Vorschlag, über die Hand ihrer Base zu losen, hatte die beiden Simeuses empört, und Laurence fühlte sich von der bitteren Arznei angeekelt, die ihr Verwandter ihr anriet. Und so waren denn alle drei weniger freundlich gegen den Greis, ohne es an Höflichkeit fehlen zu lassen. Die Herzlichkeit war gestört. Herr von Chargeboeuf merkte diese Kälte und warf mehrmals mitleidige Blicke auf diese drei reizenden Menschen. Obgleich die Unterhaltung allgemein wurde, kam er auf die Notwendigkeit zurück, sich den Ereignissen zu fügen, und lobte Herrn von Hauteserre für seinen beharrlichen Wunsch, daß seine Söhne Dienste nahmen.

„Bonaparte", sagte er, „ernennt Herzöge. Er hat kaiserliche Lehen geschaffen; er wird Grafen ernennen. Malin möchte Graf von Gondreville werden. Das ist ein Gedanke," setzte er mit einem Blick auf die Herren von Simeuse hinzu, „der Ihnen Nutzen bringen kann."

„Oder Unheil", bemerkte Laurence.

Sobald seine Pferde angespannt waren, brach der Marquis auf, und alle gaben ihm das Geleit. Als er im Wagen saß, winkte er Laurence zu sich heran, und leicht wie ein Vogel sprang sie auf das Trittbrett.

„Sie sind keine Durchschnittsfrau, und Sie sollten mich verstehen", sagte er ihr ins Ohr. „Malin hat zuviel Gewissensbisse, um Sie in Frieden zu lassen; er wird Ihnen irgendeine Falle stellen. Wenigstens

achten Sie auf alle Ihre Handlungen, auch auf die geringsten! Kurz, vergleichen Sie sich, das ist mein letztes Wort."
Die beiden Brüder blieben neben ihrer Base mitten auf der Wiese stehen und blickten starr dem Wagen nach, der um das Gitter herumbog und auf dem Wege nach Troyes davonfuhr; denn Laurence hatte ihnen das letzte Wort des Biedermanns wiederholt. Die Erfahrung wird stets unrecht haben, wenn sie sich in einer Halbberline, in gemusterten Strümpfen und mit einem Haarbeutel im Nacken zeigt. Keins dieser jungen Herzen konnte die Wandlung begreifen, die sich in Frankreich vollzog. Entrüstung zitterte in ihren Nerven, und in aller Adern kochte ihr adliges Blut und ihr Ehrgefühl.

„Das Haupt der Chargeboeufs!" sagte der Marquis von Simeuse, „ein Mann, der die Devise hat: Adsit fortior! Es komme ein Stärkerer! einen der schönsten Kriegsrufe ..."

„Er ist zum Boeuf (Ochsen) geworden", sagte Laurence bitter.

„Wir sind nicht mehr in der Zeit Ludwigs des Heiligen!" versetzte der jüngere Simeuse.

„Singend sterben!" rief die Gräfin. „Dieser Ruf der fünf Jungfrauen, die unser Haus begründeten, soll auch der meine sein."

„Ist der unsre nicht: Hier stirb! Also Pardon wird nicht gegeben!" fuhr der ältere Simeuse fort. Denn recht bedacht, müssen wir finden, daß unser Verwandter Le Boeuf das, was er uns eben sagte, gründlich wiedergekäut hat. Gondreville als Name eines Malin!"

„Als Wohnsitz!" rief der Jüngere aus.

„Der große Mansard hat den Bau für den Adel entworfen, und das Volk sollte darin nisten!" sagte der Ältere.
„Wenn das geschähe, so sähe ich Gondreville lieber in Flammen aufgehen!" rief Fräulein von Cinq-Cygne aus.
Ein Mann aus dem Dorfe, der ein Kalb besichtigen kam, das der biedere Hauteserre ihm verkaufen wollte, hörte diesen Satz beim Verlassen des Stalles.
„Wir wollen hineingehen", sagte Laurence lächelnd. „Fast hätten wir eine Unvorsichtigkeit begangen und dem Boeuf (Ochsen) aus Anlaß eines Kalbes recht gegeben."
„Mein armer Michu," sagte sie, als sie den Salon betraten, „ich hatte deinen Streich schon vergessen. Aber wir stehen in der Gegend nicht im Geruch der Heiligkeit; also stelle uns nicht bloß. Hast du dir sonst noch irgendeine kleine Sünde vorzuwerfen?"
„Ich werfe mir vor, daß ich den Mörder meiner alten Herrschaft nicht getötet habe, bevor ich der neuen zu Hilfe kam."
„Michu!" rief der Pfarrer aus.
„Aber ich werde die Gegend nicht verlassen," fuhr er fort, ohne auf den Ausruf des Pfarrers zu achten, „bevor ich nicht weiß, daß Sie in Sicherheit sind. Ich sehe Burschen umherstreifen, die mir gar nicht gefallen. Als wir das letztemal im Walde jagten, kam der sogenannte Verwalter, der mich in Gondreville abgelöst hat, auf mich zu und fragte mich, ob wir da auf unserm Grund und Boden wären. ‚Oh, mein Junge,' sagte ich zu ihm, ‚es ist schwer, sich in zwei Monaten Dinge abzuge-

wöhnen, die man seit zweihundert Jahren getrieben hat.‘“

„Du hast unrecht, Michu“, sagte der Marquis von Simeuse, vor Vergnügen schmunzelnd.

„Was gab er zur Antwort?“ fragte Herr von Hauteserre.

„Er sagte,“ entgegnete Michu, „er würde den Senator über unsere Ansprüche in Kenntnis setzen.“

„Graf von Gondreville!“ rief der ältere Hauteserre aus. „Ha, was für eine Maskerade! Allerdings sagt man zu Bonaparte ‚Euer Majestät‘...“

„Und ‚Euer Hoheit‘ zum Herrn Großherzog von Berg“, versetzte der Pfarrer.

„Wer ist denn das?“ fragte Herr von Simeuse.

„Murat, Napoleons Schwager“, entgegnete der alte Hauteserre.

„Gut!“ versetzte Fräulein von Cinq-Cygne. „Sagt man auch zu der Witwe des Marquis von Beauharnais ‚Euer Majestät‘?“

„Ja, gnädiges Fräulein“, sagte der Pfarrer.

„Wir sollten nach Paris fahren und uns das alles ansehen!“ rief Laurence aus.

„Ach, gnädiges Fräulein,“ sagte Michu, „ich bin nach Paris gefahren, um Franz aufs Gymnasium zu bringen. Ich kann Ihnen schwören, mit der sogenannten kaiserlichen Garde ist nicht zu spaßen. Ist die ganze Armee so, dann kann die Sache uns überdauern.“

„Man spricht von adligen Familien, die Dienste nehmen“, sagte Herr von Hauteserre.

„Und nach den jetzigen Gesetzen“, sagte der Pfarrer, „werden Ihre Kinder zum Dienen gezwungen werden. Das Gesetz kennt weder Stand noch Namen mehr.“

„Der Mann schadet uns mit seinem Hofe mehr als die Revolution mit ihrem Beil!“ rief Laurence aus. „Die Kirche betet für ihn“, versetzte der Pfarrer. Diese Schlag auf Schlag gesprochenen Worte waren ebenso viele Kommentare zu den weisen Worten des alten Marquis von Chargeboeuf, aber die jungen Leute besaßen zuviel Gesinnung und Ehre, um einen Vergleich anzunehmen. Sie sagten sich auch, wie zu allen Zeiten die besiegten Parteien, daß das Glück der siegreichen Partei ein Ende nehmen würde, daß der Kaiser sich nur auf das Heer stützte, daß die tatsächliche Macht früher oder später dem Recht unterliege usw. Trotz aller Warnungen fielen sie in die vor ihnen gegrabene Grube, die vorsichtige und gelehrige Leute, wie der biedere Hauteserre, vermieden hätten. Wenn die Menschen ehrlich sein wollten, so würden sie vielleicht erkennen, daß das Unglück nie über sie hereingebrochen ist, ohne daß sie eine offene oder verborgene Warnung erhalten haben. Viele haben den tiefen Sinn dieser geheimnisvollen oder sichtbaren Warnung erst nach dem Unglück erkannt.
„Auf jeden Fall weiß die Frau Gräfin, daß ich das Land nicht verlassen kann, ohne Rechnung abgelegt zu haben“, flüsterte Michu Fräulein von Cinq-Cygne zu.
Statt jeder Antwort machte sie dem Pächter ein Zeichen des Einverständnisses, und er ging fort. Michu verkaufte sofort seine Ländereien an Beauvisage, den Pächter von Bellache, konnte aber vor drei Wochen keine Zahlung erhalten. Es war also ein Monat nach dem Besuch des Marquis, als Laurence ihren beiden Vettern, die sie von dem Vorhandensein ihres Vermögens in Kenntnis gesetzt

hatte, den Vorschlag machte, zu Mittfasten die im Walde vergrabene Million zu heben. Die starken Schneefälle hatten Michu bisher am Ausgraben des Schatzes verhindert, aber er wollte dies Geschäft lieber mit seinem Herrn ausführen. Michu wollte durchaus die Gegend verlassen, er fürchtete sich vor sich selbst.

„Malin ist plötzlich in Gondreville eingetroffen, warum, ist unbekannt", sagte er zu seiner Herrin.

„Ich könnte der Versuchung nicht widerstehen, Gondreville durch den Tod seines Besitzers zum Verkauf zu bringen. Ich halte mich für schuldig, wenn ich meinen Eingebungen nicht folge!"

„Aus welchem Grunde mag er Paris mitten im Winter verlassen?"

„Ganz Arcis spricht davon", entgegnete Michu. „Er hat seine Familie in Paris gelassen; nur sein Kammerdiener ist mitgekommen. Herr Grévin, der Notar aus Arcis, Frau Marion, die Gattin des Hauptsteuereinnehmers der Aube und Schwägerin des Marion, der Malin seinen Namen geliehen hat, leisten ihm Gesellschaft."

Laurence hielt Mittfasten für einen sehr geeigneten Tag, denn an ihm konnte man sich der Leute entledigen. Das Maskentreiben lockte die Bauern in die Stadt, und kein Mensch war auf den Feldern. Aber gerade die Wahl des Tages diente dem Verhängnis, das man in so vielen Kriminalsachen antrifft. Der Zufall machte seine Berechnungen ebenso geschickt wie Fräulein von Cinq-Cygne die ihren. Da Herr und Frau von Hauteserre in größte Besorgnis geraten mußten, wenn sie elfhunderttausend Franken in Gold in einem Schloß am Waldrande verborgen wußten, so meinten selbst ihre Söhne, als man sie um Rat fragte, daß man ihnen nichts sagen sollte. Das Geheimnis des Unternehmens blieb also auf Gotthard, Michu, die vier Edelleute und Laurence beschränkt. Nach vielen Berechnungen schien es möglich, achtundvierzigtausend Franken in einem langen Sack auf die Kruppe jedes Pferdes zu laden. Drei Ritte würden genügen. Vorsichtshalber ward vereinbart, alle Leute, deren Neugier gefährlich sein konnte, nach Troyes zu schicken, um sich dort die Lustbarkeiten der Mittfasten anzusehen. Katharina, Martha und Durieu, auf die man zählen konnte, sollten das Schloß bewachen. Die Leute waren froh über diese Erlaubnis und zogen vor Tag ab. Gotthard, von Michu unterstützt, putzte und sattelte die Pferde frühmorgens. Der Reitertrupp schlug den Weg durch die Schloßgärten ein, und von da ging es in den Wald. In dem Augenblick, als alle aufsaßen, denn das Parktor war so niedrig, daß jeder zu Fuß durch den Park ging und sein Pferd am Zügel führte, kam der alte Beauvisage, der Pächter von Bellache, vorbei.

„Halt!" rief Gotthard, „da ist jemand..."

„Oh, ich bin es", sagte der ehrliche Pächter und trat vor. „Guten Morgen, meine Herren. Sie gehen also trotz der Erlasse der Präfektur auf die Jagd? Ich werde mich darüber nicht beschweren, aber sehen Sie sich vor! Wenn Sie Freunde haben, so haben Sie auch viele Feinde..."

„Oh," entgegnete lächelnd der dicke Hauteserre, „Gott gebe, daß unsre Jagd glückt, und daß du deine Herrschaft wiederfindest."

Diese Worte, denen die Ereignisse einen ganz andern Sinn gaben, trugen Robert einen strengen

Blick Laurences ein. Der ältere Simeuse glaubte, Malin würde das Gut Gondreville gegen eine Entschädigung zurückgeben. Diese Kinder wollten das Gegenteil dessen tun, was der Marquis von Chargeboeuf ihnen angeraten hatte. Robert, der ihre Hoffnungen teilte, dachte hieran, als er seine verhängnisvolle Äußerung tat.

„Auf jeden Fall sei still, Alterchen!" sagte Michu zu Beauvisage und zog als letzter den Torschlüssel ab.

Es war einer jener schönen Tage am Ende des März, da die Luft und Erde trocken sind, der Himmel klar ist und die Luftwärme in einem gewissen Gegensatz zu den noch unbelaubten Bäumen steht. Das Wetter war so mild, daß das Auge auf den Feldern hier und da grüne Flecken erkannte.

„Wir ziehen aus, einen Schatz zu holen, während du, Base, der wahre Schatz unseres Hauses bist!" sagte der ältere Simeuse lachend.

Laurence ritt voran, rechts und links von ihren beiden Vettern begleitet, ihnen folgten die beiden Hauteserres, und Michu ritt hinterdrein. Gotthard war voraus, um den Weg aufzuklären.

„Da unser Vermögen sich wiederfinden wird, wenigstens teilweise, so heirate doch meinen Bruder", flüsterte der Jüngere ihr zu. „Er betet dich an; ihr werdet dann so reich sein, wie es die Adligen heute sein müssen."

„Nein, laß ihm das ganze Vermögen, und ich heirate dich. Ich bin reich genug für zwei", entgegnete sie.

„So sei es!" rief der Marquis von Simeuse aus. „Ich verlasse euch und suche mir eine Frau, die wert ist, deine Schwester zu sein."

„So liebst du mich weniger, als ich glaubte?" entgegnete Laurence und blickte ihn mit eifersüchtigem Ausdruck an.
„Nein! Ich liebe euch beide mehr, als Ihr mich liebt!" erwiderte der Marquis.
„So würdest du dich opfern?" fragte Laurence den älteren Simeuse und ihr Blick gab ihm in diesem Augenblick den Vorzug.
Der Marquis schwieg.
„Wohlan, ich dächte dann nur an dich, und das wäre unerträglich für meinen Gatten", versetzte Laurence, bei der dies Schweigen eine Regung der Ungeduld hervorrief.
„Wie sollte ich ohne dich leben!" rief der Jüngere mit einem Blick auf seinen Bruder aus.
„Aber du kannst uns doch nicht beide heiraten", sagte der Marquis. „Und", fuhr er in dem schroffen Tone eines bis ins Herz getroffenen Mannes fort, „es wird Zeit, sich zu entscheiden!"
Er trieb sein Pferd an, damit die beiden Hauteserres nichts hörten. Seines Bruders und Laurences Pferde ahmten diese Bewegung nach. Als sie einen angemessenen Abstand zwischen sich und den drei anderen hatten, wollte Laurence sprechen, aber zuerst waren die Tränen ihre einzige Sprache.
„Ich will in ein Kloster gehen", sagte sie schließlich.
„Und du willst die Cinq-Cygnes aussterben lassen?" sagte der jüngere Simeuse. „Und statt einem, der sich in sein Unglück fügt, willst du zwei unglücklich machen! Nein, der, welcher nur dein Bruder sein wird, wird sich darein ergeben. Als wir erfuhren, daß wir nicht so arm sind, wie wir

glaubten, haben wir uns auseinandergesetzt", sagte er mit einem Blick auf den Marquis. „Bin ich der Bevorzugte, so gehört unser ganzes Vermögen meinem Bruder. Bin ich der Unglückliche, so gibt er es mir, ebenso die Titel der Simeuse, denn er wird dann ja ein Cinq-Cygne! Jedenfalls hat der, der nicht glücklich wird, die Möglichkeit, sich standesgemäß zu verheiraten. Fühlt er, daß er vor Kummer stirbt, so wird er im Heere den Tod suchen, um die Ehe nicht zu trüben!"

„Wir sind echte Ritter des Mittelalters, wir sind unserer Väter würdig!" rief der Ältere aus. „Sprich, Laurence!"

„So kann es nicht weitergehen", versetzte der Jüngere.

„Glaube nicht, Laurence, daß die Hingebung nicht süß sei", sprach der Ältere.

„Geliebte Freunde," entgegnete sie, „ich bin außerstande, mich zu entscheiden. Ich liebe euch beide, als wäret ihr nur ein Wesen, liebe euch, wie eure Mutter euch liebte. Gott wird uns helfen. Ich werde nicht wählen. Wir wollen es dem Zufall anheimgeben. Ich mache nur eine Bedingung."

„Welche?"

„Daß der, welcher mein Bruder wird, bei mir bleibt, bis ich ihm erlaube, mich zu verlassen. Ich allein will entscheiden, wann eine Trennung angezeigt ist."

„Ja", sagten beide Brüder, ohne die Absicht ihrer Base zu verstehen.

„Der erste von euch, den Frau von Hauteserre heute abend nach dem Tischgebet anredet, soll mein Gatte sein. Aber keiner von euch soll eine

List gebrauchen und sie zu einer Frage veranlassen."

„Wir werden ein ehrliches Spiel spielen", sagte der Jüngere.

Beide Brüder küßten Laurence die Hand. Die Gewißheit einer Lösung, die jeder für günstig halten konnte, stimmte beide Zwillinge äußerst fröhlich.

„Jedenfalls, liebe Laurence," versetzte der Ältere, „wirst du einen zum Grafen von Cinq-Cygne machen."

„Und wir spielen darum, wer kein Simeuse bleiben soll", sagte der Jüngere.

„Ich glaube jetzt, das gnädige Fräulein wird nicht mehr lange ledig bleiben", sagte Michu hinter den beiden Hauteserres. „Meine Herren sind sehr aufgeräumt. Wenn meine Herrin ihre Wahl trifft, gehe ich nicht fort. Ich will die Hochzeit mitmachen!"

Die beiden Hauteserres gaben keine Antwort. Eine Elster flog plötzlich zwischen den Hauteserres und Michu auf, der wie alle ursprünglichen Menschen abergläubisch war und Totenglocken zu hören glaubte. Der Tag begann also heiter für die Liebenden, die selten Elstern sehen, wenn sie im Walde beisammen sind. Michu erkundete mit seinem Plan in der Hand die Stellen. Jeder Edelmann hatte sich mit einem Spaten versehen, und das Geld wurde gefunden. Der Teil des Waldes, worin es vergraben lag, war einsam, fern von jedem Verkehr und jeder Wohnstätte, und so begegnete die goldbeladene Karawane keinem Menschen. Das war ein Unglück. Als man Cinq-Cygne verließ, um die letzten zweihunderttausend Franken zu holen, schlug man, vom Erfolge kühn ge-

macht, einen kürzeren Weg ein als bei den ersten Ritten. Dieser Weg führte über eine Anhöhe, von der man den Park von Gondreville sah.
„Feuer!" rief Laurence, als sie eine bläuliche Flammensäule sah.
„Das ist irgendein Freudenfeuer", entgegnete Michu.
Laurence, die die kleinsten Waldpfade kannte, verließ den Trupp, gab ihrem Pferde die Sporen und ritt bis zum Pavillon von Cinq-Cygne, Michus früherer Wohnung. Obwohl der Pavillon verlassen und geschlossen war, stand das Gitter offen und die Hufspuren mehrerer Pferde fielen Laurence auf. Die Rauchsäule erhob sich aus einer Wiese des englischen Parks; wie sie annahm, wurde dort Gras verbrannt.
„Ach, Sie sind auch dabei, Fräulein!" rief Violette, der auf seinem Klepper in vollem Galopp aus dem Park kam und vor Laurence halt machte. „Aber es ist nur ein Karnevalsstreich, nicht wahr? Man wird ihn nicht töten?"
„Wen denn?"
„Ihre Vettern wollen nicht seinen Tod?"
„Wessen Tod?"
„Den des Senators."
„Du bist toll, Violette!"
„Nun, was machen sie denn da?" fragte er.
Bei dem Gedanken, daß ihren Vettern Gefahr drohte, gab die unerschrockene Reiterin ihrem Pferde die Sporen und erreichte den Schauplatz, als die Säcke gerade gefüllt wurden.
„Vorwärts! Ich weiß nicht, was vorgeht, aber zurück nach Cinq-Cygne!"
Während die Edelleute mit dem Transport des

von dem alten Marquis geretteten Vermögens beschäftigt waren, spielte sich auf Schloß Gondreville eine seltsame Szene ab. Um zwei Uhr nachmittags saß der Senator mit seinem Freund Grévin in dem großen Saal im Erdgeschoß vor dem Feuer und spielte Schach. Frau Grévin und Frau Marion plauderten in der Kaminecke auf einem Sofa. Alle Leute des Schlosses waren fortgegangen, um sich einen seltsamen Maskenzug anzusehen, der seit lange im Kreis Arcis angekündigt war. Die Familie des Verwalters, der im Pavillon von Cinq-Cygne an Michus Stelle getreten war, hatte sich gleichfalls dorthin begeben. Der Kammerdiener des Senators und Violette waren allein im Schloß. Der Pförtner, zwei Gärtner und deren Frauen waren auf ihrem Posten; aber ihr Häuschen lag am Eingang der Höfe, am Ende der Allee nach Arcis, und bei dem Abstand zwischen diesem Nebengebäude und dem Schloß konnte man dort selbst einen Gewehrschuß nicht hören. Zudem standen die Leute auf ihrer Schwelle und blickten nach Arcis aus, das nur eine halbe Stunde entfernt liegt, in der Hoffnung, den Maskenzug ankommen zu sehen. Violette wartete in einem großen Vorzimmer auf den Augenblick, da der Senator und Grévin ihn empfangen würden, um über die Verlängerung seiner Pacht zu verhandeln. In diesem Augenblick stürzten fünf maskierte und behandschuhte Männer, die in Wuchs, Benehmen und Haltung den Herren von Hauteserre, von Simeuse und Michu glichen, sich auf den Kammerdiener und Violette, steckten ihnen ein Taschentuch als Knebel in den Mund und banden sie in einer Vorratskammer an Stühle. Trotz der Geschwindigkeit der Angreifer stießen der Kammerdiener und Violette doch einen Schrei aus, der in dem Salon gehört ward. Die beiden Frauen glaubten, es sei ein Warnruf.

„Horch," sagte Frau Grévin, „da sind Diebe..."

„Bah, das ist ein Fastnachtsschrei!" versetzte Grévin. „Wir bekommen die Masken aufs Schloß."

Diese Erörterung gab den fünf Unbekannten Zeit, die Tore nach dem Ehrenhof zu schließen und den Kammerdiener und Violette einzusperren. Die ziemlich eigensinnige Frau Grévin wollte durchaus die Ursache des Lärms erfahren; sie stand auf und geriet unter die fünf Masken, die sie ebenso behandelten wie Violette und den Kammerdiener. Dann drangen sie gewaltsam in den Salon ein, wo die beiden Stärksten sich des Grafen von Gondreville bemächtigten, ihn knebelten und ihn durch den Park fortschleppten, während die drei anderen Frau Marion und den Notar gleichfalls knebelten und jeden auf einen Lehnstuhl festbanden. Die Ausführung dieses Anschlages nahm nicht mehr als eine halbe Stunde in Anspruch. Die drei Unbekannten, zu denen bald die anderen stießen, die den Senator weggeschleppt hatten, durchsuchten das Schloß vom Keller bis zum Boden, öffneten alle Schränke, ohne einen Dietrich zu gebrauchen, beklopften die Wände und blieben bis fünf Uhr abends die Herren. In diesem Augenblick hatte der Kammerdiener mit seinen Zähnen die Stricke durchgenagt, mit denen Violettes Hände gefesselt waren, und Violette, der sich seines Knebels entledigte, begann um Hilfe zu schreien. Als die fünf Unbekannten diese Schreie hörten, liefen sie in die Gärten, sprangen auf Pferde, die denen

von Cinq-Cygne ähnlich sahen, und machten sich davon, aber nicht schnell genug, daß Violette sie nicht sehen konnte. Nachdem er den Kammerdiener losgebunden hatte, der seinerseits die Frauen und den Notar befreite, bestieg Violette seinen Klepper und verfolgte die Missetäter. Als er am Pavillon ankam, war er ebenso verblüfft, die beiden Flügel des Gittertors offen zu finden, wie Fräulein von Cinq-Cygne dort postiert zu sehen. Als die junge Gräfin verschwunden war, ritt Grévin hinter Violette her, begleitet vom Feldhüter der Gemeinde Gondreville, dem der Pförtner ein Pferd aus den Schloßställen gegeben hatte. Die Pförtnersfrau war nach Arcis gelaufen, um die Gendarmerie zu benachrichtigen. Sofort erzählte Violette Herrn Grévin seine Begegnung mit Laurence und die Flucht des verwegenen jungen Mädchens, deren tiefen, entschlossenen Charakter beide kannten.
„Sie stand Posten", sagte Violette.
„Ist's möglich, daß die Adligen von Cinq-Cygne den Streich ausgeführt haben?" rief Grévin aus.
„Wie!" entgegnete Violette, „haben Sie den dikken Michu nicht erkannt? Er hat sich auf uns geworfen! Ich habe seinen Griff wohl gespürt. Zudem waren die fünf Pferde die von Cinq-Cygne."
Als der Notar die Hufspuren auf dem Sande des Rondels und im Park erblickte, ließ er den Feldhüter zur Beobachtung am Gitter, damit die kostbaren Hufspuren erhalten blieben, und schickte Violette zum Friedensrichter nach Arcis, damit er den Tatbestand feststellte. Dann kehrte er schleunigst in den Salon des Schlosses Gondre-

ville zurück, wo der Leutnant und der Unterleutnant der Kaiserlichen Gendarmerie soeben eintrafen, von vier Leuten und einem Brigadier begleitet. Dieser Leutnant war, wie man sich denken kann, der Brigadier, dem Franz vor zwei Jahren ein Loch im Kopf beigebracht hatte und der damals durch Corentin erfahren hatte, wer sein boshafter Gegner war. Dieser Mann namens Giguet, dessen Bruder Soldat war und einer der besten Artillerieobersten wurde, zeichnete sich durch seine Fähigkeit als Gendarmerieoffizier aus. Später befehligte er die Schwadron der Aube. Der Unterleutnant Welff hatte seinerzeit Corentin von Cinq-Cygne nach dem Pavillon und von da nach Troyes gefahren. Unterwegs hatte der Pariser den Ägyptenkämpfer hinreichend über das aufgeklärt, was er die Durchtriebenheit von Laurence und Michu nannte. Diese beiden Offiziere mußten also großen Eifer gegen die Bewohner von Cinq-Cygne zeigen und taten es auch. Malin und Grévin hatten beide für einander an dem sogenannten Gesetzbuch vom Brumaire des Jahres IV mitgearbeitet, dem Gesetzgebungswerk des sogenannten Nationalkonvents, das vom Direktorium veröffentlicht worden war. Somit konnte Grévin, der diese Gesetzgebung gründlich kannte, in dieser Sache mit furchtbarer Schnelligkeit vorgehen, allerdings unter der fast zur Gewißheit gewordenen Voraussetzung, daß Michu, die Herren von Hauteserre und von Simeuse schuldig waren. Außer ein paar alten Richtern entsinnt sich heute kein Mensch mehr der Einrichtung dieser Rechtsprechung, die Napoleon gerade damals durch die Veröffentlichung seiner Gesetzbücher und die Ein-

setzung seines Richterstandes umstieß, wie er heute in Frankreich herrscht.
Das Gesetzbuch vom Brumaire des Jahres IV behielt dem Direktor der Jury des Departements die unmittelbare Strafverfolgung des auf Gondreville begangenen Vergehens vor. Man bemerke nebenbei, daß der Konvent das Wort Verbrechen aus der Rechtssprache gestrichen hatte. Er erkannte nur Vergehen gegen das Gesetz an, die mit Geldstrafen, Gefängnis, Ehren- oder Leibesstrafen bedacht waren. Der Tod war eine Leibesstrafe. Jedoch sollte die Todesstrafe im Frieden aufgehoben und durch vierundzwanzig Jahre Zwangsarbeit ersetzt werden. Somit hielt der Konvent vierundzwanzig Jahre Zwangsarbeit der Todesstrafe für gleichwertig. Was soll man von einem Strafgesetzbuch sagen, das lebenslängliche Zwangsarbeit verhängt? Die damals von Napoleons Staatsrat ausgearbeitete Gerichtsverfassung hob das Richteramt des Direktors der Jury auf, das in der Tat eine ungeheure Macht verlieh. Bezüglich der Strafverfolgung und der Erhebung der Anklage war der Direktor der Jury gewissermaßen Kriminalpolizist, Staatsanwalt, Untersuchungsrichter und Gerichtshof in einer Person. Sein Strafverfahren und seine Erhebung der Anklage unterlag nur dem Visum eines Kommissars der vollziehenden Gewalt und dem Verdikt von acht Geschworenen, denen er die Tatsachen seiner Untersuchung darlegte, die die Zeugen und Angeklagten verhörten und ein erstes Urteil, das sogenannte Anklageurteil, fällten. Der Direktor mußte auf die in seinem Arbeitszimmer vereinigten Geschworenen eine solche Macht ausüben, daß sie

nur seine Mitarbeiter sein konnten. Diese Geschworenen bildeten die Anklagejury. Es gab noch andere Geschworene, die die Jury des Strafgerichts bildeten, das die Angeklagten abzuurteilen hatte. Im Gegensatz zu den Anklagegeschworenen hießen diese Urteilsgeschworene. Das Strafgericht, dem Napoleon soeben den Namen Kriminalgericht gegeben hatte, bestand aus einem Präsidenten, vier Richtern, dem öffentlichen Ankläger und einem Regierungskommissar. Indes gab es von 1799 bis 1806 sogenannte Sondergerichte, die in gewissen Departements bestimmte Anschläge ohne Geschworene aburteilten; sie bestanden aus Zivilrichtern, die zu einem besonderen Gerichtshofe zusammentraten. Der Konflikt zwischen den Sondergerichten und den Kriminalgerichten führte zu Kompetenzstreitigkeiten, die der Kassationshof entschied. Hätte das Departement Aube sein Sondergericht gehabt, so wäre das Attentat auf einen Senator der Kaiserreichs ihm zweifellos überwiesen worden, aber dies friedliche Departement hatte keine Ausnahmegerichte. Grévin schickte also den Unterleutnant zum Direktor der Jury in Troyes. Der Ägyptenkämpfer sprengte mit verhängten Zügeln hin und kehrte dann in Begleitung dieses fast unumschränkten Richters nach Gondreville zurück.

Der Direktor der Jury von Troyes war ein früherer Amtmann, ein früherer besoldeter Sekretär eines Konventsausschusses und ein Freund Malins, der ihm seine Stellung verschafft hatte. Dieser Richter, namens Lechesneau, ein rechter Praktikus der alten Strafjustiz, hatte Malin ebenso wie Grévin bei seinen juristischen Arbeiten im Konvent

viel geholfen, und so empfahl Malin ihn an Cambacérès, der ihn zum Generalstaatsanwalt in Italien ernannte. Zum Unglück für seine Laufbahn hatte Lechesneau ein Verhältnis mit einer großen Dame in Turin angeknüpft und Napoleon mußte ihn absetzen, um ihn einem Strafprozeß zu entziehen, den der Gatte wegen Entführung eines außerehelichen Kindes angestrengt hatte. Lechesneau, der Malin alles verdankte und die Bedeutung eines solchen Attentats erriet, hatte den Gendarmeriehauptmann und eine Abteilung von zwölf Mann mitgebracht.
Bevor er aufbrach, hatte er sich natürlich mit dem Präfekten verständigt, der aber, da es dunkel wurde, den optischen Telegraphen nicht mehr benutzen konnte. Man schickte eine Stafette nach Paris, um den Polizeiminister, den Oberrichter und den Kaiser von diesem unerhörten Verbrechen zu benachrichtigen. Lechesneau fand im Salon von Gondreville die Damen Marion und Grévin, Violette, den Kammerdiener des Senators und den Friedensrichter nebst seinem Schreiber. Haussuchungen waren bereits im Schloß erfolgt. Mit Grévins Beihilfe nahm der Friedensrichter sorgfältig die ersten Elemente der Voruntersuchung auf. Der Richter war zunächst betroffen von den schlauen Berechnungen, die sich aus der Wahl des Tages und der Stunde ergaben. Die Stunde verbot es, sofort Indizien und Beweise zu sammeln. Zu dieser Jahreszeit war es um halb sechs Uhr, als Violette die Delinquenten hätte verfolgen können, schon fast dunkel, und für Missetäter ist die Nacht oft gleichbedeutend mit Straflosigkeit. Die Wahl eines Tages der Lustbarkeiten, wo jedermann nach

Arcis ging, um sich den Maskenzug anzusehen, und wo der Senator allein zu Hause sein mußte, schloß alle Zeugen aus.

„Alle Achtung vor dem Scharfsinn der Agenten der Polizeipräfektur", sagte Lechesneau. „Sie haben uns immerfort vor den Adligen von Cinq-Cygne gewarnt und uns gesagt, sie würden früher oder später einen schlimmen Streich spielen."

Da Lechesneau des Eifers des Präfekten der Aube sicher war, der Stafetten zu allen Präfekturen der Umgegend von Troyes schickte, um die Spuren der fünf Maskierten und des Senators zu suchen, begann er, die Grundlagen der Untersuchung zu legen. Diese Arbeit war bei zwei so guten juristischen Köpfen wie Grévin und der Friedensrichter bald vollbracht. Dieser, namens Pigoult, ein früherer erster Schreiber in dem Pariser Bureau, wo Malin und Grévin die Rechtspraxis gelernt hatten, wurde drei Monate darauf zum Gerichtspräsidenten in Arcis ernannt. Was Michu betraf, so kannte Lechesneau die Drohungen, die jener früher gegen Marion ausgestoßen, und den Hinterhalt, dem der Senator in seinem Park entgangen war. Diese beiden Tatsachen, deren eine die Folge der andern war, mußten die Voraussetzungen des jetzigen Attentats sein und stempelten den ehemaligen Verwalter umso mehr zum Führer der Missetäter, als Grévin, dessen Frau, Violette und Frau Marion erklärten, unter den fünf Maskierten einen Mann erkannt zu haben, der Michu völlig glich. Die Haar- und Bartfarbe, die untersetzte Figur des Mannes machten seine Verkleidung fast überflüssig. Wer außer Michu hätte auch das Tor von Cinq-Cygne mit einem

Schlüssel öffnen können? Als der Verwalter und seine Frau aus Arcis zurückkamen und verhört wurden, sagten sie aus, sie hätten beide Tore verschlossen. Als die Tore von dem Friedensrichter in Gemeinschaft mit dem Feldhüter und seinem Schreiber untersucht wurden, zeigte sich keine Spur eines Einbruchs.

„Als wir ihn vor die Tür setzten," sagte Grévin, „wird er die Doppelschlüssel des Schlosses behalten haben. Aber er muß einen verzweifelten Streich geplant haben, denn er hat binnen zwanzig Tagen seinen Besitz verkauft und vorgestern in meinem Bureau den Kaufpreis erhalten."

„Sie werden ihm alles auf den Buckel geladen haben!" rief Lechesneau aus, dem dieser Umstand auffiel. „Er hat gezeigt, daß er ihnen mit Leib und Seele ergeben ist."

Wer konnte auch bessere Ortskenntnis des Schlosses haben als die Herren von Simeuse und von Hauteserre? Keiner der Angreifer hatte sich bei seinem Suchen geirrt; die Sicherheit, mit der sie überall hingegangen waren, bewies, daß sie wohl wußten, was sie wollten, und vor allem, wo man ihn erwischen konnte. Keiner der offen gebliebenen Schränke war erbrochen, somit besaßen die Delinquenten die Schlüssel, und seltsam, sie hatten sich nicht die geringste Entwendung erlaubt! Um Diebstahl also handelte es sich nicht. Schließlich hatte Violette, nachdem er die Pferde des Schlosses Cinq-Cygne erkannt hatte, die Gräfin im Hinterhalt vor dem Pavillon des Verwalters getroffen. Aus der Gesamtheit dieser Tatsachen und Aussagen ergab sich auch für eine ganz unvoreingenommene Justiz die Schuld der Herren von

Simeuse, von Hauteserre und Michus; für einen Direktor der Jury mußte sie zur Gewißheit werden. Was hatten sie nun mit dem künftigen Grafen von Gondreville vor? Ihn zur Herausgabe seines Landgutes zu zwingen, für dessen Erwerb der Verwalter schon 1793 die Kapitalien zu haben behauptete? Hier bekam alles ein neues Antlitz.

Der gelehrte Kriminalist fragte sich, was das Ziel der eifrigen Nachforschungen im Schlosse gewesen sein mochte. Hätte es sich um eine Rache gehandelt, so hätten die Delinquenten Malin töten können. Vielleicht war der Senator dann schon tot und begraben. Immerhin bedeutete die Entführung eine Freiheitsberaubung. Warum diese Freiheitsberaubung, nachdem die Durchsuchung des Schlosses beendet war? Gewiß war es Wahnsinn zu glauben, die Entführung eines Würdenträgers des Kaiserreiches könnte lange geheim bleiben! Die rasche Entdeckung, die dieser Anschlag finden mußte, hob seinen Vorteil auf.

Auf diese Einwendungen erwiderte Pigault, daß die Justiz nie alle Beweggründe der Verbrecher erraten könne. In allen Strafprozessen gäbe es zwischen Richter und Verbrecher und umgekehrt dunkle Punkte; das Gewissen habe Abgründe, in die nur durch das Geständnis des Schuldigen Licht käme.

Grévin und Lechesneau nickten zustimmend, ohne jedoch den Blick von dem Dunkel abzuwenden, in das sie hineinleuchten wollten.

„Und doch hat der Kaiser sie begnadigt", sagte Pigault zu Grévin und Frau Marion. „Er hat sie von der Liste gestrichen, obwohl sie an der letzten Verschwörung gegen ihn beteiligt waren!"

Lechesneau schickte unverzüglich seine ganze Gendarmerie nach dem Wald und dem Tal von Cinq-Cygne, wobei er Giguet dem Friedensrichter mitgab, der nach dem Ausdruck des Gesetzbuches zu seinem Hilfsoffizier der Kriminalpolizei wurde. Er beauftragte ihn, in der Gemeinde Cinq-Cygne die Grundlagen der Untersuchung zu sammeln, nach Bedarf alle Verhöre vorzunehmen, und zu größerer Beschleunigung diktierte er rasch und unterschrieb den Verhaftsbefehl gegen Michu, der offenbar schwer belastet war.
Nach dem Aufbruch der Gendarmen und des Friedensrichters machte Lechesneau sich an die wichtige Aufgabe, die Verhaftsbefehle gegen die Simeuses und die Hauteserres zu erlassen. Nach dem Gesetz mußten diese Erlasse alles aufführen, was den Delinquenten zur Last gelegt wurde. Giguet und der Friedensrichter begaben sich so schnell nach Cinq-Cygne, daß sie die Leute des Schlosses bei ihrer Rückkehr von Troyes trafen. Die wurden verhaftet und zum Bürgermeister geführt, wo sie verhört wurden. Ein jeder sagte ganz naiv, ohne die Bedeutung seiner Antwort zu kennen, sie hätten tags zuvor die Erlaubnis erhalten, für einen ganzen Tag nach Troyes zu gehen. Auf eine Zwischenfrage des Friedensrichters antwortete jeder ebenso, das gnädige Fräulein hätte ihnen diese unbeabsichtigte Zerstreuung selbst angeboten. Diese Aussagen erschienen dem Friedensrichter so belastend, daß er den Ägyptenkämpfer nach Gondreville schickte, um Herrn Lechesneau zu bitten, selbst zur Verhaftung der Edelleute nach Cinq-Cygne zu kommen, um gleichzeitig vorzugehen, denn er begäbe sich zu Michus Pachthof, um dort den ver-

mutlichen Führer der Missetäter zu verhaften. Diese neuen Umstände schienen so entscheidend, daß Lechesneau sofort nach Cinq-Cygne aufbrach, nachdem er Grévin anempfohlen hatte, die Hufspuren der Pferde im Park sorgfältig bewachen zu lassen. Der Direktor der Jury wußte, welche Freude sein Vorgehen gegen frühere Adlige und Volksfeinde, die nun zu Feinden des Kaisers geworden waren, in Troyes erregen würde. Bei solchen Stimmungen nimmt ein Richter einfache Mutmaßungen leicht für offenkundige Beweise. Nichtsdestoweniger fand Lechesneau, als er im Wagen des Senators von Gondreville nach Cinq-Cygne fuhr, die Verwegenheit der jungen Leute und Michus recht töricht und wenig im Einklang mit dem Geiste des Fräuleins von Cinq-Cygne. War er doch ein tüchtiger Richter, der es ohne die Leidenschaft, der er seine Ungnade verdankte – denn der Kaiser wurde damals prüde – weit gebracht hätte. Er selbst glaubte an andere Absichten als die, von dem Senator einen Verzicht auf Gondreville zu erpressen. In allen Dingen, selbst im Richterstande, gibt es das, was man das Berufsgewissen nennen muß. Lechesneaus Ratlosigkeit entsprang aus diesem Gewissen, mit dem jeder Mensch ihm zusagende Pflichten erfüllt, das die Gelehrten in der Wissenschaft, die Künstler in der Kunst, die Richter in der Rechtsprechung bekunden. Daher bieten die Richter den Angeklagten vielleicht auch mehr Bürgschaften als die Geschworenen. Ein Richter vertraut nur auf die Gesetze der Vernunft, während die Geschworenen sich von Gefühlswallungen hinreißen lassen. Der Direktor der Jury stellte sich selbst mehrere Fragen und nahm sich vor, bei der Verhaftung der Delinquenten befriedigende Antworten darauf zu finden. Obwohl die Kunde von Malins Entführung bereits die Stadt Troyes in Aufregung versetzte, war sie in Arcis um acht Uhr noch unbekannt, denn alles war beim Abendbrot, als man die Gendarmerie und den Friedensrichter holte. In Cinq-Cygne endlich, dessen Tal und Schloß zum zweitenmal umstellt wurden, diesmal freilich von der Justiz und nicht von der Polizei, wußte noch niemand etwas davon; und Vergleiche, die mit der einen möglich sind, sind mit der anderen oft ausgeschlossen.

Laurence hatte Martha, Katharina und den Durieus nur zu sagen brauchen, sie sollten im Schloß bleiben, ohne es zu verlassen oder hinauszublicken, um pünktlichen Gehorsam zu finden. Nach jedem Ritt blieben die Pferde in dem Hohlweg gegenüber der Bresche stehen, und von dort hatten Robert und Michu, die kräftigsten des Trupps, die Säcke heimlich durch die Bresche in einen Keller bringen können, der sich unter der Treppe des sogenannten Damenturms befand. Als sie gegen halb sechs Uhr im Schlosse anlangten, begannen die vier Edelleute und Michu dort sofort mit dem Vergraben des Goldes. Laurence und die Hauteserres hielten es für zweckmäßig, den Keller zu vermauern. Michu übernahm diese Arbeit und ließ sich dabei von Gotthard helfen, der nach dem Pachthofe lief, um ein paar Säcke Kalk zu holen, die aus der Zeit des Baues dort liegen geblieben waren, und Martha kehrte nach Hause zurück, um Gotthard heimlich die Säcke zu geben. Der von Michu erbaute Pachthof stand auf der Anhöhe, von der aus er einst die

Gendarmen erblickt hatte, und der Weg dorthin führte durch den Hohlweg. Michu, der sehr ausgehungert war, sputete sich so sehr, daß er seine Arbeit gegen halb acht Uhr beendet hatte. Er kehrte raschen Schritts zurück, um zu verhindern, daß Gotthard einen letzten Sack Kalk brachte, den er noch zu brauchen geglaubt hatte. Sein Pachthof war bereits von dem Feldhüter von Cinq-Cygne, dem Friedensrichter, seinem Schreiber und drei Gendarmen umstellt, die sich versteckten, als sie ihn kommen hörten, und ihn hineinließen.

Michu begegnete Gotthard mit einem Sack auf der Schulter und rief ihm von weitem zu:

„Ich bin fertig, Kleiner! Trag ihn zurück und iß mit uns."

Fröhlich betrat Michu die Küche seines Pachthofes, wo Marthas Mutter und Martha die Suppe auftrugen und ihn erwarteten. Seine Stirn war schweißbedeckt, seine Kleider mit Kalk und Resten der schmutzigen Kalksteine beschmiert, die aus dem Schutt der Bresche stammten.

In dem Augenblick, da Michu den Wasserhahn aufdrehte, um sich die Hände zu waschen, erschien der Friedensrichter in Begleitung seines Schreibers und des Feldhüters.

„Was wollen Sie von uns, Herr Pigault?" fragte Michu.

„Im Namen des Kaisers und des Gesetzes verhafte ich Sie", sagte der Friedensrichter.

Nun zeigten sich die drei Gendarmen, die Gotthard herbeiführten. Beim Anblick der betreßten Hüte tauschten Martha und ihre Mutter einen entsetzten Blick.

„Ach was! Und warum?" fragte Michu, setzte sich

an seinen Tisch und sagte zu seiner Frau: „Gib auf, ich bin halb verhungert."
„Das wissen Sie so gut wie ich", antwortete der Friedensrichter. Er winkte seinem Schreiber, das Protokoll zu beginnen, nachdem er dem Pächter den Verhaftungsbefehl gezeigt hatte.
„Na, du spielst den Erstaunten, Gotthard? Willst du essen, ja oder nein?" fragte Michu. „Laß die nur ihr dummes Zeug schreiben."
„Sie erkennen den Zustand Ihrer Kleider an?" fragte der Friedensrichter. „Ebenso wenig leugnen Sie die Worte, die Sie auf Ihrem Hofe zu Gotthard sagten?"
Michu ließ sich von seiner Frau, die ob seiner Kaltblütigkeit starr war, die Suppe auftragen und aß heißhungrig, ohne eine Antwort zu geben. Sein Mund war voll und sein Herz unschuldig. Gotthards Eßlust war durch furchtbare Angst gelähmt.
„Nun," sagte der Feldhüter Michu ins Ohr, „was haben Sie mit dem Senator gemacht? Wenn man die Leute von der Justiz hört, geht es für Sie um Leben und Tod."
„O mein Gott!" rief Martha aus, die die letzten Worte auffing und wie vom Blitz getroffen hinsank.
„Violette wird uns irgendeinen schlimmen Streich gespielt haben!" rief Michu aus, denn ihm fielen Laurences Worte ein.
„Ah, Sie wissen also, daß Violette Sie gesehen hat!" sagte der Friedensrichter.
Michu biß sich auf die Lippen und beschloß, nichts mehr zu sagen. Gotthard ahmte seine Zurückhaltung nach. Als der Friedensrichter sah, daß seine Bemühungen, Michu zum Reden zu bringen, um-

sonst waren, und da er überdies seine sogenannte Schlechtigkeit kannte, befahl er, ihm wie Gotthard die Hände zu fesseln und ihn nach dem Schloß Cinq-Cygne zu bringen. Er selbst lenkte seine Schritte gleichfalls dorthin, um wieder zu dem Direktor der Jury zu stoßen.

Die Edelleute und Laurence waren zu hungrig, und das Mahl war zu bedeutungsvoll für sie, als daß sie es noch hinausgeschoben hätten, um sich umzukleiden. Laurence erschien im Reitkleid, die Herren in weißen Lederhosen, Reitstiefeln und grüner Tuchjacke, in dem Salon, wo sie Herrn und Frau von Hauteserre ziemlich besorgt fanden. Der Biedermann hatte das Kommen und Gehen bemerkt, vor allem auch das Mißtrauen, das man ihm bezeigte, denn Laurence hatte ihn nicht von den Leuten beaufsichtigen lassen können. In dem Augenblick also, da einer seiner Söhne einer Antwort auswich, indem er fortging, hatte er zu seiner Frau gesagt:

„Ich fürchte, Laurence macht uns wieder Scherereien!"

„Was habt Ihr denn heute gejagt?" fragte Frau von Hauteserre Laurence.

„Ach, du wirst eines Tages schon erfahren, an welchem schlimmen Streich Eure Kinder teilgenommen haben!" antwortete sie lachend.

Obwohl im Scherz gesprochen, ließen diese Worte die alte Dame erzittern. Katharina meldete, daß angerichtet sei. Laurence gab Herrn von Hauteserre den Arm und lächelte über die Bosheit, die sie ihren Vettern antat, indem sie einen von ihnen zwang, seinen Arm der alten Dame zu bieten, die nach ihrer Vereinbarung zum Orakel geworden war.

Der Marquis von Simeuse führte Frau von Hauteserre zu Tisch. Die Situation ward nun so feierlich, daß Laurence und ihre beiden Vettern, als das Tischgebet gesprochen war, heftiges Herzklopfen verspürten. Der Frau von Hauteserre, die die Suppe aufgab, fiel die Angst auf, die sich in den Gesichtern der beiden Simeuses malte, und die Erregung, die Laurences Lammsgesicht verriet.
„Aber es ist irgend etwas Außergewöhnliches geschehen!" rief sie aus, indem sie alle anblickte.
„Mit wem sprichst du?" fragte Laurence.
„Mit Euch allen", entgegnete die alte Dame.
„Was mich betrifft, Mutter," sagte Robert, „ich habe Wolfshunger."
Frau von Hauteserre, noch immer verwirrt, reichte dem Marquis von Simeuse einen Teller für den Jüngeren.
„Ich bin wie Eure Mutter," sagte sie zu ihm, „ich irre mich stets, trotz Eurer Halsbinden. Ich glaubte, deinem Bruder den Teller zu reichen."
„Du reichst ihm mehr, als du denkst", sagte der Jüngere und erbleichte. „Nun ist er Graf von Cinq-Cygne."
Der arme, so fröhliche Jüngling ward für immer traurig. Aber er fand noch die Kraft, Laurence lächelnd anzublicken und seinen tödlichen Schmerz zu bemeistern. In einem Augenblick versank der Liebende im Bruder.
„Wie! die Gräfin hat ihre Wahl getroffen?" rief die alte Dame aus.
„Nein," sagte Laurence, „wir haben es dem Zufall überlassen, und du warst sein Werkzeug."
Sie erzählte die Vereinbarung vom Morgen. Der ältere Simeuse sah, wie das Gesicht seines Bruders

immer bleicher ward, und er empfand von Augenblick zu Augenblick den Drang auszurufen: „Heirate du sie, ich will sterben!" Als der Nachtisch aufgetragen ward, hörten die Bewohner von Cinq-Cygne an das Saalfenster klopfen, das nach dem Garten ging. Der ältere Hauteserre stand auf, um zu öffnen, und ließ den Pfarrer ein, dessen Beinkleid beim Überklettern der Parkmauer am Spalier zerrissen war.

„Fliehen Sie!... Man kommt, Sie zu verhaften!"

„Warum?"

„Ich weiß es noch nicht, aber man geht gegen Sie vor."

Diese Worte wurden mit allgemeinem Gelächter aufgenommen.

„Wir sind unschuldig", riefen die Edelleute.

„Unschuldig oder schuldig," sagte der Pfarrer, „steigen Sie zu Pferde und erreichen Sie die Grenze. Da werden Sie imstande sein, Ihre Unschuld zu beweisen. Eine Verurteilung in Abwesenheit läßt sich rückgängig machen; eine Verurteilung vor Gericht, unter dem Druck der Volksleidenschaften und durch Vorurteile begünstigt, ist unwiderruflich. Denken Sie an das Wort des Präsidenten de Harlay: ‚Würde ich angeklagt, die Türme von Notre Dame fortgetragen zu haben, so würde ich zunächst fliehen'."

„Aber fliehen, heißt das nicht seine Schuld eingestehen?" fragte der Marquis von Simeuse.

„Flieht nicht!..." entschied Laurence.

„Stets erhabene Dummheiten", sagte der Pfarrer verzweifelt. „Besäße ich Gottes Macht, ich entführte Sie. Aber wenn man mich hier in diesem Zustand findet, wird man diesen eigentümlichen

Besuch gegen Sie und gegen mich ausbeuten. Ich mache mich auf dem gleichen Wege davon. Denken Sie nach! Noch haben Sie Zeit! Die Leute von der Justiz haben nicht an die Grenzmauer des Pfarrhofs gedacht, und Sie sind ringsum umstellt."
Der Schall vieler Schritte und das Säbelklirren der Gendarmerie erfüllte den Hof und drang in den Speisesaal, als der arme Pfarrer kaum fort war. Er hatte mit seinen Ratschlägen nicht mehr ausgerichtet als der Marquis von Chargeboeuf mit den seinen.
„Unser gemeinsames Leben," sagte der jüngere Simeuse schwermütig zu Laurence, „ist eine Ungeheuerlichkeit, und wir hegen eine ungeheuerliche Liebe. Diese Ungeheuerlichkeit hat dein Herz ergriffen. Vielleicht sind die Zwillinge, deren Geschichte uns überliefert wird, alle unglücklich gewesen, weil die Naturgesetze in ihnen umgestoßen werden. Sieh, wie beharrlich uns das Schicksal verfolgt. Nun ist dein Entschluß schicksalsvoll verzögert."
Laurence war geistesabwesend. Wie ein Summen vernahm sie die für sie unheilvollen Worte, die der Direktor der Jury sprach:
„Im Namen des Kaisers und des Gesetzes verhafte ich die Herren Paul Maria und Maria Paul von Simeuse, Adrien und Robert von Hauteserre. – Die Herren," setzte er hinzu, indem er seinen Begleitern die Schmutzspuren auf den Kleidern der Verhafteten zeigte, „werden nicht leugnen, daß sie einen Teil dieses Tages zu Pferde verbracht haben."
„Wessen klagen Sie sie an?" fragte Fräulein von Cinq-Cygne stolz.

„Verhaften Sie das Fräulein nicht?" fragte Giguet.
„Ich lasse sie gegen Bürgschaft in Freiheit, bis das, was ihr zur Last gelegt wird, näher untersucht ist."
Goulard bot seine Bürgschaft an und forderte der Gräfin nur ihr Ehrenwort ab, nicht zu entfliehen. Laurence schmetterte den früheren Bereiter des Hauses Simeuse durch einen hochmütigen Blick nieder, der ihr diesen Mann zum Todfeinde machte. Eine Träne quoll aus seinen Augen, eine jener Tränen der Wut, die eine Hölle von Schmerzen verraten. Die vier Edelleute tauschten einen furchtbaren Blick aus und blieben unbeweglich stehen. Herr und Frau von Hauteserre, die sich von den vier jungen Leuten und von Laurence hintergangen glaubten, saßen in einem Zustand unsäglicher Bestürzung auf ihren Lehnstühlen wie festgebannt. Diese Eltern, die ihre Kinder sich entrissen sahen, nachdem sie für sie alle Ängste ausgestanden und sie endlich zurückerhalten hatten, blickten vor sich hin, ohne zu sehen, und hörten, ohne zu hören.
„Muß ich Sie bitten, für mich zu bürgen, Herr von Hauteserre?" rief Laurence ihrem früheren Vormund zu, der durch diesen Ruf erwachte. Er war für ihn schrill und schneidend, wie die Posaune des jüngsten Gerichts.
Der Greis trocknete die Tränen, die ihm in die Augen traten, begriff alles und sagte mit schwacher Stimme zu seiner Verwandten:
„Verzeihung, Gräfin ... Sie wissen, ich bin mit Leib und Seele der Ihre."
Lechesneau war zuerst betroffen von der Ruhe dieser tafelnden Schuldigen und kam auf seine

erste Meinung über ihre Schuld zurück, als er die Bestürzung der Eltern und Laurences nachdenkliche Miene sah, die die ihr gestellte Falle zu erraten suchte.

„Meine Herren," sagte er höflich, „Sie sind zu wohlerzogen, um vergeblichen Widerstand zu leisten. Folgen Sie mir alle vier in die Ställe, wo wir in Ihrer Gegenwart die Eisen Ihrer Pferde abnehmen müssen. Sie werden wichtige Beweisstücke für den Prozeß sein und vielleicht Ihre Unschuld oder Ihre Schuld erweisen. – Kommen Sie mit, Fräulein ..."

Der Hufschmied von Cinq-Cygne und sein Geselle waren von Lechesneau als Sachverständige hinzugezogen worden. Während des Vorgangs in den Ställen kam der Friedensrichter mit Gotthard und Michu an. Es dauerte eine Weile, bis jedem Pferde die Eisen abgenommen, diese mit Zeichen versehen und zusammengetan wurden, um sie mit den Hufspuren zu vergleichen, die die Pferde der Attentäter im Park zurückgelassen hatten. Trotzdem ließ Lechesneau, als ihm Pigaults Ankunft gemeldet wurde, die Angeklagten bei den Gendarmen und ging in den Eßsaal, um das Protokoll zu diktieren, und der Friedensrichter machte ihn auf den Zustand von Michus Kleidung aufmerksam und erzählte die Umstände seiner Verhaftung.

„Sie werden den Senator getötet und ihn irgendwo eingemauert haben", sagte Pigault schließlich zu Lechesneau.

„Jetzt fürchte ich es auch", entgegnete der Richter. – „Wo hast du den Kalk hingetragen?" fragte er Gotthard.

Gotthard begann zu weinen.
„Die Justiz erschreckt ihn", sagte Michu, dessen Augen Flammen sprühten, wie die eines in einem Netze gefangenen Löwen.
Alle Dienstboten, die beim Bürgermeister verhört waren, kamen nun zurück und erfüllten das Vorzimmer, in dem Katharina und die Durieus weinten. Von ihnen erfuhren sie die Bedeutung der Aussagen, die sie gemacht hatten. Gotthard beantwortete alle Fragen des Direktors und des Friedensrichters mit Schluchzen; durch sein Weinen geriet er schließlich in eine Art Krampfanfall, der beide erschreckte, und so ließen sie ihn in Ruhe. Als der kleine Schlingel sich nicht mehr bewacht sah, blickte er Michu lächelnd an, und Michu warf ihm einen beifälligen Blick zu. Lechesneau verließ den Friedensrichter, um die Sachverständigen anzutreiben.
„Herr Pigoult," fragte Frau von Hauteserre schließlich, „können Sie uns den Grund dieser Verhaftungen erklären?"
„Die Herren werden beschuldigt, den Senator mit bewaffneter Hand entführt und ihn seiner Freiheit beraubt zu haben, denn wir nehmen trotz des Anscheins nicht an, daß sie ihn getötet haben."
„Und welche Strafe hätten die Urheber dieses Verbrechens zu gewärtigen?"
„Da die Gesetze, die das jetzige Gesetzbuch nicht aufhebt, in Kraft bleiben, steht Todesstrafe darauf", entgegnete der Friedensrichter.
„Todesstrafe!" rief Frau von Hauteserre und fiel in Ohnmacht.
In diesem Augenblick erschien der Pfarrer mit

seiner Schwester, die Katharina und die Durieu herbeirief.
„Aber wir haben ihn gar nicht gesehen, euren verfluchten Senator!“ rief Michu aus.
„Frau Marion, Herr und Frau Grévin, der Kammerdiener des Senators und Violette können das gleiche von Ihnen nicht sagen“, entgegnete Pigoult mit dem bittren Lächeln des überzeugten Richters.
„Ich begreife nichts mehr!“ sagte Michu, durch diese Antwort verblüfft und schon in dem Glauben, daß er mit seinen Herren in ein gegen sie gesponnenes Netz von Ränken verwickelt war.
In diesem Augenblick kamen alle aus den Ställen zurück. Laurence eilte auf Frau von Hauteserre zu, die wieder zu sich kam und zu ihr sagte: „Es steht Todesstrafe darauf!“
„Todesstrafe!...“ wiederholte Laurence und blickte die vier Edelleute an.
Dies Wort verbreitete Schrecken, was Giguet, der von Corentin gelernt hatte, benutzte. Er führte den Marquis von Simeuse in eine Ecke des Eßsaales und sagte zu ihm:
„Alles läßt sich noch ins reine bringen. Vielleicht war es nur ein Scherz! Zum Teufel, Sie sind Soldaten gewesen! Unter Soldaten versteht man sich. Was haben Sie mit dem Senator gemacht? Wenn Sie ihn getötet haben, so ist alles aus. Wenn Sie ihn aber verschleppt haben, so geben Sie ihn frei! Sie sehen doch, daß Ihr Streich mißglückt ist. Ich bin sicher, daß der Direktor der Jury die Strafverfolgung im Einvernehmen mit dem Senator niederschlagen wird.“
„Wir verstehen nicht das mindeste von Ihren Fragen“, sagte der Marquis von Simeuse.

„Wenn Sie diesen Ton anschlagen, kann es weit kommen", sagte der Leutnant.
„Liebe Base," sagte der Marquis von Simeuse zu Laurence, „wir gehen ins Gefängnis. Aber beunruhige dich nicht; wir sind in ein paar Stunden wieder zurück. Hier liegen Mißverständnisse vor, die sich aufklären werden."
„Ich wünsche es für Sie, meine Herren", sagte der Richter und winkte Giguet, die vier Edelleute, Gotthard und Michu abzuführen. „Bringen Sie sie nicht nach Troyes", sagte er zu dem Leutnant. „Behalten Sie sie auf Ihrem Posten in Arcis; sie müssen morgen bei Tage zugegen sein, wenn die Eisen ihrer Pferde mit den Hufspuren im Park verglichen werden."
Lechesneau und Pigoult brachen erst auf, nachdem sie Katharina, Herrn und Frau von Hauteserre und Laurence vernommen hatten. Die Durieus, Katharina und Martha erklärten, ihre Herren nur beim Frühstück gesehen zu haben; Herr von Hauteserre sagte aus, er hätte sie um drei Uhr noch gesehen. Als Laurence um Mitternacht mit Herrn und Frau von Hauteserre, dem Abbé Goujet und dessen Schwester zusammen war, ohne die vier jungen Leute, die seit achtzehn Monaten Leben, Liebe und Freude ins Schloß gebracht hatten, schwieg sie lange still, und niemand wagte ihr Schweigen zu unterbrechen. Nie war ein Kummer tiefer und vollständiger. Endlich hörte man einen Seufzer und blickte auf. Martha, die vergessen in einer Ecke saß, stand auf und sagte:
„Der Tod, gnädige Frau! ... Man wird sie uns töten, trotz ihrer Unschuld!"
„Was haben sie getan?" fragte der Pfarrer.

Laurence ging ohne ein Wort hinaus. Sie bedurfte der Einsamkeit, um inmitten dieses unerwarteten Unglücks ihre Kraft wiederzufinden.

✩

EIN POLITISCHER PROZESS UNTER DEM KAISERREICH

NACH EINEM ZEITRAUM VON VIERUNDDREIßig Jahren, während dessen drei große Revolutionen stattgefunden haben, können sich heute allein die alten Leute des unerhörten Aufsehens entsinnen, das die Entführung eines Senators des französischen Kaiserreichs in Europa hervorrief. Kein Prozeß, außer dem Trumeaus, des Krämers von der Place Saint-Etienne, und dem der Witwe Morin unter dem Kaiserreich, den Prozessen Fualdès und Castaing unter der Restauration, denen der Frau Lafarge und Fieschis unter der Regierung Louis Philippes, kam an Spannung und Neugier dem Prozeß der jungen Leute gleich, die der Entführung Malins beschuldigt waren. Ein derartiges Attentat gegen ein Mitglied seines Senats erregte den Zorn des Kaisers, der die Verhaftung der Deliquenten fast gleichzeitig mit der Meldung von dem Delikt und dem negativen Ergebnis der Nachforschungen erfuhr. Der Wald war in seinen Tiefen durchsucht, die Aube und die benachbarten Departements in ihrem ganzen Umfang durchstreift worden, ohne daß sich die geringste Spur vom Durchkommen oder von der Einsperrung des Grafen von Gondreville zeigte. Der zu Napoleon berufene Oberrichter zog Erkundigungen beim Polizeiminister ein und erklärte dem Kaiser dann, in welcher Lage Malin sich gegenüber den Simeuses befand. Der Kaiser, der damals mit ernsten Dingen beschäftigt war, fand die Lösung der Sache in den früheren Vorgängen.

„Diese jungen Leute sind wahnsinnig", sagte er. „Ein Jurist wie Malin muß doch gewaltsam entrissene Urkunden anfechten. Überwachen Sie diese Adligen, um zu erfahren, wie sie es anstellen werden, um den Grafen von Gondreville freizulassen."

Er befahl, die größte Geschwindigkeit in dieser Sache zu entfalten, in der er ein Attentat auf seine Einrichtungen sah, ein unheilvolles Beispiel des Widerstandes gegen die Auswirkungen der Revolution, einen Schlag gegen die große Frage der Nationalgüter und ein Hindernis für die Verschmelzung der Parteien, welche die dauernde Sorge seiner inneren Politik war. Schließlich sah er sich auch durch diese jungen Leute hintergangen, die ihm versprochen hatten, sich still zu verhalten.

„Fouchés Prophezeiung ist in Erfüllung gegangen!" rief er aus, als ihm die Worte einfielen, die seinem jetzigen Polizeiminister vor zwei Jahren entschlüpft waren, wenn auch nur unter dem Eindruck von Corentins Bericht über Laurence.

Unter einer konstitutionellen Regierung, wo niemand sich für eine blinde und stumme, undankbare und kalte Staatseinrichtung interessiert, kann man sich nicht vorstellen, welchen Eifer ein Wort des Kaisers in seinem politischen und Verwaltungsapparat erweckte. Sein mächtiger Wille schien sich den Dingen wie den Menschen mitzuteilen.

Nachdem der Kaiser sein Wort gesprochen, vergaß er die Sache, da ihn die Koalition von 1806 überraschte. Er dachte an neue Schlachten, die er liefern wollte, und beschäftigte sich mit der Zusammenziehung seiner Regimenter, um einen großen Schlag ins Herz der preußischen Monarchie zu führen; aber sein Wunsch nach rascher Justiz fand mächtige Förderung in der Ungewißheit, in der die Stellung aller Richter des Kaiserreichs schwebte. Damals arbeiteten Cambacérès als Erzkanzler und der Oberrichter Régnier die Einrichtung der Gerichte erster Instanz, der kaiserlichen Gerichtshöfe und des Kassationshofes aus. Sie erörterten die Frage der Richtertracht, auf die Napoleon mit Recht so großen Wert legte, unterzogen das Personal einer Musterung und suchten nach den Überresten der abgeschafften Parlamentsgerichte. Natürlich glaubten die Richter des Departements Aube, daß Beweise von Eifer in der Entführungsgeschichte des Grafen von Gondreville eine ausgezeichnete Empfehlung für sie sein würden. Napoleons Mutmaßungen wurden also für die Höflinge wie für die große Masse zu Überzeugungen.
Auf dem Festlande herrschte noch Friede, und die Bewunderung für den Kaiser war in Frankreich allgemein. Er schmeichelte den Interessen, den Eitelkeiten, den Personen, den Dingen, kurz allem, selbst den Erinnerungen. Das Unternehmen erschien also jedermann als Attentat auf das öffentliche Wohl. So wurden die armen unschuldigen Edelleute mit allgemeinem Schimpf bedeckt. Die Adligen, die in kleiner Zahl und auf ihre Güter beschränkt waren, beklagten die Sache unterein-

ander, aber keiner wagte den Mund aufzutun. Wie sollte man sich auch der Entfesselung der öffentlichen Meinung widersetzen? Im ganzen Departement wurden die Leichen der elf, im Jahre 1792 durch die Fensterläden des Hotels von Cinq-Cygne erschossenen Personen ausgegraben und gegen die Angeklagten ausgespielt. Man fürchtete, die Emigranten möchten dreist werden und sämtlich Gewaltakte gegen die Käufer ihrer Güter begehen, um deren Rückgabe durch Proteste gegen eine ungerechte Beraubung zu erwirken. So wurden diese edlen Menschen als Räuber, Diebe und Mörder hingestellt, und Michus Mitschuld wurde ihnen besonders verhängnisvoll. Dieser Mann, der mit seinem Schwiegervater alle Köpfe abgeschlagen hatte, die während der Schreckenszeit im Departement gefallen waren, wurde zum Gegenstand der lächerlichsten Märchen. Die Erbitterung war um so lebhafter, als fast alle Beamten der Aube ihre Stellung Malin verdankten. Keine hochherzige Stimme erhob sich, um der öffentlichen Meinung zu widersprechen. Schließlich besaßen die Unglücklichen auch kein gesetzliches Mittel, um die Anklage zu bekämpfen, denn das Gesetzbuch vom Brumaire des Jahres IV legte sowohl die Grundlagen der Anklage wie das Urteil in die Hand von Geschworenen und entzog den Angeklagten damit die gewaltige Rechtssicherheit der Berufung bei begründetem Verdacht. Am zweiten Tage nach der Verhaftung wurden die Herren und die Dienerschaft des Schlosses Cinq-Cygne vor die Geschworenen geladen. Cinq-Cygne verblieb unter der Obhut des Pächters und der Aufsicht des Abbé Goujet und seiner Schwester, die ins Schloß übersiedelten. Herr und Frau von Hauteserre bezogen das Häuschen, das Durieu in einer der langen und weitläufigen Vorstädte von Troyes besaß. Laurences Herz krampfte sich zusammen, als sie die Wut der Menge, die Bosheit des Bürgertums und die Feindseligkeit der Verwaltung an mehreren jener kleinen Ereignisse erkannte, die den Verwandten der in eine Strafsache Verwickelten in allen Provinzstädten widerfahren, in denen ihr Prozeß geführt wird. Statt ermutigender und mitleidiger Worte hört man dann Unterhaltungen, aus denen schreckliche Rachbegierden hervorbrechen, Kundgebungen des Hasses statt strenger Höflichkeit oder der vom Anstand gebotenen Zurückhaltung; aber vor allem empfindet man eine Vereinsamung, die gewöhnlichen Menschen sehr nahe geht, und die um so rascher fühlbar wird, als Unglück das Mißtrauen wachruft.

Laurence, die ihre ganze Kraft wiedergewonnen hatte, rechnete auf die Klarheit der Unschuld und verachtete die Menge zu sehr, um über das mißbilligende Schweigen, das man ihr bezeigte, zu erschrecken. Sie stützte den Mut des Herrn und der Frau von Hauteserre und dachte immerfort an die Gerichtsschlacht, die bei der Schnelligkeit des Verfahrens bald vor dem Kriminalgericht stattfinden mußte. Aber sie sollte noch einen Schlag erhalten, auf den sie nicht gefaßt war und der ihren Mut schwächte. Inmitten dieses Unglücks und der allgemeinen Entfesselung, in dem Augenblick, wo diese schwergeprüfte Familie sich wie in einer Wüste sah, wuchs vor Laurences Augen plötzlich ein Mann empor und zeigte die ganze Schönheit seines Charakters. Einen Tag, nachdem die Anklage mit der Bestätigungsformel „Ja, es wird stattgegeben", die der Obmann der Geschworenen unter die Anklageschrift setzte, dem öffentlichen Ankläger zugestellt und der gegen die Angeklagten erlassene Haftbefehl in eine Verfügung zur Untersuchungshaft verwandelt war, kam der alte Marquis von Chargeboeuf seiner jungen Verwandten in seiner alten Kalesche mutig zu Hilfe. In Voraussehung rascher Justiz hatte sich das Haupt dieser großen Familie schleunigst nach Paris begeben und von dort einen der verschlagensten und ehrlichsten Anwälte der alten Zeit namens Bordin mitgebracht, der in Paris zehn Jahre lang der Rechtsbeistand des Adels wurde und dessen Nachfolger der berühmte Advokat Derville war. Dieser würdige Mann erkor zum Advokaten sofort den Enkel eines früheren Präsidenten des Parlamentsgerichts der Normandie, der die Richterlaufbahn einschlagen wollte und seine Studien unter Bordins Obhut gemacht hatte. Der junge Advokat – um eine abgeschaffte Bezeichnung zu gebrauchen, die der Kaiser alsbald wieder einführen sollte – wurde nach diesem Prozeß tatsächlich zum Vertreter des Generalstaatsanwalts von Paris ernannt und ist einer der berühmtesten französischen Richter geworden. Herr von Granville nahm diese Verteidigung als eine Gelegenheit zu einem glänzenden Anfang an. Damals wurden die Advokaten durch Offizialverteidiger ersetzt. Somit war das Recht der Verteidigung nicht beschränkt: alle Staatsbürger konnten die Sache der Unschuldigen vertreten, aber die Angeklagten nahmen sich nichtsdestoweniger frühere Advokaten als Verteidiger. Der alte Marquis war entsetzt über die Verhee-

rungen, die der Schmerz bei Laurence angerichtet hatte, und benahm sich wunderbar feinfühlig und taktvoll gegen sie. Er erinnerte nicht an seine vergeblichen Ratschläge, stellte Bordin als ein Orakel hin, dessen Weisungen buchstäblich befolgt werden müßten, und den jungen Granville als einen Verteidiger, der volles Vertrauen verdiente.
Laurence reichte dem alten Marquis die Hand und drückte die seine mit einer Lebhaftigkeit, die ihn entzückte.
„Sie hatten recht", sagte sie.
„Wollen Sie jetzt auf meine Ratschläge hören?" fragte er.
Die junge Gräfin nickte zustimmend, ebenso Herr und Frau von Hauteserre.
„Wohlan, so kommen Sie in mein Haus. Es liegt im Mittelpunkte der Stadt in der Nähe des Gerichts. Sie und Ihre Anwälte werden dort besser aufgehoben sein als hier, wo Sie dicht aufeinandersitzen und viel zu weit vom Schlachtfeld entfernt sind. Sie müßten ja täglich durch die ganze Stadt laufen."
Laurence nahm es an. Der Greis brachte sie und Frau von Hauteserre in sein Haus, das während der ganzen Dauer des Prozesses der Wohnsitz der Verteidiger und der Bewohner von Cinq-Cygne. blieb. Nach der Mahlzeit ließ Bordin sich bei verschlossenen Türen von Laurence genau alle Umstände der Sache erzählen und bat sie, keine Einzelheit fortzulassen, obwohl der Marquis Bordin und dem jungen Verteidiger schon während der Fahrt von Paris nach Troyes einige der früheren Ereignisse erzählt hatte. Die Füße am Kamin hörte Bordin zu, ohne sich irgendwie wichtig zu machen. Der junge Advokat aber konnte sich nicht

enthalten, sich in seine Bewunderung für Fräulein von Cinq-Cygne und die Aufmerksamkeit für die Sache zu teilen.

„Ist das wirklich alles?" fragte Bordin, als Laurence die Ereignisse des Dramas so erzählt hatte, wie sie bisher in dieser Geschichte dargestellt sind.

„Ja", entgegnete sie.

Ein paar Augenblicke herrschte tiefstes Schweigen in dem Salon des Hauses Chargeboeuf, in dem sich diese Szene abspielte, eine der ernstesten, die im Leben stattfinden, und auch eine der seltensten. Jeder Prozeß wird ja von den Advokaten noch vor den Richtern entschieden, ebenso wie die Ärzte den Tod des Kranken vorausahnen, noch ehe der Kampf des letzteren mit der Natur und der ersteren mit der Justiz beginnt. Laurence, Herr und Frau von Hauteserre und der Marquis hatten ihre Blicke auf das alte, dunkelfarbige und von tiefen Pockennarben entstellte Gesicht des alten Anwalts geheftet, der Worte über Leben und Tod sprechen sollte. Herr von Hauteserre wischte sich Schweißtropfen von der Stirn. Laurence blickte den jungen Advokaten an und fand, daß er betrübt dreinschaute.

„Nun, mein lieber Bordin?" sagte der Marquis, ihm seine Tabaksdose reichend, aus der der Anwalt mit zerstreuter Miene nahm.

Bordin rieb sich die Waden, die in groben schwarzen Strümpfen aus Florettseide steckten; denn er trug Kniehosen aus schwarzem Tuch und einen Rock in der Art der sogenannten französischen Röcke. Er warf seinen boshaften Blick auf seine Klienten und gab ihm einen ängstlichen Ausdruck, von dem sie erstarrten.

„Soll ich Ihnen das zergliedern und frei heraus sprechen?“ fragte er.

„Nur zu“, sagte Laurence.

„Alles Gute, was Sie getan haben, wird zur Belastung für Sie“, sagte der alte Praktikus. „Man kann Ihre Verwandten nicht retten, sondern nur die Strafe herabsetzen. Ihr Befehl an Michu, seinen Besitz zu verkaufen, wird als der schlagkräftigste Beweis für Ihre verbrecherischen Absichten gegen den Senator gelten. Sie haben Ihre Leute eigens nach Troyes geschickt, um allein zu sein, und das wird um so stichhaltiger sein, als es die Wahrheit ist. Der ältere Hauteserre hat zu Beauvisage ein furchtbares Wort gesagt, das Sie alle zugrunde richtet. Sie haben auf Ihrem Hofe ein anderes Wort gesagt, das Ihre schlimmen Absichten gegen Gondreville lange im voraus bewies. Sie selbst standen im Augenblick des Handstreiches am Gitter auf Posten; wenn Ihnen nicht der Prozeß gemacht wird, so geschieht es, um kein Element der Anteilnahme in die Sache hineinzubringen.“

„Die Sache ist unhaltbar!“ rief Herr von Granville aus.

„Sie ist um so unhaltbarer,“ fuhr Bordin fort, „als man nicht mehr die Wahrheit sagen kann. Michu, die Herren von Hauteserre und von Simeuse müssen sich auf die bloße Behauptung beschränken, sie wären mit Ihnen einen Teil des Tages im Walde gewesen und zum Frühstück nach Cinq-Cygne gekommen. Aber wenn wir feststellen können, daß Sie alle um drei Uhr dort waren, während das Attentat stattfand, wer sind dann unsere Zeugen? Martha, die Frau eines Angeklagten, die Durieus und Katharina, die in Ihrem

Dienst stehen, Herr und Frau von Hauteserre, die Eltern zweier Angeklagten! Diese Zeugen sind wertlos, das Gesetz läßt sie nicht gegen Sie zu, der gesunde Menschenverstand lehnt sie zu Ihren Gunsten ab. Wenn Sie unglücklicherweise sagten, Sie hätten achthunderttausend Franken in Gold aus dem Walde geholt, so brächten Sie alle Angeklagten als Diebe ins Zuchthaus. Öffentlicher Ankläger, Geschworene, Richter, Publikum und ganz Frankreich würden glauben, Sie hätten dies Gold in Gondreville gestohlen und den Senator seiner Freiheit beraubt, um Ihren Handstreich auszuführen. Nimmt man die Anklage, wie sie in diesem Augenblick steht, so liegt die Sache nicht klar; aber in ihrer reinen Wahrheit würde sie durchsichtig: die Geschworenen würden alle Dunkelheiten durch den Diebstahl erklären, denn Royalist sein heißt heute so viel wie Räuber sein! Der vorliegende Fall stellt eine bei der politischen Lage unzulässige Rache dar. Die Angeklagten erleiden die Todesstrafe, aber sie ist nicht in aller Augen entehrend. Mischt man aber den Raub des Geldes hinein, der nie als berechtigt erscheinen wird, so verlieren Sie den Vorteil der Teilnahme, die zum Tode Verurteilten zuteil wird, wenn ihr Verbrechen als entschuldbar erscheint. Im ersten Augenblick, als Sie noch Ihre Verstecke, den Plan des Waldes, die Blechröhren und das Gold vorweisen konnten, um den Nachweis über die Verwendung Ihres Tages zu führen, wäre es noch möglich gewesen, sich vor unparteiischen Richtern herauszuziehen. Aber wie die Dinge jetzt liegen, muß man schweigen. Gott gebe, daß keiner der sechs Angeklagten die Sache verraten hat, aber wir werden

sehen, daß wir aus ihren Verhören Nutzen ziehen."
Laurence rang verzweifelt die Hände und blickte trostlos gen Himmel, denn nun erkannte sie die ganze Tiefe des Abgrunds, in den ihre Vettern gestürzt waren. Der Marquis und der junge Verteidiger pflichteten Bordins furchtbarer Rede bei. Der biedere Hauteserre weinte.
„Weshalb hast du nicht auf den Abbé Goujet gehört, der ihnen zur Flucht riet!" rief Frau von Hauteserre erbittert.
„Ach," rief der alte Anwalt, „wenn Sie sie retten konnten und es nicht taten, so haben Sie sie selbst getötet! Die Verurteilung in Abwesenheit gibt Zeit. Mit der Zeit klären Unschuldige alles auf. Diese Sache scheint mir die dunkelste, die ich je erlebt habe, und doch habe ich so manches entwirrt."
„Sie ist für jedermann unerklärlich, selbst für uns", sagte Herr von Granville. „Sind die Angeklagten unschuldig, so ist der Streich von anderen geführt worden. Fünf Personen kommen nicht wie durch Zauberei in eine Gegend, sie verschaffen sich keine Pferde, die wie die der Angeklagten beschlagen sind, machen sich ihnen nicht ähnlich und werfen Malin nicht in eine Grube, lediglich, um Michu und die Herren von Hauteserre und von Simeuse zu verderben. Die Unbekannten, die wahren Schuldigen, hatten irgendein Interesse daran, sich in die Haut der fünf Unschuldigen zu stecken. Um sie aufzufinden, um ihre Spuren zu suchen, müßten wir wie die Regierung ebenso viele Agenten und Augen haben, als es Gemeinden in einem Umkreis von zwanzig Wegstunden gibt..."
„Das ist unmöglich", sagte Bordin. „Daran darf

man nicht mal denken. Seit die menschliche Gesellschaft die Justiz erfunden hat, hat sie noch kein Mittel gefunden, um der angeklagten Unschuld die gleiche Macht zu geben, die dem Richter gegen das Verbrechen zu Gebote steht. Die Justiz ist nicht zweiseitig. Die Verteidigung hat weder Spione noch Polizei; sie verfügt zugunsten ihrer Klienten nicht über die Macht der Gesellschaft. Die Unschuld hat nur Vernunftgründe für sich, und diese Vernunftgründe, die den Richtern Eindruck machen können, sind oft ohnmächtig gegen die voreingenommenen Gemüter der Geschworenen. Das ganze Land ist gegen Sie. Die acht Geschworenen, die die Erhebung der Anklage genehmigt haben, waren Besitzer von Nationalgütern. Unter unsern Urteilsgeschworenen werden wir Leute haben, die wie jene Käufer oder Verkäufer von Nationalgütern oder Beamte sind. Kurz, wir werden eine Jury Malin haben! Daher brauchen wir ein vollständiges Verteidigungssystem; daran halten Sie fest, gehen Sie mit Ihrer Unschuld zugrunde. Sie werden verurteilt werden. Wir werden an den Kassationshof gehen und versuchen, die Sache dort hinzuziehen. Kann ich inzwischen Beweise zu Ihren Gunsten beibringen, so werden Sie ein Gnadengesuch einreichen. Das ist die Anatomie der Sache und meine Meinung. Sollten wir obsiegen (denn vor Gericht ist alles möglich), so wäre es ein Wunder, aber Ihr Advokat ist unter allen, die ich kenne, am meisten befähigt, dies Wunder zu vollbringen, und ich werde ihm helfen."

„Der Senator muß den Schlüssel zu diesem Rätsel haben," sagte Herr von Granville, „denn man weiß stets, wer einem nicht wohl will, und aus welchem Grunde. Ich sehe ihn gegen Ende des Winters Paris verlassen, allein und ohne Begleitung nach Gondreville kommen, sich dort mit seinem Notar einschließen und sich gewissermaßen fünf Männern ausliefern, die ihn vergewaltigen."

„Gewiß," sagte Bordin, „sein Benehmen ist mindestens ebenso außergewöhnlich wie das unsre; aber wie sollten wir angesichts eines gegen uns aufgebrachten Landes aus Angeklagten zu Anklägern werden? Dazu brauchten wir das Wohlwollen und die Unterstützung der Regierung, und tausendmal mehr Beweise als unter gewöhnlichen Umständen. Ich sehe raffiniertesten Vorbedacht bei unseren unbekannten Gegnern, die das Verhältnis Michus und der Herren von Simeuse zu Malin kennen. Nicht reden! Nicht stehlen! Darin liegt Vorsicht. Ich erkenne unter diesen Masken was ganz andres als Bösewichter ... Aber sagen Sie dergleichen den Geschworenen, die man uns geben wird!"

Dieser Scharfblick in Privatangelegenheiten, der manchen Advokaten und Richter so groß macht, erstaunte und verwirrte Laurence; diese entsetzliche Logik krampfte ihr Herz zusammen.

„Auf hundert Kriminalfälle", sagte Bordin, „kommen nicht zehn, die die Justiz in ihrem ganzen Umfange aufrollt, und wohl in einem guten Drittel der Fälle bleibt das Geheimnis ihr unbekannt. Ihr Fall gehört zu denen, die für die Angeklagten wie für die Ankläger, für die Justiz wie für das Publikum unentzifferbar bleiben. Der Herrscher aber hat mehr zu tun, als den Herren von Simeuse

beizuspringen, selbst wenn sie ihn nicht hätten stürzen wollen. Aber wer zum Teufel hat es auf Malin abgesehen? Und was wollte man von ihm?"
Bordin und Herr von Granville blickten sich an; sie schienen an Laurences Wahrhaftigkeit zu zweifeln. Diese Geste war für das junge Mädchen einer der brennendsten unter den tausend Schmerzen dieses Prozesses, und sie warf den Verteidigern einen Blick zu, der bei ihnen jeden schlimmen Verdacht tötete.
Am nächsten Tage wurden die Akten den Verteidigern zugestellt, und diese konnten mit den Angeklagten konferieren. Bordin teilte der Familie mit, daß die sechs sich als brave Leute gut gehalten hätten, um einen Berufsausdruck zu gebrauchen.
„Herr von Granville wird Michu verteidigen", sagte Bordin.
„Michu? ..." rief Herr von Chargeboeuf aus, den dieser Wechsel erstaunte.
„Um ihn dreht sich alles, und bei ihm liegt die Gefahr", entgegnete der alte Anwalt.
„Wenn er am meisten gefährdet ist, scheint es mir recht und billig!" rief Laurence aus.
„Wir erkennen Möglichkeiten," versetzte Herr von Granville, „und wir wollen sie gründlich studieren. Wenn wir sie retten können, so ist es, weil Herr von Hauteserre zu Michu gesagt hat, er solle einen der Pfosten am Zaun des Hohlweges ausbessern, und weil im Walde ein Wolf gesehen worden ist. Denn vor einem Kriminalgericht hängt alles von den Verhandlungen ab, und die werden sich um Kleinigkeiten drehen, die, wie Sie sehen werden, riesengroß werden."

Laurence verfiel in die innere Niedergeschlagenheit, die die Seele aller Tatmenschen und Denker quälen muß, wenn die Vergeblichkeit alles Tuns und Denkens ihnen bewiesen wird. Hier ging es nicht mehr darum, mit Hilfe ergebener Leute und fanatischer Sympathien, die in geheimnisvolles Dunkel gehüllt sind, einen Mann oder eine Macht zu stürzen; sie sah die ganze Gesellschaft gegen sich und gegen ihre Vettern bewaffnet. Man stürmt nicht ganz allein ein Gefängnis und befreit keine Gefangenen mitten aus einer feindlichen Bevölkerung und unter den Augen einer Polizei, die durch die angebliche Verwegenheit des Angeklagten wachsam geworden ist. Als daher der junge Verteidiger, erschreckt durch die dumpfe Bestürzung dieses edlen und hochherzigen Mädchens, die durch ihre Gesichtszüge noch stumpfsinniger erschien, ihren Mut zu heben suchte, antwortete sie ihm:
„Ich schweige, ich leide und warte ab..."
Tonfall, Gebärde und Blick gaben dieser Antwort eine Erhabenheit, der nur ein großer Schauplatz fehlte, um berühmt zu werden. Nach ein paar Augenblicken sagte der biedere Hauteserre zu dem Marquis von Chargeboeuf:
„Was für Mühe hab' ich mir für meine zwei unglücklichen Kinder gegeben! Ich habe schon fast achthunderttausend Franken in Staatspapieren für sie zusammengebracht. Hätten sie dienen wollen, sie wären in höhere Stellungen gekommen und könnten sich heute vorteilhaft verheiraten. Und so werden alle meine Pläne zu Wasser!"
„Wie kannst du an ihre Interessen denken," sagte seine Frau zu ihm, „wo es um ihre Ehre und um ihren Kopf geht!"

„Herr von Hauteserre denkt eben an alles", begütigte der Marquis.
Während die Bewohner von Cinq-Cygne die Eröffnung der Verhandlungen vor dem Kriminalgericht erwarteten und um die Erlaubnis baten, die Gefangenen besuchen zu dürfen, ohne daß sie ihnen gewährt ward, ging im Schlosse in tiefster Heimlichkeit ein Ereignis von größtem Belang vor. Martha war sofort nach ihrer Vernehmung vor den Geschworenen nach Cinq-Cygne zurückgekehrt. Diese Vernehmung war so ergebnislos gewesen, daß der öffentliche Ankläger sie nicht mal vor das Kriminalgericht lud. Wie alle übermäßig empfindsamen Menschen blieb die arme Frau in einem Zustand erbarmungswürdiger Stumpfheit in dem Salon sitzen, wo sie Fräulein Goujet Gesellschaft leistete. Für sie wie übrigens auch für den Pfarrer und für alle, die nicht wußten, wie die Angeklagten ihren Tag verbracht hatten, war deren Unschuld fragwürdig. Bisweilen glaubte Martha, daß Michu, ihre Herren und Laurence irgendeine Rache an dem Senator verübt hätten. Kannte die unglückliche Frau doch Michus Ergebenheit hinreichend, um zu begreifen, daß er von allen Angeklagten am meisten in Gefahr war, sei es wegen seines Vorlebens oder wegen seines Anteils an der Ausführung. Der Abbé Goujet, seine Schwester und Martha verloren sich in Mutmaßungen, zu denen diese Meinung Anlaß gab, aber je mehr sie darüber nachgrübelten, deuteten sie sich die Sache verschieden. Der völlige Zweifel, wie ihn Descartes fordert, ist für das menschliche Gehirn ebensowenig erreichbar wie die Leere in der Natur, und der geistige Vorgang,

durch den er entstehen könnte, wäre wie die Wirkung der Luftpumpe ein außergewöhnlicher, monströser Zustand. Um was es sich auch handeln mag, man glaubt stets an etwas. Nun aber hatte Martha solche Angst vor der Schuld der Angeklagten, daß ihre Furcht dem Glauben gleichkam, und diese Geistesverfassung wurde ihr zum Verhängnis. Fünf Tage nach der Verhaftung der Edelleute wurde sie in dem Augenblick, als sie zu Bett gehen wollte, gegen zehn Uhr abends von ihrer Mutter, die zu Fuß vom Pachthofe kam, in den Hof gerufen.

„Ein Arbeiter aus Troyes will dir etwas von Michu bestellen. Er erwartet dich im Hohlwege", sagte sie zu Martha.

Beide gingen durch die Bresche, um den kürzesten Weg zu nehmen. Im Dunkel der Nacht und des Weges vermochte Martha nur die Gestalt eines Menschen zu erkennen, die sich von der Finsternis abhob.

„Reden Sie, Frau, damit ich erkenne, ob Sie Frau Michu sind", sagte der Mann mit ziemlich unruhiger Stimme.

„Gut", sagte der Unbekannte. „Geben Sie mir Ihre Hand. Haben Sie keine Angst vor mir. Ich komme von Michu," fuhr er fort, sich zu Marthas Ohr neigend, „um Ihnen ein paar Zeilen zu bringen. Ich bin im Gefängnis angestellt, und wenn meine Vorgesetzten merkten, daß ich fort bin, wären wir alle verloren. Vertrauen Sie mir. Ihr braver Vater hat mich seinerzeit dort angestellt. Deshalb hatte auch Michu Vertrauen zu mir."

Er drückte Martha einen Brief in die Hand und verschwand nach dem Walde, ohne eine Antwort abzuwarten. Martha schauderte bei dem Gedanken, daß sie nun zweifellos das Geheimnis der Sache erfahren würde. Sie lief mit ihrer Mutter nach dem Pachthofe, schloß sich ein und las den folgenden Brief:

„Liebe Martha, Du kannst Dich auf die Verschwiegenheit des Mannes verlassen, der Dir diesen Brief überbringt. Er kann weder lesen noch schreiben und ist einer der sichersten Republikaner aus der Verschwörung Baboeufs. Dein Vater hat ihn oft benutzt, und er sieht den Senator als Verräter an. Nun, liebe Frau, der Senator ist von uns in den Keller gesperrt worden, in dem wir schon unsre Herren versteckt hatten. Der Elende hat nur für fünf Tage Lebensmittel, und da es in unserm Interesse liegt, daß er am Leben bleibt, so bringe ihm gleich nach Empfang dieser Zeilen Lebensmittel für mindestens fünf Tage. Der Wald muß überwacht sein; triff also ebensoviel Vorsichtsmaßregeln, wie wir es bei unsern jungen Herren taten. Sage Malin kein Wort, sprich nicht mit ihm und lege eine unserer Masken an, die Du auf einer der Kellerstufen finden wirst. Willst Du unsre Köpfe nicht in Gefahr bringen, so wahre tiefstes Schweigen über das Geheimnis, das ich Dir anvertrauen muß. Sage Fräulein von Cinq-Cygne kein Wort davon; sie könnte schwatzen. Fürchte nichts für mich. Wir sind des guten Ausgangs der Sache gewiß, und wenn es sein muß, wird Malin unser Retter sein. Schließlich brauche ich Dir nicht zu sagen, daß Du diesen Brief verbrennen mußt, sobald Du ihn gelesen hast, denn er kostete mir den Kopf, wenn man eine einzige Zeile davon läse. Ich umarme Dich vieltausendmal.

Michu."

Das Vorhandensein des Kellers unter der Bodenerhebung mitten im Walde war nur Martha, ihrem Sohne, Michu, den vier Edelleuten und Laurence bekannt. Wenigstens mußte Martha dies glauben, denn ihr Mann hatte ihr nichts von seiner Begegnung mit Peyrade und Corentin gesagt. Somit konnte der Brief, der ihr übrigens von Michu geschrieben und unterzeichnet schien, nur von ihm kommen. Gewiß, hätte Martha sofort ihre Herrin und deren beide Berater gefragt, die die Unschuld der Angeklagten kannten, so hätte der verschlagene Anwalt irgendeine Aufklärung über die Ränke erlangt, mit denen man seine Klienten umspann. Aber Martha, die wie die meisten Frauen ganz ihrer ersten Regung folgte und durch diese Überlegungen, die ihr in die Augen sprangen, überzeugt war, warf den Brief in den Kamin. Trotzdem zog sie in einer eigenartigen Erleuchtung der Vorsicht die unbeschriebene Seite des Briefes und die ersten Zeilen, deren Inhalt niemanden bloßstellen konnte, aus dem Feuer zurück und nähte sie in den Saum ihres Rockes ein. Ziemlich erschreckt, daß der Gefangene seit vierundzwanzig Stunden fastete, wollte sie ihm noch in dieser Nacht Wein, Brot und Fleisch bringen. Ihre Neugier wie ihre Menschlichkeit erlaubte ihr nicht, es auf den nächsten Tag zu verschieben. Sie heizte ihren Ofen, machte mit Beihilfe ihrer Mutter eine Pastete aus Hasen- und Entenfleisch, einen Reiskuchen, briet zwei Hühner, nahm drei Flaschen Wein und buk selbst zwei runde Brote. Gegen halb drei Uhr morgens machte sie sich auf den Weg nach dem Walde. Sie trug alles in einer Kiepe und nahm Couraut mit, der bei all diesen Unternehmungen mit seltener Intelligenz als Aufklärer diente. Er witterte Fremde auf riesige Entfernungen, und hatte er ihre Anwesenheit gespürt, so kehrte er mit leisem Knurren zu seiner Herrin zurück, blickte sie an und drehte das Maul nach der gefährdeten Seite.

Gegen drei Uhr morgens langte Martha bei dem Sumpfe an, wo sie Couraut als Schildwache zurückließ. Es kostete ihr eine halbe Stunde Arbeit, den Eingang freizumachen; dann trat sie mit einer Blendlaterne an die Kellertür, das Gesicht mit einer Maske bedeckt, die sie tatsächlich auf einer Stufe gefunden hatte. Die Gefangensetzung des Senators war anscheinend lange vorher überlegt worden. Ein Loch von einem Quadratfuß, das Martha vordem nicht bemerkt hatte, war roh in dem Oberteil der Eisentür angebracht, die den Keller schloß. Damit aber Malin nicht mit der Zeit und Geduld, die alle Gefangenen haben, den eisernen Riegel, der die Tür verschloß, zurückschieben konnte, hatte man ein Vorlegeschloß angebracht. Der Senator, der sich von seinem Mooslager erhoben hatte, stieß einen Seufzer aus, als er ein maskiertes Gesicht erblickte, und erriet, daß es sich noch nicht um seine Befreiung handelte. Er beobachtete Martha in dem undeutlichen Schein einer Blendlaterne und erkannte sie an ihren Kleidern, ihrer Beleibtheit und ihren Bewegungen. Als sie ihm durch das Loch die Pastete reichte, ließ er diese fallen, um ihre Hände zu ergreifen, und versuchte mit außerordentlicher Geschwindigkeit, ihr zwei Ringe vom Finger zu streifen: ihren Trauring und ein Ringchen, das ihr Fräulein von Cinq-Cygne geschenkt hatte.

„Sie werden nicht leugnen, daß Sie es sind, liebe Frau Michu?" sagte er.

Martha ballte die Faust, sobald sie die Finger des Senators fühlte, und gab ihm einen kräftigen Schlag gegen die Brust. Dann ging sie, ohne ein Wort zu sagen, um sich eine kräftige Rute zu schneiden, und benutzte sie, um dem Senator den Rest der Vorräte zu reichen.

„Was will man von mir?" fragte er.

Martha ging, ohne eine Antwort zu geben. Bei der Heimkehr erreichte sie gegen fünf Uhr den Waldrand, und Couraut meldete ihr die Anwesenheit eines Lästigen. Sie kehrte um und ging auf den Pavillon zu, wo sie so lange gewohnt hatte. Als sie aber in die Allee kam, wurde sie von weitem vom Feldhüter von Gondreville bemerkt. Nun entschloß sie sich, gerade auf ihn loszugehen.

„Sie sind recht früh auf, Frau Michu!" redete er sie an.

„Wir sind so unglücklich", entgegnete sie, „daß ich gezwungen bin, die Arbeit einer Magd zu tun. Ich gehe nach Bellache, um Korn zu holen."

„Haben Sie denn in Cinq-Cygne kein Korn?" fragte der Feldhüter.

Martha gab keine Antwort und setzte ihren Weg fort. Als sie zum Pachthof Bellache kam, bat sie Beauvisage, ihr verschiedene Sorten von Saatkorn zu geben; Herr von Hauteserre hätte ihr befohlen, sie bei ihm zu holen, um seine Samenarten aufzufrischen. Als Martha fort war, kam der Feldhüter von Gondreville nach dem Pachthof und fragte, was Martha dort hatte holen wollen.

Sechs Tage darauf ging Martha, die nun vorsichtig geworden war, schon um Mitternacht fort, um die Vorräte hinzubringen und nicht von den Wächtern überrascht zu werden, die den Wald offenbar überwachten. Nachdem sie dem Senator zum drittenmal Lebensmittel gebracht hatte, ward sie von einer Art von Schrecken ergriffen, als sie den Pfarrer die öffentlichen Vernehmungen der Angeklagten vorlesen hörte, denn die Verhandlungen hatten eben begonnen. Sie nahm den Abbé Goujet beiseite, ließ sich von ihm schwören, über das, was sie ihm sagen würde, wie bei der Beichte Schweigen zu bewahren, und zeigte ihm die Fetzen des Briefes, den sie von Michu erhalten hatte. Dann gab sie ihm dessen Inhalt an und vertraute ihm das Geheimnis an, wo sich der Senator befand. Der Pfarrer fragte sie sogleich, ob sie Briefe von ihrem Gatten hätte, damit er die Schrift vergleichen könne. Martha ging nach Hause auf den Pachthof und fand dort eine Vorladung, als Zeugin vor Gericht zu erscheinen. Als sie ins Schloß zurückkehrte, waren der Abbé Goujet und seine Schwester auf Antrag der Angeklagten gleichfalls vorgeladen worden. Sie mußten sich also unverweilt nach Troyes begeben. So waren alle Personen dieses Dramas, selbst die, welche gewissermaßen nur Statisten waren, auf dem Schauplatz vereinigt, auf dem um das Schicksal der beiden Familien gespielt ward.

Es gibt sehr wenige Orte in Frankreich, wo die Justiz den Dingen den Nimbus verleiht, den sie stets haben sollten. Ist sie nicht nächst der Religion und dem Königtum das größte Triebwerk der Gesellschaft? Überall, selbst in Paris, wird die Wirkung dieser ungeheuren Macht durch die Ärmlichkeit des Lokals, die schlechte Raumverteilung und den Mangel an Ausstattung vermindert, und das bei dem eitelsten und bei Monumenten theatralischsten Volke, das es heute gibt. Die Einrichtung ist fast in allen Städten die gleiche. Im Hintergrund eines langen, viereckigen Saales sieht man auf einer Estrade einen mit grünem Tuche bedeckten Tisch, hinter dem die Richter auf gewöhnlichen Lehnstühlen Platz nehmen. Links befindet sich der Stuhl des öffentlichen Anklägers und auf derselben Seite längs der Wand eine lange Tribüne mit Stühlen für die Geschworenen. Ihnen gegenüber erstreckt sich eine zweite Tribüne, auf der sich eine Bank für die Angeklagten und die sie bewachenden Gendarmen befindet. Der Gerichtsschreiber sitzt am Fuße der Estrade an dem Tisch, auf dem die Beweisstücke liegen. Vor der Einrichtung der kaiserlichen Justiz hatten der Regierungskommissar und der Direktor der Jury jeder einen Stuhl und einen Tisch rechts und links von dem Richtertisch. Zwei Gerichtsdiener tummeln sich in dem Raum vor der Estrade, der für das Erscheinen der Zeugen frei bleibt. Die Verteidiger sitzen unter der Tribüne der Angeklagten. Eine Holzschranke verbindet beide Tribünen am anderen Saalende und teilt einen Raum ab, in dem die Bänke für die vernommenen Zeugen und die bevorrechtigten Zuschauer stehen. Ferner befindet sich gegenüber dem Gerichtshof über der Eingangstür stets eine elende Tribüne für die Behörden und die Frauen, die von dem Präsidenten, der die Saalpolizei ausübt, aus dem Departement ausgewählt werden. Das nicht bevorrechtigte Publikum steht in dem Raume zwischen der Saaltür und der Schranke. Dies normale Aussehen der französischen Gerichte und der jetzigen Schwurgerichte war auch das des Kriminalgerichtes von Troyes.

Im April 1806 hatten weder die vier Richter noch der Präsident, die den Gerichtshof bildeten, noch der öffentliche Ankläger, noch der Direktor der Jury, noch der Regierungskommissar, noch die Gerichtsdiener oder die Verteidiger, kurz, niemand außer den Gendarmen eine Amtstracht oder ein Erkennungszeichen, das die Kahlheit der Dinge und den recht mageren Anblick der Gesichter hob. Das Kruzifix fehlte und gab weder den Richtern noch den Angeklagten sein Beispiel. Alles war traurig und gewöhnlich. Der im sozialen Interesse so nötige Apparat ist vielleicht ein Trost für den Verbrecher. Der Andrang des Publikums war der gleiche, wie er bei allen derartigen Anlässen sein wird, solange die Sitten sich nicht gebessert haben und Frankreich nicht erkannt hat, daß die Zulassung des Publikums zur Sitzung nicht die Öffentlichkeit bedingt, daß die Öffentlichkeit der Verhandlungen eine so unerhörte Strafe darstellt, daß der Gesetzgeber sie nicht vorgeschrieben hätte, wenn er sie hätte ahnen können. Die Sitten sind oft grausamer als die Gesetze. Die Sitten sind die Menschen, aber das Gesetz ist die Vernunft eines Landes. Die Sitten, die oft unvernünftig sind, siegen über das Gesetz.

Menschenansammlungen bildeten sich um das Gerichtsgebäude. Wie bei allen berühmten Prozessen war der Präsident genötigt, die Türen durch Militär bewachen zu lassen. Der Zuschauerraum hinter der Schranke war so überfüllt, daß man darin erstickte. Herr von Granville, der Michu verteidigte, Bordin, der Verteidiger der Herren von Simeuse, und ein Advokat aus Troyes, der für die Herren von Hauteserre und für Gotthard, die am wenigsten Belasteten unter den sechs Angeklagten, eintrat, waren schon vor Beginn der Sitzung auf ihrem Posten und blickten zuversichtlich drein. Ebenso wie der Arzt seinen Kranken nichts von seinen Befürchtungen merken läßt, ebenso zeigt der Advokat seinem Klienten stets ein hoffnungsvolles Gesicht. Dies ist einer der seltenen Fälle, wo die Lüge zur Tugend wird. Als die Angeklagten eintraten, erhob sich wohlwollendes Gemurmel beim Anblick der vier jungen Leute, die nach zwanzigtägiger Haft und Sorge etwas blaß geworden waren. Die vollkommene Ähnlichkeit der Zwillinge erregte das stärkste Interesse. Vielleicht dachte jeder, die Natur müsse eine ihrer merkwürdigsten Seltenheiten besonders in Schutz nehmen, und jedermann war versucht, die Vergeßlichkeit des Schicksals ihnen gegenüber wieder gut zu machen. Ihr edles, schlichtes Benehmen, ohne das geringste Zeichen von Scham, aber auch von Prahlerei, rührte viele Frauen. Die vier Edelleute sowie Gotthard erschienen in der Kleidung, die sie bei ihrer Verhaftung getragen hatten; Michu jedoch, dessen Kleider zu den Beweisstücken gehörten, hatte seinen besten Anzug angelegt, einen blauen Überrock, eine braune Samtweste nach der Art Robespierres und eine weiße Halsbinde. Der Ärmste zahlte jetzt den Tribut für sein finsteres Aussehen. Wenn er seinen gelben, klaren und tiefen Blick über die Versammlung schweifen ließ oder eine Bewegung machte, antwortete ihm ein Murmeln des Schrekkens. Das Publikum wollte den Finger Gottes in seinem Erscheinen auf der Anklagebank sehen, auf die sein Schwiegervater so viele Opfer gebracht hatte. Dieser wahrhaft große Mann blickte seine Herren mit einem unterdrückten ironischen Lächeln an, als wollte er zu ihnen sagen: „Ich werde Euch schaden!" Die fünf Angeklagten begrüßten sich herzlich mit ihren Verteidigern. Gotthard spielte noch immer den Blöden.

Die Verteidiger übten ihr Ablehnungsrecht mit Scharfsinn. Sie waren in diesem Punkte von dem Marquis von Chargeboeuf beraten worden, der mutig neben Bordin und Herrn von Granville saß. Als dann die Jury zusammengestellt und die Anklageschrift verlesen war, wurden die Angeklagten getrennt, um vernommen zu werden. Alle antworteten in auffälliger Übereinstimmung. Nachdem sie am Morgen im Walde geritten wären, seien sie um ein Uhr zum Frühstück nach Cinq-Cygne zurückgekehrt. Nach dem Essen seien sie von drei bis halb sechs Uhr wieder in den Wald geritten. Das war der gemeinsame Grundzug ihrer Aussagen; einzelne Abweichungen ergaben sich aus der besonderen Lage jedes Angeklagten. Als der Präsident die Herren von Simeuse aufforderte, Gründe für ihren so frühzeitigen Ritt anzugeben, erklärten beide, seit ihrer Rückkehr hätten sie daran gedacht, Gondreville zurückzukaufen, und da sie beabsichtigt hätten, mit Malin zu verhandeln, der tags zuvor angekommen sei, wären sie mit ihrer Base und Michu ausgeritten, um den Wald abzuschätzen und ihre Angebote darauf zu begründen. Inzwischen hätten die Herren von Hauteserre, ihre Base und Gotthard einen Wolf gejagt, den die Bauern bemerkt hätten. Wären ihre Pferdespuren im Walde ebenso sorgfältig geprüft worden wie die, die durch den Park von Gondreville führten, so hätte man den Beweis für ihre Ritte in Gegenden gehabt, die vom Schlosse recht weit ablagen.

Das Verhör des Herren von Hauteserre bestätigte ihre Angaben und stimmte mit ihren Aussagen in der Voruntersuchung überein. Die Notwendigkeit, ihren Ritt zu rechtfertigen, hatte jeden Angeklagten auf den Gedanken gebracht, ihn mit der Jagd zu begründen. Ein paar Tage vorher hatten Bauern einen Wolf im Walde gemeldet und jeder von ihnen nahm das zum Vorwand.

Doch der öffentliche Ankläger hob Widersprüche zwischen den ersten Vernehmungen hervor, wo die Herren von Hauteserre ausgesagt hatten, sie hätten allesamt gejagt, und dem in der Verhandlung befolgten System, wonach die Herren von Hauteserre und Laurence gejagt, die Herren von Simeuse aber den Wald abgeschätzt hätten.

Herr von Granville wies darauf hin, daß das Delikt erst zwischen zwei und halb sechs Uhr begangen sei; somit müsse man den Angeklagten Glauben schenken, wenn sie erklärten, wie sie den Vormittag verbracht hätten.

Der Ankläger erwiderte, die Angeklagten hätten ein Interesse daran, die Vorbereitungen zur Freiheitsberaubung des Senators zu verbergen.

Die Geschicklichkeit der Verteidigung wurde nun jedermann klar. Richter, Geschworene und Zuschauer begriffen bald, daß der Sieg heiß umstritten werden würde. Bordin und Herr von Granville schienen alles vorausgesehen zu haben. Die Unschuld muß über ihr Tun und Lassen klar und stichhaltig Rechenschaft ablegen. Die Verteidigung hat also die Pflicht, dem unwahrscheinlichen Roman der Anklage einen wahrscheinlichen Roman entgegenzustellen. Für den Verteidiger, der seinen Klienten als unschuldig betrachtet, wird die Anklage zum Märchen. Das öffentliche Verhör der vier Edelleute erklärte die Dinge hinreichend zu ihren Gunsten. Soweit ging alles gut. Ernster jedoch war Michus Vernehmung; mit ihr begann der Kampf. Ein jeder begriff jetzt, warum Herr von Granville die Verteidigung des Dieners der seiner Herren vorgezogen hatte.

Michu gab zu, Marion bedroht zu haben, stritt jedoch ab, daß es mit der behaupteten Heftigkeit geschehen sei. Betreffs des Auflauerns von Malin sagte er aus, er sei ganz einfach im Park umhergegangen. Vielleicht hätten der Senator und Herr Grévin Angst bekommen, als sie die Mündung seines Flintenlaufs erblickt hätten, und ihm eine feindliche Haltung zugeschrieben, während sie ganz harmlos gewesen sei. Er hob hervor, daß ein Mann, der nicht an die Jagd gewöhnt ist, am Abend ein Gewehr gegen sich gerichtet glauben kann, während es ruhig auf der Schulter liegt. Den Zustand seiner Kleider bei seiner Verhaftung erklärte er damit, daß er bei der Heimkehr in die Bresche gefallen sei.

„Da ich beim Durchklettern nicht mehr deutlich

sah," sagte er, „habe ich sozusagen die Steine umarmt, die unter mir einbrachen, als ich mich an sie festhielt, um den Hohlweg zu erklimmen."
Betreffs des Kalks, den Gottfried ihm gebracht hatte, antwortete er wie bei allen seinen Vernehmungen, mit dem Kalk hätte er einen Pfosten am Zaun des Hohlweges ausgeflickt.
Der öffentliche Ankläger und der Präsident forderten ihn nun auf, zu erklären, wie er gleichzeitig in der Bresche beim Schloß und oben im Hohlweg hätte sein können, um einen Pfosten des Zauns auszuflicken, zumal der Friedensrichter, die Gendarmen und der Feldhüter erklärten, sie hätten ihn von unten kommen hören. Michu entgegnete, Herr von Hauteserre hätte ihm Vorwürfe gemacht, weil er nicht längst die kleine Ausbesserung ausgeführt hatte, auf die er Wert legte, weil dieser Weg Schwierigkeiten mit der Gemeinde hervorrufen konnte. Er sei also hingegangen, um ihm zu melden, daß der Zaun in Ordnung sei.
In der Tat hatte Herr von Hauteserre einen Zaun oben am Hohlweg errichten lassen, damit die Gemeinde ihn nicht in Beschlag nahm. Als Michu sah, welche Wichtigkeit der Zustand seiner Kleider und der Kalk bekam, dessen Gebrauch nicht abzuleugnen war, hatte er diese Ausflucht ersonnen. Wenn bei Gericht die Wahrheit oft einem Märchen gleicht, so kommt auch das Märchen der Wahrheit sehr nahe. Der Verteidiger wie der Ankläger legten beide großen Wert auf diesen Umstand, der durch die Bemühungen des Verteidigers wie durch den Verdacht des Anklägers grundlegend wurde.
Gotthard, der offenbar von Herrn von Granville

aufgeklärt war, gab beim Verhör zu, daß Michu ihn gebeten hatte, ihm Säcke mit Kalk zu bringen. Denn bis dahin hatte er stets zu weinen begonnen, wenn er gefragt wurde.

,,Warum haben Sie oder Gotthard nicht sofort den Friedensrichter oder den Feldhüter nach dem Zaune geführt?" fragte der öffentliche Ankläger. „Ich habe nie geglaubt, daß wir wegen eines Kapitalverbrechens angeklagt werden könnten", sagte Michu. Alle Angeklagten außer Gotthard wurden hinausgeführt. Als dieser allein war, beschwor der Präsident ihn, in seinem Interesse die Wahrheit zu sagen, und wies ihn darauf hin, daß seine gespielte Blödigkeit verschwunden sei. Keiner der Geschworenen hielte ihn für schwachsinnig. Wenn er vor dem Gerichtshofe weiter schwiege, könne er sich ernste Strafen zuziehen; sagte er jedoch die Wahrheit, so würde er wahrscheinlich freigesprochen. Gotthard weinte, schwankte und sagte schließlich, Michu hätte ihn gebeten, ihm mehrere Säcke Kalk zu holen, aber jedesmal hätte er ihn im Pachthof getroffen. Auf die Frage, wieviel Säcke er gebracht hätte, antwortete er: „Drei."

Nun entstand zwischen Gotthard und Michu eine Debatte darüber, ob es drei einschließlich des Sackes waren, den er ihm im Augenblick der Verhaftung brachte; dann wären es nur zwei Säcke oder drei außer dem letzten gewesen. Dieser Streit endete zu Michus Gunsten. Für die Geschworenen waren nur zwei Säche gebraucht worden, aber sie schienen in diesem Punkte schon ihre Überzeugung zu haben. Bordin und Herr von Granville hielten es für nötig, sie mit Kalk zu sättigen und sie derart zu ermüden, daß sie nichts mehr begriffen. Herr von Granville stellte den Antrag, Sachverständige zu ernennen, um den Zustand des Zaunes zu prüfen.

„Der Direktor der Jury“, sagte der Verteidiger, „hat sich begnügt, die Örtlichkeit zu besichtigen, weniger um eine strenge Besichtigung vorzunehmen, als um dort eine Ausflucht Michus zu entdecken. Aber nach unserer Meinung hat er seine Pflicht versäumt, und sein Fehler muß uns zugute kommen.“

In der Tat ernannte das Gericht Sachverständige zwecks Feststellung, ob einer der Pfosten des Zaunes neuerdings ausgebessert worden war. Doch der öffentliche Ankläger wollte noch vor der Prüfung durch Sachverständige in dieser Sache den Sieg davontragen.

„Sie hätten sich“, sagte er zu Michu, „die Stunde zwischen halb sechs und halb sieben Uhr, wo es nicht mehr hell ist, ausgesucht, um allein den Zaun auszubessern?“

„Herr von Hauteserre hatte mich gescholten!“

„Aber,“ sagte der öffentliche Ankläger, „wenn Sie den Kalk zu dem Zaune verwendet haben, so haben Sie doch einen Kübel und eine Kelle gebraucht. Wenn Sie nun so bald zu Herrn von Hauteserre gegangen sind, um ihm zu melden, Sie hätten seinen Befehl ausgeführt, so können Sie unmöglich erklären, warum Gotthard Ihnen noch Kalk brachte. Sie müssen doch an Ihrem Pachthof vorbeigegangen sein; dann hätten Sie da Ihre Werkzeuge abgelegt und Gotthard Bescheid gesagt.“

Bei diesen niederschmetternden Argumenten entstand furchtbare Stille im Zuschauerraum.

„Nun, gestehen Sie," fuhr der Ankläger fort, „es war nicht ein Pfosten, den Sie eingemauert haben..."

„Glauben Sie denn den Senator?" fragte Michu mit tief ironischer Miene.

Herr von Granville bat den öffentlichen Ankläger in aller Form, sich hierüber zu erklären. Michu sei der Entführung, der Freiheitsberaubung angeklagt, aber nicht des Mordes. Nichts war bedeutungsvoller als diese Zwischenfrage. Nach dem Gesetzbuch vom Brumaire des Jahres IV war es dem öffentlichen Ankläger verboten, während der Verhandlungen irgendeinen neuen Klagepunkt einzuführen. Er mußte sich bei Strafe der Nichtigkeit an den Wortlaut der Anklageschrift halten. Der öffentliche Ankläger gab zur Antwort, daß Michu als Haupturheber des Attentats, der im Interesse seiner Herren die ganze Verantwortung auf sich genommen habe, es wohl hätte nötig haben können, den Eingang des noch unbekannten Ortes, wo der Senator schmachtete, zu vermauern. Mit Fragen bedrängt, vor Gotthard gequält und in Selbstwidersprüche verwickelt, schlug Michu mit der Faust wütend auf das Geländer der Angeklagtentribüne und sagte:

„Ich habe mit der Entführung des Senators nichts zu tun. Ich glaube gern, daß seine Feinde ihn einfach eingesperrt haben. Aber wenn er wieder auftaucht, werden Sie sehen, daß der Kalk zu nichts hat dienen können."

„Gut!" sagte der Advokat und wandte sich an den öffentlichen Ankläger; „Sie haben für die Verteidigung meines Klienten mehr getan, als ich hätte sagen können."

Mit dieser dreisten Behauptung, die die Geschworenen überraschte und der Verteidigung einen Vorteil gab, wurde die erste Sitzung aufgehoben. Und so beglückwünschten die Advokaten der Stadt und Bordin den jungen Verteidiger begeistert. Der öffentliche Ankläger, ob dieser Behauptung beunruhigt, fürchtete in eine Falle gegangen zu sein, und in der Tat war er in eine von den Verteidigern sehr geschickt gestellte Schlinge gefallen, wobei Gotthard seine Rolle wunderbar gespielt hatte. Die Witzbolde der Stadt sagten, man hätte die Sache wieder ausgebessert, der öffentliche Ankläger hätte den Kalk schlecht gerührt und die Simeuses würden schlohweiß wie Kalk werden. In Frankreich gehört alles ins Bereich des Scherzes: er ist der König. Man scherzt auf dem Schafott, an der Beresina, auf den Barrikaden, und irgendein Franzose wird gewiß vor dem großen Gerichtshof des Jüngsten Gerichts noch Witze machen.

Am nächsten Tage wurden die Belastungszeugen vernommen: Frau Marion, Frau Grévin, ihr Gatte, der Kammerdiener des Senators und Violette, dessen Aussagen nach den Ereignissen leicht vorzustellen sind. Alle erkannten die fünf Angeklagten wieder, die vier Edelleute mehr oder weniger zögernd, aber Michu mit Bestimmtheit. Beauvisage gab die Worte an, die Herrn von Hauteserre entschlüpft waren. Der Bauer, der das Kalb hatte kaufen wollen, wiederholte die Worte des Fräuleins von Cinq-Cygne. Die Sachverständigen bestätigten bei ihrer Vernehmung ihren Bericht über den Vergleich der Hufspuren mit den Eisen der Pferde der vier Edelleute, die nach der Anklage völlig übereinstimmten. Dieser Umstand gab natürlich Anlaß zu einer heftigen Debatte zwischen Herrn von Granville und dem öffentlichen Ankläger. Der Verteidiger nahm den Hufschmied von Cinq-Cygne beiseite und konnte in der Verhandlung feststellen, daß gleiche Hufeisen ein paar Tage zuvor an landfremde Leute verkauft worden waren. Außerdem erklärte der Hufschmied, daß er derart nicht nur die Pferde des Schlosses von Cinq-Cygne, sondern viele andre im Kreise beschlüge. Schließlich war Michus Pferd ausnahmsweise in Troyes beschlagen worden, und diese Hufspur befand sich unter den im Park festgestellten nicht.

„Michus Doppelgänger kannte diesen Umstand nicht", sagte Herr von Granville, die Geschworenen anblickend, „und die Anklage hat nicht festgestellt, daß wir eins der Pferde aus dem Schlosse gebraucht haben."

Im übrigen widerlegte er die Aussage Violettes betreffs der Ähnlichkeit der Pferde, denn er hatte sie nur von fern und von hinten gesehen. Trotz der unglaublichen Anstrengungen des Verteidigers wurde Michu durch die Masse der positiven Zeugenaussagen schwer belastet. Der Ankläger, das Publikum, der Gerichtshof und die Geschworenen fühlten sämtlich, wie es die Verteidigung vorausgesehen hatte, daß die Schuld des Dieners die der Herren nach sich zog. Bordin hatte den Knoten des Prozesses richtig erraten, als er Herrn von Granville zu Michus Verteidiger machte, aber damit gab die Verteidigung ihre Geheimnisse preis. So war denn alles, was den früheren Verwalter von Gondreville betraf, von pochendem Interesse.

Übrigens war Michus Haltung prachtvoll. Er entwickelte bei diesen Verhandlungen den ganzen Scharfsinn, mit dem die Natur ihn begabt hatte, und je länger das Publikum ihn sah, erkannte es seine Überlegenheit an. Aber seltsam: nun schien er um so gewisser der Urheber des Attentats zu sein!

Die Entlastungszeugen, die in den Augen der Geschworenen und des Gesetzes weniger ernst zu nehmen sind, schienen nur ihre Pflicht zu tun; man hörte sie an, um sein Gewissen zu beruhigen. Zunächst wurden weder Martha noch Herr und Frau von Hauteserre vereidigt, und Katharina sowie die Durieus traf als Dienstboten das gleiche Los. Herr von Hauteserre sagte aus, er habe Michu in der Tat befohlen, den umgestürzten Pfosten wieder aufzustellen. Die Erklärung der Sachverständigen, die soeben ihren Bericht verlasen, bestätigte die Aussage des alten Edelmannes, gab aber auch dem Direktor der Jury gewonnenes Spiel, denn es hieß darin, sie vermöchten den Zeitpunkt, wo diese Arbeit ausgeführt worden sei, nicht anzugeben. Es könnten seitdem ebensogut mehrere Wochen wie zwanzig Tage verstrichen sein.

Das Erscheinen des Fräuleins von Cinq-Cygne erregte die lebhafteste Neugier. Doch als sie ihre Vettern nach dreiundzwanzigtägiger Trennung auf der Anklagebank wiedersah, war ihre Gemütsbewegung so heftig, daß sie wie eine Schuldige aussah. Sie verspürte ein furchtbares Verlangen, neben den Zwillingen zu sitzen, und mußte, wie sie später sagte, alle Kraft aufbieten, um ihre Wut zu bezwingen; sie hätte den öffentlichen Ankläger ermorden mögen, um in den Augen der Welt mit ihnen schuldig zu sein. Sie erzählte naiv, bei der Heimkehr nach Cinq-Cygne hätte sie Rauch im Park gesehen und an einen Brand geglaubt. Lange hätte sie gemeint, der Rauch rühre von verbranntem Unkraut her.

„Doch ist mir später", sagte sie, „eine Einzelheit eingefallen, die ich der Beachtung der Justiz anheimstelle. In den Schnüren meines Reitkleides und in den Falten meiner Halskrause fand ich Überreste wie von verbranntem Papier, das der Wind fortgetragen hat."

„War der Rauch beträchtlich?" fragte Bordin.

„Ja," entgegnete Fräulein von Cinq-Cygne, „ich glaubte an einen Brand."

„Das kann dem Prozeß eine Wendung geben", sagte Bordin. „Ich ersuche den Gerichtshof, eine sofortige Untersuchung der Örtlichkeit anzuordnen, wo der Brand stattgefunden hat."

Der Präsident ordnete sie an.

Grévin wurde auf Antrag der Verteidiger zurückgerufen und über diesen Umstand befragt. Er erklärte, nichts darüber zu wissen. Aber Bordin und Grévin tauschten miteinander Blicke aus, die sie gegenseitig aufklärten.

„Da liegt der Prozeß!" sagte sich der alte Anwalt.

„Sie haben es!" dachte der Notar.

Aber die zwei schlauen Füchse auf beiden Seiten begriffen, daß die Untersuchung vergeblich war. Bordin sagte sich, Grévin würde verschwiegen sein wie das Grab, und Grévin beglückwünschte sich selbst, daß er die Spuren des Feuers hatte verschwinden lassen.

Um diesen Punkt zu erschöpfen, der in der Verhandlung nebensächlich war und kindisch erscheint, doch für die Rechtfertigung, welche die Geschichte den jungen Leuten schuldet, wesentlich ist, erklärten die mit der Besichtigung des Parks beauftragten Sachverständigen und Pigoult, keine Stelle mit Brandspuren gefunden zu haben. Bordin ließ zwei Arbeiter vorladen, und diese sagten aus, sie hätten auf Befehl des Verwalters einen Teil der Wiese, deren Gras verbrannt war, umgegraben, doch hätten sie nicht darauf geachtet, von welchem Stoffe die Asche herrührte. Der auf Anfordern der Verteidiger nochmals vorgerufene Verwalter sagte aus, als er am Schlosse vorbeigekommen sei, um sich den Maskenzug in Arcis anzusehen, habe der Senator ihm befohlen, den Teil der Wiese umzugraben, der dem Senator am Morgen beim Spazierengehen aufgefallen sei.

„War dort Kraut oder Papier verbrannt worden?"

„Ich habe nichts gesehen, woraus man schließen könnte, daß Papier verbrannt worden ist", entgegnete der Verwalter.

„Nun," sagten die Verteidiger, „wenn dort Kraut verbrannt worden ist, so hat es doch jemand hinschaffen und anzünden müssen."

Die Aussagen des Pfarrers von Cinq-Cygne und des Fräuleins Goujet machten einen günstigen Eindruck. Als sie vom Vespergottesdienst kamen und nach dem Walde gingen, sahen sie die Edelleute und Michu das Schloß verlassen und nach dem Walde reiten. Die Stellung und der gute Ruf des Abbé Goujet gaben seinen Worten Gewicht.

Das Plädoyer des öffentlichen Anklägers, der sicher war, die Verurteilung durchzusetzen, war so, wie alle solche Anklagereden sind. Die Angeklagten waren unverbesserliche Feinde Frankreichs, seiner Einrichtungen und Gesetze. Sie hatten ein Verlangen nach Unruhen. Obwohl sie in die Attentate auf das Leben des Kaisers verwickelt waren, obwohl sie in der Armee Condés gedient hatten, hatte der hochherzige Herrscher sie von der Liste der Emigranten gestrichen. Und so zahlten sie ihm den Lohn für seine Milde! Kurz, es waren alle deklamatorischen Redensarten, die man im Namen der Bourbonen gegen die Bonapartisten wiederholt hat und die heute im Namen des jüngeren Zweiges gegen die Republikaner und die Legitimisten wiederholt werden. Diese Gemeinplätze, die bei einer befestigten Regierung einen Sinn hätten, werden zum mindesten komisch erscheinen, wenn die Geschichte sie im Munde des Staatsanwalts zu allen Zeiten gleichlautend findet. Auf sie paßt das aus älteren Wirren stammende Wort: „Die Etikette hat gewechselt, aber der Wein ist stets der gleiche!" Der öffentliche Ankläger, der übrigens einer der hervorragendsten Staatsanwälte des Kaiserreichs wurde, schrieb das Delikt der Absicht der heimgekehrten Emigranten zu, gegen die Wegnahme ihrer Güter zu protestieren. Es gelang ihm recht gut, die Zuhörer über die Lage des Senators erzittern zu lassen. Dann häufte er die Beweise, die halben Beweise, die Wahrscheinlichkeiten mit einem Talent, das durch den sicheren Lohn für seinen Eifer noch angestachelt wurde; danach setzte er sich ruhig hin und erwartete das Feuer des Verteidigers.

Herr von Granville hat nur in dieser Kriminalsache plädiert, aber sie machte ihm einen Namen. Zunächst fand er für seine Verteidigungsrede jenen Schwung der Beredsamkeit, den wir heute bei Berryer bewundern. Dann hatte er die Überzeugung von der Unschuld der Angeklagten, die stets eins der mächtigsten Hilfsmittel des Wortes ist. Nachfolgend die Hauptpunkte seines Plädoyers, das die Zeitungen jener Zeit ungekürzt wiedergaben. Zunächst rückte er Michus Leben ins rechte Licht. Es war eine schöne Rede, in der die höchsten Gefühle widerhallten und die viele Sympathien erweckte. Als Michu sich von einer so beredten Stimme rehabilitiert sah, quollen ihm einen Augenblick die Tränen aus seinen gelben Augen und rannen über sein furchtbares Gesicht. Jetzt erschien er als das, was er wirklich war, als schlicht und verschlagen wie ein Kind, aber als ein Mann, dessen Leben nur von einem Gedanken beherrscht war. Plötzlich war sein Wesen erklärt, besonders durch seine Tränen, die tiefen Eindruck auf die Geschworenen machten. Diese Regung der Teilnahme benutzte der geschickte Verteidiger, um in die Erörterung der Klagepunkte einzutreten.

„Wo ist das Corpus delicti? Wo ist der Senator?“ fragte er. „Sie klagen uns an, ihn eingesperrt, ja mit Steinen und Kalk eingemauert zu haben! Aber dann wissen wir allein, wo er ist, und da Sie uns seit dreiundzwanzig Tagen gefangen halten, ist er aus Nahrungsmangel gestorben. Wir sind Mörder, und Sie haben uns nicht des Mordes angeklagt... Ist er aber am Leben, so haben wir Mitschuldige; hätten wir sie und der Senator wäre am Leben, würden wir ihn dann nicht auf der Bildfläche erscheinen lassen? Nachdem die Absichten, die Sie uns zuschreiben, einmal mißlungen sind, würden wir da unsre Lage nicht unnötig verschlimmern?

Durch unsre Reue könnten wir Verzeihung für eine fehlgeschlagene Rache erwirken, und wir sollten einen Menschen, von dem wir nichts erlangen konnten, dennoch weiter gefangen halten? Ist das nicht widersinnig? Tragen Sie Ihren Kalk wieder fort, er hat seinen Zweck verfehlt!" sagte er zu dem öffentlichen Ankläger; „denn entweder sind wir blöde Verbrecher, und das glauben Sie selbst nicht, oder Unschuldige, Opfer von Umständen, die für uns wie für Sie unerklärlich sind! Sie sollten vielmehr nach der Menge Papier fahnden, die bei dem Senator verbrannt worden ist. Das offenbart gewaltsamere Interessen als die unsren, und es würde Aufschluß über seine Entführung geben..."
Mit wunderbarem Geschick ging er auf diese Hypothesen ein. Er betonte die Moralität der Entlastungszeugen, deren religiöser Glaube lebendig sei, die an ein künftiges Leben und an ewige Strafen glaubten. Hier wurde er erhaben und verstand tief zu rühren.
„Wie", sagte er, „diese Verbrecher gehen ruhig zu Tisch, als sie von ihrer Base die Entführung des Senators hören. Als der Gendarmerieoffizier ihnen die Mittel nahelegt, alles ins reine zu bringen, weigern sie sich, den Senator herauszugeben, und wissen nicht, was man von ihnen will!"
Er ließ nun etwas Geheimnisvolles durchblicken, dessen Schlüssel in den Händen der Zeit läge, die diese ungerechte Anklage entschleiern würde. Sobald er auf diesem Gebiet war, hatte er die kecke und geistreiche Geschicklichkeit, sich an die Stelle eines Geschworenen zu versetzen. Er erzählte, wie er sich mit seinen Kollegen beraten würde, stellte

sich als derart unglücklich hin, wenn er die Ursache zu grausamen Verurteilungen gewesen wäre und der Irrtum sich herausstellte; er schilderte seine Gewissensbisse so gut und ging so kraftvoll auf die Zweifel ein, die das Plädoyer in ihm erwecken würde, daß er die Geschworenen mit furchtbarer Bangigkeit erfüllte. Die Geschworenen waren damals gegen derartige Ansprachen noch nicht abgestumpft, da sie noch den Reiz der Neuheit besaßen, und die Jury war erschüttert.
Nach dem leidenschaftlichen Plädoyer Granvilles hatten sie noch den schlauen und bestrickenden Bordin anzuhören, der die Bedenken vermehrte, alle dunklen Teile des Prozesses hervorhob und ihn unerklärlich machte. Er hatte es darauf angelegt, den Geist und den Verstand zu packen, wie Herr von Granville das Herz und die Phantasie bearbeitet hatte. Kurz, er verstand es, die Geschworenen mit einer so ernsten Überzeugung zu umspinnen, daß der öffentliche Ankläger sein Gebäude zusammenbrechen sah. Das war so klar, daß der Verteidiger der Herren von Hauteserre und Gotthards das weitere der Klugheit der Geschworenen anheimgab, denn er fand, daß die Anklage gegen sie hinfällig war.
Der Ankläger bat, seine Entgegnung auf den nächsten Tag zu verschieben. Bordin, der in den Augen der Geschworenen einen Freispruch las, wenn sie unter dem Eindruck dieser Plädoyers berieten, war aus rechtlichen und sachlichen Gründen dagegen, daß die Herzen seiner unschuldigen Klienten noch eine Nacht in Angst und Bangen schwebten. Der Gerichtshof zog sich zur Beratung zurück.
„Das öffentliche Interesse scheint mir dem der

Angeklagten gleichwertig zu sein", sagte der Präsident. „Der Gerichtshof würde gegen jeden Begriff der Billigkeit verstoßen, wenn er der Verteidigung eine solche Bitte abschlüge; er muß sie also auch der Anklage gewähren."
„Alles ist Glückssache", sagte Bordin mit einem Blick auf seine Klienten. „Heute abend freigesprochen, können Sie morgen verurteilt werden."
„Jedenfalls", sagte der ältere Simeuse, „können wir Sie nur bewundern."
Fräulein von Cinq-Cygne hatte Tränen in den Augen. Nach den Zweifeln der Verteidiger glaubte sie nicht an einen solchen Erfolg. Man beglückwünschte sie, und alles kam herbei, um ihr die Freisprechung ihrer Vettern zu prophezeien. Aber dieser Prozeß sollte mit dem stärksten, unheilvollsten und unvorhergesehensten Theatercoup enden, der je das Antlitz eines Strafprozesses verwandelt hat!

Am Tage nach dem Plädoyer des Herrn von Granville, um fünf Uhr morgens, wurde der Senator auf der Landstraße nach Troyes gefunden. Während seines Schlummers hatten unbekannte Befreier ihn von seinen Fesseln erlöst, und er ging nach Troyes, ohne Ahnung von dem Prozeß, ohne zu wissen, welchen Widerhall sein Name in Europa gefunden hatte, aber glücklich, die freie Luft zu atmen. Der Mann, der den Angelpunkt dieses Dramas bildete, war ebenso verblüfft über das, was er erfuhr, wie die, welche ihm begegneten, es über seinen Anblick waren. Man gab ihm den Wagen eines Pächters, und er kam rasch nach Troyes zum Präfekten. Der benachrichtigte sofort den Direktor der Jury, den Regierungskommissar und den

öffentlichen Ankläger, der nach dem Bericht des Grafen von Gondreville Leute ausschickte, um Martha bei den Durieus aus dem Bette zu holen, während der Vorsitzende einen Verhaftsbefehl gegen sie begründete und erließ. Ebenso ward Fräulein von Cinq-Cygne, die nur gegen Bürgschaft in Freiheit war, aus einem jener seltenen Augenblicke des Schlummers gerissen, die sie inmitten ihrer beständigen Ängste fand, und auf der Präfektur belassen, um sie dort zu vernehmen. Der Gefängnisdirektor erhielt Befehl, die Angeklagten von jedem möglichen Verkehr abzuschließen, selbst von dem mit den Verteidigern. Um zehn Uhr erfuhr die versammelte Menge, daß die Sitzung auf ein Uhr mittags verschoben sei.
Diese Verlegung, die mit der Nachricht von der Befreiung des Senators zusammentraf, die Verhaftung Marthas und Fräuleins von Cinq-Cygne sowie das Verbot des Verkehrs mit den Angeklagten trug Schrecken in das Haus Chargeboeuf. Die ganze Stadt und die Neugierigen, die zu dem Prozeß nach Troyes gekommen waren, die Stenographen der Zeitungen, selbst das Volk, waren in einer leicht begreiflichen Aufregung. Gegen zehn Uhr kam der Abbé Goujet, um Herrn und Frau von Hauteserre und die Verteidiger aufzusuchen. Man frühstückte eben, so weit man unter solchen Umständen frühstücken kann. Der Pfarrer nahm Bordin und Herrn von Granville beiseite und teilte ihnen Marthas Anvertrauung sowie das Bruchstück des Briefes mit, den sie erhalten hatte. Die beiden Verteidiger wechselten einen Blick; dann sagte Bordin zu dem Pfarrer: „Kein Wort! Alles scheint uns verloren. Bewahren wir wenigstens die Haltung!"

Martha war nicht stark genug, um dem Direktor der Jury und dem öffentlichen Ankläger zugleich zu widerstehen. Übrigens häuften sich die Beweise gegen sie. Nach der Angabe des Senators hatte Lechesneau die untere Kruste des letzten von Martha gebrachten Brotes holen lassen, die er im Keller gelassen hatte, ebenso die leeren Flaschen und mehrere Gegenstände. Während der langen Stunden seiner Gefangenschaft hatte Malin Vermutungen über seine Lage angestellt und nach Indizien gesucht, die ihn auf die Spur seiner Feinde bringen konnten; naturgemäß teilte er seine Beobachtungen dem Richter mit. Michus kürzlich erbauter Pachthof mußte einen neuen Backofen haben; die Ziegeln und Backsteine, auf denen das Brot ruhte, mußten irgendein Netz von Fugen haben, und wenn man einen Abdruck dieser Ofenfläche nahm und das Muster auf der Kruste wiederkehrte, war der Beweis geliefert, daß das Brot in diesem Ofen gebacken war. Ferner waren die mit grünem Lack versiegelten Flaschen zweifellos denen gleich, die sich in Michus Keller befanden. Diese scharfsinnigen Bemerkungen teilte er dem Friedensrichter mit, der die Untersuchung in Marthas Gegenwart vornahm, und das Ergebnis war, wie es der Senator vorhergesehen hatte. Zudem fiel Martha auf die scheinbare Gutmütigkeit Lechesneaus, des öffentlichen Anklägers und des Regierungskommissars herein, die ihr klar machten, daß nur ein völliges Geständnis ihrem Manne das Leben retten könne, und so gestand sie, von diesen handgreiflichen Beweisen niedergeschmettert, daß das Versteck, in das der Senator gebracht worden war, nur Michu, den Herren von

Simeuse und von Hauteserre bekannt sei und daß sie dem Senator dreimal des Nachts Lebensmittel gebracht hatte. Als Laurence über das Versteck verhört wurde, mußte sie zugeben, daß Michu es entdeckt und es ihr vor dem Ereignis gezeigt hätte, um dort die Edelleute vor den Nachstellungen der Polizei zu entziehen.

Sobald diese Verhöre beendet waren, wurden die Geschworenen und die Advokaten von der Wiederaufnahme der Verhandlung in Kenntnis gesetzt. Um drei Uhr eröffnete der Präsident die Sitzung mit der Mitteilung, daß die Verhandlung auf neuen Grundlagen fortgesetzt würde. Er zeigte Michu drei Weinflaschen und fragte ihn, ob er sie als die seinen anerkenne. Er wies ihn darauf hin, daß der Lack an zwei leeren Flaschen der gleiche sei wie der an einer vollen, die der Friedensrichter am Morgen in Gegenwart seiner Frau aus dem Pachthof geholt hätte. Michu wollte sie nicht als die seinen anerkennen, aber diese neuen Beweisstücke wurden von den Geschworenen gewürdigt, als der Präsident ihnen erklärte, daß die leeren Flaschen soeben an dem Orte gefunden worden seien, wo der Senator gefangen gehalten worden war. Jeder Angeklagte wurde über den Keller unter den Ruinen des Klosters vernommen. In der Verhandlung wurde nach erneuter Vernehmung aller Belastungs- und Entlastungszeugen festgestellt, daß dies von Michu entdeckte Versteck nur ihm, Laurence und den vier Edelleuten bekannt war. Man kann sich die Wirkung auf die Zuhörer und auf die Geschworenen vorstellen, als der öffentliche Ankläger verkündete, daß dieser nur dem Angeklagten und zwei Zeugen bekannte Keller als Gefängnis des Senators gedient hatte. Martha wurde hereingeführt. Ihr Erscheinen rief unter den Zuschauern und bei den Angeklagten die lebhaftesten Befürchtungen wach. Herr von Granville erhob sich, um gegen die Vernehmung der Frau als Zeugin gegen ihren Mann Einspruch zu erheben. Der öffentliche Ankläger wies darauf hin, daß Martha nach ihrem eignen Geständnis mitschuldig an dem Delikt sei; sie hätte weder einen Eid zu leisten noch ein Zeugnis abzulegen; sie solle lediglich im Interesse der Wahrheit vernommen werden.

„Wir brauchen übrigens nur ihr Verhör vor dem Vorsitzenden verlesen zu lassen“, sagte der Präsident und ließ das am Morgen aufgesetzte Protokoll durch den Gerichtsschreiber vorlesen.

„Halten Sie dies Geständnis aufrecht?“ fragte der Präsident.

Michu blickte seine Frau an, und Martha, die ihren Irrtum erkannte, fiel ohnmächtig zu Boden. Man kann buchstäblich sagen, daß der Blitz auf die Anklagebank und auf die Verteidiger niederfuhr.

„Ich habe aus meinem Gefängnis nie an meine Frau geschrieben und kenne keinen der Angestellten“, sagte Michu.

Bordin reichte ihm die Bruchstücke des Briefes; Michu brauchte nur einen Blick darauf zu werfen.

„Meine Schrift ist gefälscht!“ rief er aus.

„Das Leugnen ist Ihre letzte Ausflucht“, sagte der öffentliche Ankläger.

Nun wurde der Senator unter den für seinen Empfang vorgeschriebenen Zeremonien eingeführt. Sein Erscheinen war ein Theatercoup. Malin, den die Richter ohne Erbarmen mit den früheren Besitzern dieses schönen Landgutes Graf von Gondreville nannten, blickte auf Ersuchen des Präsidenten die Angeklagten lange mit größter Aufmerksamkeit an. Er erkannte die Kleidung seiner Entführer als genau dieselbe wie die der Edelleute, erklärte jedoch, er sei im Augenblick seiner Entführung derart verwirrt gewesen, daß er nicht behaupten könne, ob die Angeklagten die Schuldigen seien. „Mehr noch," sagte er; „ich bin überzeugt, daß diese vier Herren nichts damit zu tun haben. Die Hände, die mir die Augen verbanden, waren grob. Daher", sagte er mit einem Blick auf Michu, „würde ich eher glauben, daß mein früherer Verwalter sich damit befaßt hat, aber ich bitte die Herren Geschworenen, meine Aussage wohl zu erwägen. Mein Verdacht ist in dieser Hinsicht sehr leicht, und ich habe nicht die geringste Gewißheit. Der Grund ist dieser. Die beiden Männer, die sich meiner bemächtigten, setzten mich hinter den, der mir die Augen verbunden hatte, auf ein Pferd; seine Haare waren rot wie die des Angeklagten Michu. So sonderbar meine Beobachtung auch sein mag, ich muß doch davon reden, denn sie bildet die Grundlage zu einer für den Angeklagten günstigen Überzeugung, an der ich keinen Anstoß zu nehmen bitte. Als ich am Rücken eines Unbekannten hing, mußte ich trotz des schnellen Ritts seinen Geruch merken. Nun aber erkannte ich den Geruch, der Michu eigen ist, nicht wieder. Was die Person betrifft, die mir dreimal Lebensmittel brachte, so bin ich sicher, daß es Martha, Michus Frau, war. Schon das erstemal erkannte ich sie an einem Ringe, den ihr Fräulein von Cinq-Cygne geschenkt hat, und den sie abzutun vergessen hatte. Das Gericht und die Herren Geschworenen werden die Widersprüche würdigen, die in diesen Tatsachen liegen, und die ich mir noch nicht erklären kann."

Wohlwollendes Murmeln und einstimmiger Beifall folgte auf Malins Aussage. Bordin bat den Gerichtshof, ein paar Fragen an diesen wertvollen Zeugen richten zu dürfen.

„Der Herr Senator glaubt also, daß seine Freiheitsberaubung andere Gründe hat als die Interessen, die die Anklage bei den Angeklagten annimmt?"

„Gewiß! ..." sagte der Senator. „Aber ich kenne diese Motive nicht, denn ich erkläre, daß ich während der zwanzig Tage meiner Gefangenschaft keinen Menschen gesehen habe."

„Glauben Sie," fragte nun der öffentliche Ankläger, „daß Ihr Schloß Gondreville Auskünfte, Wertpapiere oder Werte enthalten könnte, die eine Durchsuchung seitens der Herren von Simeuse nötig machen konnten?"

„Das glaube ich nicht", sagte Malin. „Ich halte die Herren in diesem Falle für unfähig, sich durch Gewalt in ihren Besitz zu bringen. Sie brauchten sie nur von mir zu verlangen, um sie zu erhalten."

„Hat der Herr Senator nicht Papiere in seinem Park verbrennen lassen?" fragte Herr von Granville plötzlich.

Der Senator blickte Grévin an. Nachdem er mit dem Notar rasch einen schlauen Blick getauscht hatte, den Bordin auffing, antwortete er, er hätte keine Papiere verbrannt. Als der öffentliche Ankläger ihn um Auskunft über den Hinterhalt in seinen Park hat, dessen Opfer er fast geworden wäre, und die Frage stellte, ob er sich nicht über die Lage des Gewehrs getäuscht hätte, sagte der Senator, Michu habe in einem Baume gelauert.

Diese Antwort, die mit Grévins Aussage übereinstimmte, machte lebhaften Eindruck.
Die Edelleute blieben während der Aussage ihres Feindes, der sie mit seiner Großmut überschüttete, unbeweglich. Laurence litt die gräßlichsten Todesqualen, und der Marquis von Chargeboeuf hielt sie immerfort am Arme zurück. Als der Graf von Gondreville sich zurückzog, grüßte er die vier Edelleute. Sie erwiderten seinen Gruß nicht. Dieser kleine Zug erbitterte die Geschworenen.
„Sie sind verloren", sagte Bordin dem Marquis ins Ohr.
„Ach, stets durch den Hochmut ihrer Empfindungen!" erwiderte Herr von Chargeboeuf.
„Unsere Aufgabe ist nur zu leicht geworden, meine Herren", sagte der öffentliche Ankläger, indem er aufstand und die Geschworenen ansah.
Er erklärte die Verwendung der zwei Säcke Kalk mit der Einmauerung des eisernen Hakens, der zum Anbringen des Vorlegeschlosses nötig war, das den Riegel festhielt, mit dem die Kellertür verschlossen war; die Beschreibung befand sich in dem Protokoll, das Pigault am Morgen aufgenommen hatte. Er wies mit Leichtigkeit nach, daß allein die Angeklagten das Vorhandensein des Kellers kannten. Er setzte die Lügen der Verteidigung ins Licht, zermalmte alle Argumente mit den neuen Beweisen, die so wunderbar gekommen waren. Im Jahre 1806 stand man dem höchsten Wesen von 1793 noch zu nahe, um von der göttlichen Gerechtigkeit zu reden; das Eingreifen des Himmels erließ er den Geschworenen also. Schließlich sagte er, die Justiz werde ein Auge auf die unbekannten Mitschuldigen haben, die den Sena-

tor befreit hätten; dann setzte er sich und erwartete vertrauensvoll das Urteil.

Die Geschworenen glaubten an ein Geheimnis, waren aber alle überzeugt, daß dies Geheimnis von den Angeklagten ausging, die in einem persönlichen Interesse von höchster Wichtigkeit schwiegen.

Herr von Granville stand auf; für ihn war irgendeine Machenschaft zur Gewißheit geworden; aber er schien niedergedrückt, nicht sowohl durch die neu hinzugekommenen Zeugenaussagen als durch die offenbare Überzeugung der Geschworenen. Er übertraf sein Plädoyer vom vorigen Tage vielleicht noch. Dies zweite Plädoyer war sicherlich logischer und gedrungener als das erste. Aber er fühlte, wie seine Glut an der Kälte der Geschworenen abprallte; er sprach umsonst, und er sah es! Eine furchtbare, eisige Situation. Er wies darauf hin, wie sehr die Befreiung des Senators, die wie durch Zauberei und ganz gewiß ohne Beihilfe irgendeines der Angeklagten oder Marthas bewerkstelligt worden war, seine ersten Schlußfolgerungen bestätigte. Gestern konnten die Angeklagten sicherlich an ihre Freisprechung glauben, und wenn es – nach der Behauptung der Anklage – bei ihnen stand, den Senator gefangen zu halten oder ihn freizulassen, so hätten sie ihn erst nach dem Urteilsspruche befreit. Er suchte begreiflich zu machen, daß nur im Dunkeln verborgene Feinde diesen Streich hätten führen können.

Seltsam! Herr von Granville beunruhigte nur das Gewissen des öffentlichen Anklägers und der Richter, denn die Geschworenen hörten ihm nur aus Pflichtgefühl zu. Selbst das Publikum, das den Angeklagten stets so günstig gesinnt ist, war von ihrer Schuld überzeugt. Es gibt eine Gedankenatmosphäre. In einem Gerichtssaal lasten die Gedanken der Menge auf den Richtern und Geschworenen und umgekehrt. Als der Verteidiger diese Geistesverfassung sah, redete er sich in seinen Schlußworten in eine Art fieberhafter Begeisterung hinein, die aus seiner Überzeugung kam.

„Im Namen der Angeklagten", rief er, „verzeihe ich Ihnen im voraus einen verhängnisvollen Irrtum, den nichts zerstreuen wird. Wir alle sind die Spielbälle einer unbekannten, machiavellistischen Macht. Martha Michu ist das Opfer einer abscheulichen Niedertracht, und die Gesellschaft wird es erkennen, wenn das Unglück nicht wieder gutzumachen ist..."

Bordin benutzte die Aussage des Senators als Waffe, um die Freisprechung der Angeklagten zu fordern.

Der Vorsitzende gab das Resumé um so unparteiischer, als die Geschworenen sichtlich überzeugt waren. Er ließ die Wage sogar zugunsten der Angeklagten sinken, indem er auf die Aussage des Senators besonderen Wert legte. Diese Gefälligkeit stellte den Erfolg der Anklage nicht mehr in Frage. Um elf Uhr abends, nachdem der Direktor der Jury die verschiedenen Antworten erteilt hatte, verurteilte der Gerichtshof Michu zum Tode, die Herren von Simeuse zu vierundzwanzig Jahren und die Herren von Hauteserre zu zehn Jahren Zuchthaus; Gotthard wurde freigesprochen. Der ganze Saal wollte sehen, wie die fünf Schuldigen sich in dem letzten Augenblick benehmen würden, wo sie frei vor den Gerichtshof geführt wurden, um ihr Urteil zu vernehmen. Die vier Edelleute blickten Laurence an, die ihnen mit tränenlosen Augen den flammenden Blick der Märtyrer zuwarf.

„Sie würde weinen, wären wir freigesprochen worden!" sagte der jüngere Simeuse zu seinem Bruder. Niemals haben Angeklagte eine ungerechte Verurteilung mit gleich heiterer Stirn und gleich würdiger Haltung entgegengenommen wie diese fünf Opfer eines grausigen Komplotts.

„Unser Verteidiger hat Ihnen vergeben!" sagte der ältere Simeuse zu dem Gerichtshof.

Frau von Hauteserre erkrankte und lag im Hotel Chargeboeuf drei Monate zu Bett. Der biedere Hauteserre kehrte nach Cinq-Cygne zurück, aber er wurde von einem jener Greisenschmerzen verzehrt, für die es keine Ablenkungen der Jugend gibt, und so hatte er oft Augenblicke von Geistesabwesenheit, die dem Pfarrer bewiesen, daß der arme Vater noch stets am Tage nach dem verhängnisvollen Urteil lebte. Die schöne Martha brauchte nicht verurteilt zu werden; sie starb im Gefängnis, zwanzig Tage nach der Verurteilung ihres Mannes. Ihren Sohn empfahl sie Laurence, in deren Armen sie verschied. Sobald das Urteil bekannt geworden war, erstickten politische Ereignisse von höchster Bedeutung die Erinnerung an diesen Prozeß, und es war nicht mehr die Rede davon. Die Gesellschaft ist wie das Meer; nach einer Katastrophe glättet sie sich ihre Oberfläche wieder und löscht die Spur durch den Wellenschlag ihrer verzehrenden Interessen aus.

Ohne ihre Seelenstärke und ihre Überzeugung von der Unschuld ihrer Vettern wäre Laurence unterlegen, aber sie gab neue Beweise von der Größe ihres Charakters und setzte Herrn von Granville und Bordin durch die anscheinende Heiterkeit in Staunen, die das tiefste Unglück schönen Seelen aufprägt. Sie pflegte Frau von Hauteserre, wachte bei ihr und ging täglich zwei Stunden ins Gefängnis. Sie sagte, sie würde einen ihrer Vettern heiraten, wenn sie im Zuchthause wären.

„Im Zuchthause!" rief Bordin aus. „Aber, gnädiges Fräulein, denken wir nur noch daran, den Kaiser um ihre Begnadigung zu bitten!"

„Ihre Begnadigung von einem Bonaparte?" rief Laurence voller Schaudern aus.

Die Brille fiel dem alten, würdigen Anwalt von der Nase. Er fing sie im Fallen auf und blickte das junge Mädchen an, das jetzt einer Frau glich: er begriff diesen Charakter in seinem ganzen Ausmaß, nahm den Marquis von Chargeboeuf beim Arme und sagte:

„Herr Marquis, eilen wir nach Paris, um sie ohne das Fräulein zu retten!"

Die Berufung der Herren von Simeuse, von Hauteserre und Michu waren die erste Sache, die der Kassationshof abzuurteilen hatte. Das Urteil ward also zum Glück durch die Zeremonien der Einsetzung dieses Gerichtshofes verzögert.

Gegen Ende September, nach drei Sitzungen, die von den Plädoyers und dem Generalstaatsanwalt Merlier, der selbst das Wort führte, erfüllt waren, wurde die Berufung verworfen. Der Kaiserliche Gerichtshof in Paris wurde errichtet und Herr von Granville daselbst zum Stellvertreter des Generalstaatsanwalts ernannt. Da nun das Departement Aube unter der Gerichtsbarkeit dieses Gerichtshofes stand, vermochte er in seinem Ministerium

Schritte zugunsten der Angeklagten zu tun, und ermüdete seinen Gönner Cambacérès. Bordin und Herr von Chargeboeuf kamen am Morgen nach dem Urteil in sein Haus im Marais, wo sie ihn im Honigmond seiner Ehe fanden, denn er hatte inzwischen geheiratet. Trotz aller Ereignisse, die im Leben seines früheren Advokaten eingetreten waren, merkte Herr von Chargeboeuf an der Betrübtheit des jungen Stellvertreters wohl, daß er seinen Klienten treu blieb. Gewisse Advokaten, die Künstler ihres Berufes, verlieben sich ja in ihre Prozesse. Der Fall ist jedoch selten, man verlasse sich nicht darauf! Als Herr von Granville mit seinem alten Klienten in seinem Arbeitszimmer allein war, sagte er zum Marquis:

„Ich habe Ihren Besuch nicht abgewartet, sondern schon meinen ganzen Einfluß aufgewandt. Versuchen Sie nicht, Michu zu retten, dann wird aus der Begnadigung der Herren von Simeuse nichts. Ein Opfer ist nötig."

„Mein Gott!" sagte Bordin, indem er dem jungen Staatsanwalt die drei Gnadengesuche zeigte, „kann ich es auf mich nehmen, das Gesuch Ihres früheren Klienten zu unterschlagen? Dies Papier ins Feuer werfen, heißt ihm den Kopf abschlagen."

Er reichte ihm Michus Blankett. Herr von Granville nahm es und sah es sich an.

„Unterschlagen können wir es nicht, aber Sie müssen wissen, wenn Sie alles verlangen, bekommen Sie nichts."

„Haber wir noch Zeit, Michu zu fragen?" fragte Bordin.

„Ja. Der Hinrichtungsbefehl ist Sache des Generalstaatsanwalts, und wir können Ihnen ein paar

Tage Frist geben. Man tötet die Menschen zwar," sagte er mit einer gewissen Bitterkeit, „aber unter Wahrung der Form, besonders in Paris."

Herr von Chargeboeuf hatte schon beim Oberrichter Auskünfte erhalten, die diesen traurigen Worten des Herrn von Granville ein ungeheures Gewicht gaben.

„Michu ist unschuldig, ich weiß es, ich sage es," fuhr der Staatsanwalt fort, „aber was vermag man allein gegen alle? Bedenken Sie auch, daß es heute meine Rolle ist, zu schweigen. Ich muß das Schafott errichten lassen, auf dem mein alter Klient enthauptet wird."

Herr von Chargeboeuf kannte Laurence hinreichend, um zu wissen, daß sie nicht darein willigen würde, ihre Vettern auf Kosten Michus zu retten. Der Marquis machte also einen letzten Versuch. Er hatte um eine Audienz beim Minister des Auswärtigen nachgesucht, um zu erfahren, ob es in der hohen Diplomatie noch eine Rettungsmöglichkeit gäbe. Er nahm Bordin mit, der den Minister kannte und ihm einige Dienste geleistet hatte. Die beiden alten Leute fanden Talleyrand in die Betrachtung seines Feuers versunken, die Füße vorgestreckt, den Kopf in die Hand gestützt, den Ellbogen auf dem Tisch und die Zeitung auf dem Boden. Der Minister hatte soeben das Urteil des Kassationshofes gelesen.

„Wollen Sie sich setzen, Herr Marquis", sagte der Minister. „Und Sie, Bordin," fügte er hinzu, indem er auf einen Platz an dem Tische vor sich wies, „schreiben Sie:

„Sire!

„Vier unschuldige Edelleute sind von der Jury

für schuldig erklärt worden, und Ihr Kassationshof hat soeben das Urteil bestätigt.

Eure Kaiserliche Majestät kann sie nur noch begnadigen. Diese Edelleute erbitten diese Gnade von Ihrer erhabenen Milde nur, um Gelegenheit zu haben, nutzbringend zu sterben, indem sie unter Ihren Augen kämpfen. Sie verbleiben in Ehrfurcht Eurer Kaiserlichen und Königlichen Majestät usw."

„Nur Fürsten verstehen so zu verpflichten", sagte der Marquis von Chargeboeuf, indem er aus Bordins Händen den kostbaren Entwurf des Gesuchs entgegennahm, das die vier Edelleute unterzeichnen sollten und für das er sich eine hohe Beischrift erhoffte.

„Das Leben Ihrer Verwandten, Herr Marquis," sagte der Minister, „hängt vom Zufall der Schlachten ab. Versuchen Sie, am Tage nach einem Siege anzukommen, so sind sie gerettet!"

Er griff zur Feder und schrieb selbst einen vertraulichen Brief an den Kaiser und einen von zehn Zeilen an den Marschall Duroc. Dann schellte er, verlangte von seinem Sekretär einen diplomatischen Paß und fragte den alten Anwalt ruhig: „Welches ist im Ernst Ihre Meinung über diesen Prozeß?"

„Wissen Euer Durchlaucht denn nicht, wer uns so gut hereingelegt hat?"

„Ich vermute es, aber ich habe Gründe, Gewißheit zu suchen", entgegnete der Fürst. „Kehren Sie nach Cinq-Cygne zurück, bringen Sie mir morgen zur gleichen Stunde Fräulein von Cinq-Cygne hierher, aber geheim; sprechen Sie bei meiner Gattin vor, die ich von Ihrem Besuch in Kenntnis setzen werde. Fräulein von Cinq-Cygne soll so aufgestellt werden, daß sie den Mann erkennt, der vor mir stehen wird. Wenn sie ihn als den erkennt, der zur Zeit der Verschwörung der Herren von Polignac und von Rivière zu ihr kam – was ich auch sage und was er auch entgegnet, keine Gebärde! kein Wort! Denken Sie übrigens nur daran, die Herren von Simeuse und von Hauteserre zu retten, und bringen Sie sich nicht in Verlegenheit wegen Ihres schlimmen Burschen von Flurschützen."

„Ein großartiger Mann, Durchlaucht!" rief Bordin aus.

„Begeisterung? Und bei Ihnen, Bordin? Dann ist an dem Manne was dran. – Unser Herrscher hat eine fabelhafte Eigenliebe, Herr Marquis", sagte er, den Gesprächsstoff wechselnd. „Er will mich verabschieden, um ohne Widerspruch Torheiten zu machen. Er ist ein großer Soldat, der die Gesetze von Raum und Zeit zu ändern vermag, aber die Menschen kann er nicht ändern, und doch möchte er sie zu seinem Gebrauch umschmelzen. Nun vergessen Sie nicht, daß die Begnadigung Ihrer Verwandten nur von einem einzigen Wesen abhängt ... Fräulein von Cinq-Cygne."

Der Marquis reiste allein nach Troyes und sagte Laurence, wie die Dinge stünden. Laurence erhielt von dem Kaiserlichen Staatsanwalt die Erlaubnis, Michu zu besuchen, und der Marquis begleitete sie bis zur Gefängnistür, wo er wartete. Sie kam mit Tränen in den Augen heraus.

„Der Ärmste", sagte sie, „hat versucht, vor mir niederzuknien, um mich zu bitten, nicht mehr an ihn zu denken; er vergaß, daß er Ketten an den Füßen hat! Ach, Marquis, ich werde seine Sache vertreten. Ja, ich will Ihrem Kaiser die Stiefel küssen. Und mißlingt mir das, nun, dann soll dieser Mann ewig in unserer Familie leben; dafür werde ich sorgen. Reichen Sie sein Gnadengesuch ein, um Zeit zu gewinnen; ich will sein Bild haben... Reisen wir ab."

Am nächsten Morgen erfuhr der Minister durch ein vereinbartes Zeichen, daß Laurence auf ihrem Posten stand. Er schellte, sein Türsteher kam und erhielt Befehl, Herrn Corentin vorzulassen.

„Mein Lieber, Sie sind ein geschickter Mann," sagte Talleyrand zu ihm, „ich will Sie verwenden."

„Durchlaucht..."

„Hören Sie zu. Wenn Sie Fouché dienen, bekommen Sie Geld, aber nie Ehre oder eine eingestehbare Stellung. Wenn Sie aber mir stets so dienen, wie Sie ihm eben in Berlin gedient haben, bekommen Sie Ansehen."

„Durchlaucht sind sehr gütig..."

„Bei Ihrer letzten Sache haben Sie Genie gezeigt, in Gondreville..."

„Was meint Euer Durchlaucht?" fragte Corentin mit einer weder zu kalten, noch zu überraschten Miene.

„Herr," entgegnete der Minister trocken, „Sie werden es zu nichts bringen. Sie fürchten..."

„Was, Durchlaucht?"

„Den Tod!" sagte der Minister mit seiner schönen, tiefen und hohlen Stimme. „Leben Sie wohl, mein Lieber."

„Er ist es", sagte der Marquis von Chargeboeuf

beim Eintreten. „Aber wir haben die Gräfin fast umgebracht; sie erstickt!“

„Nur er ist imstande, solche Streiche zu spielen“, sagte der Minister. „Herr Marquis, Sie laufen Gefahr, keinen Erfolg zu haben“, fuhr er fort. „Schlagen Sie zum Schein die Straße nach Straßburg ein; ich werde Ihnen doppelte unausgefüllte Pässe schicken. Verschaffen Sie sich Doppelgänger, wechseln Sie geschickt die Straße und vor allem den Wagen, lassen Sie Ihre Doppelgänger in Straßburg an Ihrer Stelle verhaften, und reisen Sie durch die Schweiz und durch Bayern nach Preußen. Kein Wort, und Vorsicht! Sie haben Polizei gegen sich, und Sie wissen nicht, was Polizei ist!...“

Fräulein von Cinq-Cygne bot Robert Lefebvre eine hinreichende Summe, um ihn zur Reise nach Troyes zu bestimmen, wo er Michus Bild malen sollte, und Herr von Granville versprach diesem damals berühmten Maler alle möglichen Erleichterungen. Herr von Chargeboeuf reiste in seiner alten Halbberline mit Laurence und einem Diener ab, der Deutsch sprach. Doch bei Nancy holte er Gotthard und Fräulein Goujet ein, die ihnen in einer ausgezeichneten Kalesche vorausgefahren waren. Er nahm diese Kalesche und ließ ihnen die Halbberline. Der Minister hatte recht gehabt. In Straßburg weigerte sich der Generalkommissar der Polizei, die Pässe der Reisenden zu visieren, indem er strenge Befehle vorschützte. Zur gleichen Zeit verließen der Marquis und Laurence Frankreich über Besançon mit diplomatischen Pässen. Laurence fuhr in den ersten Oktobertagen durch die Schweiz, ohne diesem herrlichen Lande die geringste Beachtung zu schenken. Sie saß im Rücksitz der Kalesche in der Erstarrung, in die der Verbrecher verfällt, wenn er die Stunde seiner Hinrichtung kennt. Die ganze Natur bedeckt sich dann mit brodelndem Dunst, und die gewöhnlichsten Dinge nehmen ein phantastisches Aussehen an. Der Gedanke: „Wenn ich keinen Erfolg habe, so töten sie sich", fiel auf ihre Seele herab, wie dereinst die Stange des Henkers auf die Glieder des Geräderten. Sie fühlte sich immer gebrochener und verlor alle ihre Energie in der Erwartung des grausamen, entscheidenden und raschen Augenblicks, da sie dem Manne gegenüberstehen sollte, von dem das Schicksal der vier Edelleute abhing. Sie hatte beschlossen, sich völlig gehen zu lassen, um ihre Tatkraft nicht unnütz zu verbrauchen. Der Marquis war unfähig, diese Berechnung starker Seelen zu verstehen, die sich äußerlich in verschiedener Weise kundgibt, denn in diesen letzten Stunden des Wartens überlassen sich gewisse höhere Geister einer erstaunlichen Lustigkeit, und so fürchtete er, Laurence nicht mehr lebend zu dieser Begegnung zu bringen, die nur für sie beide feierlich war, aber sicherlich die gewöhnlichen Maße des Privatlebens überschritt. Für Laurence war die Demütigung vor diesem Manne, der den Gegenstand ihres Hasses und ihrer Verachtung bildete, der Tod aller ihrer hochherzigen Empfindungen.

„Nachher", sagte sie, „wird die Laurence, die weiterlebt, der Laurence, die jetzt zugrunde geht, nicht mehr ähnlich sein."

Nichtsdestoweniger fiel es den beiden Reisenden schwer, die ungeheure Bewegung von Menschen und Dingen, in die sie hineingerieten, als sie Preußen erreicht hatten, nicht zu bemerken. Der Feldzug von Jena hatte begonnen. Laurence und der Marquis sahen die prächtigen Divisionen der französischen Armee an ihnen vorbeiziehen und paradieren wie in den Tuilerien. In dieser Entfaltung militärischen Glanzes, der sich nur mit den Worten und Bildern der Bibel schildern läßt, nahm der Mann, der diese Massen belebte, in Laurences Phantasie ungeheure Maße an. Bald klangen Siegesrufe an ihr Ohr. Die kaiserlichen Heere hatten zwei bedeutende Vorteile errungen. Der Prinz von Preußen war bei Saalfeld gefallen, einen Tag, bevor die Reisenden dort eintrafen, um Napoleon einzuholen, der mit Blitzesschnelle dahinzog. Endlich, am 13. Oktober, einem Tage von schlimmer Vorbedeutung, fuhr Fräulein von Cinq-Cygne mitten durch die Korps der Großen Armee an einem Flusse entlang. Sie sah nichts als Verwirrung, wurde von Dorf zu Dorf, von Division zu Division geschickt und war entsetzt, sich allein mit einem Greise in einem Meere von hundertundfünfzigtausend Menschen umhergeworfen zu sehen, denen andere hundertundfünfzigtausend gegenüberstanden. Sie ward es müde, über den Hecken eines schlammigen Weges, dem sie über eine Anhöhe folgte, stets diesen Fluß zu sehen, und sie fragte einen Soldaten nach seinem Namen.

„Das ist die Saale", antwortete er und zeigte ihr das preußische Heer, das am anderen Ufer dieses Flusses in großen Massen gruppiert war.

Die Nacht kam. Laurence sah Feuer aufflammen und Waffen blinken. Der alte Marquis saß in seiner unerschrockenen Ritterlichkeit neben seinem neuen Diener und lenkte zwei gute Pferde, die er Tags zuvor gekauft hatte, denn der Greis wußte wohl, daß er bei der Ankunft auf einem Schlachtfelde weder Postillone noch Pferde finden würde. Plötzlich wurde die verwegene Kalesche, die das Staunen aller Soldaten bildete, von einem Feldgendarmen angehalten, der mit verhängten Zügeln auf den Marquis lossprengte und ihn anschrie:

„Wer sind Sie? Wo wollen Sie hin? Zu wem wollen Sie?"

„Zum Kaiser", sagte der Marquis von Chargeboeuf. „Ich habe eine wichtige Depesche des Ministers für den Großmarschall Duroc."

„Nun, hier können Sie nicht bleiben", sagte der Gendarm.

Fräulein von Cinq-Cygne und der Marquis waren um so mehr genötigt, dort zu bleiben, als der Tag sich neigte.

„Wo sind wir?" fragte Fräulein von Cinq-Cygne zwei Offiziere, die sie auf sich zukommen sah und deren Uniformen von Tuchüberröcken verdeckt waren.

„Sie sind vor der Vorhut der französischen Armee, Madame", entgegnete der eine der beiden Offiziere. „Sie können hier nicht bleiben, denn wenn der Feind eine Bewegung macht und die Artillerie schießt, kommen Sie zwischen zwei Feuer."

„Ach!" sagte sie mit gleichgültiger Miene.

Bei diesem „Ach!" sagte der andre Offizier:

„Wie kommt die Frau hierher?"

„Wir warten auf einen Gendarmen", sagte sie, „der zu Herrn Duroc geritten ist, um uns anzumelden. Er wird uns in Schutz nehmen, damit wir den Kaiser sprechen können."

„Den Kaiser sprechen?" sagte der erste Offizier. „Wohin denken Sie! Am Vorabend einer Entscheidungsschlacht!"

„Ach! Sie haben recht!" sagte sie. „Ich darf ihn erst übermorgen sprechen. Der Sieg wird ihn milder stimmen."

Die beiden Offiziere stellten sich in zwanzig Schritt Entfernung auf und blieben dort auf ihren unbeweglichen Pferden halten. Nun wurde die Kalesche von einem Schwarm von Generälen, Marschällen und Offizieren umringt, die alle sehr glänzend aussahen und den Wagen respektierten, eben weil er dastand.

„Mein Gott", sagte der Marquis zu Fräulein von Cinq-Cygne, ich fürchte, wir haben eben mit dem Kaiser gesprochen."

„Dem Kaiser?" sagte ein Generaloberst. „Da steht er."

Nun erblickte Laurence ein paar Schritte vor sich allein den Mann, der ausgerufen hatte: „Wie kommt die Frau hierher?" Einer der beiden Offiziere, kurz, der Kaiser, trug seinen berühmten Überrock über einer grünen Uniform und saß auf einem Schimmel mit reichem Zaumzeug. Mit einem Fernrohr beobachtete er das preußische Heer jenseits der Saale. Nun begriff Laurence, warum die Kalesche stehen blieb und warum das Gefolge des Kaisers sie respektierte. Eine krampfhafte Erregung ergriff sie; die Stunde war gekommen. Sie hörte das dumpfe Geräusch und das Waffengeklirr marschierender Massen; sie besetzten im Geschwindschritt die Anhöhe. Die Batterien schienen stimmbegabt; die Munitionswagen dröhnten und das Erz funkelte.

„Der Marschall Lannes soll mit seinem ganzen Korps vorwärts Stellung nehmen; der Marschall Lefebvre und die Garde sollen diese Höhe besetzen", sagte der andre Offizier; es war der Generalmajor Berthier.

Der Kaiser stieg ab. Bei seiner ersten Bewegung eilte Roustan, sein berühmter Mameluck, herbei, um das Pferd zu halten. Laurence war starr vor Staunen: an so viel Schlichtheit hatte sie nicht geglaubt.

„Ich werde die Nacht auf dieser Höhe verbringen", sagte der Kaiser.

In diesem Augenblick kam der Großmarschall Duroc, den der Gendarm endlich gefunden hatte, auf Herrn von Chargeboeuf zu und fragte ihn nach dem Grund seines Kommens. Der Marquis gab zur Antwort, er werde aus einem Briefe des Ministers des Auswärtigen ersehen, wie dringlich es sei, daß sie, Fräulein von Cinq-Cygne und er, eine Audienz beim Kaiser erhielten.

„Seine Majestät wird zweifellos in ihrem Biwak speisen", sagte Duroc und nahm den Brief. „Wenn ich gelesen habe, um was es sich handelt, werde ich Sie wissen lassen, ob es möglich ist. – Brigadier," sagte er zu dem Gendarmen, „begleiten Sie diesen Wagen und führen Sie ihn hinter die Hütte."

Herr von Chargeboeuf folgte dem Gendarmen und hielt seinen Wagen hinter einer elenden Fachwerkhütte an, die ein paar Obstbäume umstanden und die von Infanterie- und Kavallerietrupps bewacht war.

Man kann sagen, daß die Majestät des Krieges dort

in ihrem vollen Glanze strahlte. Von dieser Anhöhe erblickte man die Linien der beiden Heere im Mondschein. Nach einer Stunde des Wartens, die von der beständigen Bewegung der kommenden und abreitenden Adjutanten ausgefüllt war, kam Duroc, um Fräulein von Cinq-Cygne und den Marquis von Chargeboeuf zu holen. Er ließ sie in die Hütte treten, deren Fußboden wie der unserer Scheunentennen aus gestampftem Lehm bestand. Vor einem abgedeckten Tisch und an einem qualmenden Feuer aus grünem Holze saß Napoleon auf einem groben Stuhl. Seine kotbespritzten Stiefel bezeugten seine Ritte querfeldein. Er hatte seinen wohlbekannten Überrock abgelegt, und seine berühmte grüne Uniform, über die sein großes rotes Ordensband sich spannte, setzte sich kräftig von dem weißen Untergrund seiner Kaschmirweste und Hose ab und brachte sein bleiches, furchtbares Cäsarengesicht wunderbar zur Geltung. Seine Hand lag auf einer aufgeschlagenen Karte, die auf seinen Knien ruhte. Berthier stand in seiner glänzenden Tracht als Vizekonnetabel des Kaiserreichs neben ihm. Constant, der Kammerdiener, reichte dem Kaiser seinen Kaffee auf einem Brett.

„Was wollen Sie?" fragte er mit gespielter Schroffheit und schoß den Strahl seines Blickes über Laurences Kopf. „Sie fürchten sich also nicht mehr, mich vor der Schlacht zu sprechen?... Um was handelt es sich?"

„Sire," sagte sie, ihn nicht minder fest anblickend, „ich bin Fräulein von Cinq-Cygne."

„Nun?" entgegnete er mit zorniger Stimme, denn er glaubte in diesem Blick Trotz zu lesen.

„Verstehen Sie denn nicht? Ich bin die Gräfin von Cinq-Cygne, und ich bitte Sie um Gnade", sagte sie, auf die Knie fallend, und reichte ihm das von Talleyrand entworfene Bittgesuch mit Begleitschreiben von der Kaiserin, Cambacérès und Malin.

Der Kaiser hob die Bittflehende huldvoll auf, warf ihr einen feinen Blick zu und sagte:

„Werden Sie endlich vernünftig werden? Begreifen Sie, was das französische Kaiserreich sein soll?" ...

„Ach, in diesem Augenblick begreife ich nur den Kaiser", sagte sie; besiegt von der Gutmütigkeit, mit der der Mann des Schicksals diese Worte gesprochen hatte, die die Begnadigung durchblicken ließen.

„Sind sie unschuldig?" fragte der Kaiser.

„Alle!" entgegnete sie begeistert.

„Alle? Nein, der Flurschütz ist ein gefährlicher Mensch, der meinen Senator umbrächte, ohne Sie um Rat zu fragen ..."

„Oh, Sire," versetzte sie, „wenn Sie einen Freund hätten, der sich Ihnen geweiht hat, würden Sie ihn im Stiche lassen? Würden Sie nicht ..."

„Sie sind ein Weib", unterbrach er sie mit einem Anflug von Spott.

„Und Sie ein Mann von Eisen!" entgegnete sie mit begeisterter Härte, die ihm gefiel.

„Dieser Mensch ist von der Justiz des Landes verurteilt", fuhr er fort.

„Und doch unschuldig."

„Sie Kind!" sagte er.

Er nahm Fräulein von Cinq-Cygne bei der Hand und führte sie auf die Anhöhe.

„Da,“ sagte er mit der ihm eignen Beredsamkeit, die die Feiglinge zu Helden verwandelte, „da sind dreihunderttausend Menschen; sie sind auch unschuldig! Wohlan, morgen werden dreißigtausend Menschen tot sein, gestorben für ihr Land! Bei den Preußen wird vielleicht ein großer Mechaniker, ein Ideologe, ein Genie hingemäht. Auf unsrer Seite werden wir sicherlich große, unbekannte Männer verlieren. Kurz, vielleicht sehe ich meinen besten Freund sterben! Werde ich Gott anklagen? Nein, ich werde schweigen. Lassen Sie sich sagen, Fräulein, man muß für die Gesetze seines Landes sterben, wie man für seinen Ruhm stirbt“, sagte er, sie zu der Hütte zurückführend. „Gehen Sie, kehren Sie nach Frankreich zurück“, sagte er, den Marquis anblickend. „Meine Befehle werden Ihnen folgen.“
Laurence glaubte an eine Verwandlung der Strafe für Michu, und im Überschwang ihrer Dankbarkeit beugte sie das Knie und küßte dem Kaiser die Hand.
„Sie sind Herr von Chargeboeuf?“ fragte der Kaiser, den Marquis bemerkend.
„Jawohl, Sire.“
„Haben Sie Kinder?“
„Viele.“
„Warum sollten Sie mir nicht einen Ihrer Enkel geben? Er könnte einer meiner Pagen werden ...“
„Ach, da kommt der Unterleutnant hervor“, dachte Laurence. „Er will für seine Gnade bezahlt sein.“
Der Marquis verneigte sich, ohne zu antworten. Zum Glück stürzte General Rapp in die Hütte.
„Sire, die Gardekavallerie und die des Großher-

zogs von Berg können nicht vor morgen Mittag zu uns stoßen."

„Einerlei", sagte Napoleon, sich an Berthier wendend. „Es gibt auch für uns Stunden der Gnade. Wir wollen sie wahrnehmen."

Auf einen Wink zogen sich der Marquis und Laurence zurück und stiegen wieder in den Wagen. Der Brigadier brachte sie auf ihre Straße und führte sie bis zu einem Dorfe, wo sie die Nacht verbrachten. Am nächsten Morgen entfernten sie sich vom Schlachtfeld unter dem Donner von achthundert Kanonen, der zehn Stunden lang rollte, und unterwegs erfuhren sie den erstaunlichen Sieg von Jena. Acht Tage darauf erreichten sie die Vorstädte von Troyes.

Durch Befehl des Oberrichters, der dem Kaiserlichen Staatsanwalt am Amtsgericht von Troyes übermittelt ward, wurden die Edelleute bis zur Entscheidung des Kaisers und Königs gegen Bürgschaft freigelassen; aber gleichzeitig wurde der Hinrichtungsbefehl für Michu durch die Staatsanwaltschaft ausgefertigt. Diese Befehle waren am gleichen Morgen eingetroffen. Gegen zwei Uhr begab sich Laurence im Reisekleid ins Gefängnis. Sie erhielt die Erlaubnis, bei Michu zu bleiben, an dem man die traurige Zeremonie der letzten Ankleidung vornahm. Der gute Abbé Goujet, der gebeten hatte, ihn zum Schafott begleiten zu dürfen, hatte Michu soeben die Absolution erteilt. Der war verzweifelt, in der Ungewißheit über das Schicksal seiner Herren sterben zu sollen. Als daher Laurence erschien, stieß er einen Freudenschrei aus und rief: „Ich kann sterben!"

„Sie sind begnadigt, ich weiß nicht, unter welchen Bedingungen," sagte Laurence zu ihm, „aber sie sind es. Auch für dich, mein Freund, habe ich trotz ihrer Ratschläge alles versucht. Ich hielt dich für gerettet, aber der Kaiser hat mich als huldvoller Herrscher getäuscht."

„Es stand dort oben geschrieben," sagte Michu, „daß der Wachhund an der gleichen Stelle sterben sollte wie seine früheren Herren!"

Die letzte Stunde verging rasch. Im Augenblick des Aufbruchs wagte Michu keine andre Gunst zu erbitten, als daß er Fräulein von Cinq-Cygne die Hand küssen dürfte, aber sie hielt ihm ihre Wangen hin und ließ sich von diesem edlen Opfer keusch umarmen. Michu weigerte sich, den Henkerkarren zu besteigen.

„Unschuldige müssen zu Fuß gehen!" sagte er.

Er ließ es nicht zu, daß der Abbé Goujet ihm den Arm reichte; würdig und entschlossen ging er bis zum Schafott. In dem Augenblick, da er sich auf das Brett legte, bat er den Scharfrichter, ihm den Rock zurückzuschlagen, der ihm den Hals verdeckte, und sagte:

„Mein Anzug gehört Ihnen; zerschneiden Sie ihn nicht."

Die vier Edelleute hatten kaum Zeit, Fräulein von Cinq-Cygne zu sehen. Eine Ordonnanz des Generals, der den Wehrkreis befehligte, brachte ihnen die Patente als Leutnants in dem gleichen Kavallerieregiment, mit dem Befehl, sofort zur Ersatzschwadron ihres Truppenteils in Bayonne zu stoßen. Nach herzzerreißendem Abschied, denn alle ahnten die Zukunft, kehrte Fräulein von Cinq-Cygne in ihr verödetes Schloß zurück.

Beide Brüder fielen zusammen unter den Augen

des Kaisers bei Sommo Sierra, einer den andern verteidigend; beide waren schon Schwadronchefs. Ihr letztes Wort war: „Laurence, cy meurs!“
Der ältere Hauteserre fiel als Oberst bei dem Angriff auf die Schanze an der Moskwa, wo sein Bruder an seine Stelle trat. Adrien wurde in der Schlacht bei Dresden zum Brigadegeneral ernannt und schwer verwundet; er konnte nach Cinq-Cygne zurückkehren, um sich pflegen zu lassen. Um diesen Überrest der vier Edelleute zu retten, die sie eine Weile um sich gesehen, heiratete die Gräfin ihn im Alter von zweiunddreißig Jahren; aber sie bot ihm ein verwelktes Herz, das er annahm: Liebende zweifeln an nichts oder an allem.
Die Restaurationszeit fand Laurence ohne Begeisterung; für sie kamen die Bourbonen zu spät. Trotzdem konnte sie sich nicht beklagen. Ihr Gatte ward zum Pair von Frankreich mit dem Titel eines Marquis von Cinq-Cygne und 1816 zum Generalleutnant ernannt. Für die hervorragenden Dienste, die er damals leistete, erhielt er das blaue Ordensband.
Michus Sohn, für den Laurence wie eine Mutter sorgte, wurde 1827 Advokat. Nachdem er seinen Beruf zwei Jahre ausgeübt hatte, wurde er zum Hilfsrichter am Gerichtshofe von Alençon ernannt, von wo er 1829 als Staatsanwalt an den Gerichtshof von Arcis versetzt wurde. Laurence, die Michus Kapitalsanlagen überwacht hatte, übergab dem jungen Manne am Tage seiner Großjährigkeit eine Verschreibung auf zwölftausend Franken Staatspapiere; später verheiratete sie ihn mit dem reichen Fräulein Girel aus Troyes. Der Marquis von Cinq-Cygne starb im Jahre 1829 in den Armen

Laurences, seiner Eltern und seiner Kinder, die ihn anbeteten. Bei seinem Tode hatte noch niemand das Geheimnis der Entführung des Senators ergründet. Ludwig XVIII. weigerte sich nicht, diese unglückliche Kriminalsache wieder gutzumachen, aber er blieb der Marquise von Cinq-Cygne gegenüber stumm über die Ursachen der Katastrophe, und sie hielt ihn fortan für mitschuldig.

✩

SCHLUSS

DER VERSTORBNE MARQUIS VON CINQ-CYGNE hatte seine Ersparnisse sowie die seiner Eltern dazu verwandt, ein prachtvolles Stadthaus in der Rue du Faubourg du Roule zu erwerben, das er in das beträchtliche, zur Erhaltung seiner Pairswürde begründete Majorat einbezog. Die schmutzige Sparsamkeit des Marquis und seiner Verwandten, die Laurence oft Kummer machte, fand darin ihre Erklärung. Und so verbrachte die Marquise, die auf ihrem Landgut lebte, um für ihre Kinder zu sparen, seit dieser Erwerbung ihre Winter um so lieber in Paris, als ihre Tochter Bertha und ihr Sohn Paul in ein Alter kamen, wo ihre Erziehung die Pariser Hilfsmittel erforderte. Frau von Cinq-Cygne ging wenig in Gesellschaft. Ihrem Gatten war der Gram, der im Herzen dieser Frau wohnte, nicht unbekannt geblieben, aber er entwickelte das geistvollste Zartgefühl für sie und starb, nachdem er sie allein auf Erden geliebt hatte. Dies edle, eine Zeitlang verkannte Herz, dem aber die hochherzige Tochter der Cinq-Cygnes in den letzten Jahren alle Liebe, die sie empfing, erwiderte, dieser Gatte wurde schließlich völlig glücklich. Laurence lebte vor allem im Familienglück. Keine Dame in Paris wurde von ihren Freunden mehr geliebt und geachtet. Sie zu besuchen, ist eine Ehre. Sanft, nachsichtig, geistreich und vor allem einfach, gefällt sie den erlesenen Seelen und zieht sie trotz ihrer schmerzvollen Haltung an, und dies Gefühl eines heimlichen Inschutznehmens erklärt vielleicht die Reize ihrer Freundschaft. Ihr Leben, das in ihrer Jugend so kummervoll war, ist am Lebensabend heiter und schön. Man kennt ihr Leiden. Niemand hat sie nach dem Urbild des Porträts von Robert Lefebvre gefragt, das seit dem Tode des Verwalters den düsteren Hauptschmuck ihres Salons bildet. Laurences Gesichtsausdruck hat die Reife spät gediehener Früchte. Eine Art religiösen Stolzes ziert heute ihre vielgeprüfte Stirn. Zu der Zeit, da die Marquise ein Haus zu machen begann, belief sich ihr Vermögen, durch das Entschädigungsgesetz vermehrt, auf zweihunderttausend Franken Einkommen, Laurence hatte die von den Simeuses hinterlassenen achthunderttausend Franken geerbt. Seitdem gab sie jährlich hunderttausend Franken aus und legte den Rest als Mitgift für Bertha zurück.

Bertha ist das lebende Ebenbild ihrer Mutter, aber ohne kriegerische Keckheit; sie ist fein und geistvoll wie ihre Mutter, aber „mehr Frau“, wie diese schwermütig sagt. Die Marquise wollte ihre Tochter nicht vor dem zwanzigsten Jahre verheiraten. Die Ersparnisse der Familie, die der alte Hauteserre weise verwaltete und die er 1830 in

Staatspapieren anlegte, als diese fielen, bildeten eine Mitgift von etwa achtzigtausend Franken Einkommen, als Bertha 1833 zwanzigjährig wurde.
Damals hatte die Prinzessin von Cadignan, die ihren Sohn, den Herzog von Maufrigneuse, verheiraten wollte, seit ein paar Monaten eine Freundschaft zwischen ihm und der Marquise von Cinq-Cygne angeknüpft. Georges von Maufrigneuse speiste dreimal wöchentlich bei der Marquise von Cinq-Cygne, begleitete Mutter und Tochter ins italienische Theater und ritt im Bois neben ihrem Wagen, wenn sie spazierenfuhren. Seitdem war es für die Gesellschaft des Faubourg Saint-Germain offenbar, daß Georges Bertha liebte. Nur konnte niemand wissen, ob Frau von Cinq-Cygne den Wunsch hegte, ihre Tochter zur Herzogin zu machen, in Erwartung des Tages, wo sie Prinzessin wurde, oder ob die Prinzessin für ihren Sohn eine so schöne Mitgift wünschte, ob die berühmte Diana dem Provinzadel entgegen kam, oder ob der Provinzadel sich vor der Berühmtheit der Frau von Cadignan, ihren Neigungen und ihrem verschwenderischen Leben fürchtete. In dem Wunsche, ihrem Sohne nicht zu schaden, hatte die Prinzessin, die fromm geworden war, ihr Leben in ihre vier Wände eingeschlossen und verbrachte die schöne Jahreszeit in einer Villa in Genf.
Eines Abends hatte die Prinzessin von Cadignan die Marquise d'Espard und den Präsidenten des Staatsrates, de Marsay, bei sich. Sie sah den ehemaligen Liebhaber an jenem Abend zum letzten Male, denn er starb im folgenden Jahre, Rastignac, der Unterstaatssekretär in Marsays Ministerium war, zwei Gesandte, zwei berühmte Red-

ner, die der Pairskammer verblieben waren, die alten Herzöge von Lenoncourt und von Navarreins, Graf von Vandenesse und seine junge Gattin sowie d'Arthez fanden sich dort zusammen und bildeten einen ziemlich wunderlichen Kreis, dessen Zusammensetzung leicht erklärlich ist: galt es doch, vom Premierminister einen Passierschein für den Prinzen von Cadignan zu erhalten. De Marsay, der diese Verantwortung nicht auf sich nehmen wollte, kam, um der Prinzessin zu sagen, daß die Sache in guten Händen wäre. Ein alter Politiker sollte ihr während des Abends die Lösung bringen. Die Marquise und Fräulein von Cinq-Cygne wurden gemeldet. Laurence, deren Grundsätze unbeugsam waren, war nicht erstaunt, sondern empört, als sie die erlauchtesten Vertreter der Legimität in beiden Kammern mit dem Premierminister des Mannes plaudern sah, den sie stets nur den Herrn Herzog von Orléans nannte. Sie hörten ihm zu und lachten mit ihm. De Marsay strahlte wie erlöschende Lampen im letzten Glanze. Hier vergaß er die politischen Sorgen gern. Die Marquise von Cinq-Cygne ließ de Marsay gelten, ganz wie man sagt, daß der österreichische Hof damals Herrn von Saint-Aulaire gelten ließ: der Weltmann setzte über den Minister hinweg. Aber sie fuhr hoch, als wäre der Lehnstuhl von glühendem Eisen gewesen, als der Herr Graf von Gondreville gemeldet wurde.

„Leben Sie wohl, Gnädigste", sagte sie trocknen Tones zu der Prinzessin.

Sie ging mit Bertha fort und berechnete die Richtung ihrer Schritte, um diesem verhängnisvollen Menschen nicht zu begegnen.

„Sie haben vielleicht Georges' Heirat zum Scheitern gebracht", sagte die Prinzessin leise zu de Marsay.
Der frühere Schreiber aus Arcis, der frühere Volksvertreter, Thermidormann, Tribun und Staatsrat, der frühere Graf des Kaiserreichs und Senator, der frühere Pair von Frankreich unter Ludwig XVIII. und neue Pair der Julimonarchie, machte der Prinzessin von Cadignan eine servile Verbeugung.
„Zittern Sie nicht mehr, schöne Dame, wir führen keinen Krieg mit den Prinzen", sagte er und nahm neben ihr Platz.
Malin hatte die Achtung Ludwigs XVIII. genossen, dem seine gereifte Erfahrung nicht unnützlich war. Er hatte viel zum Sturze von Decazes beigetragen und stark zu dem Ministerium Villèle geraten. Von Karl X. kühl aufgenommen, hatte er sich Talleyrands Groll zu eigen gemacht. Damals stand er in großer Gunst bei der zwölften Regierung, der er seit 1789 zu dienen den Vorzug hatte und der er zweifellos schlechte Dienste leisten wird, aber seit fünfviertel Jahren hatte er die Freundschaft abgebrochen, die ihn seit sechsunddreißig Jahren mit dem berühmtesten Diplomaten Frankreichs verband. An jenem Abend ließ er über diesen großen Staatsmann das Wort fallen:
„Kennen Sie den Grund seiner Feindschaft gegen den Herzog von Burgund? ... Der Prätendent ist zu jung."
„Da geben Sie den jungen Leuten einen eigentümlichen Rat", entgegnete Rastignac.
De Marsay, der seit der Bemerkung der Prinzessin

sehr nachdenklich geworden war, ging auf diese Scherze nicht ein. Er blickte Gondreville heimtückisch an und wartete offenbar auf den Aufbruch des Greises, der früh zu Bette ging, bevor er das Wort ergriff. Alle Anwesenden, die Zeugen des Fortgehens der Marquise von Cinq-Cygne gewesen waren und dessen Grund kannten, ahmten de Marsays Schweigen nach. Gondreville, der die Marquise nicht erkannt hatte, verstand die Gründe dieser allgemeinen Zurückhaltung nicht, aber seine Geschäftsgewandtheit und die politischen Sitten hatten ihm Takt beigebracht; zudem war er ein Mann von Geist. Er glaubte, daß seine Anwesenheit lästig fiel, und empfahl sich. De Marsay, der am Kamin stand, betrachtete diesen langsam davongehenden siebzigjährigen Greis in einer Weise, die ernste Gedanken erraten ließ.

„Es war falsch von mir, Gnädigste, daß ich Ihnen meinen Unterhändler nicht genannt habe“, sagte der Premierminister schließlich, als er das Rollen des Wagens hörte. „Aber ich will meinen Fehler wieder gutmachen und Ihnen das Mittel geben, sich mit den Cinq-Cygnes auszusöhnen. Die Sache spielte vor mehr als dreißig Jahren; sie ist ebenso alt wie der Tod Heinrichs IV., der – unter uns gesagt – trotz des Sprichworts wie viele andere geschichtliche Katastrophen zu der unbekanntesten Geschichte gehört. Übrigens schwöre ich Ihnen, auch wenn diese Sache die Marquise nichts anginge, wäre sie darum nicht minder merkwürdig. Kurz, sie beleuchtet einen in unseren modernen Annalen berühmten Übergang: den über den Sankt Bernhard. Die Herren Gesandten werden daraus ersehen, daß unsere heutigen Politiker in bezug auf die Tiefe recht weit hinter den Machiavellis zurückblieben, die die Volksfluten von 1793 über die Stürme hinaushoben und von denen einige, wie die Ballade sagt, einen Hafen gefunden haben. Um heute in Frankreich etwas darzustellen, muß man von den Orkanen jener Zeit hin und her geworfen worden sein."

„Aber mir scheint," lächelte die Prinzessin, „in dieser Hinsicht läßt Ihre jetzige Lage nichts zu wünschen übrig ..."

Ein dezentes Lachen spielte auf allen Lippen, und selbst de Marsay konnte sich des Lächelns nicht erwehren. Die Gesandten schienen ungeduldig, de Marsay bekam einen Hustenanfall, und alles schwieg.

„In einer Juninacht des Jahres 1800," sagte der Premierminister, „gegen drei Uhr morgens, in dem Augenblick, da die Lichter im Morgengrauen erblaßten, verließen zwei Männer, die des Bouillottespiels müde waren oder nur gespielt hatten, um die anderen zu beschäftigen, den Salon des Ministeriums des Auswärtigen, das damals in der Rue du Bac lag, und gingen in ein Boudoir. Diese beiden, von denen der eine tot ist und der andere mit einem Fuß im Grabe steht, sind jeder in seiner Weise gleich außerordentlich. Alle beide sind Priester gewesen, und beide sind abtrünnig geworden; beide haben geheiratet. Der eine war simpler Oratorianer, der andere hatte die Bischofsmütze getragen. Der eine hieß Fouché, den Namen des anderen nenne ich Ihnen nicht; aber beide waren damals einfache französische Bürger, freilich sehr wenig einfach. Als sie das Boudoir betraten, zeigten die noch anwesenden Personen etwas Neugier.

Ein Dritter folgte ihnen. Der hielt sich für weit stärker als die beiden anderen und hieß Siéyès, und wie Sie alle wissen, war er vor der Revolution gleichfalls ein Mann der Kirche. Der, dem das Gehen schwer wurde, war damals Minister des Auswärtigen; Fouché war Polizeiminister. Siéyès hatte auf das Konsulat verzichtet. Ein kleiner, kalter und strenger Mann verließ seinen Platz und trat zu den drei anderen, wobei er in Gegenwart eines, von dem ich diese Äußerung habe, mit lauter Stimme sagte: ‚Ich fürchte das Glücksspiel der Priester.' Es war der Kriegsminister. Carnots Wort beunruhigte die beiden Konsuln nicht, die in dem Salon spielten. Cambacérès und Lebrun waren damals in der Gewalt ihrer Minister, die ungleich stärker waren als sie. Fast alle diese Staatsmänner sind tot; man ist ihnen nichts mehr schuldig. Sie gehören der Geschichte an, und die Geschichte jener Nacht war furchtbar. Ich erzähle sie Ihnen, denn ich kenne sie allein, weil Ludwig XVIII. sie der armen Frau von Cinq-Cygne nicht erzählt hat und es der jetzigen Regierung einerlei ist, ob sie sie erfährt. Alle vier setzten sich. Der Hinkende mußte die Tür schließen, bevor ein Wort fiel; er soll sogar den Riegel vorgeschoben haben. Nur wohlerzogene Leute nehmen solche kleine Rücksichten. Die drei Priester hatten die bleichen und unbeweglichen Gesichter, die Sie bei ihnen kannten. Nur Carnot hatte frische Farben. Und der Soldat sprach auch zuerst:
‚Um was handelt es sich?'
‚Um Frankreich', dürfte der Fürst gesagt haben, den ich als einen der außerordentlichsten Männer unserer Zeit bewundere.

,Um die Republik', hat sicherlich Fouché gesagt. ,Um die Macht', war wahrscheinlich Siéyès' Wort."

Alle Anwesenden blickten sich an. De Marsay hatte die drei Männer mit Stimme, Blick und Gebärde ausgezeichnet geschildert.

„Die drei Priester verstanden sich wundervoll", fuhr er fort. „Carnot blickte zweifellos seine Kollegen und den Exkonsul mit würdiger Miene an. Ich glaube, er muß innerlich verdutzt gewesen sein.

,Glauben Sie an den Erfolg?' fragte Siéyès.

,Von Bonaparte kann man alles erwarten', entgegnete der Kriegsminister. ,Er hat glücklich die Alpen überschritten.'

,In diesem Augenblick', sagte der Diplomat mit berechneter Langsamkeit, ,spielt er ums Ganze.'

,Nun, sagen wir es offen,' versetzte Fouché, ,was werden wir tun, wenn der Erste Konsul besiegt wird? Ist es möglich, noch ein Heer auf die Beine zu bringen? Sollen wir seine ergebenen Diener bleiben?'

,In diesem Augenblick', bemerkte Siéyès, ,gibt es keine Republik mehr; er ist für zehn Jahre Konsul.'

,Er hat mehr Macht, als Cromwell hatte,' setzte der Bischof hinzu, ,und er hat nicht für den Tod des Königs gestimmt.'

,Wir haben einen Herrn', sagte Fouché. ,Sollen wir ihn behalten, wenn er die Schlacht verliert, oder sollen wir zur reinen Republik zurückkehren?'

,Frankreich', versetzte Carnot sentenziös, ,kann nur dann Widerstand leisten, wenn es zur Tatkraft des Konvents zurückkehrt.'

,Ich teile Carnots Meinung', sagte Siéyès. ,Kehrt

Bonaparte geschlagen zurück, so muß man ihm den Rest geben. Wir haben seit sieben Monaten zuviel von ihm zu hören gekriegt.‘

‚Er hat das Heer!‘ fuhr Carnot nachdenklich fort.

‚Wir werden das Volk haben!‘ rief Fouché aus.

‚Sie sind rasch, Herr!‘ erwiderte der Grandseigneur mit der Baßstimme, die er behalten hat, und die den Oratorianer nachdenklich machte.

‚Seien wir offen,‘ sagte ein altes Konventsmitglied, das seinen Kopf zeigte; ‚wenn Bonaparte siegt, werden wir ihn anbeten; unterliegt er, so werden wir ihn begraben.‘

‚Sie waren da, Malin!‘ sagte der Hausherr, ohne sich aufzuregen. ‚Sie werden einer der Unseren sein.‘

Er winkte ihm, Platz zu nehmen. Diesem Umstand verdankte jener Mann, ein ziemlich obskures Konventsmitglied, daß er das ist, was wir noch eben gesehen haben. Malin war verschwiegen, und die beiden Minister hielten ihm die Treue, aber er wurde auch zum Drehpunkt der Maschine und zur Seele der ganzen Machenschaft.

‚Dieser Mann ist noch nie besiegt worden!‘ rief Carnot mit dem Ausdruck der Überzeugung, ‚und eben hat er Hannibal übertroffen.‘

‚Im Fall eines Unglücks ist hier das Direktorium‘, fuhr Siéyès sehr listig fort, indem er jeden darauf hinwies, daß sie fünf waren.

‚Und‘, sagte der Minister des Auswärtigen, ‚wir alle haben an der Erhaltung der französischen Revolution ein Interesse. Wir drei sind aus der Kutte gesprungen; der General hat für den Tod des Königs gestimmt. Was Sie betrifft,‘ sagte er zu Malin, ‚Sie haben Güter von Emigranten.‘

‚Wir haben alle die gleichen Interessen', versetzte Siéyès bestimmt, ‚und unsere Interessen decken sich mit denen des Vaterlands.'

‚Etwas Seltenes!' lächelte der Diplomat.

‚Wir müssen handeln', setzte Fouché hinzu. ‚Die Schlacht ist im Gange, und Melas hat überlegene Streitkräfte. Genua ist aufgegeben, und Masséna hat den Fehler begangen, sich nach Antibes einzuschiffen. Es ist also nicht sicher, ob er zu Bonaparte stoßen kann, der dann auf seine eigenen Kräfte angewiesen ist.'

‚Woher haben Sie diese Nachricht?' fragte Carnot.

‚Sie ist sicher', entgegnete Fouché. ‚Sie werden die Meldung zur Börsenstunde haben.'

‚Die machten keine Umstände", sagte de Marsay lächelnd und hielt einen Augenblick inne.

„‚Nun können wir aber', sagte Fouché, ‚erst bei Eintreffen der Unglücksbotschaft die Klubs organisieren, den Patriotismus wecken und die Verfassung ändern. Unser achtzehnter Brumaire muß vorbereitet sein.'

‚Überlassen wir das dem Polizeiminister,' sagte der Diplomat, ‚und mißtrauen wir Lucian.' (Lucian Bonaparte war damals Minister des Innern.)

‚Den werde ich verhaften', sagte Fouché.

‚Meine Herren,' rief Siéyès aus, ‚unser Direktorium soll keinen anarchistischen Umwälzungen mehr unterworfen sein. Wir organisieren eine oligarchische Gewalt, einen Senat auf Lebenszeit, eine gewählte Kammer, die in unsrer Hand sein wird... Denn wir wollen aus den Fehlern der Vergangenheit lernen.'

‚Bei diesem System werde ich Frieden kriegen', sagte der Bischof.

‚Machen Sie mir einen sichren Mann ausfindig, um mit Moreau in Verbindung zu treten, denn das Heer in Deutschland wird unsere einzige Stütze werden!‘ rief Carnot, der in tiefes Nachsinnen verloren blieb.
Fürwahr,“ fuhr de Marsay nach einer Pause fort, „die Leute hatten recht, meine Herren! Sie waren in dieser Krise groß, und ich hätte es wie sie gemacht.
‚Meine Herren!‘ rief Siéyès in ernstem und feierlichem Tone,“ fuhr Marsay in seiner Erzählung fort.
„Dies Wort ‚meine Herren‘ wurde vollkommen verstanden. Alle Blicke drückten das gleiche Gelübde aus, das gleiche Versprechen unbedingten Schweigens und völliger Solidarität, falls Bonaparte als Sieger zurückkehrte.
‚Wir alle wissen, was wir zu tun haben‘, setzte Fouché hinzu.
Siéyès hatte ganz sacht den Riegel zurückgeschoben; sein Priesterohr hatte ihn nicht getäuscht. Lucian trat ein.
‚Gute Nachricht, meine Herren! Ein Kurier bringt Frau Bonaparte ein Briefchen vom Ersten Konsul: Er hat mit einem Siege bei Montebello begonnen.‘
Die drei Minister blickten sich an.
‚Ist es eine allgemeine Schlacht?‘ fragte Carnot.
‚Nein, ein Gefecht, in dem Lannes sich mit Ruhm bedeckt hat. Das Treffen war blutig. Er wurde mit zehntausend Mann von achtzehntausend angegriffen und ist durch eine ihm zu Hilfe geschickte Division gerettet worden. Ott ist auf der Flucht. Kurz, Melas’ Operationslinie ist durchbrochen.‘

‚Wann fand der Kampf statt?‘ fragte Carnot.
‚Am achten‘, entgegnete Lucian.
‚Wir haben heut den dreizehnten‘, fuhr der kluge Minister fort. ‚Wohlan, allem Anschein nach wird Frankreichs Schicksal in diesem Augenblick, wo wir plaudern, entschieden.‘ (In der Tat begann die Schlacht bei Marengo am vierzehnten Juni in der Morgendämmerung.)
‚Vier Tage tödlichen Wartens‘, sagte Lucian.
‚Tödlich?‘ wiederholte der Minister des Auswärtigen kalt und mit fragender Miene.
‚Vier Tage‘, sagte Fouché.
Ein Augenzeuge hat mir bestätigt, daß die beiden Konsuln diese Einzelheiten erst in dem Augenblick erfuhren, als die sechs Personen wieder in den Salon traten. Es war um vier Uhr Morgens. Fouché brach zuerst auf. Folgendes tat mit höllischer und stummer Tatkraft dies finstere, tiefe, außerordentliche, wenig bekannte Genie, das aber ganz gewiß dem Genie Philipps II., Tiberius' und Caesar Borgias gleichwertig war. Sein Benehmen bei der Affäre von Walcheren war das eines erfahrenen Soldaten, eines großen Staatsmannes und eines vorausschauenden Verwaltungsmannes. Er war der einzige Minister, den Napoleon hatte. Sie wissen, daß er damals Napoleon ängstigte. Fouché, Masséna und der Fürst sind die drei größten Männer, die stärksten Köpfe in der Diplomatie, im Krieg und in der Regierung, die ich kenne. Hätte Napoleon sie offen an seinem Werke beteiligt, es gäbe kein Europa mehr, sondern nur ein französisches Riesenreich. Fouché hat sich von Napoleon erst abgewandt, als er Siéyès und den Fürsten von Talleyrand beiseite geschoben sah.

Binnen drei Tagen organisierte Fouché die allgemeine Angst, die auf ganz Frankreich lastete und die republikanische Tatkraft von 1793 wieder belebte. Dabei verbarg er die Hand, die die Asche dieses Feuers schürte.
Da dieser dunkle Winkel unserer Geschichte aufgehellt werden muß, will ich Ihnen sagen, daß diese von ihm ausgegangene Agitation – denn er hielt alle Fäden der früheren Bergpartei in Händen – die republikanischen Verschwörungen hervorrief, die das Leben des Ersten Konsuls nach seinem Siege bei Marengo bedrohten. Das Bewußtsein des Unheils, das er angerichtet hatte, gab ihm die Kraft, Bonaparte trotz dessen gegenteiliger Meinung klarzumachen, daß die Republikaner mehr an diesen Unternehmungen beteiligt seien als die Royalisten. Fouché war ein wunderbarer Menschenkenner; er zählte auf Siéyès, weil dessen Ehrgeiz getäuscht war, auf Talleyrand, weil er ein vornehmer Herr war, auf Carnot wegen seiner tiefen Ehrlichkeit; aber er fürchtete den Mann von heute Abend, und folgendermaßen wickelte er ihn ein. Damals war es bloß Malin, Malin, der mit Ludwig XVIII. im Briefverkehr stand. Der Polizeiminister zwang ihn, die Proklamationen der revolutionären Regierung zu verfassen, ihre Akte, ihre Erlasse, die Ächtung der Parteigänger des achtzehnten Brumaire. Mehr noch, dieser Mitschuldige wider Willen ließ sie in der nötigen Anzahl drucken und hielt sie in Ballen in seinem Hause bereit. Der Drucker wurde als Verschwörer verhaftet, denn man suchte sich einen revolutionären Buchdrucker aus, und die Polizei ließ ihn erst nach zwei Monaten wieder frei. Dieser Mann ist

1816 gestorben; er glaubte noch an eine Verschwörung der Bergpartei. Eine der merkwürdigsten Szenen, die Fouchés Polizei gespielt hat, ist unweigerlich die, welche der erste, bei dem berühmtesten Bankier jener Zeit eingetroffene Kurier hervorrief, der den Verlust der Schlacht bei Marengo meldete. Das Glück erklärte sich, wie Sie wissen, erst um sieben Uhr abends für Napoleon. Gegen Mittag hielt der Agent, den der damalige Finanzkönig auf den Kriegsschauplatz geschickt hatte, die französische Armee für vernichtet und schickte schleunigst einen Kurier ab. Der Polizeiminister ließ die Anhefter der öffentlichen Anschläge und die Ausrufer holen, und einer seiner Vertrauten kam mit einem Rollwagen an, der mit den Drucksachen beladen war, als der Kurier vom Abend, der sich außerordentlich beeilt hatte, die Siegesnachricht brachte, die Frankreich in einen wahren Taumel versetzte. An der Börse gab es große Verluste. Die Ansammlung der Anschläger und Ausrufer, die die Ächtung, den politischen Tod Bonapartes verkünden sollten, wurde in Schach gehalten und man wartete, bis die Proklamation und das Plakat gedruckt waren, worin der Sieg des Ersten Konsuls in den Himmel gehoben wurde. Malin, auf den die ganze Verantwortung für das Komplott fallen konnte, erschrak derart, daß er die Ballen auf Karren lud und sie bei Nacht nach Gondreville schaffte, wo er diese unheilvollen Papiere zweifellos in den Kellern seines Schlosses begrub, das er unter dem Namen eines Mannes.... er hat ihn zum Präsidenten eines Kaiserlichen Gerichtshofes gemacht... er hieß Marion... gekauft hatte! Dann kehrte er rechtzeitig nach Paris zurück, um den Ersten Konsul zu beglückwünschen. Wie Sie wissen, eilte Napoleon nach der Schlacht bei Marengo mit furchtbarer Schnelligkeit von Italien nach Frankreich, aber für die, welche die geheime Geschichte jener Zeit gründlich kennen, steht es fest, daß die Ursache seiner Schnelligkeit eine Botschaft Lucians war. Der Minister des Innern hatte die Haltung der Bergpartei halb erkannt und fürchtete das Gewitter, ohne zu wissen, woher der Wind blies. Napoleon, der die drei Minister nicht beargwöhnen konnte, schrieb diese Bewegung dem Haß zu, den sein Bruder am achtzehnten Brumaire erregt hatte, sowie dem festen Glauben der von 1793 Übriggebliebenen an eine unabänderliche Niederlage in Italien. Die Rufe in Saint-Cloud: ‚Tod dem Tyrannen!' hallten noch immer in Lucians Ohr. Die Schlacht bei Marengo hielt Napoleon bis zum 25. Juni auf den Schlachtfeldern der Lombardei zurück; am 2. Juli kam er in Frankreich an. Nun stelle man sich die Gesichter der fünf Verschwörer vor, als sie den Ersten Konsul in den Tuilerien zu seinem Siege beglückwünschten. Fouché sagte im Salon selbst zu dem Tribunen – denn dieser Malin, den Sie vorhin sahen, hat auch etwas den Tribunen gespielt –, er solle noch abwarten, es sei noch nicht alles zu Ende. In der Tat schien es Herrn von Talleyrand und Fouché nicht, als sei Bonaparte mit der Revolution so eng verschwistert wie sie selbst, und zu ihrer eignen Sicherheit ketteten sie ihn durch die Erschießung des Herzogs von Enghien daran fest. Die Hinrichtung des Herzogs hängt durch greifbare Verästelungen mit dem zusammen, was während des Marengofeldzuges im Ministerium des Auswärtigen angesponnen worden war. Heute ist es sicherlich klar für jeden, der gut unterrichtete Leute gekannt hat, daß Bonaparte von Herrn von Talleyrand und von Fouché wie ein Kind gegängelt worden ist. Sie wollten ihn unwiderruflich mit dem Hause Bourbon entzweien, dessen Abgesandte damals Versuche beim Ersten Konsul machten."

„Als Talleyrand seine Whistpartie bei der Herzogin von Luynes spielte," sagte einer der Zuhörer, „zog er um drei Uhr Morgens seine Uhr, unterbrach das Spiel und fragte seine drei Mitspieler plötzlich und ohne Übergang, ob der Prinz von Condé noch andre Kinder hätte als den Herzog von Enghien. Eine so wunderliche Frage aus dem Munde des Herrn von Talleyrand erregte größte Überraschung. ‚Warum fragen Sie uns nach etwas, was Sie so genau wissen?' fragte man ihn. ‚Um Ihnen mitzuteilen, daß das Haus Condé in diesem Augenblicke erlischt.' Nun war Herr von Talleyrand seit Beginn des Abends im Hause Luynes' und wußte zweifellos, daß Bonaparte außerstande war, den Herzog zu begnadigen."

„Aber," sagte Rastignac zu de Marsay, „ich sehe bei alledem nichts von Frau von Cinq-Cygne."

„Ach, Sie waren noch so jung, mein Lieber, daß ich den Schluß vergaß. Sie kennen die Geschichte der Entführung des Grafen von Gondreville, die den Tod der beiden Simeuses und des älteren Bruders Hauteserre zur Folge gehabt hat. Der jüngere wurde durch seine Heirat mit Fräulein von Cinq-Cygne Graf und später Marquis von Cinq-Cygne ..."

Da mehrere Personen, denen dies Abenteuer unbekannt war, de Marsay darum baten, erzählte er den Prozeß und sagte, die fünf Unbekannten seien Schnapphähne der politischen Polizei des Kaiserreichs gewesen, die den Auftrag hatten, Drucksachenballen zu vernichten, zu deren Verbrennung der Graf von Gondreville eigens gekommen war, als er das Kaiserreich für befestigt hielt.

„Ich habe Fouché im Verdacht," sagte er, „daß er dort zugleich nach Beweisen für den Briefwechsel zwischen Gondreville und Ludwig XVIII. hat suchen lassen, mit dem er stets im Einvernehmen stand, selbst zur Schreckenszeit. Aber in dieser furchtbaren Sache hat von seiten des Hauptagenten, der noch lebt, Leidenschaft mitgespielt. Er gehört zu den großen Handlangern, die sich nie ersetzen lassen, und hat sich durch erstaunliche Kraftproben hervorgetan. Anscheinend hat Fräulein von Cinq-Cygne ihn schlecht behandelt, als er zur Verhaftung der Simeuses erschien. Somit, Gnädigste, besitzen Sie das Geheimnis der Sache. Sie können es der Marquise von Cing-Cygne erklären und ihr begreiflich machen, warum Ludwig XVIII. Schweigen bewahrt hat."

☆

HONORÉ DE BALZAC · EINE EPISODE AUS DER ZEIT DER SCHRECKENSHERRSCHAFT

☆

AM 22. JANUAR 1793 GEGEN ACHT UHR ABENDS stieg in Paris eine alte Dame von der steilen Straße herab, die vor der Kirche Saint-Laurent im Faubourg Saint-Martin endet. Es hatte den ganzen Tag so stark geschneit, daß die Schritte kaum hörbar waren. Die Straßen waren verödet. Die natürliche Furcht, die diese Stille erweckte, wurde noch gesteigert durch all den Schrecken, unter dem damals ganz Frankreich ächzte. Und so war denn die alte Dame bisher keinem Menschen begegnet. Übrigens war sie seit langem kurzsichtig, und so sah sie beim Laternenschein die vereinzelten Fußgänger nur wie Schatten durch die Endlosigkeit dieser Vorstadtstraße huschen. Sie ging tapfer allein durch diese Einsamkeit, als sei ihr Alter ein Talisman, der sie vor allem Übel behütete. Als sie die Rue des Morts hinter sich hatte, glaubte sie den schweren, festen Tritt eines Mannes hinter sich zu vernehmen. Es war ihr, als hörte sie diesen Schritt nicht zum ersten Male. Sie erschrak, daß jemand ihr folgte, und versuchte schneller zu gehen, um einen ziemlich hell erleuchteten Kaufladen zu erreichen, in der Hoffnung, in seinem Lichtschein zu ergründen, ob ihr Verdacht begründet war. Sobald sie sich in dem wagrechten Lichtschein des Ladens befand, wandte sie plötzlich den Kopf und erblickte im Nebel eine menschliche Gestalt. Diese undeutliche Erscheinung genügte ihr; sie wankte einen Augenblick unter der Last des Entsetzens, das sie über-

wältigte, denn nun zweifelte sie nicht mehr, daß der Fremde sie begleitet hatte, seit sie den ersten Schritt aus ihrer Wohnung getan. Der Wunsch, einem Spion zu entgehen, lieh ihr Kräfte. Unfähig, zu überlegen, verdoppelte sie die Schritte, als ob sie sich dadurch einem Manne entziehen könne, der naturgemäß viel beweglicher war als sie. Nachdem sie einige Minuten gelaufen, erreichte sie eine Konditorei, trat ein und fiel mehr, als daß sie sich setzte, auf einen Stuhl, der vor dem Ladentisch stand. In dem Augenblick, als die Türklinke knarrte, blickte eine junge Frau von ihrer Stickarbeit auf und erkannte durch die Fensterscheiben den altmodischen Umhang aus lila Seide, in den die alte Dame gehüllt war. Da zog sie eilig eine Schublade auf, um etwas herauszunehmen, das sie ihr zu geben hatte. Nicht nur diese Bewegung sowie der Gesichtsausdruck der jungen Frau verrieten deutlich den Wunsch, sich der Unbekannten flugs zu entledigen, als gehörte sie zu den Leuten, die man nicht gern sieht, sondern ihr entfuhr auch ein Ausruf der Ungeduld, als sie die Schieblade leer fand. Dann verließ sie schnellstens den Geschäftsraum, ohne die Dame anzusehen, ging in den hinteren Laden und rief ihren Mann, der sofort erschien. „Wohin tatest du nur ...?“ fragte sie ihn, ohne ihren Satz zu beenden, mit geheimnisvoller Miene, indem sie mit einem Blick auf die alte Dame wies.
Obwohl der Konditor nur die riesige schwarze Seidenhaube der Unbekannten sah, die mit violetten Bandschleifen besetzt war, verschwand er sogleich, nachdem er seiner Frau einen Blick zugeworfen hatte, der zu sagen schien: „Glaubst du, daß ich

das in deinem Laden lasse?“ Erstaunt über das Schweigen und die Unbeweglichkeit der alten Dame kam die Konditorsfrau wieder zu ihr, und bei ihrem Anblick fühlte sie sich von einer Regung des Mitleids ergriffen, vielleicht auch von Neugier. Obgleich die Hautfarbe der Frau von Natur bleich war, wie bei Menschen, die heimliche Entbehrungen erdulden, war es doch leicht ersichtlich, daß eine soeben erfahrene Erschütterung sie ungewöhnlich blaß machte. Sie hatte ihre Haube derart aufgesetzt, daß sie die Haare verbarg, die zweifellos vom Alter gebleicht waren, denn der saubere Kragen ihres Kleides wies keine Puderspuren auf. Das Fehlen jedes Schmuckes verlieh dem Gesicht den Ausdruck religiöser Strenge. Ihre Züge waren ernst und stolz. Damals waren Benehmen und Gewohnheiten der Leute von Stand so verschieden von denen andrer Gesellschaftsklassen, daß man die Adligen leicht erriet. Die junge Frau war also überzeugt, daß die Unbekannte eine frühere Aristokratin war und zum Hofe gehört hatte.

„Madame ...?“ sagte sie unwillkürlich respektvoll und vergaß, daß dieser Titel verboten war.

Die alte Dame gab keine Antwort. Ihr Blick haftete an der Scheibe des Ladenfensters, als zeichne sich darauf etwas Entsetzenerregendes ab.

„Was hast du, Bürgerin?“ fragte der Ladenbesitzer, der in diesem Augenblick zurückkam.

Der Bürger Konditor riß die Dame aus ihrer Verträumtheit, indem er ihr eine kleine Pappschachtel reichte, die in blaues Papier eingewickelt war.

„Nichts, nichts, meine Lieben“, erwiderte sie mit sanfter Stimme.

Sie blickte zu dem Konditor auf, wie um ihm einen Blick des Dankes zuzuwerfen. Doch als sie eine rote Mütze auf seinem Kopf sah, stieß sie einen Schrei aus: „Ach, Sie haben mich verraten!“

Die junge Frau und ihr Mann antworteten mit einer Gebärde des Abscheus. Die Unbekannte errötete, entweder weil sie die beiden verdächtigt hatte, oder aus Freude.

„Verzeiht mir“, sagte sie nun mit kindlicher Sanftmut.

Dann zog sie ein Goldstück aus der Tasche und reichte es dem Konditor.

„Hier ist der vereinbarte Preis“, fügte sie hinzu.

Es gibt eine Armut, welche die Armen erraten. Der Konditor und seine Frau blickten sich an und dann die alte Dame, als teilten sie sich den gleichen Gedanken mit. Dies Goldstück war wohl ihr letztes. Die Hände der Dame zitterten, als sie es hingab. Sie betrachtete es kummervoll, ohne Geiz, und schien die ganze Tragweite des Opfers zu kennen. Hunger und Elend waren in dies Gesicht mit ebenso lesbarer Schrift eingegraben wie die Furcht und die Gewohnheit der Entbehrung. Ihre Kleidung zeigte noch Spuren von Reichtum. Doch die Seide war abgenutzt, der Umhang sauber, aber vertragen, die Spitzen sorgfältig ausgebessert, kurzum, die Lumpen vom Überfluß! Die Bäckersleute schwankten zwischen Mitleid und Gewinnsucht und begannen ihr Gewissen durch Worte zu erleichtern.

„Aber, Bürgerin, du scheinst recht schwach ...“

„Will Madame etwas zu sich nehmen?“ fragte die Frau, ihrem Manne das Wort abschneidend.

„Wir haben recht gute Fleischbrühe", setzte der Konditor hinzu.
„Es ist arg kalt. Madame hat sich vielleicht was geholt beim Ausgehen. Doch hier können Sie sich ausruhen und ein wenig wärmen."
„Wir sind keine schwarzen Teufel", rief der Konditor.
Gewonnen durch den Ausdruck des Wohlwollens, der die Worte der mitleidigen Ladenbesitzer belebte, gestand die alte Dame, daß sie von einem Fremden verfolgt worden sei und daß sie Angst hätte, allein nach Hause zurück zu gehen.
„Weiter nichts?" erwiderte der Mann mit der roten Mütze. „Warte auf mich, Bürgerin."
Er gab seiner Frau das Goldstück, und von jener Art von Dankbarkeit ergriffen, die die Seele eines Kaufmanns erfüllt, wenn er einen übertriebenen Preis für eine minderwertige Sache erhält, warf er sich in die Uniform der Nationalgarde, nahm seinen Hut, hängte sein Seitengewehr um und erschien dann wieder in Waffen. Doch seine Frau hatte die Zeit zum Nachdenken benutzt. Wie in so vielen anderen Fällen schloß sich die offene Hand des Wohltuns durch Überlegung. Die Konditorsfrau suchte ihren Mann am Rockzipfel zu ziehen, um ihn zurückzuhalten. Sie war besorgt und fürchtete, er möchte in eine üble Sache verwickelt werden. Doch der brave Mann gehorchte dem Gefühl des Mitleids und erbot sich sofort, die alte Dame zu begleiten.
„Es scheint, daß der Mann, vor dem die Bürgerin Angst hat, noch immer den Laden umschleicht", sagte die junge Frau lebhaft.
„Ich fürchte ja", entgegnete die alte Dame naiv.

„Wenn es ein Spion wäre! ... Wenn es eine Verschwörung wäre! ... Geh nicht! Nimm ihr die Schachtel wieder fort", flüsterte ihm die Konditorsfrau ins Ohr, und sein plötzlicher Mut erlahmte.

„Ha, ich werde ihm schon Bescheid geben und Sie flink von ihm befreien", rief der Konditor, riß die Tür auf und stürzte hinaus.

Die alte Dame, willenlos wie ein Kind und wie verstört, setzte sich wieder auf den Stuhl. Der ehrliche Kaufmann kam nur zu schnell zurück. Sein Gesicht, dessen natürliche Röte durch das Feuer des Backofens noch mehr glühte, war plötzlich aschfahl geworden. Die Furcht schüttelte ihn derart, daß seine Beine zitterten. Seine Augen glichen denen eines Betrunkenen.

„Willst du, daß uns der Hals abgeschnitten wird, elende Aristokratin?" schrie er wütend. „Mach, daß du uns deine Hacken zeigst. Laß dich nie wieder hier blicken, und rechne nicht auf mich, dir die Mittel für deine Verschwörung zu liefern!"

Bei diesen Worten suchte der Konditor der alten Dame die kleine Schachtel zu entreißen, die sie in die Tasche gesteckt hatte. Doch kaum berührten seine dreisten Hände ihr Kleid, so fand die alte Dame die Beweglichkeit ihrer Jugend wieder. Lieber wollte sie sich den Gefahren der Straße aussetzen, ohne anderen Verteidiger als Gott, als das zu verlieren, was sie eben gekauft hatte. Sie stürzte zur Tür, riß sie auf und verschwand vor den Augen des bestürzten und zitternden Ehepaars. Sobald die Unbekannte draußen war, begann sie eilig zu gehen, doch ihre Kräfte ließen sie bald im Stich, denn sie hörte hinter sich den

Spion, der sie erbarmungslos verfolgte; unter seinem schweren Schritt knirschte der Schnee. Sie mußte stehen bleiben; er hielt gleichfalls an. Sie wagte ihn weder anzusehen noch ihn anzureden, sei es aus Furcht, oder aus Mangel an Überlegung. Dann setzte sie langsam ihren Weg fort. Der Mann verlangsamte gleichfalls den Schritt. Er blieb stets so weit hinter ihr, daß er sie im Auge behalten konnte. Er war gleichsam der Schatten dieser alten Dame. Von der Kirche Saint-Laurent schlug es neun Uhr, als das schweigsame Paar an ihr vorüberschritt. Es liegt in der Natur der Seele, selbst der schwächsten, daß ein Gefühl der Ruhe eine heftige Erregung ablöst. Denn wenn auch die Gefühle unendlich sind, so haben unsre Organe doch ihre Grenzen. So auch bei der Unbekannten. Da ihr angeblicher Verfolger ihr nichts Übles zugefügt hatte, wollte sie in ihm einen heimlichen Freund sehen, der sie in seinen Schutz nahm. Sie legte sich alle Umstände zurecht, die das Erscheinen des Fremden begleitet hatten, um triftige Gründe für diese tröstliche Ansicht zu finden. Sie gefiel sich darin, ihm eher gute als böse Absichten zuzuschreiben. Sie vergaß den Schreck, den dieser Mann dem Konditor eingejagt hatte, und mit festen Schritten näherte sie sich den höher gelegenen Teilen des Faubourg Saint-Martin. Nach einer halben Stunde Wegs gelangte sie vor ein Haus an der Straßengabelung der Hauptstraße der Vorstadt und der Straße, die zur Barriere von Pantin führt. Dieser Ort ist auch heute noch einer der einsamsten in ganz Paris, Der Wind, der über die Erdhügel von Chaumont und Belleville fegt, pfiff zwischen den Häusern oder vielmehr Hütten, die verstreut in dem fast unbewohnten Tälchen lagen, und deren Einfriedigungen aus Mauern von Lehm und Knochen bestehen. Diese verödete Gegend schien der natürliche Schlupfwinkel des Elends und der Verzweiflung. Der hartnäckige Verfolger des armen Wesens, das so tapfer bei Nacht durch die stillen Gassen schritt, schien erstaunt über den Anblick, der sich seinen Blicken bot. Er blieb nachdenklich stehen, in zaudernder Haltung, schwach beschienen von dem ungewissen Licht einer Laterne, das kaum den Nebel durchdrang. Die Furcht gab der alten Frau Augen. Sie glaubte etwas Unheilvolles in den Zügen des Fremden zu erkennen, fühlte ihre Angst wieder erwachen und machte sich das scheinbare Zögern des Mannes zunutze, um im Finstern nach der Tür des einsamen Hauses zu gleiten. Dann drückte sie auf eine Feder und verschwand mit geisterhafter Schnelle. Der Unbekannte stand unbeweglich und betrachtete das Haus, das ungefähr den Typus der elenden Wohnstätten der Vorstadt darstellte. Die wacklige Baracke aus Ziegelstein war mit einer Schicht von vergilbtem Kalk beworfen, die aber so brüchig war, daß man fürchten konnte, der geringste Windstoß müsse sie abreißen. Das mit braunen Ziegeln gedeckte und mit Moos überzogene Dach bog sich an einigen Stellen derart, als sollte es unter der Last des Schnees nachgeben. Jedes Stockwerk hatte drei Fenster, deren Rahmen durch Feuchtigkeit verfault waren und durch Sonnenbrand klafften, so daß die Kälte in die Zimmer eindringen mußte. Dies einsame Haus glich einem alten Turm, den die Zeit zu zerstören vergaß. Ein schwacher Lichtschein erhellte die unregelmäßig verteilten Fenster des Dachgeschosses, welches das armselige Gebäude abschloß. Das übrige Haus war völlig dunkel. Die alte Frau stieg nicht ohne Anstrengung die unbequeme, grobe Treppe hinauf, deren Geländer durch ein Seil ersetzt war. Dann klopfte sie geheimnisvoll an die Tür der Dachwohnung und setzte sich überstürzt auf einen Stuhl, den ihr ein alter Mann bot.

„Verbergen Sie sich, verbergen Sie sich", rief sie ihm zu. „Obwohl wir nur selten ausgingen, sind unsre Wege bekannt; unsre Schritte werden ausspioniert."

„Was gibt es denn Neues", frug eine andre alte Frau, die am Feuer saß.

„Der Mann, der seit gestern das Haus umschleicht, ist mir heute abend gefolgt."

Bei diesen Worten sahen die drei Bewohner der elenden Behausung einander an. Auf ihren Gesichtern malte sich tiefes Entsetzen. Der Greis war von den dreien am wenigsten erregt, vielleicht weil ihm die meiste Gefahr drohte. Unter der Last eines großen Unglücks oder unter dem Joch der Verfolgung bringt sich ein mutiger Mann selbst als erster zum Opfer; er betrachtet jeden seiner Tage nur noch als ebensoviel Siege über das Geschick. Die Blicke der beiden Frauen, die sich auf den Greis hefteten, ließen leicht erraten, daß er allein der Gegenstand ihrer lebhaften Sorge war.

„Warum an Gott verzweifeln, meine Schwestern?" sagte er mit dumpfer, doch salbungsvoller Stimme.

„Wir sangen sein Lob inmitten des Geschreis der Mörder und der Sterbenden im Karmeliter-Kloster.

Wenn er wollte, daß ich diesem Würgen entkam, so geschah es ohne Zweifel, um mich für ein Schicksal aufzusparen, das ich ohne Murren auf mich nehmen muß. Nicht mit mir, sondern mit euch sollten wir uns beschäftigen."

„Nein," sagte die eine der alten Frauen; „was bedeutet unser Leben im Vergleich zu dem eines Priesters?"

„Sobald ich mich außerhalb der Klostermauern von Chelles erblickte, betrachtete ich mich als tot", sagte die eine der beiden Nonnen, die nicht fort gewesen war.

„Hier," sagte die Angekommene und reichte dem Priester die kleine Schachtel hin, „hier sind die Hostien... Doch," rief sie, „ich höre jemanden die Stufen heraufkommen!"

Alle drei lauschten. Das Geräusch hörte auf.

„Fürchtet euch nicht," sagte der Priester, „wenn jemand versucht, zu euch zu gelangen. Ein Mann, auf dessen Treue wir rechnen können, hat alle Maßregeln getroffen, um über die Grenze zu kommen. Er holt die Briefe ab, die ich an den Herzog von Langeais und an den Marquis von Beauséant geschrieben habe, damit sie Mittel und Wege finden, euch aus diesem schrecklichen Lande zu befreien, wo Tod oder Elend euch erwartet."

„Werden Sie denn nicht mit uns kommen?" stießen die beiden Nonnen in einer Art von Verzweiflung leise hervor.

„Mein Platz ist bei den Opfern", sagte der Priester schlicht.

Sie schwiegen und blickten ihren Gast mit frommer Bewunderung an.

„Schwester Martha," sagte er zu der Nonne,

welche die Hostien gebracht hatte, „dieser Sendbote soll auf das Wort Hosianna mit Fiat voluntas antworten."

„Da ist jemand auf der Treppe", rief die andre Nonne und öffnete ein Versteck unter dem Dach. Diesmal war es in der tiefen Stille nicht schwer, den Schall der Schritte eines Mannes zu hören, die auf den mit getrockneten Schmutzklumpen bedeckten Stufen erdröhnten. Der Priester verkroch sich mühsam in eine Art Wandschrank und die Nonne warf noch einige Kleidungsstücke über ihn.

„Sie können zumachen, Schwester Agathe", sagte er mit erstickter Stimme.

Kaum war der Priester versteckt, als drei Schläge an der Tür die beiden frommen Frauen hochfahren ließen. Sie warfen einander fragende Blicke zu, wagten aber kein Wort zu sprechen. Beide schienen etwa sechzigjährig. Von der Welt seit vierzig Jahren getrennt, waren sie wie Pflanzen, die an die Luft eines Treibhauses gewöhnt sind und sterben, wenn man sie herausnimmt. An das Klosterleben gewöhnt, konnten sie sich kein andres mehr vorstellen. Als man eines Morgens ihre Gitter zerbrach, hatten sie gezittert, frei zu sein. Man kann sich unschwer einen Begriff von der Art künstlicher Verblödung machen, welche die Ereignisse der Revolution in ihren unschuldigen Seelen hervorgerufen hatten. Unfähig, die Schwierigkeiten des Lebens mit ihren klösterlichen Gewohnheiten in Einklang zu bringen, ja ohne Verständnis für ihre Lage, waren sie wie Kinder, für die bisher gesorgt worden war und die nun, verlassen von ihrer mütterlichen Vorsehung, beten, anstatt zu schreien. Und so blieben sie stumm und tatlos angesichts der Gefahr, die sie in diesem Augenblick voraussahen: kannten sie doch keine andre Verteidigung als die christliche Ergebung. Der Mann, der Einlaß begehrte, legte sich das Schweigen auf seine Weise aus. Er öffnete die Tür und stand plötzlich vor ihnen. Die beiden Nonnen zitterten, als sie den Mann erkannten, der seit einiger Zeit ihr Haus umschlich und Erkundigungen über sie einholte. Sie blieben unbeweglich und blickten ihn nur mit unruhiger Neugier an, wie scheue Kinder, die schweigend einen Fremden mustern. Der Mann war groß und dick, doch nichts in seinem Gang, seiner Miene und seinen Gesichtszügen ließ darauf schließen, daß er ein schlechter Mensch sei. Er ahmte die Unbeweglichkeit der Nonnen nach und ließ seine Blicke langsam durch das Zimmer gleiten, in dem er stand.

Zwei Strohmatten, die auf Brettern lagen, dienten den Nonnen als Bett. Mitten im Zimmer stand ein einziger Tisch mit einem kupfernen Armleuchter, ein paar Tellern, drei Messern und einem runden Brote. Das Feuer im Kamin war spärlich. Ein paar Stück Holz, die in einer Ecke aufgestapelt waren, gaben Zeugnis von der Armut der beiden Klausnerinnen. Die Wände mit ihrem sehr alten Kalkverputz bewiesen den schlechten Zustand des Daches, denn ein braunes Geäder von Flecken zeigte, daß das Regenwasser eindrang. Eine Reliquie, ohne Zweifel aus der Plünderung von Chelles gerettet, schmückte den Kaminsims. Drei Stühle, zwei Truhen und eine schlechte Kommode vervollständigten die Einrichtung des Zimmers. Eine Tür neben dem Kamin ließ darauf schließen, daß noch eine zweite Stube vorhanden war.

Der Mann, der unter so drohenden Anzeichen in diese Wohnung eingedrungen war, hatte die Bestandsaufnahme bald beendet. Ein Gefühl des Mitleids malte sich auf seinem Gesicht. Er warf einen wohlwollenden Blick auf die beiden alten Jungfern und schien wenigstens ebenso verlegen wie sie. Das sonderbare Schweigen, in dem alle drei verharrten, dauerte nicht lange, denn der Fremde erriet schließlich die Geistesschwäche und Unerfahrenheit der beiden armen Geschöpfe. Da sagte er, indem er seine Stimme zu mildern suchte: „Ich komme nicht als Feind zu euch, Bürgerinnen ..."
Er hielt inne und fuhr dann fort:
„Schwestern, wenn euch ein Unglück zustoßen sollte, so glaubt mir, ich habe nicht dazu beigetragen. Ich habe euch um eine Gnade zu bitten ..."
Sie schwiegen noch immer.
„Wenn ich euch belästige, wenn ich ... euch in Verlegenheit bringe, sprecht frei heraus ... so ziehe ich mich zurück. Aber wißt, daß ich euch ganz ergeben bin, daß ihr mich ohne Furcht angehen könnt, wenn ich euch einen Dienst leisten könnte, und daß ich vielleicht allein über dem Gesetz stehe, da es ja keinen König mehr gibt ..."
Der Ton seiner Worte war so ehrlich, daß Schwester Agathe sich beeilte, auf einen Stuhl zu weisen, wie um ihren Gast zu bitten, Platz zu nehmen. Sie war diejenige der Nonnen, die dem Hause Langeais angehörte und deren Benehmen anzudeuten schien, daß sie einst den Glanz der Feste gekannt und Hofluft geatmet hatte. Der Unbekannte zeigte ein Gemisch von Freude und Traurigkeit, als er diese Handbewegung verstand. Bevor

er Platz nahm, wartete er, bis die beiden ehrwürdigen alten Jungfern sich setzten.

„Sie haben", fuhr er fort, „einem hochwürdigen, nicht vereidigten Priester Obdach gegeben. Er ist wie durch ein Wunder den Morden bei den Karmelitern entgangen."

„Hosiannah", unterbrach Schwester Agathe den Fremden und blickte ihn mit unruhiger Neugier an.

„So heißt er nicht, glaube ich", entgegnete der Mann.

„Aber, Monsieur," sagte Schwester Martha lebhaft, „wir haben hier keinen Priester und..."

„Dann muß man mehr Vorsicht und mehr Klugheit üben", entgegnete der Fremde sanft, streckte den Arm nach dem Tisch aus und nahm ein Brevier zur Hand.

„Ich glaube kaum, daß Sie Lateinisch verstehen und..."

Er sprach nicht weiter, denn die außerordentliche Erregung in den Gesichtern der beiden Nonnen ließ ihn fürchten, zu weit gegangen zu sein. Sie zitterten und ihre Augen füllten sich mit Tränen.

„Beruhigen Sie sich", sagte er mit ehrlicher Stimme. „Seit drei Tagen weiß ich, wie Ihr Gast und Sie selber heißen. Ich weiß um Ihre Not und Ihre Ergebenheit für den ehrwürdigen Abbé de..."

„Still", sagte Schwester Agathe naiv und legte einen Finger auf ihre Lippen.

„Sie sehen, Schwestern, wenn ich die scheußliche Absicht hätte, Sie zu verraten, so konnte ich sie schon mehr als einmal ausführen."

Als der Priester diese Worte hörte, befreite er

sich aus seinem Gefängnis und erschien mitten im Zimmer.

„Ich würde niemals glauben, Monsieur," sagte er zu dem Unbekannten, „daß Sie zu unsern Verfolgern gehören. Ich vertraue mich Ihnen an. Was wollen Sie von mir?"

Das fromme Vertrauen des Priesters, die Vornehmheit, die in all seinen Zügen lag, hätten selbst Mörder entwaffnet. Der geheimnisvolle Fremde, der diese Szene des Elends und der Entsagung belebte, betrachtete einen Augenblick die Gruppe, die diese drei Personen bildeten. Dann schlug er einen vertraulichen Ton an und sprach folgendermaßen zu dem Priester:

„Ehrwürdiger Vater, ich komme, um Sie zu bitten, eine Totenmesse für die Ruhe einer Seele zu lesen... für eine... für eine geheiligte Persönlichkeit, deren Leib nie in geweihter Erde ruhen wird..."

Der Priester erbebte unwillkürlich. Die beiden Nonnen, die noch nicht verstanden, von wem der Unbekannte sprechen wollte, blieben mit ausgerecktem Hals, das Gesicht den beiden Sprechenden zugewandt, in neugieriger Haltung sitzen. Der Geistliche sah den Fremden forschend an. Auf seinem Gesicht malte sich unzweideutige Angst, und aus seinen Blicken sprach glühendes Flehen.

„Wohlan," erwiderte der Priester, „heute abend um Mitternacht kommen Sie wieder. Ich werde dann bereit sein, das einzige Totenamt zu feiern, das wir als Sühne des Verbrechens darbieten können, von dem Sie sprechen."

Der Unbekannte fuhr zusammen, doch in seinen geheimen Schmerz schien sich sieghaft eine sanfte und zugleich feierliche Genugtuung zu mischen. Er verneigte sich ehrfurchtsvoll vor dem Priester und den beiden frommen Jungfrauen und verschwand in einer Art von stummer Dankbarkeit, welche die drei hochherzigen Seelen verstanden. Etwa zwei Stunden nach diesem Vorgang kam der Unbekannte wieder und klopfte bescheiden an die Tür der Bodenkammer. Fräulein von Beauséant ließ ihn ein und führte ihn in das zweite Zimmer der ärmlichen Behausung, wo alles für die Feier vorbereitet war. Zwischen zwei Schornsteinrohre hatten die beiden Nonnen die alte Kommode gestellt, deren altmodische Form unter einer herrlichen Altarverkleidung aus grünem Moiré verschwand. Ein großes Kruzifix aus Ebenholz und Elfenbein, das an der gelben Wand hing, hob deren Nacktheit noch mehr hervor und zog unwillkürlich die Blicke auf sich. Die Schwestern hatten auf diesem improvisierten Altar vier kleine schmächtige Kerzen mit Siegellack befestigt. Ihr bleicher Schein, der von der Wand kaum zurückstrahlte, erhellte den übrigen Raum nur spärlich. Da er aber seinen Glanz nur den heiligen Dingen gab, erschien er wie ein Strahl des Himmels, der auf diesen schmucklosen Altar herabfiel. Die Steinfliesen waren feucht; das Dach, wie bei Bodenräumen stark geneigt, hatte Risse, durch die ein eisiger Wind strich. Nichts war weniger prächtig, und doch konnte wohl nichts feierlicher sein als diese Trauerfeier. Die tiefe Stille, in der man den leisesten Ruf gehört hätte, der über die Landstraße nach Deutschland klang, breitete eine Art düsterer Erhabenheit über diese nächtliche Szene. Kurz, die Feierlichkeit der Handlung stand in so starkem

Gegensatz zu der Ärmlichkeit der Dinge, daß sie ein Gefühl religiösen Schauers hervorrief. Zu beiden Seiten des Altars knieten die zwei alten Klausnerinnen auf den Ziegelsteinen des Bodens, unbekümmert um ihre todbringende Feuchtigkeit, und beteten gemeinsam mit dem Priester in seinem Ornat, der einen edelsteingeschmückten Kelch aufstellte, ein heiliges Gefäß, das zweifellos aus der Plünderung des Klosters Chelles gerettet war. Neben diesem Ziborium, einem Wahrzeichen königlicher Pracht, standen das Wasser und der Wein, die zu der heiligen Handlung bestimmt waren, in zwei Gläsern, die der letzten Schenke unwürdig gewesen wären. Mangels eines Meßbuches hatte der Priester sein Brevier auf eine Ecke des Altars gelegt. Ein gewöhnlicher Teller war zum Waschen der unschuldigen, nie vom Blut befleckten Hände bestimmt. Alles war gewaltig und doch klein, arm, aber edel, weltlich und heilig zugleich. Der Unbekannte kniete fromm zwischen den beiden Nonnen nieder. Doch plötzlich, als er einen Trauerflor an Kelch und Kruzifix bemerkte – denn der Priester hatte Gott selbst in Trauer gehüllt, da er nichts hatte, um die Bedeutung dieser Totenmesse hervorzuheben – ergriff ihn eine so übermächtige Erinnerung, daß Schweißtropfen auf seiner breiten Stirn perlten. Die vier stummen Darsteller dieser Szene blickten sich nun geheimnisvoll an, und ihre Seelen, die um die Wette aufeinander einwirkten, teilten sich so ihre Gefühle mit und schmolzen in religiösem Mitgefühl zusammen. Es war, als riefen ihre Gedanken den Märtyrer herbei, dessen sterbliche Überreste von ungelöschtem

Kalk verzehrt waren, und sein Schatten stand vor ihnen in all seiner königlichen Majestät. Sie feierten eine Totenmesse ohne den Leib des Verstorbenen. Unter diesen Dachziegeln und geborstenen Latten legten vier Christen Fürsprache bei Gott für einen König von Frankreich ein und hielten sein Leichenbegängnis ohne Sarg. Das war die vollkommenste Hingebung, ein erstaunlicher Akt der Treue ohne jeden Hintergedanken. Zweifellos war es in Gottes Augen der Wassertropfen, der die größten Tugenden aufwiegt. In diesen Gebeten eines Priesters und zweier armer Mädchen lag die ganze Monarchie; aber vielleicht war auch die Revolution vertreten durch diesen Mann, dessen Gesicht solche Gewissensbisse verriet, daß man glauben mußte, er erfüllte ein Gelübde tiefster Reue.

Statt die lateinischen Worte: Introibo ad altare Dei zu sprechen, blickte der Priester in göttlicher Eingebung die drei Teilnehmer an, die das christliche Frankreich vertraten, und sagte zu ihnen, um das Elend dieser Baracke auszulöschen: „Wir treten in das Heiligtum Gottes ein!"

Diese Worte, die er mit salbungsvoller Eindringlichkeit sprach, ergriffen den Mann und die beiden Nonnen. Unter den Wölbungen der Peterskirche in Rom konnte Gott sich nicht erhabener zeigen als in diesem Schlupfwinkel der Armut vor den Augen dieser drei Christen. So sehr trifft es zu, daß zwischen ihm und den Menschen jeder Vermittler überflüssig ist und daß seine Größe nur aus ihm selbst fließt. Die Andacht des Unbekannten war echt. Und so war es eine einmütige Empfindung, die die Gebete dieser vier Diener Gottes

und des Königs vereinte. Die heiligen Worte klangen in der Stille wie himmlische Musik. In dem Augenblick, als er das Vaterunser sprach, ward der Unbekannte von Tränen überwältigt. Der Priester schloß mit einem lateinischen Gebet, das der Fremde zweifellos verstand:
Et remitte scelus regicidis sicut Ludovicus eis remisit semet ipse! (Und verzeih den Königsmördern ihre Missetat, wie Ludwig XVI. selbst ihnen verziehen hat!)
Die beiden Nonnen sahen, wie zwei große Tränen über die männlichen Wangen rollten und zu Boden fielen. Das Totenamt ward gelesen. Das „Domine salvum fac regem“, mit leiser Stimme gesungen, rührte diese Königstreuen, die in diesem Augenblick an den Königssohn dachten, den sie in den Händen seiner Feinde glaubten und für den sie zum Höchsten beteten. Der Unbekannte bebte bei dem Gedanken, es könne noch ein neues Verbrechen begangen werden, und er könne gezwungen werden, daran teilzuhaben. Als die Totenmesse beendet war, winkte der Priester den beiden Nonnen, und sie zogen sich zurück. Sobald er mit dem Unbekannten allein war, trat er mit sanfter, trauriger Miene auf ihn zu und sagte in väterlichem Tone:
„Mein Sohn, wenn Sie Ihre Hände in das Blut des königlichen Märtyrers getaucht haben, so gestehen Sie es nur. Es gibt keine Sünde, die in Gottes Augen nicht ausgelöscht würde durch eine Reue, so ergreifend und aufrichtig, wie die Ihre zu sein scheint.“
Bei den ersten Worten des Geistlichen machte der Fremde unwillkürlich eine Bewegung des Schrek-

kens. Doch er faßte sich wieder und blickte den erstaunten Priester mit fester Miene an.

„Mein Vater," erwiderte er mit sichtlich veränderter Stimme, „niemand ist unschuldiger als ich an dem vergossenen Blut"...

„Ich muß es Ihnen glauben", sagte der Priester und machte eine Pause, in der er sein Beichtkind von neuem musterte. Dann, als sich bei ihm die Überzeugung bestärkte, eines jener ängstlichen Konventsmitglieder vor sich zu sehen, die ein geheiligtes, unverletzliches Haupt geopfert hatten, um den eignen Kopf zu retten, fuhr er mit ernster Stimme fort:

„Bedenken Sie, mein Sohn, daß es zur Absolution von diesem großen Verbrechen noch nicht genügt, nicht daran teilgenommen zu haben. Die, welche den König verteidigen konnten und ihren Degen in der Scheide ließen, haben eine schwere Verantwortung vor dem König des Himmels auf sich geladen. O ja," fügte der alte Priester hinzu und nickte mit ausdrucksvoller Gebärde, „ja, eine recht schwere!... Denn indem sie untätig blieben, sind sie ungewollt zu Mitschuldigen dieses entsetzlichen Frevels geworden"...

„So glauben Sie," fragte der Unbekannte bestürzt, „daß eine mittelbare Teilnahme bestraft wird?... Ist der Soldat, der den Befehl erhält, in Reih und Glied zu stehen, denn schuldig?"

Der Priester zögerte. Erfreut über diese Verlegenheit, in die er diesen Puritaner des Königstums brachte, indem er ihn zwischen zwei Dogmen stellte – das Dogma des passiven Gehorsams, das nach Ansicht der Anhänger der Monarchie die militärischen Gesetze beherrschen soll, und das ebenso wichtige Dogma, das die Ehrfurcht vor der Person des Königs gebietet – , nahm der Fremde das Zögern des Geistlichen rasch für eine günstige Lösung der ihn quälenden Zweifel. Dann, um den ehrwürdigen Jansenisten nicht länger zum Nachdenken zu veranlassen, versetzte er:

„Ich müßte schamrot werden, wollte ich Ihnen irgendeine Entlohnung für das Totenamt anbieten, das Sie soeben für die Seelenruhe des Königs und für die Beruhigung meines Gewissens lasen. Man kann etwas Unschätzbares nur mit einer Gabe bezahlen, die gleichfalls unbezahlbar ist. Nehmen Sie deshalb, Monsieur, gütigst das Geschenk an, das ich Ihnen mit dieser heiligen Reliquie mache. Es wird vielleicht ein Tag kommen, da Sie ihren Wert begreifen."

Als der Fremde diese Worte beendete, überreichte er dem Geistlichen eine kleine, sehr leichte Schachtel. Unwillkürlich griff der Priester danach, denn die feierlichen Worte des Mannes, der Ausdruck, den er in sie legte, die Ehrfurcht, mit der er die Schachtel hielt, hatten ihn in tiefes Staunen versetzt. Dann kehrten sie in das Zimmer zurück, wo die beiden Nonnen sie erwarteten.

„Sie sind", sagte der Unbekannte zu ihnen, „in einem Hause, dessen Besitzer, Mucius Scaevola, ein Gipshändler, der im ersten Stock wohnt, im Stadtbezirk für seinen Patriotismus berühmt ist. Doch im geheimen ist er den Bourbonen ergeben. Früher war er Vorreiter Seiner Gnaden, des Prinzen von Conti, dem er sein Vermögen verdankt. Wenn Sie sein Haus nicht verlassen, sind Sie hier sicherer als irgendwo in Frankreich. Bleiben Sie hier. Fromme Seelen werden für Ihre Bedürfnisse sor-

gen, und Sie können ungefährdet bessere Zeiten erwarten. In Jahresfrist, am 21. Januar (bei diesen letzten Worten konnte er eine unwillkürliche Bewegung nicht verbergen), wenn Sie dies Loch als Zufluchtsort beibehalten, werde ich wiederkommen, um mit Ihnen die Sühnemesse zu feiern ..."
Er vollendete seine Worte nicht, grüßte die stummen Bewohner der Dachstube, warf einen letzten Blick auf die Zeichen ihrer Armut und verschwand.
Für die beiden harmlosen Nonnen war ein derartiges Abenteuer spannend wie ein Roman. Und so stellten sie, als der ehrwürdige Abbé ihnen von dem geheimnisvollen Geschenk erzählte, das der Mann ihm gemacht hatte, die Schachtel auf den Tisch, und im schwachen Schein der Kerze verrieten die drei unruhvollen Gesichter eine unbeschreibliche Neugier. Fräulein de Langeais öffnete die Schachtel und fand darin ein Taschentuch aus sehr feinem Batist, das von Schweiß besudelt war; und als sie es auseinanderfalteten, erkannten sie Flecken darin.
„Es ist Blut", sagte der Priester.
„Es ist mit der königlichen Krone gezeichnet!" stieß die andere Schwester hervor.
Die beiden Nonnen ließen die kostbare Reliquie entsetzt fallen. Für diese harmlosen Seelen wurde das Geheimnis, das den Fremden umgab, unerklärlich. Und seit diesem Tage wagte auch der Priester es sich nicht zu deuten.
Die drei Gefangenen merkten alsbald, daß trotz der Schreckensherrschaft eine mächtige Hand über ihnen waltete. Zunächst erhielten sie Holz und Lebensmittel. Dann errieten die beiden Nonnen, daß

eine Frau mit ihrem Beschützer in Verbindung stand, als man ihnen Wäsche und Kleidungsstücke schickte, die ihnen das Ausgehen ermöglichten, ohne durch den aristokratischen Schnitt der Kleider aufzufallen, in die sie sich bisher notgedrungen gekleidet hatten. Schließlich gab Mucius Scaevola ihnen zwei Bürgerscheine. Oft erhielten sie auf Umwegen Mitteilungen, die für die Sicherheit des Priesters notwendig waren. Es lag eine solche Zweckmäßigkeit in diesen Ratschlägen, daß sie nur von einer Persönlichkeit kommen konnten, die in die Staatsgeheimnisse eingeweiht war. Trotzdem die Hungersnot auf Paris lastete, fanden die Proskribierten an der Tür ihrer Baracke Rationen von Weißbrot, die unsichtbare Hände regelmäßig brachten. Trotzdem glaubten sie in Mucius Scaevola den geheimen Vermittler dieser ebenso klugen wie nützlichen Wohltaten zu erkennen. Die adligen Bewohner der Dachstube konnten nicht zweifeln, daß ihr Beschützer der Mann sei, der in der Nacht zum 22. Januar 1793 gekommen war, um die Sühnemesse zu feiern. Und so ward er denn zum Gegenstand besonderer Verehrung für diese drei Menschen, die nur auf ihn hofften und nur durch ihn lebten. Sie fügten ihren Gebeten besondere Fürbitten für ihn hinzu. Morgens und abends beteten diese frommen Seelen für sein Glück, sein Wohlergehen, sein Seelenheil und flehten zu Gott, ihn vor allen Fallstricken zu behüten, ihn von seinen Feinden zu befreien und ihm ein langes, friedliches Leben zu schenken. Ihre Dankbarkeit, die sich gleichsam an jedem Tage erneute, verband sich notwendig mit einem Gefühl der Neugier, das täglich lebendiger wurde. Die Umstände, die das

Erscheinen des Fremden begleitet hatten, bildeten den Gegenstand ihrer Gespräche. Sie stellten tausend Vermutungen über ihn auf, und diese Zerstreuung, die er ihnen bereitete, ward für sie zu einer neuen Wohltat eigener Art. Sie gelobten einander, wenn der Fremde nach seinem Versprechen zu ihnen zurückkehrte, um den traurigen Gedächtnistag des Todes Ludwigs XVI. zu feiern, ihm ihre Freundschaftsbeweise nicht vorzuenthalten. Endlich kam diese so ungeduldig erwartete Nacht. Um Mitternacht dröhnten die schweren Schritte des Unbekannten auf der alten Holztreppe. Das Zimmer war geschmückt, um ihn zu empfangen, der Altar aufgerichtet. Diesmal öffneten die Schwestern die Tür im voraus und beeilten sich beide, die Treppe zu erleuchten. Fräulein de Langeais stieg sogar ein paar Stufen hinab, um ihren Wohltäter eher zu sehen.
„Kommen Sie," sagte sie mit bewegter, liebevoller Stimme, „kommen Sie, man erwartet Sie."
Der Mann blickte empor, warf einen finsteren Blick auf die Nonne und antwortete nicht. Ihr war, als fiele ein eiskaltes Tuch über sie, und sie schwieg. Bei seinem Anblick erstarben Dankbarkeit und Neugier in aller Herzen. Vielleicht war er weniger kalt, schweigsam und schrecklich, als er diesen Seelen erschien, die in ihrem Gefühlsüberschwang zu freundschaftlichen Herzensergüssen bereit waren. Die drei armen Gefangenen verstanden, daß dieser Mann ein Fremder für sie bleiben wollte, und verzichteten. Der Priester glaubte auf den Lippen des Unbekannten ein schnell unterdrücktes Lächeln zu bemerken, als dieser die Vorbereitungen sah, die zu seinem Empfang getroffen

waren. Er hörte die Messe und betete. Dann aber verschwand er mit ein paar ablehnenden höflichen Worten auf Fräulein de Langeais' Einladung, an der bereitgehaltenen kleinen Mahlzeit teilzunehmen.

Nach dem 9. Thermidor konnten die Nonnen und der Abbé de Marolles durch Paris gehen, ohne sich der geringsten Gefahr auszusetzen. Der erste Ausgang des alten Priesters war nach einem Parfümeriegeschäft, mit dem Schild: „Zur Blumenkönigin". Die Besitzer waren der Bürger und die Bürgerin Ragon, frühere Hof-Parfümeure, die der königlichen Familie treu geblieben waren, und die von den Vendeern benutzt wurden, um mit den Prinzen und dem royalistischen Ausschuß in Paris in Verbindung zu bleiben. Nach den Erfordernissen der Zeit gekleidet, stand der Abbé gerade auf der Türschwelle des Ladens, der zwischen Saint-Roch und der Rue des Frondeurs lag, als eine Menschenmenge, die die Rue Saint-Honoré erfüllte, ihn am Heraustreten hinderte. „Was gibt es?" fragte er Frau Ragon.

„Nichts," erwiderte sie, „nur der Karren und der Henker, die zur Place Louis XV. fahren. Na, wir haben sie im letzten Jahr oft genug gesehen. Doch heute, vier Tage nach dem Jahrestag des 21. Januar, kann man diesen gräßlichen Zug ohne Kummer betrachten."

„Weshalb?" fragte der Priester. „Was Sie da sagen, ist nicht christlich."

„Nun, es ist die Hinrichtung von Robespierres Helfershelfern. Sie haben sich gewehrt, so gut sie konnten, aber nun ist die Reihe an ihnen, dahin zu gehen, wo sie soviel Unschuldige hinschickten."

Die Menge strömte vorüber. Über den Köpfen des Volkes stehend, gab der Abbé de Marolles einer Regung der Neugier nach und erblickte, auf dem Wagen stehend, den Mann, der drei Tage zuvor die Messe bei ihm gehört hatte.
„Wer ist das?“ fragte er, „der da...“
„Das ist der Henker“, erwiderte Herr Ragon. Er gab dem Scharfrichter seinen monarchischen Titel.
„Mein Lieber, mein Lieber!“ schrie Madame Ragon, „der Herr Abbé stirbt!“
Und die alte Dame ergriff ein Riechfläschchen, um den ohnmächtigen alten Priester wieder zu sich zu bringen.
„Ich kann nicht daran zweifeln,“ sprach er zu sich selbst; „er hat mir das Taschentuch gegeben, mit dem der König sich die Stirn getrocknet hat, als er zu seinem Martyrium ging... Armer Mann! Als ganz Frankreich herzlos war, hat das Fallbeil Herz gehabt.“
Die Besitzer der Parfümerie glaubten, der unglückliche Priester rede irre.

☆

Französische Literatur im Diogenes Verlag

Honoré de Balzac
Die Menschliche Komödie in 40 Einzelbänden:

Das Haus zur ballspielenden Katze. Erzählungen. Deutsch von Otto Flake. detebe 130/I
Zwei Frauen. Roman. Deutsch von Gabrielle Betz. detebe 130/II
Modeste Mignon. Roman. Deutsch von Friedrich Sieburg. detebe 130/III
Albert Savarus. Erzählungen. Deutsch von Max Krell und Hugo Kaatz. detebe 130/IV
Die falsche Geliebte. Erzählungen. Deutsch von Friedrich von Oppeln-Bronikowski und Emmi Hirschberg. detebe 130/V
Die Grenadière. Erzählungen. Deutsch von Paul Mayer, Rosa Schapire und Hugo Kaatz. detebe 130/VI
Honorine. Erzählungen. Deutsch von Paul Mayer, Max Krell und Hugo Kaatz. detebe 130/VII
Beatrix. Roman. Deutsch von Viktor von Koczian. detebe 130/VIII
Die Frau von dreißig Jahren. Roman. Deutsch von Erich Noether. detebe 130/IX
Vater Goriot. Roman. Deutsch von Rosa Schapire. detebe 130/X
Oberst Chabert. Erzählungen. Deutsch von Ernst Weiss, Hugo Kaatz und Paul Mayer. detebe 130/XI
Der Ehekontrakt. Erzählungen. Deutsch von Rosa Schapire. detebe 130/XII
Ursula Mirouet. Roman. Deutsch von Walter Benjamin. detebe 130/XIII
Eugenie Grandet. Roman. Deutsch von Mira Koffka. detebe 130/XIV

Pierrette. Erzählungen. Deutsch von Rosa Schapire. detebe 130/XV

Junggesellenwirtschaft. Roman. Deutsch von Franz Hessel. detebe 130/XVI

Nebenbuhler. Erzählungen. Deutsch von Paul Mayer. detebe 130/XVII

Verlorene Illusionen. Roman. Deutsch von Otto Flake. detebe 130/XVIII

Geschichte der Dreizehn. Erzählungen. Deutsch von Viktor von Koczian. detebe 130/XIX

Cäsar Birotteaus Größe und Niedergang. Deutsch von Hugo Kaatz. detebe 130/XX

Das Bankhaus Nucingen. Erzählungen. Deutsch von Else von Hollander. detebe 130/XXI

Glanz und Elend der Kurtisanen. Roman in zwei Bänden. Deutsch von Emil A. Rheinhardt. detebe 130/XXII–XXIII

Die Geheimnisse der Fürstin von Cadignan. Erzählungen. Deutsch von Luci und Hans Pollnow, Paul Mayer und Else von Hollander. detebe 130/XXIV

Tante Lisbeth. Roman. Deutsch von Paul Zech. detebe 130/XXV

Vetter Pons. Roman. Deutsch von Otto Flake. detebe 130/XXVI

Volksvertreter. Erzählungen. Deutsch von Paul Mayer und Charlotte Stucke-Kornfeld. detebe 130/XXVII

Die Kleinbürger. Roman. Deutsch von Hugo Kaatz. detebe 130/XXVIII

Eine dunkle Geschichte. Erzählungen. Deutsch von Friedrich von Oppeln-Bronikowski und Frieda von Oppeln. detebe 130/XXIX

Die Königstreuen. Roman. Deutsch von Magda Kahn. detebe 130/XXX

Die Bauern. Roman. Deutsch von Hugo Kaatz. detebe 130/XXXI

Der Landarzt. Roman. Deutsch von Emmi Hirschberg. detebe 130/XXXII

Der Landpfarrer. Roman. Deutsch von Emmi Hirschberg. detebe 130/XXXIII

Die Lilie im Tal. Roman. Deutsch von Charlotte Braun-Wogau. detebe 130/xxxiv
Die tödlichen Wünsche. Roman. Deutsch von Emil A. Rheinhardt. detebe 130/xxxv
Buch der Mystik. Erzählungen. Deutsch von Franz Hessel, Else von Hollander und Emmi Hirschberg. detebe 130/xxxvi
Das ungekannte Meisterwerk. Erzählungen. Deutsch von Heinrich E. Jacob und Hete Maass. detebe 130/xxxvii
Der Alchimist. Roman. Deutsch von Emmi Hirschberg. detebe 130/xxxviii
Der verstoßene Sohn. Erzählungen. Deutsch von Sigrid von Massenbach. detebe 130/xxxix
Katharina von Medici. Roman. Deutsch von Paul Hausmann. detebe 130/xl
Über Balzac. Zeugnisse und Aufsätze von Victor Hugo bis Somerset Maugham. Mit einem Repertorium der wichtigsten Romanfiguren, Chronik, Bibliographie. Herausgegeben von Claudia Schmölders. detebe 152

Charles Baudelaire

Die Tänzerin Fanfarlo und *Der Spleen von Paris.* Sämtliche Prosadichtungen in einem Band. Deutsch von Walther Küchler. detebe 144

Alexandre Dumas père

Horror in Fontenay. Roman. Übersetzt von Alexander Schmitz. detebe 129

Gustave Flaubert

Briefe. Ausgewählt und übersetzt von Helmut Scheffel. detebe 143

Erckmann-Chatrian

Der Rekrut. Roman. Deutsch von J. von Harten, K. Henninger und Tatjana Fischer. Vorwort von V. S. Pritchett. detebe 12

Guy de Maupassant

Meistererzählungen. Ausgewählt, übersetzt und eingeleitet von Walter Widmer. Ein Diogenes Sonderband

Molière

Komödien und Materialien in 8 Einzelbänden

Neuübertragung von Hans Weigel:

Der Wirrkopf / Die lächerlichen Schwärmerinnen / Sganarell oder Der vermeintlich Betrogene. Komödien I. detebe 95/I

Die Schule der Frauen / Kritik der ‚Schule der Frauen' / Die Schule der Ehemänner. Komödien II. detebe 95/II

Tartuffe oder Der Betrüger / Der Betrogene oder George Dandin / Vorspiel in Versailles. Komödien III. detebe 95/III

Don Juan oder Der steinerne Gast / Die Lästigen / Der Arzt wider Willen. Komödien IV. detebe 95/IV

Der Menschenfeind / Die erzwungene Heirat / Die gelehrten Frauen. Komödien V. detebe 95/V

Der Geizige / Der Bürger als Edelmann / Der Herr aus der Provinz. Komödien VI. detebe 95/VI

Der Hypochonder / Die Gaunereien des Scappino. Komödien VII. detebe 95/VII

Über Molière. Zeugnisse, Essays und Aufsätze von Anouilh bis Voltaire. Mit Chronik und Bibliographie. Herausgegeben von Christian Strich, Rémy Charbon und Gerd Haffmans. detebe 37

Georges Simenon

Neuedition in Einzelbänden

Bisher liegen vor:

Der Verdächtige. Roman. Deutsch von Eugen Helmlé

Der Mörder. Roman. Deutsch von Lothar Baier

Als ich alt war. Tagebücher 1960–1963. Deutsch von Linde Birk

Georges Simenon/André Gide. Briefwechsel. Deutsch von Stefanie Weiss

Brief an meinen Richter. Roman. Deutsch von Hansjürgen Wille und Barbara Klau. detebe 135/I
Der Schnee war schmutzig. Roman. Deutsch von Willi A. Koch. detebe 135/II
Die grünen Fensterläden. Roman. Deutsch von Alfred Günther. detebe 135/III
Im Falle eines Unfalls. Roman. Deutsch von Hansjürgen Wille und Barbara Klau. detebe 135/IV
Sonntag. Roman. Deutsch von Hansjürgen Wille und Barbara Klaus. detebe 135/V
Bellas Tod. Roman. Deutsch von Elisabeth Serelmann-Küchler. detebe 135/VI

Roland Topor

Memoiren eines alten Arschlochs. Roman. Deutsch von Eugen Helmlé
Der Mieter. Roman. Deutsch von Wolfram Schäfer. detebe 126

Jules Verne

Hauptwerke in Einzelbänden:
Ungekürzt, originalgetreu, mit allen Stichen der französischen Erstausgabe.

Bisher liegen vor:
Reise um die Erde in achtzig Tagen. Roman. Deutsch von Erich Fivian. detebe 64/I
Fünf Wochen im Ballon. Roman. Deutsch von Felix Gasbarra. detebe 64/II
Von der Erde zum Mond. Roman. Deutsch von William Matheson. detebe 64/III
Reise um den Mond. Roman. Deutsch von Ute Haffmans. detebe 64/IV
Zwanzigtausend Meilen unter Meer. Roman in zwei Bänden. Deutsch von Peter Laneus und Peter G. Hubler. detebe 64/V–VI
Reise zum Mittelpunkt der Erde. Roman. Deutsch von Hansjürgen Wille und Barbara Klau. detebe 64/VII

Der Kurier des Zaren. Roman in zwei Bänden. Deutsch von Karl Wittlinger. detebe 64/VIII–IX

Zwei Jahre Ferien. Roman. Deutsch von Erika Gebühr. Ein Diogenes Sonderband

Die großen Seefahrer und Entdecker. Ein Diogenes Sonderband

Als deutsche Erstausgabe erscheint, in der Übersetzung von Eva Rechel-Mertens:

Die erstaunlichen Abenteuer der Expedition Barsac. Ein Diogenes Sonderband